这才叫合伙创业

从携程、如家到华住的启示

升级版

高 慕◎著

SPM 南方传媒 | 广东经济出版社

·广州·

图书在版编目（CIP）数据

这才叫合伙创业：从携程、如家到华住的启示：升级版 / 高慕著. —广州：广东经济出版社，2022.5
ISBN 978-7-5454-8314-7

Ⅰ.①这⋯ Ⅱ.①高⋯ Ⅲ.①纪实文学—中国—当代 Ⅳ.①I25

中国版本图书馆CIP数据核字（2022）第052665号

责任编辑：蒋先润
责任校对：曹 瑞
责任技编：陆俊帆

这才叫合伙创业：从携程、如家到华住的启示：升级版
ZHE CAI JIAO HEHUO CHUANGYE：CONG XIECHENG 、RUJIA DAO HUAZHU DE QISHI：SHENGJI BAN

出版人	李 鹏
出版发行	广东经济出版社（广州市环市东路水荫路11号11~12楼）
经 销	全国新华书店
印 刷	佛山市迎高彩印有限公司 （佛山市顺德区陈村镇广隆工业区兴业七路9号）
开 本	730毫米×1020毫米 1/16
印 张	22
字 数	336千字
版 次	2022年5月第1版
印 次	2022年5月第1次
书 号	ISBN 978-7-5454-8314-7
定 价	72.00元

图书营销中心地址：广州市环市东路水荫路11号11楼
电话：（020）87393830　　邮政编码：510075
如发现印装质量问题，影响阅读，请与本社联系
广东经济出版社常年法律顾问：胡志海律师

前言

在一次商业访谈节目中，有听众向演讲嘉宾季琦请教："季总，您曾经创办过3家企业，并且都在美国上市了。请问，创业成功需要哪些条件？"季琦想了想，回答道："创业需要抓住机会，需要启动经费，但更需要一个有合伙人制度的团队。"

创业成功的首要条件是建立有合伙人制度的团队！这话一点都没错，就拿季琦他们来说吧，我们不得不说这4个合伙人确实很牛。因为：

他们个个拥有名牌大学硕士文凭，3个毕业于上海交通大学，1个毕业于美国耶鲁大学。

他们创业时仅有100万元人民币，后来竟能"忽悠"来风投3次追加投资，资金高达1800万美元。

他们7年能将2家公司做上市，而且数钱数到手抽筋。

他们的团队解散之后，每个人还能继续创办属于自己的企业，并把它做大、做强、做久。

……

其实，中国从不缺少合伙人创业团队，缺少的是像"上海携程4个合伙人"这样攻无不克、战无不胜的超级组合。这个合伙人创业团队不像一些合伙人创业团队那样，还没真正步入正轨，就已经作鸟兽散了。

成功一定有法宝，失败必然有原因！既然"上海携程4个合伙人"这么优秀，那肯定有值得后来者学习的地方。比如：

是什么原因让他们涉足这个行业？他们当时只是凭着一时头脑发热，还是经过了具体的市场调研？

公司刚成立的时候，他们的经营方向是否很明确？当进展受阻、梦想无法接近现实时，他们是坚持理想、坚守信念还是巧妙并优雅地转型？

钱，永远是创业者心头的痛。他们靠什么赢得了资本市场的青睐？完美团队、商业模式，还是凭某个队员三寸不烂之舌、高超的“忽悠”水平？

为了能让自己的公司快速成长，他们开拓市场的方式靠的是自己慢慢摸索，还是并购别人已经成熟的业务？

创办一家企业成功之后，他们是如何发现另一个市场机会，并复制创业成功神话的？

当累积到一定财富、团队散伙之后，他们个人是如何华丽转身，让自己成为新公司实际控制人的？

不可否认，携程4个合伙人的创业，最终取得了成功。那么，这个案例具有普适性，还是仅仅是一个特例？如果这个案例具有普适性，那是不是就意味着人生路线可以提前设计，事业成功完全可以复制？

为了尽快知道上述诸多问题的答案，我们还是先来看这个精彩的创业故事吧！

高慕

2021年冬

目录

CONTENTS

楔　子

依稀记得，那是1999年2月22日晚上，春节刚过不久，一群年轻人相聚在一个私人住宅的大房间里吃饭。这些人当中，有好几位毕业于上海交通大学，他们一边吃饭，一边尽情地聊天。尽管此时的上海还是春寒料峭，窗外寒风凛冽，但是，他们很兴奋，讨论的气氛也很热烈。话题从互联网、互联网经济到美国的网络公司、中国的网络现状，再到纳斯达克和IPO，最后还谈到了创业。已经是凌晨3点钟了，可是他们一点睡意都没有，反倒觉得越聊越起劲。

其中，一个头比常人稍大、长着娃娃脸的年轻人说："现在创办一家互联网公司的话，绝对有前途。"

马上，一个留着平头、戴着眼镜的年轻人接着说："对！4年前，我就有这个想法了，就是找不到一个很好的切入点。"

"是啊！做网站是不错的主意，但是，做一个什么样的网站呢？"一个梳着大背头、身材修长的年轻人也插话进来了。

于是，他们列出了几十种创意，从门户到专业以及电子商务等各种不同类型的网站，一个一个地讨论，觉得没有前途的，就马上咔嚓掉。到最后，大家的焦点都集中在旅游网站上。那个留着平头的年轻人，也是这户住宅的主人总结说："就做旅游网吧，这个既符合整体经济的发展方向，又与老百姓的生活息息相关，况且还容易实现做电子商务的目标。"

第二天他们起床后，有些人很快就忘记了昨晚讨论的主题，但在这十几位热血青年中，有三位最后走在一起，真正地实践了他们讨论的创意。他们分别是：留着平头的季琦、头比常人稍大的梁建章和梳着大背头的沈南鹏。

第1章 挑选与组合

——完美的团队是打天下的基础

语 录

商场感悟5则

想致富，跑业务，啥业务，大客户。发大财，有缘故：第一步，找对路；第二步，要顶住。

——读季琦第一次打工经历有感

如果你有才干，请拿出才干；如果你缺少才干，请多流点汗；如果你既缺少才干，又不愿流汗，那你就乖乖地给我滚蛋！

——读季琦第二次打工经历有感

先为已经成功的人劳作，再与即将成功的人合作，最后让未来成功的人为自己工作。

——读梁建章的职场故事有感

所有的事情，开始于思想；所有的改变，出现于瞬间；所有的路段，已经被设计；所有的目标，都可以实现。

——读沈南鹏的职场故事有感

种子只有情愿被泥土所埋没，才会获得爆发的机会；人生只有愿意先往低处走，才能爬上另一座高峰。

——读范敏的职场故事有感

第一节 创业狂人季琦

一、寒门子弟，闯入上海滩

故事必须从季琦开始，因为那天晚上的“网络创业研讨会”是他召集的。

季琦，1966年出生在江苏南通一个贫苦的农民家庭。由于祖上几代务农，家族中很少人读书，父母对季琦最大的希望是读完初中，如果能考上高中他们就心满意足了，从没指望他能考上大学，更别提什么创业了。可是季琦不是这么想的，因为在读初中时有一件事对他影响太大了，至今他还记忆犹新。那是一个风雪交加的中午，他走了一个多小时的路赶回家后，妈妈告诉他，今天中午的饭不够吃，忘记给他留饭了。季琦只好又饿着肚子回到学校。一路上，季琦一边抹眼泪，一边暗暗发誓：一定要好好读书，一定要改写自己要重复父辈们面朝黄土背朝天的命运。

果然上天不负苦心人，1985年，季琦以全县第二名的好成绩考入上海交通大学。得到消息那天，母亲问他：“读了交通大学，是不是以后坐火车就不用花钱了？”季琦回答：“应该差不多吧！”其实他对上海交大的了解也不是很多，报考这所大学是因为高考前看到了上海交大的宣传册。

填写志愿确定专业时，季琦问班主任：“自动化、计算机这两个专业怎样？我看也挺时髦的。”班主任说：“别报考那些没前途的专业，报考工程力学系吧，以后帮别人算土方，如果你算准了，老板肯定给很多奖金的。”“哦！那这个好！这个好！”季琦听从了班主任的建议，对于渴望改变困境的寒门弟子来说，此时最感兴趣的就是钱了。

季琦是从南通港坐轮船去上海求学的。

那天晚上，他整夜无法入眠。第二天凌晨，在季琦登上十六铺码头后，他惊呆了，想不到上海滩竟是如此灯红酒绿。季琦觉得有点晕头转向，一个人提着三个箱子艰难地走在繁华的大街上，一时找不到方向，只是依稀记得，街边有间店铺里传来了齐秦那首熟悉的歌曲：我是一匹来自北方的狼，走在无垠的旷野中……

进入上海交大学习生活一段时间后，季琦发现来自农村的自己跟这座城市还是有点距离。跟同学一起去澡堂的时候，他问："是自己一个人洗澡，还是大家一起洗？"同学说："大家在一起洗，老师也在里面。"

特别在下雨天，当他穿着高帮雨鞋出去时，他发现上海人要么不穿雨鞋，要么穿很时髦的雨鞋。

后来，季琦也慢慢知道了，他所读的工程力学在上海交大是录取分数线相对比较低的专业，自动化和计算机才是热门的、录取分线最高的专业。最让季琦感到失望的是：工程力学是用来计算潜艇的受力、导弹的起飞速度的，不是给包工头算土方的。

专业知识很枯燥，加之自己的自卑心理，这更加刺激了季琦的求知欲。大学4年，季琦基本都泡在图书馆，读哲学、读历史、读有关毛泽东的传记。大学带给他的收获不是专业知识，而是让他想通了一个问题：

个体对于世界来说，是非常的短暂，有的人平淡无奇，有的人波澜壮阔。自己不能延长生命的长度，但可以拓宽生命的宽度。

1989年，季琦大学毕业。那年的大学毕业生分配普遍不理想，加之专业应用面不广，好工作非常难找。季琦在上海找不到工作，只好回家乡南通，提着烟酒去求人，最后，南通第二设计院答应接收这个应届毕业生。

就在上班的前一天，季琦突然犹豫了起来。他想：好不容易才从农村跑到上海，现在不能留在大城市，是不是大学白念了？一番斟酌之后，他决定回到学校报考硕士研究生。这回他换了一个专业，报考了上海交大机械工程系的机器人专业。

1992年，邓小平南方视察后，发表谈话：计划经济不等于社会主义，资本主义也有计划；市场经济不等于资本主义，社会主义也有市场。

当时，在上海交通大学攻读机器人专业的季琦，因为接触计算机较早，知道当时卖电脑利润相当高，卖一台电脑能赚几千元甚至上万元，于是，他迫不及待地学习组装电脑，刚开始，他连开机都不会，但他有股不到黄河心不死的倔劲，很快他就把电脑的硬件、软件都摸得一清二楚，甚至连组网技术也掌握了。

由于“南方谈话”吹动了中国人的经商热情，季琦也加入这一大潮中，他跟同学一起开了一个电脑公司。经营几个月后，季琦和他的女朋友就存了几万元，他成了学校里的“有钱人”。

这一年，季琦硕士研究生即将毕业。有一天，系主任找他谈话，希望他留下来。季琦看着对面的这位前辈，发现系主任是坐在两张很旧的木桌子的中间，桌子上堆满了各种各样的卷子和本子，特别是桌面很脏，沾满不同颜色的墨水，有红的、蓝的、黑的，非常刺眼。季琦心想：如果留下来，多少年才能爬到他那个位置？假如过了三四十年后，还是像他那样，这样的生活有意思吗？

二、初涉职场，迷茫中成长

季琦觉得有兴趣的还是进外企，但是进入外企很不容易。日化巨头宝洁公司到上海招人的时候，100多名学生PK（竞争）几个岗位，竞争很激烈。不过，宝洁公司的薪酬很诱人，新进员工月薪3K（3000元）。

一轮又一轮的淘汰后，最后剩下4个人，季琦是其中之一。

但是，有点遗憾，宝洁公司没有人事指标，如果季琦进了宝洁，户口必须迁到广东南海而不能留在上海。

要宝洁的工作还是要上海的户口？季琦选择了后者。他心想，先在上海随便找一家单位，将户口入了再说吧。

于是季琦“随便”找到了一家企业，叫作上海计算机服务公司。这家公司有雄厚的背景，它的母公司是长江计算机（集团）公司。但季琦看到那破破烂烂的办公室，心里很不舒服，因而他压根没有考虑过在这里长待下去，只想在这家公司过渡一下，解决了户口问题，转身就走人。

上班的第一天，季琦的造型非常酷，他手里拿着一个砖头一样的大哥大，腰里别着随身听，说话很不客气，一边拍着老板胡亦邦的肩膀一边说："胡老板，我在这里干不长久的，公司的这点工资对我来说，实在算不了什么。不过，没关系，咱们先交一个朋友，现在提前打声招呼，我在这里混两天就走人。"

在国企中很少有领导能容忍一个初来乍到的新人这样说话，但胡亦邦还算是一个非常有度量的人，他不但一点都不生气，还认真地对季琦说："小季啊，你跟我当年一样，很冲也很能干。但是，我告诉你，先做人再做事，人品永远走在产品的前面。你这样肯定是不行的，成不了大气候，只能小打小闹罢了。"

这些忠告，季琦当时自然是一句都听不进去。自从1992年3月进入这家公司，他绝不会想到自己会在这里待上两年半的时间，也绝不会想到多年后他还会记得胡亦邦对他说的这段话。

为什么季琦改变了"混两天就走人"的想法呢？一方面是在工作中，季琦发现自己还缺很多东西，另一方面这家公司的改革给季琦提供了施展才华的舞台。

季琦所在的公司虽然叫服务公司，但更倾向于技术，自然没有很强的销售能力。1992年，长江计算机公司进行改革，要求所有下属公司全部自负盈亏。得知这一消息后，很快，就有人开溜了，转到其他子公司去。最后，只剩下七八个技术人员和三四个销售人员。

在一次例会上，讨论起关于公司下一步该怎么办的问题，大家的情绪都非常低落。唯一不信邪的是季琦，他心想：几个月前，我踩着破单车卖电脑都能赚到钱，现在公司这么多人在一起，怎么反而挣不到钱？

于是，季琦在会上提出："既然公司到了这种地步，还是放手搏一搏吧！我们技术力量强，就应该做一些好的项目，没有必要跟其他公司去竞争卖电脑。"

胡亦邦一听，高兴极了，当场给季琦安排一个大项目经理的职位。其实就是一个光头司令，下面一个兵都没有。

根本不知道做大项目比上天还难的季琦，开始骑着自行车一个人上街去寻找他的大项目了。

季琦在大街上游荡，突然发现：证券公司应该是他要找的“大项目”。因为那时候上海的证券市场很火，很多外地证券公司到上海后，必须买电脑和布网。

想拿下证券公司，最好的方法是先拿下上海证券交易所（下称“上交所”）。当时，证监会还没成立，上交所管得非常多，所有进入上海的证券公司，都要通过它。

但是，上交所的大门却没有那么容易敲开。上交所的办公地点在黄浦路19号，是一座欧洲新古典主义维多利亚巴洛克式建筑风格的大楼。在这样一座大楼里工作的人，身上容易散发傲慢的气息。在他们眼中，有资格来上交所打交道的都是惠普、IBM这些国际大公司。长江？而且居然派了一个乳臭未干的小毛孩来，想要做上交所的业务，岂不是开国际玩笑！

正面频频接触屡屡被拒绝，季琦只好来个“曲线救国”。他四处打听，终于找到一个在上交所工作的交大校友，通过这位校友的介绍，他终于打开了上交所的大门。

两个月后，季琦成功地开拓了证券市场。接着，交通银行总行、上海市人大等许多大单位的合同也被他签了下来，甚至连甲骨文等大公司的代理权也被他谈了下来。后来，胡老板给他配了一位助理，尽管这时候整个部门只有他和助理两个人，但他们的业绩非常好，占了整个公司80%的营业额和利润，光季琦一个人，一年挣来的利润就有几百万元。

业务开展起来了，不可能走人了。季琦的业务越做越大，还不断开发新业务，职位也越升越高，两年半的时间不知不觉就过去了。

季琦把这两年半的生活总结为自己的第一次创业。他认为这两年半的时间学会了三点：

第一，明白了创业必须因陋就简，篮子里有什么菜，就做什么饭。

第二，在业务上交了一些朋友，在以后自己创业时能给予自己很大的

帮助。

第三，终于明白老板当初的那番话，硕士研究生毕业时，觉得自己啥都懂，实际上越做越觉得自己不懂，最不懂得的是做人。可能自己的技术、英语、销售比老板强，但是怎样领导别人自己不懂，怎样把客户从生意关系变成朋友关系，这个自己也不懂。

三、美国寻梦，说不尽苍凉

随着职位的不断上升，季琦愈加觉得自己没有发展的空间了，因为他已经是公司的第二把手，想再上升，除非把胡亦邦挤掉。可是这对于有很强师徒观的季琦来说，这事是不可能发生的。

所以，他决定离开。

那时候，对于国企的员工来说，想拍拍屁股就走人可不是那么简单的事。况且季琦已经是单位的骨干，公司还给他分了一套房子。

但季琦还是想出一个让人难以拒绝的理由："妻子"在美国，他要去美国探亲。

季琦终于开溜了，1994年9月，季琦带着1万美元去了美国。

到了美国，他先去找他在甲骨文工作的同学。那是在一个平常的周末，在甲骨文的总部，季琦见到了他多年不见的大学同学。他们聊着聊着，突然，他的同学很兴奋地说要给他看一样东西，接着把季琦带到了电脑前，上了互联网。当时他们用的还是早期版本Mosaic浏览器，上的是雅虎网，这时的雅虎还是处在刚刚起步阶段，速度非常慢，所以只好一边喝咖啡一边等。不过，当他们要查询的蒙娜丽莎这张图片终于一行一行从屏幕上显现出来时，季琦觉得太不可思议了。他怔怔地对着电脑屏幕发呆，他隐约地意识到，一个能改变许多人命运的机会马上就要到来，而且这个机会可能还会改变所有人的生活。季琦总觉得自己跟互联网有种缘分，将来的生活可能会与这种东西有关。那天，他在同学的电脑前玩了整整一个下午。直到该吃晚饭的时候，季琦才恋恋不舍地离开。

季琦来到美国真的开了眼界，不但第一次认识了网络，还真正了解了西方国家的纸醉金迷般的生活。

但在美国待了一段时间后，季琦发现自己不行了。第一，没有多少钱，做不了任何生意；第二，上海交大的毕业证书在美国没人承认。幸亏懂得电脑，一个开计算机公司的台湾人因此给他提供了一个工作的机会。

由于工作的原因，季琦在美国认识了很多台湾人，几乎每个台湾人都对他说：你应该回到大陆，台湾的今天就是大陆的明天。根据台湾人的经验，当年在美国读过书的人，一旦回到台湾在政商两界都很吃香。而留在美国的人，基本上是普通职员。

季琦也发现，在美国所有的机会都已经被人占了，除非具有开创性的技术，否则无法获得成功。

于是在美国生活了1年后，季琦决定回国。这让在甲骨文工作的同学感到不解，他问："好不容易才到了美国，好不容易才站住了脚，干吗要回去？"

季琦回答："你的路我是看得到头的。今年拿10万美元，明年拿12万美元，以后买房买车，周末跟妻儿出去玩。但是，我只要看到前面的路是什么样子的，我就没兴趣了。我想要的是更加丰富的、具有挑战性的生活。"

1995年，季琦回到中国。

从美国回到上海之后，季琦满怀激情，准备自己创业大干一场。

就在这个时候，他接到了一个电话，是北京中化-英华智能系统有限公司（下称"中化英华"）的总经理打来的，这位总经理是季琦以前在上海计算机服务公司的一位客户，那天他刚好来上海出差，要季琦晚上陪他玩。

在上海复兴中路新淮海娱乐城的一间包厢里，这位总经理说："季琦，你刚从美国回来，暂时也没有工作，干脆跟我一起干吧！"

"好！大家一起干！"季琦回答得非常爽快。为什么这么快就决定了呢？因为双方打过交道，季琦觉得对方为人很不错。还有，中化英华很早就做智能大楼，在业内很有名气。最重要的是，对方邀请他入伙，把他当成合作伙伴，很看得起他。所以，在到底是什么职位、多少薪水都还没搞清楚的情况下，季琦就义无反顾地加入了中化英华。

中化英华给季琦的头衔是华东区总经理，同时给了他10万元启动资金。季琦在岳阳路320号中科院电脑研究所租了一间40多平方米的办公室，开始招人、开展业务。

季琦手下的业务员不是很多，一共才十来个，但是经过季琦的亲自培训，个个都是销售精英。从1995年12月正式成立上海办事处到1997年下半年，当初只有10万元启动资金变成可以拿下3000多万元金额的合同。

就在这个时候，季琦得到一个消息：中化英华的总经理准备进军医药行业，要将中化英华（中化英华是中化公司和英华公司合资的公司）卖给中化公司。这让季琦感到非常郁闷，亲自创办的办事处就要被卖掉了。

不是要钱吗？我买行不？季琦四处找钱，甚至找来了风投公司IDG。但是，结果令他非常失望，他想买，中化公司却不肯卖。

季琦只能带着他的团队选择离开。

季琦说，这段经历又让他学习到了两点：

第一，资本的力量非常大。人家卖公司是不用告诉你的，你能干没用，够哥们没用，有理想没用，赚钱没用，资本的一纸合同就将你干掉了。

第二，买企业就是买人。当时中化英华的上海办事处每年有几百万元的利润，由于整个团队离开了，这几百万元的利润也就没人给公司实现了。

四、选择创业，认识新伙伴

痛定思痛，季琦明白了一个道理：必须自己干。1997年9月，他自己开了一家公司，取名协成，也是做智能大楼。

公司的发展比较顺利。记得刚开业的时候，因为没什么新客户，季琦给过去认识的一个客户打了一个电话，告诉他自己已经出来单干，还是做系统集成。结果那个客户二话不说，就让他马上过去面谈，就这样，一个100多万元的单子竟然毫不费力地谈成了。下单后，季琦体会很深：

人品对销售人员来说实在太重要了。客户为什么不听你说，是因为他不喜欢你；客户为什么不跟你买，是因为他不相信你。如果客户相信你这个人了，他就会相信你的产品。

离开中化英华的时候，季琦并没有带走任何业务。他不想将事情做绝，希望光明正大地跟老东家竞标。有一次，徐家汇华仑大厦的综合布线招标，协成就跟中化英华一起竞标。结果，协成在专家评审中胜出，获得了华仑大厦这个项目。那时候，做综合布线的利润率非常高，这个不到100万元的项目，季琦赚了30万元。

其他业务则是在上海计算机服务公司开拓证券市场时所认识的朋友介绍的。这些朋友知道季琦开新公司后，给他带来不少业务。

为什么这些朋友都那么够义气呢？这都是缘于当年的小小方便。生意场上，一般情况下，合同上有的约定必须履行，合同上没有的条款很少人愿意去执行。当年很多证券公司买了季琦的电脑后，都碰到很多小问题，比如电脑死机，季琦都是以个人身份去帮忙的。就这样，小方便后来竟然变成大回报。

1997年9月成立的上海协成科技有限责任公司，到当年年底时已经赢利100多万元，季琦挖到了人生的第一桶金。

为了让公司更加赚钱，自公司成立那天起，季琦做过很多生意，综合布线、系统集成、软件开发，甚至还做过ERP企业管理系统。1998年，协成还被上海市定为高新技术企业，那时上海民营高新技术企业并不多。

但是，一直对互联网念念不忘的季琦，在经营协成的同时，也一直在观察国内互联网产业的发展。他几乎天天在思考，怎样才能在国内实现他的互联网之梦呢？自从在甲骨文公司总部了解到互联网后，这个想法就一直停留季琦在脑海里，并且日益明晰。特别是1998年，国内各大门户网站横空出世，互联网的浪潮即将扑面而来，季琦想投身于互联网行业的冲动也越来越强烈了。

不过，季琦还是持观望态度，没有采取实际的行动。因为他还没有找到一个很好的切入点。他非常清楚，互联网行业是一个只有第一，没有第二的行业，要做就要做最好，所以，他必须继续耐心观察等待。

后来，有一回在给甲骨文做ERP咨询分包时，季琦认识了甲骨文公司中国区咨询总监梁建章。也许共同点比较多，都在上海和美国学习生活过一段时间，并且还从事着差不多的工作，所以他们很快就成了好朋友，经常在一起喝酒。

1999年3月，在上海徐家汇的一家上海菜餐馆里，梁建章对季琦说："最近美国的互联网很火，不如我们也做个网站吧。"季琦说："什么？你也想做网站？这个想法在我的脑海里存在已经很久，只是我一直找不到合适的创业伙伴罢了。哦，对了，对于网站技术，你应该很内行吧？"

第二节 电脑天才梁建章

一、天才就是不一样

提到网站技术，梁建章是首屈一指。

梁建章，上海人，出生于1969年，从小就有“大头神童”之称。在上海，还有一个人有这个雅号，他叫邵亦波，是后来易趣网的老板。

梁建章被称为神童，他的智商到底有多高？他曾这样回答记者：“我没测过，但应该是非常高的。”

梁建章接触计算机很早。13岁那年，他刚好碰到上海在中小学生中尝试开展计算机教育。承办这一活动的是中国福利会少年宫，讲课的是上海师范学院的朱鸿鹗教授，学生有200名左右，包括初中生和高中生，学习的内容是编程知识。

在计算机兴趣小组里，梁建章遇到了不少在他看来很高深的问题，回家后，他马上去问父亲。父亲用高等数学帮他解答出来了，还在读初中的梁建章根本看不懂这些解法。

他歪着头问：“我还需要多长时间才能看得懂？”

父亲说：“需要五六年的时间，要到大学才行。”

“那不行，太漫长、太痛苦了，我现在必须学会。”

在梁建章的要求下，父亲开始由浅到深地给他介绍一些数学方面的书，很快，梁建章就掌握了高中和大学的数学课程。

数学搞定了，学习编程自然畅通无阻。

半年后，梁建章竟然开发了一个可以辅助写诗的程序，并且因此获得了第一届全国计算机程序设计大赛的金奖。领奖台上，踌躇满志的14岁少年梁建章认识了另一位金奖获得者——15岁的沈南鹏，这位15岁的才子来自浙江海宁。但是，他俩做梦也想不到，17年之后，命运再次把他们拴在一起，注定要干出了一番轰轰烈烈的事业。

小小年纪就这么出类拔萃，他自然成了媒体一路追捧的对象。1984年上海电视台采访梁建章的新闻片中，梁建章演示这个功能非常强大的写诗程序，在DOS系统单调的屏幕上，只要输入诗歌的题目、格式要求和每句的第一个字及韵脚后，电脑就能写出诗来。

据梁建章介绍，为了能编出可以辅助写诗的这个程序，半年时间里，他阅读了《唐诗三百首》《千家诗新注》《学诗百法》等专业书，还看了《唐诗鉴赏词典》《中华诗韵》等工具书。计算机知识方面，他也学习了《人工智能原理》《数据库原理》以及有关逻辑学、语言学等方面的书籍。

半年之内就学会这么多知识，可见梁建章的自学能力是非一般人可比的。据说，自从小学开始，他就不怎么听课，把发下来的课本随便翻一翻，就搞定了。特别是在初中参加计算机小组，自学了中学、大学的数学和物理课程之后，他的求学之路基本上是三级跳。

15岁那年，初中没有毕业，梁建章就直接从初中考入复旦大学计算机本科少年班。1年之后，复旦大学还没有毕业，梁建章又直接考入美国乔治亚理工学院。

二、从技术转到市场

到美国后仅用1年的时间，梁建章就完成了人家需要念2年的学业。1989年，20岁的梁建章顺利地拿下了硕士学位，并且直读博士学位。为什么能如此之快呢？这既是由于梁建章特别会念书，也是由于经济的压力，他必须尽快完成学业，何况身处陌生的环境，语言、生活习惯又跟国内不一样。但是，就在梁建章继续攻读博士的时候，他突然发现“最先进的东西不是在学校学到，而是在企业”，于是，博士还没有毕业，他就加入了甲骨文公司，老板是当时的世界第二富人埃里森。

甲骨文公司是世界500强企业之一，这个就不用赘述了。在这里，笔者想讲叙的是，关于埃里森这个曾经辍学经商、被称为“硅谷狂人”的商业奇才的故事。

据说有一次，埃里森应邀在耶鲁大学的毕业典礼上演讲。他一开口就震惊四座：“好好看一看周围，看看你左边的同学，再看看你右边的同学。请你设想一下未来——从现在开始，5年、10年、30年后，今天站在你左边的这个人会是一个失败者，右边的这个人也是一个失败者。而你，站在中间的家伙，会怎样？一样是失败者。所以，无论你曾经如何优秀，还是失败者。怎么做才不会是失败者？我告诉你，必须像我和比尔·盖茨一样，赶快退学，否则……”埃里森的话还没说完，就被耶鲁大学的保安轰下了讲台。

埃里森在公众面前的狂妄，对于梁建章这个普通的研发人员没有任何影响。真正让梁建章重新规划人生职业生涯的是一次回国探亲时的见闻。

那一次，梁建章回国探亲，国内火热的创业气氛和隐藏的巨大商机让他震惊。他觉得从长远来看自己的发展机会还是在中国，所以他决定转型。

结束探亲回美国后，梁建章申请转换到客户服务部工作，从事ERP实施的工作。尽管客服部的地位、待遇、期权都比研发部门差，工作也累一些，但他觉得无所谓。因为他要寻找回到国内的机会，而在研发中心，这样的机会是不会有的。

1997年，梁建章终于获得了他等待已久的机会，通过甲骨文公司的内部招聘，他回到了上海，担任甲骨文的中国区技术总监。在这期间，他负责不少重大的项目，如整个民航的财务管理系统、中国电信的管理信息系统等。他还为国内外多家企业担任管理、软件和电子商务方面的顾问，并参与了国内的几家知名网络公司的创建。

回到上海后，由于工作的关系，他认识了季琦。后来，两个人变成好朋友，经常在一起喝酒，一起交流对互联网的看法，终于有了两个人一起弄一个网站的构想。

三、只想做旅游网站

究竟做一个什么样的网站呢？

在创业方向的选择上，梁建章曾经考虑过网上书店。因为他看到美国的亚马逊公司的网上图书业务做得非常好，1998年年底，亚马逊的股价一度突破300美元，到1999年2月，亚马逊的估值达到250亿美元。

除了网上书店，梁建章也考虑过网上招聘。因为在美国，招聘网站Monster大获成功，它的模仿者前程无忧和中华英才网也表现不俗。

但是，季琦的思路不同，他最初的想法来源于家庭装潢市场的爆发式增长。1996年，国内装修产业的产值仅为450亿元，到1998年，全国用于住宅装修的费用就达到1000亿元，上海家装行业销售额超过200亿元，占全国的1/5。为此，季琦想进入网上家装市场，他还为网站起了一个名字“网上宜家”。

后来，经过深思熟虑，梁建章和季琦发现，亚马逊和网上宜家的模式都有一个致命的弱点，那就是物流问题。由于中国地域广阔和物流业比较落后，当时还没有人能够以较低的成本完全解决这个问题。而招聘网站，在国内已经有不少家，对于梁建章和季琦来说，他们进入这个行业，没有太多优势。

想法一个个被枪毙了，到底选哪一方向比较好呢？有一个周末，梁建章和季琦两个人一起开车到上海周边的景点去玩，突然梁建章说：“干脆我们做一个旅游网站吧。”

“好！这个项目值得考虑。”季琦很认同，因为他也非常喜欢旅游，于是继续问：“你喜欢旅游吗？”

“非常喜欢！”看到季琦也认可这个行业后，梁建章就跟季琦说起他的旅游故事。

"在很小的时候，我就爱上了旅游，不过，那种热爱基本还停留在寻找新鲜与冒险的阶段。读中学的时候，我第一次旅游选择的就是武夷山，在与同伴玩水中不小心掉进水里，做了回'哇哇'挣扎的旱鸭子。不过，那种快乐的感觉，现在回想起来，还是回味无穷。"

梁建章接着说："第二次去的是张家界，后来便是黄山和美国大峡谷等国内外著名的自然风景区。我特别欣赏大自然中那种鬼斧神工的风光杰作，也喜欢山清水秀的旖旎风光，有些地方已经多次去过，但每次都会给自己心灵带来不一样的收获。特别是在美国的一次郊外度假中，碰到了一位心仪女孩。这位女孩就是我现在的太太。"

"啊？说明你跟旅游挺有缘分的嘛！因为旅游你收获了一个太太，说不定这次成立旅游网站，大家也因此跻身于富豪的队伍呢。"季琦笑着说。

"呵呵！我特别喜欢自助游。在美国，我一有空，特别是周末的时候，就出去玩。有一次，我和女朋友一起到一片森林去旅游。当时天已经很晚，我俩就按着地图的指示进入森林，想不到那段路非常长，走着走着，发现路上的人越来越少，眼看着天就要黑了。幸好我发现地图上还有一条小路可以直接通向高速公路，我们赶紧沿着小路走出去，终于在天黑之前走出了那片森林。自从这件事情发生之后，我就觉得应该创办一家旅游网站，既帮助别人，也方便自己。"梁建章说出要创办旅游网站的理由。

"你们也浪漫过火了吧！哪里不好旅游，偏偏跑到原始森林里去旅游？真是的。"季琦大笑了起来。

随着话题的深入，他们的共同语言越来越多了。但是，两个人是无法组成一个团队的，好像还差一个人，特别是一个能找钱的人。

季琦马上意识到了这个问题，对梁建章说："我们应该再去找一个会融资的人加入我们的队伍中来。"

"是的。我也觉得应该去找一个这样的创业伙伴。"突然，梁建章很兴奋地说："我想到一个人了，他还是你的校友呢！"

"谁？"

"沈南鹏。目前他在风投行业混得相当不错。"梁建章说。

"沈南鹏？他确实是我的校友，在美国，我跟他一起吃过饭。对！就去找他。"季琦也认为沈南鹏是最合适的人选。

那么，沈南鹏会加入这个团队吗？请继续往下看！

第三节　资本高手沈南鹏

一、才子原来出自浙江

沈南鹏确实是一个很优秀的风投人。

沈南鹏，1967年出生于浙江海宁。7岁那年，他的爷爷去世了。他的母亲、一个忙碌的国企厂长，由于没有办法腾出更多的时间来照顾自己的孩子，只好将沈南鹏送到了上海，住在没有子女的姑姑家里。

小时候的沈南鹏是一个非常用功的孩子，跟同龄人相比，他过的是没有玩耍的童年。爱好数学的沈南鹏几乎成了做题机器，除了上学就是到少年宫参加奥林匹克数学班。

把每个周末都用在做数学题上，沈南鹏在数学上当然取得了骄人的成绩：他获得过全国数学竞赛一等奖；在1982年第一届全国中学生计算机竞赛上，15岁的沈南鹏和14岁的梁建章同时获奖；特别是中考，一共600分的总分，他竟然考了594分。中考如此高分，以致他学校的任课老师都非常担心：这个孩子学习成绩这么好，会不会变成传说中的“高分低能”，长大后不能适应社会？

能不能适应社会，这还需要等待N多年后才能证明。只知道在当时，沈南鹏中学毕业后，被保送进入了上海交通大学应用数学系，1989年，他又考取了美国哥伦比亚大学数学系。

哥伦比亚大学位于纽约市中心，成立于1754年，有260多年的悠久历史了。它是美国常青藤八大盟校之一，在校学生有18000多人，学术排名在全美居前10名之列。在医学、法律和哲学等方面出类拔萃，自然科学学科如数学、化学、生物、计算机等，也首屈一指。

可以想象，沈南鹏当时是雄心勃勃地进入哥伦比亚大学数学系的，他希望在这里实现世界一流数学家的梦想，因为哥伦比亚大学是世界顶尖数学家的摇篮。

遗憾的是，半年后，沈南鹏突然发现自己不行了，比自己厉害的人大有人在。怎么会呢？以前不是拿奖高手吗？到底自己有没有数学天分？沈南鹏开始有些迷茫了。

有一天，沈南鹏终于想通了：是自己错将熟练当成天才了。以前从初一到高三，每个星期天自己都是在上海市少年宫花3个小时参加数学班。即使自己原来没有数学天分，经过这样的培训，解题的能力也会变得十分强大。现在的情况是，靠着精于数理逻辑思维把学分修好应该没问题，但是要想成为一名杰出的数学家，这可能还有一大段的距离。

发现自己不是数学天才之后，沈南鹏开始反省：尽管做不成数学家，应该还有很多领域可以应用到数学吧，比如进商学院或者做与数学有关的证券之类的工作。

就在这个时候，一个中国留学生的经历给沈南鹏带来了启发。那个大学生一点都不上进，不但没有考博士，考试还有一门没有通过。但是，他进入了华尔街最好的一家公司。

所以，不需要考虑太多，1990年，沈南鹏决定从哥伦比亚大学退学，重新报考耶鲁大学的MBA。

二、耶鲁毕业进投行

1992年，沈南鹏从耶鲁大学商学院毕业，从校长手里接过学位证书的瞬间，他心里非常高兴，认为耶鲁大学的毕业证书完全可以为他打开一个全新的世界。所以典礼结束后，沈南鹏没有立即回到宿舍，而是在熟悉的校园里逛了又逛，有点舍不得离开的样子。

但是，当他拿着毕业证书走出校门，面对人来人往的大街时，他突然茫然了，到底去哪儿找工作呢？此时，美国的就业形势非常严峻，虽然自己是名校的毕业生，但是读MBA的人可不少，耶鲁大学有200个人，哈佛大学有700个人，斯坦福大学有400个人，光这些名校的毕业生就有1000多人，加上一些不知名学校的毕业生就更多了。最要命的是，沈南鹏这样的中国留学生以前是没有任何商场经验的，甚至在他进入耶鲁大学商学院的时候，竟然连《华尔街日报》都没有看过。所以，沈南鹏去华尔街找工作，向华尔街的投行投递简历的时候，一次次满怀激情地面试，一次次被无情地拒绝。

这段经历并不好受，多年后，沈南鹏对媒体记者说："你只是看到我现在打在显示屏上的文字，你看不到我当初滴在键盘上的泪水。"

最后，他还是获得了一个花旗银行的面试机会。面试官中有一位是斯坦福大学数学系的博士，他给沈南鹏出了两道智力题。

第一道题目：一个美国人在菜市场上做生意。第一次，8美元买了一只鸡，9美元卖掉了；第二次，10美元买了同样的一只鸡，11美元又卖掉了。那么，这个美国人到底是亏了，还是赚了？如果亏了，应该是亏多少？如果赚了，又是赚多少？

第二道题目：一家赌博公司，计划在当季NBA的每场比赛中下注猜赢家，猜中了赌本翻一倍，猜错了血本无归。如果赌博公司要求你在总决赛时仍留有1000美元的赌本，那么当季的首轮比赛该下多大的赌注？

也许面试官本来的想法只是让沈南鹏知难而退。一个仅仅在哥伦比亚大学数学系读了1年就退学的人，数学能好到哪里去？

但是，面试官并不知道，在中学的6年时间里，沈南鹏一直在题海里翱游，虽然他承认自己不是数学天才，但从来都没有被任何一道智力题难倒过。

那天早上，一共有三个人参加面试。第一个是美国人，第二个是日本人，第三个是中国人（沈南鹏）。

第二道题目，他们三位的答案都是一样，不同的是对第一道题目的作答。美国人认为是赚了2美元；日本人认为是亏了2美元；中国人认为是亏了4美元。

美国人的理由如下：

同样的1只鸡，第一次买1只，第二次买1只。

第一轮交易：8买9卖，9-8=1，赚了1美元。

第二轮交易：10买11卖，11-10=1，赚了1美元。

两次交易相加：1+1=2，所以赚了2美元。

日本人的理由如下：

同样的1只鸡，一口气买2只。

第一次交易：8买9卖，9-8=1，赚了1美元。

第二次交易：8买11卖，11-8=3，赚了3美元。

两次交易相加：1+3=4，本来要赚4美元，但是，他只是赚了2美元。即，(9-8)+(11-10)=2。

所以，2-4=-2，亏了2美元。

中国人的理由如下：

同样的1只鸡，一口气买2只。

一次性交易：8买11卖，(11-8)×2=6，可以赚到6美元。

但是，他只是赚了2美元。即，(9-8)+(11-10)=2，

所以，2-6=-4，亏了4美元。

沈南鹏的解题思路让面试官大感兴趣。于是，沈南鹏获得了花旗银行的工作机会。进入花旗银行后，沈南鹏在银行投资部做新兴市场的债券和股票。

三、同意网站是金矿

华尔街的生活并没想象中那样美好，花旗银行只是给沈南鹏打开了一扇门，这扇门里有无数心怀梦想的人，而真正的成功者只是少数。在花旗银行这样庞大的公司里，每向上迈一个台阶都非常艰难。沈南鹏有了展示

才华的平台，但还需要等待一个属于他的机会。

机会终于来了，自从1992年10月，华晨中国在美国纽约股票交易所挂牌上市后，海外投资者对中国公司有了美好的期待。1994年开始，几乎一夜之间，沈南鹏和很多在华尔街工作的中国人，突然从行业“边缘人”变成资本市场的宠儿。特别是沈南鹏，耶鲁大学MBA毕业，在华尔街工作2年，中国上海人，这一张完美的简历，让当初屡屡被投行拒绝的沈南鹏成了众多投行追逐的对象。

在无数追逐他的投行中，他选择了当时美国的第三大证券公司雷曼兄弟公司。这家1850年成立的投行，于1993年进军中国市场，在北京、上海成立办事处，正需要像沈南鹏这样懂行的投行专家。

从此，沈南鹏进入了职业发展的快车道。在雷曼兄弟公司工作2年后，为了寻求更超速的发展，沈南鹏在1996年年初加入德意志银行的投资银行部——德意志摩根建富，成为摩根建富的董事。

在德意志摩根建富，沈南鹏做了一些与其他投行“差异化”的业务，1997年，他操办了以德意志银行作为牵头银行，为中国在欧洲发行5亿马克债务的业务。不过，最精彩的手笔还是拯救“小兵”外高桥的那个项目，沈南鹏也是因为这个融资案例而引起人们的注意，受到业界的关注。

当时的情况是这样的：上海浦东外高桥有一家秘鲁企业，名字叫作外高桥保税区发展有限公司。该公司刚处于快速发展阶段，为扩大业务规模需要大量资金。在该公司的固定资产中，最值钱的就是外高桥大厦。但是，这栋大厦早已押给银行，现在想再通过这座大厦来融资，显然非常困难。如果依靠其他资产去融资，所获得的资金又不能满足公司目前的发展要求。

沈南鹏通过具体的分析和观察，对他们的负责人说：“以你们现在的信用，可以直接贷款，不必把大楼押出去。”外高桥大厦的负责人听了沈南鹏这番话后，觉得挺有道理，决定采纳这条建议。果然，在沈南鹏的帮助下，本来只能融资5000万美元的外高桥保税区发展有限公司，最后融资了1亿美元。这样，沈南鹏不但让这家公司融资金额翻了1倍，还不用把大厦再次抵押出去。

拯救“小兵”外高桥只是沈南鹏投行工作中比较出色的一次经历而已。这时，刚好是20世纪90年代中后期，中国经济飞速发展，还有很多大大小小、前途未卜的公司，需要像沈南鹏这样的风投人去拯救。

但是，就在这个时候，沈南鹏很意外地碰到了梁建章和季琦去找他一起开互联网公司。沈南鹏心想：此时互联网公司在全球遍地开花，曾经也有过许多人跟自己聊到互联网，何况季琦和梁建章都是很熟悉的朋友，于是沈南鹏没有半点犹豫就答应了。

沈南鹏答应加入这个创业团队后，就有了本书开头的那一幕：梁建章用足够的理由说服了大家，当前创办旅游网站是最有前途的。

很快，他们开始为就要搭建的新公司投资：梁建章和季琦各出20万元，各占30%的股份；沈南鹏出60万元，占40%的股份。

就这样，开办旅游网站的计划，在他们三个人的不断探讨中逐步成形。不过，很快就有人发现，他们还缺少拼图的最后一块。因为梁建章是搞技术的，沈南鹏是弄投资的，季琦是开公司的，还差一个熟悉旅游业的。

于是沈南鹏说：“既然我们想做旅游网站，为什么不去找一个懂旅游的人加入进来呢？”

“是啊！找谁呢？”季琦突然猛拍大腿，说道：“我想起了一个非常理想的人选，他是春秋旅行社的掌门人王正华。”

“王正华？他目前经营那家旅行社好好的，不一定看得上我们，并且他比我们大很多。”沈南鹏说。

“还没去谈，怎么知道行不行？季琦，你绝对能谈成。”梁建章接着说。

“好！我去！”季琦劲头十足地回答道。

季琦能否搞定此事？继续往下看！

第四节 旅游权威王正华

一、这个男人很生猛

季琦所提到的王正华，此时已是上海旅游行业的领军人物。

王正华，1944年出生于上海。1981年那年，还在上海市长宁区遵义街道办担任党委副书记的王正华，突然接到一个艰巨的任务，必须想方设法解决返城知青的就业问题。于是，年已37岁的王正华，顿时热血沸腾了起来，他知道自己必须创办企业了。

借助政策的东风，王正华自筹资金一口气办了6家企业，其中包括汽车修理厂、客运公司、货运公司和旅行社等。3年后，王正华的汽车修理厂业务红火；客运公司每天有40辆车往来上海和扬州之间；货运公司每天也有70笔生意。这些意想不到的成功给王正华带来前所未有的成就感，他感慨万千："这是一个好年代啊！饿死胆小的，撑死胆大的！"于是，已值不惑之年的王正华决定辞职下海。

一听说他要放弃金饭碗，首先是家人反对，接着组织对他再三挽留。但是，王正华去意已定，谁都劝不了他。无奈之下，领导开出条件：要走可以，但6家公司他只能带走1家。

相比之下，旅行社的资金门槛最低，于是王正华把春秋旅行社带走了。

刚开始的时候，旅行社的生意不是很好，第一年的营业额仅仅1万元。因为此时团体游的生意几乎都被中旅、国旅瓜分，根本没有多一分羹留给初闯旅游业并缺乏经验的王正华。

春秋旅行社的第一笔生意竟然是赔本生意，损失了上百元。那次准备从上海组织40个人去苏州一日游，结果花了很长时间，只卖出了大约20张票，全部收入都不够包车费。

理想和现实的差距实在太大了。王正华猛然认识到，只有创业决心是不够的，必须掌握足够的专业知识。于是，他开始寻找关于旅游的专业书籍。由于当时的信息传播还较为闭塞，王正华遍寻整个上海的书店、图书馆都没有找到一本合适的指导书。后来，他打听到了杭州大学一位欧洲留学归来的教员，编写了一本关于旅游业的书并油印成教材，便四处托人到杭州大学找这本《世界旅游业及其哲学》，当他看到“随着中国社会经济的发展，必将会有越来越多的人选择自费旅游。被国有旅游巨头忽视的，正是未来的市场主流！何不在此出手？”这段话时，王正华如醍醐灌顶，茅塞顿开，他决心把所有精力都放在散客市场上。

果然，由于当时越来越多的人开始追求个性化旅游，散客的市场份额因此越来越大。于是，找对了路的春秋旅行社随即业绩惊人，第二年营业额猛增至64万元，第三年则达到120多万元。当几个国有旅游巨头回过神来时，王正华早已带领春秋跑在了前面，春秋的旗帜已插遍上海滩。

二、无缘对面不相逢

1994年，王正华50岁，也正是在这一年，春秋坐上了全国旅行社的第一把交椅。但如何继续保持春秋的领先优势？

根据多年的经验，王正华决定分两手织网。

一手是建立电脑网络体系。在其他同行依旧采用手工操作的时候，王正华决定投资2000万元，率先采用电脑进行联网操作。这一大动作，在当时并没有给公司带来很明显的效益。后来，在跟竞争对手抢夺市场时，才发现了信息化管理的厉害。有一次，春秋旅行社在上海市区新开了几家店，结果遭到以中青旅为首的7家旅行社的联合围剿，中青旅采用了麦当劳跟随肯德基开店的竞争策略，在春秋新门店附近开设门店。不过，到最后，中青旅的门店关掉了大半，而春秋的门店几乎全部存活了下来。

另一手是运用国外已经很普遍的代理商模式，通过优厚的佣金制度吸引中小旅行社加盟。在每一款旅游产品中，王正华只拿利润的10%，其余90%都归代理商。

此外，他在管理机制上采用垂直管理。当时，国内旅行社同行的做法是水平管理，即导游掌握旅游链上的多种资源。这样管理很不好，还记得，1992年春秋国际旅行社华东部的十余名职员在部门经理带领下集体跳槽，结果华东部的业务资源整块丢失。于是，王正华决定采用垂直管理，成立独立的导游、采购、旅游线路和监督等职能部门。

进行了一系列的改革后，1999年年初，春秋旅行社形成了一张“上海50多家门店，全国30多家分社，全国上千家代理商”的大网，并不断从全国各地“网罗”散客资源。

就在王正华财运亨通的时候，季琦出现了。

季琦先是对王正华表达了自己的景慕之情、想跟王正华学习后，再谈到互联网的前景。

绕了半天之后，王正华终于明白了季琦的真正意图。

王正华说：“你是想邀请我跟你们合伙开一个旅游网站？”

“是的。非常期待着王总的加盟。”季琦很期待地看着王正华。

“不好意思！我对网络一点都不感兴趣。”王正华淡淡地说，他一口就拒绝了季琦的邀请。当然，此时的王正华做梦也想不到，这个年轻人有一天会把携程做成上市公司。季琦也想不到，对网络不感兴趣的王正华后来竟会开一家航空公司。

除了王正华以外，季琦和梁建章还接触了不少旅游公司的管理层人员。但是，没有人对这家刚刚成立的小公司感兴趣，更别说为它放弃自己已经拥有的一切。

一个偶然的机会，季琦听说上海大陆饭店的总经理范敏也是上海交大毕业的，做过旅行社，还曾经在瑞士进修。季琦眼睛一亮，这不正是他们想要找的人吗？

季琦似乎看到希望的曙光。季琦能否说服范敏加入携程团队呢？继续往下看！

第五节　管理专家范敏

一、管理专家来自国企

此时的范敏，虽然没有王正华那么名声大，但混得很好，日子过得挺滋润的。

范敏，1965年出生，1983年考入上海交通大学工业管理工程专业。4年后，他直接免试攻读本校管理学硕士学位，而在这年1000多名应届毕业生中，直接免试读硕士研究生的只有两个人。就这样，在上海交大的校园里，范敏整整生活了7年。

现在回想起来，苦读求学期间，范敏碰到的是一个物质非常匮乏的年代，人们对知识和文化的渴求非常强烈。

范敏依稀记得当年在新华书店排队购买《悲惨世界》的日子。那真的是很悲惨，早上7点钟，书店还没开门，门口已经排起长龙。

范敏也记得，当年一位室友的香港亲戚给他送来一台录音机后的情景。寝室里，那台录音机几乎是24个小时都在"工作"，录音机在当年算是奢侈的"家用电器"了，其他寝室的同学都羡慕得流鼻血。

范敏还记得，20世纪80年代的校园里，每次有专家学者来学校演讲时，礼堂里总是站无虚席，自己也是其中的一员。也许是受到了时代的影响吧，范敏的人生座右铭是朱光潜先生那本《谈美书简》里的一句话：**做老实人，说老实话，办老实事**。范敏给同学们的印象也是踏踏实实的，成熟稳重。多年后，范敏的同班同学回忆起他说，范敏当年是学校的学生会主席，很有领导的风范。

但是，这位沉稳的学生会主席也有“出格”的一面，那就是在读大四那年，范敏曾经和几位同学成立了交大昂立学生科技开发公司，他自己担任公司的副总，公司的主要业务是做课题咨询，给企业和外地的城市做规划。

不过有点遗憾，范敏发起成立的这家公司后来还是无疾而终，戏剧性的是，昂立的名字却保留下来了，成为另一家著名公司的名字。初次创业尽管以失败而告终，但却锻炼了范敏的动手能力。

1990年，范敏硕士研究生毕业。找一份什么样的工作呢？当时，范敏曾经有多项选择，比如，进政府部门工作、到金融机构上班等。但最终，范敏还是选择了当时看似冷门的旅游行业。

为什么选择了旅游业？因为在20世纪90年代初，旅游业非常热门，当年上海的希尔顿饭店招收服务人员时，曾经出现众多大学本科毕业生踊跃应聘的壮观场面。另外还有一个更重要的原因，就是范敏一直认为：“越是人才少的地方，越容易冒尖，山中无老虎了，猴子能称大王。”

范敏上班的单位是上海新亚（集团）股份有限公司（下称“新亚集团”）。

进入新亚集团，范敏的优势确实很明显。那时候，硕士研究生比现在的熊猫还少，属于稀缺人才，新亚集团当年也是仅仅招到两名硕士研究生。从一开始，范敏就是新亚集团重点培养的对象。

在新亚集团这个老牌国企里，范敏的第一份工作是在上海新亚国际旅行社计调部，负责旅行社计划协调的工作，平时的工作就是接发传真、安排旅行团队、联系供应商等。但在这里锻炼了一段时间之后，1990年12月，范敏被上调到新亚集团办公室担任助理。

在这个岗位上待了1年半后，范敏突然某天去找领导谈话，说他想调到海仑宾馆去工作。海仑宾馆是新亚集团公司的一家下属单位，当时刚成立不久。

办公室主任赵焕说：“小范，你疯了，总部不是挺好的吗？干吗要跑到那边去，何况那里的条件没有总部好。”

“赵主任，因为我对办公室的事务不是很熟悉，公司老总也不太满意。那边条件尽管差些，我还是想去。”范敏诚恳地说。

“但是，你到那边去，不一定会当领导，可能从基层员工做起。”赵焕还是想让这位上海交大的高才生重新考虑一下自己的决定。

最终，范敏还是选择了去海仑宾馆上班。

1993年2月18日，位于上海南京东路的海仑宾馆正式营业。范敏胸前的工牌上写着：实习管理生。

范敏觉得无所谓。他认为：**种子只有埋在泥土里，才会获得价值。任何种子，在空气中是永远不会生根发芽的。**比起集团的办公室，这里更能施展自己的才能。

果然，播种的人，一定会有收获。4年后，范敏的能力得到了上级领导的认可，他被派送到瑞士的洛桑酒店管理学院去进修。在国企单位里，这样的安排意味着准备给他提职。

去瑞士洛桑酒店管理学院进修是上海市旅游局组织的，全市一共选拔了20多人，学习时间是1年。这1年的受训和学习，让范敏对服务有了更深层的认识。

第一次上课就让范敏觉得很不一样。第一课是讲礼仪，当时授课的是一位法国老师。这位教授特别强调：旅游服务行业是一个好客的行业，从业者必须掌握很多待客之道，一定要注意许多细节，比如，走楼梯应该怎么走，从哪面走，这些都是有讲究的。

另外，还有一件事对范敏的影响很大。当时，他们在帮学校写推介促销信，寄到国内的教育机构。写好后，他们就把一大摞的信件顺手交给班主任，想不到不仅没有听到一声“谢谢”，反倒遭到了严厉的批评。班主任说：“你们都是酒店出来的经理，做事应该专业，这件事情做得就很不专业。信放在筐里应该放整齐，全部正面朝上，边角对齐，这样邮局工作人员拿回去后就不用再整理，可以直接盖邮戳。”

这件事让范敏真正明白了：对于服务行业来说，细节决定成败。如果服务者能在每一个不起眼的细节上让顾客感到你的用心，那就不一样了。有一句话是这么说的：**因为与众不同，所以获得成功。**

二、范敏同意加入携程

从瑞士归来后，范敏被提任为上海新亚集团酒店管理公司副总经理。此后，他官运亨通，又先后被任命为上海旅行社和大陆饭店的总经理。到1999年的时候，范敏已经在旅游业里工作了10年。

20世纪90年代，能在国企里混到总经理的职位已经相当不错，有房有车，还有专配司机，这样的生活对范敏来说应该满足了，没必要再胡思乱想。

但是，树欲静而风不止，有一天，来了几个人，竟然想打破他的平静生活，改变他的人生轨迹。

这几个人，就是季琦、梁建章和沈南鹏。

因为这3人在确定还需要一个熟悉旅游业的创业伙伴之后，他们不停地物色合适的人选，好不容易找到了范敏。

1999年的一天，34岁的范敏被一位朋友约到了上海的鹭鹭餐厅。那里，已有3个人在静候他的到来，分别是时任德意志银行高管的沈南鹏，甲骨文中国区咨询总监梁建章，还有创办过许多高科技企业的季琦。

第一次谈话，范敏的表情没有任何变化。

回来后，梁建章、沈南鹏两人说，再多寻找几个合适的人选吧。因为想把身为国企总经理、有单位住房、有专配司机的范敏挖出来，在很多人眼中都是不可能的事情。

但是，季琦认为：自己的校友都请不出来，其他人更难搞定。

接下来的时间里，季琦发挥了他做销售时锲而不舍的精神，经常去上海西藏中路200号大陆饭店，找范敏谈梦想、谈未来。

也真奇怪！季琦每次去找范敏的时候，范敏都让季琦在办公室外面等，就算有时间，也要等。这些对季琦来说，都没什么，他认为国企领导都是这样的，非常正常。不过，多来几次后，情况就好转了。开始要等10分钟，后来时间逐渐缩短，变成5分钟。

最后那一次，季琦直接对范敏说："校友，考虑好了没有？"

范敏说："好吧！我决定赌一把。其实，**人生就像一场赌博，不可以赌，但必须博。**"

也许是季琦三顾茅庐的精神感动了范敏，也许是季琦所画的"大饼"打动了范敏。总之，无数次的软磨硬泡之后，范敏心中的激情终于被唤醒，他答应一起创业。

这样下来，携程团队需要的人全部找齐了，那他们下一步的进展如何呢？请看第2章"创业与融资——有了足够资金，事情就好办"。

小 结

对团队的评估与鉴定

携程4人组的成员已经先后登台亮相了，但是，这4位创业者能否组成罗马军团，在商战上所向披靡呢？我们有必要借助人力资源管理工具对这个团队来个初步的评估与鉴定。

一、个体：企业家成长的三大因素

根据人才的成才学说，企业家的成长跟如下3大因素有关。

1. 社会环境

社会环境主要包括政治环境、经济环境和文化环境等方面。

对创业者来说，能否创业成功，社会环境因素起到了决定性的作用。你想想：

如果社会动荡不安，国家政权经常变更，领导人经常被谋杀，老百姓个个热衷政治，整天都在搞选举，哪有心思从事生产？

如果我国不实行改革开放，还是计划经济体制，毫不客气地说，连小买卖都做不成，哪会冒出什么企业家？

如果我国不改变观念，提出“白猫黑猫”理论，让重商文化兴起，哪会有那么多人想当大老板、纷纷投入商海？

所以，社会环境因素可谓是创业成功的首要条件。这也难怪潘石屹就曾经说过，如果没有碰上好时代，他还在甘肃天水的农村里当农民。

根据相关资料得知，在20世纪90年代，全国除了深圳之外，要数上海的创业氛围最好。由此可见，社会环境这个因素，携程团队的成长并不缺少。

2. 后天教育

教育包括家庭教育、学校教育和社会教育这3个方面。

家庭教育，为个体的成长打上底色，对个体人格的培养起到非常大的作用。具体体现在个性的形成、品格的塑造、生活习惯的养成等方面。

学校教育，能促进个体的个性化和社会化，能推动个体“德、智、体、美、劳”全面发展，能增加个人的知识和提升个人的技能。如果再能获得一张很好的文凭，那这张文凭就是一块敲门砖，当个体进入社会后，无论是求职还是创业，这块敲门砖都能起到不可估量的作用。

社会教育，它跟学校教育有很大的区别。对个体来说：学校教育增加的是知识，社会教育增加的是见识；学校教育提升的是学历，社会教育提升的是阅历；学校教育提高的是智商，社会教育提高的是情商和财商。据笔者个人长期观察得出：情商高的人，善于经营人际关系，适合进入政界，为人民服务；智商高的人，善于探究事物本源，适合进入学界，专心搞学问；财商高的人，善于观察事物变化，适合进入商界，创业开公司。

综上所述，我们发现，后天教育这一因素，携程团队的成长都具备，像社会教育方面，他们在创业之前，已经积累了丰富的工作经验。不同的是在学校教育方面，梁建章和沈南鹏属于“海龟”，而季琦和范敏属于“土鳖”。

3. 先天遗传

关于遗传因素，我们需要从素质模型入手，更能直观讲解。素质模型也叫洋葱模型（见图1-1），是美国学者理查德·博亚特兹提出的。他将个体素质分为3层，共计8个要素，具体内容如下。

（1）动机（motives），是推动个人为达到一定目标而采取行动的内驱力。

（2）特质（traits），是一个人对外部环境及各种信息等的反应方式、倾向与特性。

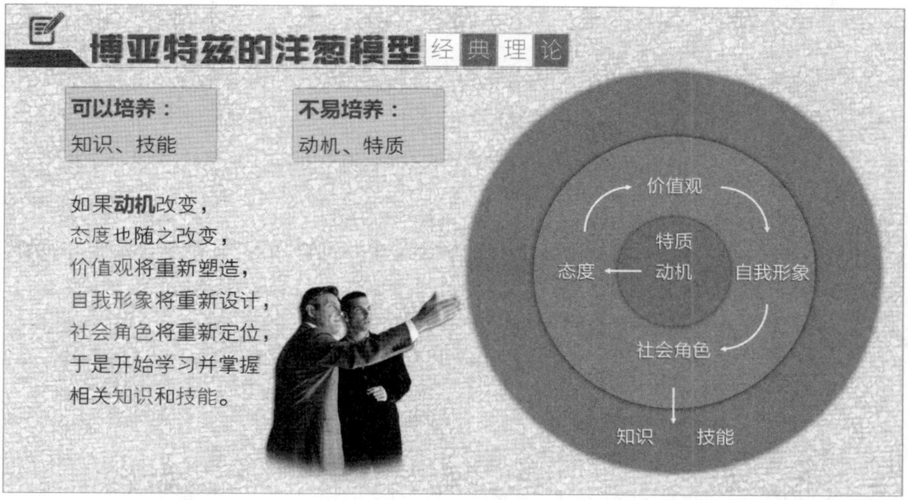

图1-1　博亚特兹的洋葱模型

（3）自我形象（self-image），是个人对自己的看法与评价。

（4）价值观（value），是指一个人对周围客观事物的意义、重要性的总评价和总看法。

（5）社会角色（social-role），是个人对其所属社会群体或组织接受的并认为是恰当的一套行为准则的认识。

（6）态度（attitude），是一个人的自我形象、价值观以及社会角色综合作用外化的结果。

（7）知识（knowledge），是指一个人在某一特定领域所拥有的事实型与经验型信息。

（8）技能（skills），是指一个人结构化地运用知识完成某项具体工作的能力。

博亚特兹认为，第3层的要素（包括知识和技能）属于后天的，是可以培养的。但第1层的要素（包括动机和特质）属于先天的，不易改变的。特别是关于特质，基本上是由父母遗传给自己的。不过，博亚特兹又认为，动机还是可以改变的，并且动机一旦改变，将产生一系列的连锁反应，整个过程为：如果动机改变，态度也随之改变，价值观将重新塑造，自我形象将重新设计，社会角色将重新定位，于是开始学习并掌握相关知识和技能。

根据以上理论，再结合携程团队4人的成长轨迹。我们不难发现，他们4人对渴望成功的“动机”非常强烈、“态度”非常明确、“自我形象”非常清楚、“社会角色”非常明晰。特别他们对自己人生的职业生涯规划，非常准确、到位。

在人生旅途上，很多人不想或者不会转弯，但是，他们的转身都很漂亮：

季琦离开上海计算机服务公司后加盟中化英华，最后又创办自己的企业——协成；

梁建章毫不犹豫地从技术部门转到客服部门；

沈南鹏从花旗银行跳槽到雷曼兄弟，后又进入德意志摩根建富；

范敏要求从办公室助理下调到海仑宾馆当一名见习管理生。

这一系列的事实，说明他们对自己有清晰的定位。

从个体角度分析，他们都具备成为企业家的条件。

二、组织：高绩效组织的两种模式

中国人力资源管理专家陈权认为，高绩效的组织一共有如下两种。

1. 全能型组织

全能型组织，也叫“一二三四原则”组织，在这种组织中，所有成员都是理想型人才。

那什么是理想型人才？公式如下：

一性：有兼容性。

二格：好体格、好性格。

三气：有志气、有才气、有运气。

四能：能想、能做、能说、能写。

在这里——

首先，成员必须明白兼容性是非常重要的。所谓的兼容性，是指个人对团队成员的选择不能抱有任何成见。就像组装电脑里面的某品牌主板一样，它跟任何品牌的显卡、内存、硬盘都必须兼容，既不“挑食”，也不“偏食”。否则，这台组装电脑就用不了。我们再举一个典型的案例吧，笔者曾经有个哥们，一直想创业，一直在寻找创业伙伴，却一直找不到。为什么呢？因为他选团队成员比选老婆还苛刻。哥们认为：东北人太暴躁、北京人太世故、广东人太精明、上海人太小气、湖北人太狡猾、湖南人太蛮横……结果，这些人都不能共事，通通被他一棍子打死了。由此可见，想合伙创业，兼容性的品格是多么的重要。

其次，成员必须身体健康，这不仅仅是因为特殊情况下需要经常加班，更是因为有时还需要坐11路公交车，即走路上班；成员必须脾气很好，因为脾气不好的人，会经常骂娘，让人受不了，甚至有时还会由于容易冲动而干架，导致散伙。

再次，成员要有远大志向，整天想着干大事情；要有非凡才华，很多问题都能自己解决；运气好，干成任何事情都是需要一些运气的！

最后，成员必须掌握4项基本技能，也就是：敢想敢喊，敢冲敢闯，会讲故事吸引人，会写文章说服人。

2. 互补型组织

互补型组织，也叫ABO血型组织（见图1-2），在这种组织中，每一成员专长某一方面，每一成员的能力，其他成员替代不了，而他们有机地结合在一起就是一个完美的组织，其理论内容如下：

O血型的人，一般属于老板型人才。其典型特点为：有前瞻性，凡事喜欢先做计划；有坚韧性，不达目标绝不罢休；有野心，权力欲望非常大；有经济思维，善于利用手中的资源。

A血型的人，一般属于专业型人才。其典型特点为：归属意识强，对公司非常忠诚；忍耐力强，能孜孜不倦地向目标迈进；分析能力强，对数字比较敏感；沉着稳重，做事踏实并力求完美。

B血型的人，一般属于市场型人才。其典型特点为：性格外向，喜欢交际，喜欢跟人打交道；不拘泥于形式，擅长想出一些有创意性的点子；

ABO血型组织理论 经典理论

O血型的人：老板型人才。特点：有前瞻性，凡事喜欢先做计划；有坚韧性，目标没达成绝无罢休；有野心，权力欲望非常大；有经济思维，善于利用手中的资源。

A血型的人：专业型人才。特点：归属意识强，对公司非常忠诚；忍耐力强，能孜孜不倦地向目标迈进；分析能力强，对数字比较敏感；沉着稳重，做事踏实并力求完美。

B血型的人：市场型人才。特点：性格外向，喜欢交际，喜欢跟人打交道；不拘泥于形式，擅长想出一些有创意性的点子；做事有激情、有干劲，但也容易冲动；有理想，喜欢高挑战性工作。

AB血型的人：管理型人才。特点：喜欢冷静，为人低调，缺乏情调；保持中立，见解独到，做事不为情感所左右；有双重性格，与人交往时，一切行为举止都很得体，个人独处时，会沉迷于自己编织的童话世界中。

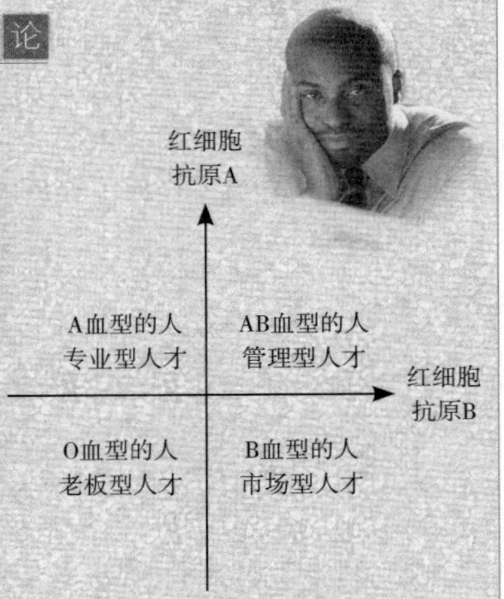

图1-2　ABO血型组织理论

做事有激情、有干劲，但也容易冲动；有理想，喜欢高挑战性的工作。

AB血型的人，一般属于管理型人才。其典型特点为：喜欢冷静，为人低调，缺乏情调；保持中立，见解独到，做事不为情感所左右；具有双重性格，与人交往时，一切行为举止都很得体，个人独处时，会沉迷于自己编织的童话世界中。

从以上的理论可以看出，携程4人组组合不了全能型组织。同时，社会中全能型组织也是几乎没有的。但是，如果他们的自我角色定位准确，他们就可以磨合成互补型组织。结果是这样：O型（梁建章）、A型（沈南鹏）、B型（季琦）、AB型（范敏）。

三、团队：卓越型团队的五个要素

组织不等于团队，不能把任何组织都当成团队，因为构成团队的5P要素和团队发展的5个阶段（见图1-3），决定了它是区别于组织的。

团队的5P要素依次为：目标（purpose）、人员（people）、定位（place）、权限（power）、计划（plan）。

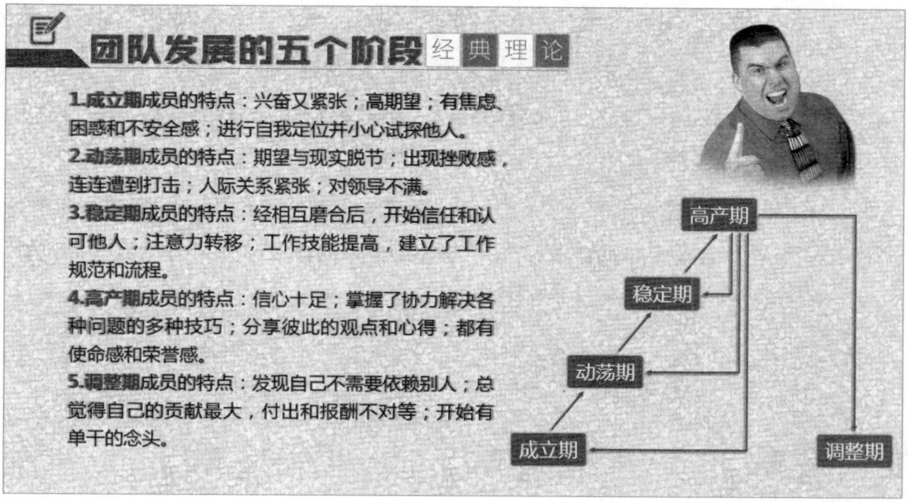

图1-3　团队发展的5个阶段

在这5个要素中，最重要的是目标和定位。理由是：只有角色的自我定位准确了，才不会出现角色冲突；只有目标明确了，才不会因为团队处于动荡期就解体。

为了说明这一点，我们先来看看两个经典的案例：西游团队和水浒兵团。

西游团队中，每一个成员都有缺点：

唐僧，好人和妖精老是分不清，自己没本事，不会打妖精，只会动不动就念紧箍咒来折磨不听话的孙悟空。

孙悟空，本事大，但毛病多。受了一点委屈后，就跑回水帘洞，让人力资源部的猪总去做思想工作。为此，猪总的猪耳朵还差点被花果山的猴子们煮熟而吃掉了。

猪八戒，好色、懒惰、贪吃、本事小。离开高老庄之前，猪八戒曾经对他的老丈人说，别叫我的媳妇另嫁他人哦，要等我，如果我取经不成了，还会回来跟她过日子的。

沙和尚和白龙马也没什么本事，只是听话一些。

但是，西游团队中他们角色的自我定位非常准确：唐僧是老板、孙悟空是市场总监、猪八戒是人事总监、沙和尚是财务总监，白龙马是物流总监。同时，团队领导唐僧的取经目标非常坚定，这个信心从没动摇过。所以，尽管经历81难，这个团队还是取得了最终的胜利。

而水浒兵团中，可谓是人才济济。天罡星36员，地煞星72员；文有吴用、公孙胜之辈，武有林冲、武松之流。

但由于成员的角色定位不对，你不服我，我不服你，安排座次的时候就曾经大吵大闹过。最要命的是宋江的目标不坚定，说什么替天行道，说什么有福共享，都是假的。后来他竟然被招安了，为了自我的荣华富贵而出卖了兄弟。结果，整个团队也被毁了，很多梁山好汉都死得很难看，宋江也不例外。

团队的发展有5个阶段：分别为成立期、动荡期、稳定期、高产期和调整期。

成立期。成员的特点是：兴奋又紧张；高期望；有焦虑、困惑和不安全感；进行自我定位并小心试探他人。

动荡期。成员的特点是：期望与现实脱节；出现挫败感，连连遭到打击；人际关系紧张；对领导不满。

稳定期。成员的特点是：经相互磨合后，开始信任和认可他人；注意力转移；工作技能提高，建立了工作规范和流程。

高产期。成员的特点是：信心十足；掌握了协力解决各种问题的多种技巧；分享彼此的观点和心得；都有使命感和荣誉感。

调整期。成员的特点是：发现自己不需要依赖别人；总觉得自己的贡献最大，付出和报酬不对等；开始有单干的念头。

在这5个阶段中，最难熬的是动荡期。那携程团队是怎样度过动荡期，安全地走出创业路上的死亡谷的呢？下一章可以找到答案。

应 用

如果你来选，你会选谁？

在2007年底证券市场很火的时候，深圳某证券公司的一位总监找到笔者，问能否帮他们出一道面试题目，相关说明和具体要求如下。

1. 面试的对象为客户经理。

2. 高中文化水平就能读懂该题目。

3. 该题目要测评出被面试者的投资意识，让不同投资意识的作答者有不同的见解。

当天晚上，笔者将试题及答案发到这位总监指定的邮箱，内容如下。

试 题

某顾客拿着一张百元钞票进了一家士多店，购买了一件价值25元（成本20元）的商品。店主一时找不开，就拿着这张百元钞票到隔壁商店里去换零钱。

顾客收起商品和找回的75元之后就走了，没多久，邻居竟然拿着刚才的那张纸币过来了，说这是一张假币。店主仔细一看，果然是自己被骗了，只好再给邻居一张真的百元钞票。

问：在整个过程中，店主一共亏了多少钱？请说出具体理由。

答 案

A. 195元。

B. 95元。

C. 100元。

D. 其他。

第二天，这位总监在新招客户经理的第一轮面试中收回了70多张试卷，但是答案却五花八门，竟然比笔者提供的答案还多。什么225元、205元、200元、195元、100元和95元等，甚至还有些考生这样回答，你认为多少钱就是多少钱。

由于笔者没有将这4种答案的理由附上，况且还弄出这么多的答案来，这位总监被搞蒙了。

如果你是这位总监，你认为这道测试题目的有效度和可信度如何？如果你认可这道题目，那你会录用选择了哪个答案的被面试者？请说说你的理由。

（需要此题的参考答案，请加笔者的QQ:1020824123）

第2章 创业与融资

——有了足够的资金，事情就好办

语 录

商场感悟5则

要成功,先发疯,头脑简单往前冲。到最终,成功肯定来得轻轻松松。

——读携程团队的创业故事有感

先做人，再做事；先交友，后交易。人品永远走在产品的前面。

——读季琦第一次融资经历有感

尽管跑断了腿，尽管说歪了嘴，尽管浪费口水，但我始终不后悔，因为我坚信始终有一天会摘到成功的花蕊。

——读携程团队于香港融资有感

打工者要以老板的心态来工作，老板要以打工者的心态来经营。

——读携程团队的创业故事有感

你能搞得定，我也能搞得定；我能搞得定，你不一定能搞得定；如果我都搞不定，谁都搞不定。

——读季琦的拼搏故事有感

第一节　携程的定位

一、各人有各人的看法

既然方向早就确定了，人也找齐了，他们4位决定于1999年5月开始运营这个网站。

说起来，大家可能有点不相信，他们当年创业的时候，条件非常简陋。在徐家汇教堂南侧气象大楼17层，他们租了半层楼面，一共才200平方米，并且和协成共用，范敏和梁建章连一张破办公桌都没有。

尽管是一家刚成立、只有30多人的小公司，但是，他们对这家公司的期望很高，看他们的职位就觉得搞笑。董事长兼CFO——沈南鹏（他投入的资金最多）；CEO——梁建章；总裁——季琦；执行副总裁——范敏。真的是“麻雀虽小，五脏俱全”。

下一步应该怎样定位自己的网站，如何规划公司的未来呢？在季琦的办公室里，他们各抒己见。

范敏第一个发言——

凭直觉，旅游业的市场应该比我们想象的还要大。1998年中国的旅游业规模就达2391亿元，旅游已经是老百姓的第二大支出，甚至还高于汽车。这么大的市场，不说“啃鸡腿”，就算是“吃鸡杂”和“喝汤”，都已经能撑死人。

但是现在的情况是：旅行社很难满足旅游业日益增长的市场需求，同时，旅行社提供的服务也很不到位。所以，旅游资讯加电子商务是唯一的出路，也是我们最明智的选择。

沈南鹏接着发表自己的看法——

其实，中国的电子商务在1997年的夏天就诞生了。当时，有一个名叫王峻涛的人在网上建立了一个软件销售实验站点“软件港”。后来，他将公司的电子商务部拆分出来，成立北京珠穆朗玛电子商务网络服务有限公司（即“8848”）。8848成立之初，刚好碰到“72小时网络生存”实验，它的企业形象广告连续几天出现在中央电视台CCTV2的黄金时间段。于是，8848一炮走红，开始在中国电子商务市场上呼风唤雨。1999年，8848在网上卖创新公司的MP3。半年后，8848成为这款MP3所有代理商中的销售冠军，销量远远超过实体店的传统代理商，这足以证明电子商务的前景不可估量。

说到将电子商务应用于旅游业，这并不是一个天才的创举，美国已经有许多这样的网络公司，其中几家企业也上市了。但是具体到中国的环境，究竟是做B2C还是B2B，是服务于接待旅游散客为主的旅行社，还是面向商旅出行日益频繁的企业，是把利润点着重放在弹性较弱的订票，还是偏重空间更宽泛的酒店订房，这还得靠我们慢慢摸索。

网络在中国的兴起已经有10年。想当年，张朝阳回国的时候，已经穷到没钱搭飞机，只好坐便宜的轮船回来。但是，张朝阳凭着一个门户网站的创意，竟然争取到风投的投资。这说明网络还是制造财富的沃土。但是，张朝阳、王志东等那个英雄造时势的时代已经过去，激烈的竞争环境要求企业必须有一支强大的管理团队。我觉得我们的优势就是我们这个团队。即便是上市，我们这样的组合不用包装，也是能经得住投资人横挑鼻子竖挑眼睛的。

二、最后梁建章说了算

梁建章最后发表自己的鸿篇大论——

既然大家都认可电子商务这种模式，那我们先看一看美国已经成功的3种模式：

第1种模式的代表是priceline.com。它是一个竞价网站，用户在上面提出需求、价格和时间期限后，第一个回应的就是竞价成功者。比如，某旅游爱好者想去西雅图，指定一个价格和酒店档次：50美元／天，三星级酒店。然后，priceline.com就自动在当地去寻找愿意接受这个价格的旅馆。找到旅馆后，无须客户确认，立即成交。

第2种模式的代表是lonelyplanet.com。它是世界上最大的独立旅游出版商，它提供世界各地的旅游指南和城市指南。上面有免费的自助旅游资讯，用户可以查阅到世界各地的旅游信息。

第3种模式的代表是travelcity.com和expedia.com。前者是一个综合性旅游网站，它跟全世界几万个旅行社合作，顾客可以通过它的操作系统来买机票、订酒店、租车等；后者是全球最大的在线旅游网站，它的服务涵盖了出游所需要的一切，包括机票预订、酒店预订和租车等。

根据中国的市场环境，priceline.com这种竞价模式在中国是行不通的，谁复制过来，谁就是打手电筒捡粪——找屎（死）。第2、第3种模式，可以考虑将它移植过来。

那选第2种还是选第3种模式呢？我认为，最好是选择第3种。理由是：人们接触互联网后就被其吓坏，发现互联网这个平台可以给自己提供几乎无限多的资讯。每一个人都沉醉在互联网的无限可能性之中，所以我们的网站应该给网民提供尽可能多的资讯，让用户在我们的网站上能够找到任何他需要的东西。目前所有的公司都在探索哪种商业模式最具有可能性。在一切还没明朗之前，只能让我们的网站尽可能地覆盖各种内容和应用，以免失去市场机会。

总之，我是这样认为的，先将网站定位为旅游门户，名字暂定为“游狐”（后来改为携程）。

本来该轮到季琦发言了，突然，梁建章话题一转，对季琦说：“网站的技术方面由我负责了。要不，你先把公司做起来。”

什么？4个人合伙开公司，先由季琦1个人将公司做起来，而其他3个人坐享其成！季琦会不会答应这个“不合理”的安排？请看下回分解。

第二节　第一次融资

一、季琦初见章苏阳

“好啊！先由我来开路，反正我一直都在‘海里’，没有什么可失去的。”季琦说，“总觉得我们是在进行一场接力比赛。我是第一棒，负责开拓市场；梁建章是第二棒，负责网站技术；范敏是第三棒，负责产品管理；沈南鹏是第四棒，负责上市融资。”

季琦很爽快，马上同意了这个建议。

这样一来，这个创业故事有点与众不同了。也就是开始运营网站时，他们4个人不是付出同等的时间和精力来孵化这个公司的。在创业前期，基本上是季琦1个人在扛着。而其他3位团队成员，只是利用工作之余的时间跟季琦一起讨论，充当兼职创业者的角色。

他们为什么不当即辞职，奋不顾身地投入到携程旅游网的创建中来呢？

其实，这也不怪他们，他们都很清楚：一家新创企业的成功是依赖很多条件的。假如有某一环节上的失误，马上就会导致一家企业彻底失败，这也是常人所说的“一着不慎，满盘皆输”。在互联网浪潮扑面而来之时，尽管他们的团队很优秀，每个人都有非凡的阅历，商业模式也不错，但是在一切还没有明朗之前谁敢保证这创业一定会成功呢？

所以说，他们只能是摸着石头过河。

既然是小心试探，就必须考虑成本，他们必须选择一个创业成本最低的人来开路。不用说，这个合适的人选就是季琦。

选择季琦是有很多原因的。季琦拥有他们3位同伴所缺乏的东西：在当时那个不太规范的市场里，他非常熟悉市场的游戏规则，很清楚怎样才能够生存下来，明白创业必须因陋就简，篮子里有什么菜，就做什么饭。跟跨国公司的“海龟”和国企的“鲸鱼”相比起来，季琦这个“土鳖”，在涓涓细流的小溪里，更容易找到通往大海的河流。

尽管说让季琦来开路成本最低，但是一家公司刚成立什么方面都需要钱。正如季琦所说的那样：汽车刚刚启动时耗油很多。3个月不到，4个人最初投入的100万元就已经花得差不多，如果找不到风险投资，公司将会“挂”了。

这个问题早就在他们的意料之中，不然，当初梁建章和季琦组建团队的时候，就不会去拉沈南鹏过来入伙。

但是，事情并不像当初所想的那么容易。沈南鹏的特长在这个时候竟然发挥不出来。第一，是因为他以前跟风险投资的机构接触不多。第二，他以前都是运作大项目，一些大的投资银行根本看不上小企业生意。总之，沈南鹏那“巨轮级”的才能被小企业的“港湾”搁浅了。

怎么办？这个时候，季琦突然想起了一个人，他叫作章苏阳，是IDG的合伙人。

在这里，先简单介绍一下IDG这家公司的情况。现在，一提起中国的互联网，就不得不提到IDG，知道中国互联网的人，都会知道IDG，就好像华盛顿之于美国，拿破仑之于法国一样。不过，当我们回过头去，竟然发现，IDG的名声也是一点一点积累起来的。

IDG集团公司创建于1964年，总部设在美国波士顿。母公司以数据处理见长，它在全世界85个国家和地区设有子公司和分公司，有1万多名高级研究专家和采编人员，每年发表9万余篇市场研究报告和技术发展预测报告，在世界信息产业界具有很强的舆论影响力。

1981年，IDG集团公司董事长麦戈文创建了太平洋创业投资基金，该投资基金专门面向亚洲国家，并以日本为主战场。1993年，在中国上海，IDG技术创业投资基金（简称IDGVC）成立，熊晓鸽是第一任总经理。

熊晓鸽是怎样认识麦戈文的呢？

当时的情况是这样的：1986年，熊晓鸽去美国波士顿大学攻读博士学位。1988年，熊晓鸽加盟世界最大的专业出版公司Reed，并负责中文版《电子导报》的编辑工作。1991年8月，公司委派熊晓鸽去香港工作，熊晓鸽认为只有回到中国内地才能将刊物办好，但是公司否定了他的方案。就在很苦恼的时候，熊晓鸽突然想起了1988年秋天，于弗莱彻学院的一个晚宴上，他给荣毅仁先生当翻译时认识的麦戈文先生。于是，他当即给麦戈文写了一封信。

麦戈文收到熊晓鸽的信后，当天晚上就通过电话邀请熊晓鸽加入IDG，并把聘书寄给了熊晓鸽。就这样，1991年11月，熊晓鸽正式到IDG工作。

刚开始的时候，熊晓鸽也是做电子杂志。后来，熊晓鸽帮太平洋比特体育器材公司找到了一些海外订单，让这家公司赚钱了。这家公司刚好是麦戈文在中国投资的第一家公司。看到这种情况，麦戈文觉得中国风险投资这块业务也必须大力做起来，于是，上海太平洋技术创业投资公司成立了。

1999年，互联网热起来的时候，熊晓鸽把上海太平洋技术创业投资公司当成IDG内部的一个部门来做，采用合伙人制。所以，IDG在中国的合伙人也很多，包括章苏阳、周全等。

虽然上海太平洋技术创业投资公司成立了，但IDG在风险投资领域并没什么名气，也没有什么经验。由于没有什么钱，IDG为了降低风险，只好选择小额投资，像撒胡椒面一样，只要是互联网项目就去投资。因为这个时候，互联网行业很火热。

另外，由于后期项目需要的资金很多，IDG投不起，所以只能选择早期项目。早期项目，全是模糊投资，谁都看不准，早期项目只能看行业了。既然选择了行业，就意味着与行业共浮沉，对于刚冒出来的好行业，基本上一个也不放过，“家家都投入，户户均占股”。这就是IDG的早期投资理念。

从1997年到1999年的3年时间里，IDG已经在中国互联网市场投下搜狐、当当、易趣、3721、百度等40多家网络公司。这些公司发展壮大，IDG也因此名声大噪。不过，这些都是后话了，现在继续看关于季琦寻找风投的故事。

说起季琦认识章苏阳，是缘起当年季琦想收购中化英华上海办事处这一想法。由于综合布线业务有预付款，如果再有人投一些钱进来，就可以买下公司。于是，季琦找到了IDG的两个投资人，介绍了中化英华上海办事处的情况。章苏阳说："如果这个公司真像你说的那么好，IDG可以考虑投点钱进去。"听章苏阳这么说，季琦马上跑到北京去谈收购的事情。虽然最终没有成功，但是通过这件事情他跟章苏阳熟络了。

后来，IDG在南京投资了一家企业，名字叫作中美合资南京托普信息网络有限公司。没多久，这家公司出事了，总经理抱着保险柜跑掉，公司面临倒闭。这家公司的主营业务也是系统集成，正是季琦熟悉的领域。于是章苏阳找来季琦，给他一个执行董事的头衔，希望他将公司稳定下来。

季琦花了一段时间，终于将公司从悬崖边上拉了回来。公司稳定后，季琦就离开南京托普。

这件事情过去之后，由于没有业务需求，季琦跟章苏阳也没有太多的联系。但是，现在携程的钱花得差不多了，季琦心想，必须去找章苏阳谈一谈。

1999年9月下旬，章苏阳被约到了季琦的办公室。

一听说是互联网公司，章苏阳很感兴趣。

章苏阳笑着问："你们现在也做互联网了？"

季琦笑着回答："是啊！满世界的人都在开互联网公司，为什么我们就不可以？"

"你们选择的是旅游网站？"

"是的。我们觉得这个行业最有前途。"

"能不能说一下具体的理由？"章苏阳继续问。

季琦很有信心地说："我们已经讨论大半年的时间，并且是一个一个行业去分析的。我们也曾经考虑过网上书店、网上招聘、网上家装等，但发现这些都会受到某些条件的限制，最后决定选择旅游网站。”

“是你先提出的吗？”

“不是！是我们的CEO梁建章提议的。因为他有一回跟女友旅行迷路了，半天找不到出路，于是，想到了要办旅游网站，既可便利自己，也能帮助别人。”

“呵呵！很有意思！你们这个团队一共有几个人？”章苏阳笑着问。

“一共4位。另外的3位分别是甲骨文中国区技术总监梁建章，他从小就是神童，对网络技术非常在行；德意志银行的沈南鹏，他是摩根建富的董事，拯救‘小兵’外高桥那个项目就是他‘操刀’的；还有上海大陆饭店的总经理范敏，他一直在旅游业工作。”季琦说。

季琦介绍的3个创业伙伴，章苏阳已经认识2位。一次季琦请章苏阳吃饭时，梁建章也在场；一次几个从事投资的同行在静安宾馆吃饭的时候，在座的刚好有沈南鹏。

听完季琦的介绍，章苏阳说：“我先考虑一下吧！”说完，他起身准备走。

听到章苏阳说要回去考虑，季琦暗想IDG可能不愿意投资了。当时互联网最热门的是门户网站，新浪、搜狐、网易和中华网在纳斯达克上市后的表现刺激着所有互联网从业者和投资人，很多人都认为，门户网站才是最佳选择。看好旅游网站前景的人并不多。

于是，季琦赶紧拉住章苏阳说：“苏阳，你在这个行业的人脉很广，能不能给我介绍几个风投人啊？”章苏阳说：“没问题！”一说完他就离开了，并且他一走，啥消息都没有了。

季琦心想：这下完了，没戏了。他拼命催沈南鹏：“南鹏，你赶快去找人啊，不融资我们死定了。”

沈南鹏依然没有融到资，但携程也没死，为什么？下回讲解。

二、季琦再约章苏阳

想不到3个星期后，章苏阳突然打来一个电话，说有两位IDG的同事想和携程的创始人见面。季琦非常高兴，差点从凳子上跳了起来，忙问："苏阳，怎么样？有戏吗？"章苏阳没有明确回答，只是说："还不知道哦！先见面呗，最好是你的团队一起过来。"

于是，季琦赶快拉来梁建章，与章苏阳相约在铜仁路一家家常菜餐馆的二楼包厢里见面。

章苏阳带来的两位同事，一位是IDG技术创业投资基金总裁周全，一位是IDG波士顿总部的技术专家。

让季琦和梁建章非常惊讶的是，这两个IDG的投资人没有问携程的商业模式和盈利模式，也没问风投常问的三个问题"你们在做什么，到底是干什么？""团队有谁，你们怎么认识的？""公司现在的现金情况怎么样？"而是问一些让人莫名其妙的问题。

周全说："我想了解一下，你们创办携程的目的是什么？"

季琦说："我们觉得互联网是一个很好的平台，它可以让个人的能力得到更好的发挥，利用互联网的力量可以让自己的产品方便更多的顾客。"

周全继续问："再过10年，如果携程做得很大了，创业团队的这些人准备干什么？"

第二个问题让季琦和梁建章很难回答，因为当时他们根本还没有考虑这么长远的事情。

看了一眼梁建章后，季琦说："这个问题还没想过呢！大家都在做互联网，我们也做互联网。我觉得互联网能做大。"接着，季琦又跟IDG的投资人讲起在美国的故事，讲起在甲骨文总部第一次看到互联网的震撼，讲他回国后一直在寻找如何进入互联网这个行业的切入点。

携程团队与IDG投资人的见面会，就在这些莫名其妙的问题中结束了。季琦他们离开后，章苏阳问两位同事："兄弟们，这个团队怎么样？我的眼光还不错吧！"

波士顿的技术专家说："他们的远期目标不是很明确，对旅游和网络两者的结合不是很清晰，不过，他们这个团队确实是技能互补型的。"

周全接着发表自己的看法："目前互联网这么热，互联网公司是我们的主投行业，先投入一点吧！如果这个团队都没戏的话，那其他创业团队更不用说了。"

"他们四个人有点像一个机构。四个人有各自不同的背景，大齿轮、小齿轮之间咬合得非常好。对于抱着'第一是投人，第二是投人，第三还是投人'的理念的风险投资人来说，这个团队很有吸引力，有足够的实力执掌他们将要操作的公司。"章苏阳说，"好吧！先投一点，如果发展好的话，再追加资金。"

1个星期后，有结果了，IDG给携程公司的估价是200万美元，IDG答应投资50万美元，占携程20%的股份。

在这里值得提一提的是，携程写给IDG的10页的商业计划书，章苏阳根本没看完，也懒得去看就下决定了。

1999年10月，IDG投资的50万美元到账。拿到这笔钱后，4个创始人带领30多名员工大张旗鼓地将网站做了起来。10月28日，梁建章将网站名字由原来的游狐改为携程。携程旅行网正式上线，并在《上海微型计算机》周刊上刊登广告软文：

携程旅行网（www.ctrip.com）是专门为旅游者、旅行团体及旅游相关行业提供在线旅游服务、旅游产品介绍的旅游门户。它涵盖了全国各地的自然景观和人文景观，以及具有吸引力的旅游热线，包括旅行社、酒店、餐饮、娱乐、购物、交通等综合信息，提供网上预订（订票、订房、订团、订餐等）。推出旅游新闻、热点推荐、社区论坛、俱乐部等全方位的客户服务内容。进入www.ctrip.com就如同进入了动态的多媒体中国旅游大全。

随后，季琦在接受《互联网周刊》采访时，详细介绍了携程旅行网的定位和发展思路。

携程旅行网的定位是：旅游资讯加上旅游电子商务。携程旅行网提供的是一种基于互联网的自助旅游，强调“站、社、区、部”四个方面。

站：携程旅行网一方面要立足国内，成为中国人的旅游网站；另一方面，还要吸引大量的国外游客来华，成为外国人的旅游网站。携程旅行网将采用全方位立体型的经营方式，与各综合或专业旅游网站、旅行社、酒店、宾馆及各种服务于旅游的行业展开广泛的合作交流。

社：携程旅行网同时还是一个大型的电子商务网站，即虚拟的网上旅行社，可以在网上提供包括吃、住、行、游、购、娱6个方面的全方位产品。网友可以在网上直接选择预订1000余家宾馆的客房，800多条旅游线路和30多家旅行社的服务，还可以在网上直接预订机票。

区：在携程旅行网的网上社区里，网友可以共享彼此所了解的旅游信息，交流旅程中的种种酸甜苦辣，对各个景点、宾馆发表自己的看法，更可以在网上唤友同游，其目的就在于让旅游成为自己真正喜欢的事情，让志趣相投的人聚集到一起来。

部：携程网友俱乐部将成为旅游爱好者的沙龙和旅游发烧友的寄居处，俱乐部将连续不断地推出各项活动，引领旅游时尚。

第三节　第二次融资

一、路演竟然失败

为什么接受记者采访的是季琦呢？因为IDG投进50万美元后，不但改变了携程团队的股份比例，还改变了携程公司的组织架构，还没当几天CEO的梁建章竟被季琦换掉了。原来章苏阳信任的是季琦，梁建章只好改任COO。

季琦上任后，在当初旅游资讯加旅游电子商务的思路指导下，一方面，将网站弄得像百科全书一样。另一方面，还像他早年创办的公司一样，尝试做各种各样的业务，啥都卖，包括各种门票、飞机票、宾馆客房预订、旅行社的团队票等。

1999—2000年，全球互联网热潮已经达到顶点，这段时间内，世界上到底开了多少家互联网公司？谁都不知道。毫不夸张地说，这个时候的互联网公司比河边的小蝌蚪还多。就拿旅游网站来说，已经多得让人犯晕了，有携程、艺龙、中青在线、城市旅游网、绿色通道旅游网……

尽管旅游网站遍地开花，但这些网站的商业模式基本都差不多，都是旅游资讯加旅游电子商务。

既然大家的定位都是一样的，那怎样才知道自己的网站开办得成不成功呢？有没有衡量的指标？有！在这个时候，衡量互联网公司的唯一指标就是点击率。

所以，为了得到可观的点击率，互联网公司开始进行“烧钱”比赛，毫不吝啬地投放广告。

携程也不例外，在点击率上下功夫，也在广告上“烧钱”。很快，携程又没钱了。

在1999年的互联网发展热潮之中，IDG投入携程的50万美元只是一阵“毛毛雨”，携程不得不开始琢磨，怎样去寻找第二笔资金。

恰好这时，易趣到香港路演，这让携程的4位创始人大受启发：为什么不去路演呢？于是，他们也做了一份商业计划书，大致介绍了携程的商业模式、发展前景和目前项目开展到何种程度。沈南鹏列出了一个香港所有风投公司的名单，4个人到了香港，准备按图索骥，一个一个去跑。

遗憾的是，这次香港之行，携程4位创始人非常失败，失败得有点“莫斯科不相信眼泪”。

季琦还依稀记得当时跟一位香港投资人的对话：

“你们是什么公司？”

“我们是旅游网站公司。”

“你知道现在很多旅游公司都在推行零团费旅游吗？”

“零团费？什么意思？”

“什么意思？我告诉你，旅行社都很难混下去了，何况你们的网站。年轻人，还是趁早改行玩别的吧！”

总之，香港的风险投资家觉得内地旅游市场虽然很大，但是非常分散，早已做烂；另外相比门户和电子商务，旅游也不是一个时髦的概念。

如果说香港之行还有什么收获的话，那仅是提高了携程的知名度，至少那些风险投资公司已经知道有一家名叫携程的网络公司在做旅游网站。

但是，这个时候最缺的是钱啊！就像玩游戏一样，无论你的级别多高，如果来不及补气和补血，你还是“挂”了。

携程是否能融到第二笔投资，请看下回分解。

二、二次融资成功

香港路演失败了，下一步该怎么办呢？季琦独自一个人在办公室里抽着闷烟，思考着。

就在季琦为融资事情弄得焦头烂额的时候，章苏阳突然出现了。

章苏阳这时刚刚从北京回来，几天前在北京投资了另外一家旅游网站。

为什么同时投两家性质一样的公司呢？因为在1999年末到2000年初，谁都看不准哪家互联网公司会做起来，哪家互联网公司会死掉。风险投资只好在互联网的每一种商业模式中，选择几家最有前途的公司投资，这样既不失去机会，又能规避风险。

“什么？你在北京又投了一家旅游网站？”季琦有点不高兴地问。

“是的。这2年内，IDG在中国投资的互联网公司已经接近40家，性质一样的公司为数也不少。不过，我们首轮投入的资金都不是很多。”章苏阳说。

“那你对我们携程还有信心吗？”季琦盯着章苏阳的眼睛问。

“肯定有，这还用问吗？不过，目前全国旅游网站将近有10家了，携程现在的工作就是要打造自己的核心竞争力，让其他企业在整体上很难跟你们竞争。就像柳传志所说的，洒一层土，夯实，再洒一层土，再夯实。”章苏阳说。

“可是！现在携程一分钱都没有了，眼看着就要‘挂’了，当务之急是融资，其他的话题都是废话。如果你真的对携程很有信心的话，赶快给我介绍新的投资人。”季琦有点急躁了。

沉默了一阵子后，章苏阳说：“这样吧！我介绍一个非常有名气的投资人给你认识，能不能搞定他，就靠你了！”

“谁？哪家风投公司的？”季琦的眼睛发亮了。

“软银。软银中国的代表是石明春，他在投资界已经很有名气。”

软银？季琦对这家公司似乎没有很深的印象，但他相信章苏阳的话，这应该是一家很不错的公司。

其实，那时候很多人都对软银非常陌生。因为软银开始是做实业的，后来才转到投资行业。

这家公司的老板是一位传奇人物，名字叫作孙正义。在这里，很有必要介绍一下关于他的成长过程和投资理念，以便更好地理解为什么软银会与携程结下不解之缘。

1957年8月，孙正义出生于日本佐贺县的一个中产阶级家庭；1973年，他去美国留学，并在加利福尼亚大学伯克利分校攻读经济专业。

在美国待了1年后，孙正义突然发现：在美国这个地方，不想花太多的时间又能赚大钱就是申请并销售专利。他左思右想，通过快速组合法，果然从“发音设备”“词典”“显示屏”三者的组合中发现了电子词典。于是，他立即组织专家研制。这个产品经研制成功并上市后，孙正义赚到了人生的第一桶金。

1980年3月，孙正义大学毕业后，放弃了美国的高薪待遇，决定回国创业。经过1年多的调查，按照25项标准对40种项目进行科学的评估后，他决定做软件分销。1981年9月，24岁的孙正义成立了软银公司，注册资金为1000万日元。

公司开张那天，他站在水果箱子上对他新招的两位雇员宣布：软银的发展目标是“几兆亿日元，几万人规模”，这两位员工一听此话，都觉得很不靠谱，老板肯定是疯了，于是当场辞职。

但是，1992年后，孙正义得到了思科系统的日本代理权。当年年底，软银就控制了日本软件销售渠道70%的市场，孙正义的事业开始蒸蒸日上。

1994年7月，软银成功上市，融资1.4亿美元，孙正义成为拥有10亿美元资产的富豪，年仅37岁。

也就是这一年，孙正义决定转型，进军投资行业。1995年11月，孙正义向仅有几个人的雅虎投资200万美元，这一创举连雅虎创始人杨致远都觉得不可思议，他怀疑孙正义是不是疯了。但是，更让杨致远想不到的是，孙正义还继续追加投资。在雅虎上市后，孙正义套现了5%的股票，获得4.5亿美元后，仍是雅虎的最大股东。这时，杨致远不得不佩服孙正义，说：“孙正义是一个能前瞻15年到20年的人物。”

美国首战告捷后，孙正义准备挥师杀入中国市场。这时，加利福尼亚大学伯克利分校的校友陆弘亮找他来了。因为陆弘亮和吴鹰等5人成立UT

斯达康公司后，面临资金瓶颈而需要引进风险基金。当吴鹰在30分钟的演讲中把公司今后的发展策略及目标阐述完之后，孙正义马上被吴鹰那雄伟的事业心吸引住了，他当场对UT斯达康投资了3000万美元，占30%的股份。后来，UT斯达康的发展果然让孙正义获得高倍的回报。于是，孙正义决定成立专门的投资公司。

软银在中国市场上的第一个风险投资基金是软库中华基金管理公司（简称“软库中华”），1999年7月在香港注册成立，基金规模为5000万美元，石明春就是软库中华的中国代表。

相比起IDG，软库中华的投资风格很不一样。软库中华喜欢与IDG合作，先由IDG做第一轮种子期投资，稍晚时软库中华再进入。石明春的投资理念是：做风投就像打狼，人越多，胆子越壮。在他的支持下，软库中华先后投资了新浪、网易、8848、当当等多家互联网公司，石明春同样对互联网公司情有独钟。

由于IDG跟软库中华有如此的合作关系，所以，章苏阳离开季琦的办公室后，第一时间就给石明春拨打了电话，告诉他携程是一家很不错的公司。

过后不久，携程的办公室里果然出现了石明春的身影。

同IDG的投资人一样，他先同携程的创始人海阔天空地闲聊，询问几个创始人是哪个地方的人，喜欢干什么，有什么爱好。

石明春发现，这4个人性格相差很远。季琦和沈南鹏特别会说；梁建章话不多，但是见解独特；范敏谈话时很有亲和力。

“户口调查”工作结束之后，石明春开始进入正题。

“能不能用简单的几句话描述一下你们公司的商业模式和发展空间？”石明春微笑着说。

“我们所提供的是这么一个产品：第一，美国有非常好的成功例子；第二，中国没有这样的服务；第三，随着中国市场的发展、中国经济的发展，人们会有这样的需求。”梁建章回答。

梁建章的回答让石明春非常满意，于是，软银的投资决策非常迅速。1999年底，石明春不但自己决定投资，还拉来上海实业、美国兰花基金和香港晨兴集团及IDG一共5家投资公司，一起投资450万美元，占了携程29%的股权。

事后，石明春在谈到软银对携程的投资时说："我们当初选择携程，一是因为这个行业比较适合上网，这种模式非常清晰，非常简单，每个人都看得懂，每个人都会觉得这种东西是自己需要的一种服务。二是这个公司的团队也不错。应该说这是综合选择的结果。携程其实不是最早搞互联网的，但是它做事情最快。这一点跟它的定位和团队都很有关系。携程有技术、有品牌，它的价值在以后会显现出来。"

三、"烧钱"比赛开始

2000年3月下旬，第二轮融资到账。看到一下子又有了450万美元，梁建章、沈南鹏、范敏3位都连夜写了辞职报告，打好铺盖，义无反顾地投入到携程的经营中来。

风投投进这么多钱，他们希望携程做些什么呢?

章苏阳说："季琦，这回有钱了，没话说了吧！我告诉你，现状是，所有的中国互联网公司都有上市的可能。你们赶快把这个点击量或者用户做大，不要太在乎什么利润。我们不会去考虑做长线的，我们的目的是上市。只要能上市了，咱们就会在一夜之间变成亿万富翁。"

"如果上不了市呢？"季琦笑着说。

"上不了市，被人家并购了也行！"章苏阳接着说，"别想那么多了，快点打广告吧。"

确确实实，在这个时候，不是章苏阳这么认为，所有互联网从业人员的思路都是这样的：打广告→提高访问量→上市→套现。

也真奇怪，就是没有人去想如何通过互联网赚钱。互联网公司的CEO们似乎并不担心这一点，他们相信，时间会改变一切，赚钱方法总会找得到，先打好广告再说。

这样可好，互联网公司为了推广自己的网站，都不拿美元、人民币当钱了，花钱就像过清明节时烧冥币那样痛快。用季琦的话来说是这样的："当时有种感觉——一个集市里全是吵闹的声音。你不叫，别人就会盖过你。"

"烧钱"是必要的，但是必须懂得怎样"烧"。

携程团队认为"天上打广告，地上铺渠道，弯腰捡钞票，老板哈哈笑"的年代已经过去。广告投放的方针应该改为：不打广告等死，乱打广告找死，会打广告才赚死。

怎样才算会打广告？就是花小钱干大事。所以，携程团队对成本控制很严，他们将市场推广费用控制在公司财务费用的30%以内。

为了能很好地控制成本，携程的广告投放就不采取什么乱枪打鸟、地毯式轰炸的方式，携程不做路牌广告，不做车身广告，甚至连地铁广告都不做。

携程将目标受众定位在经常坐飞机的商务旅客和高端游客，决定围绕着飞机乘客做文章。所以，携程在全国的几个大型机场，立了几个大灯箱，每个灯箱广告的费用是每年100多万元。

机场灯箱立好后，携程打算再做其他推广。

2000年4月，携程决定与民航总局合作，举行上海国际航空小姐世纪风采大赛。网上独家直播权归携程所有。

携程投入了很大的人力、财力去筹办这个活动。大赛的主题是："世界民航百年历史，空中小姐世纪风采。"携程在网上为网友提供一个完全虚拟的社区，让网友直接目睹航空小姐的风采，获知航空小姐的个人资料。同时，携程旅行网还专门设立了"最受观众喜爱奖"，由网友在网上直接投票产生。所有参加活动的网友都会得到携程的礼物，并有机会获得联想MP3。

但是很遗憾，携程的这次公共活动银子花了不少，但效果却很一般，这让季琦很烦闷。

就在携程团队一筹莫展的时候，投资人又出现在他们的面前。

"章苏阳、石明春，你们都来了？"季琦说。

"季总，做推广花了多少钱？"石明春问。

“每月两三百万元，几个月下来，花了1000多万元。但是，效果好像不咋地！”

“才1000多万元？你们烧得也太慢了吧！赶紧加快速度。市场有时就像烧水，猛火才会将水烧开。如果微火慢慢烧，结果是干柴没了，水也没烧开。”石明春说。

“季总，石明春说得对。我们从没要求携程这个团队必须成功。如果你们尽力了，没有成功，我们也就算了。我们的意思是，你们不必太保守，为了能抓住机会，你们必须大胆花钱，这钱又不是你自己的，怕啥？”章苏阳接着说。

但是，在市场中的携程团队心里最清楚，这个钱投下去绝对是赔本赚吆喝，没有实际意义。

携程团队会不会听取投资人的建议呢？请往下看！

四、但还是没赚到钱

风投的建议表面看上去确实很漂亮，花我的钱打你的广告，你还犹豫啥？但是，季琦不是这样认为的。他心想：风投公司每投资10家企业，只要有1家赚钱就不会亏，他们有足够的理由去赌。但创业者就不一样，一旦失败了，那就是“辛辛苦苦好几年，一下回到解放前”，想翻身，可能下辈子都没有机会了。

相比一些没有运营过企业的互联网创业者，季琦心里最清楚：一个公司如果总是不赚钱，总是要依靠投资生存，不是个办法。在互联网创业激情之火将人们烧得找不到北的时候，季琦仍然保留着一丝清醒——企业不赚钱等于犯罪。

基于这个非常现实的想法，携程一直在寻找一种最可能赚钱的业务，在酒店预订、卖门票、卖旅游团票、订机票等业务中，到底哪一个是最赚钱的呢？

2000年1月9日，携程参加了《中国经营报》主办的“旅游产业与网络经济研讨会”后，季琦似乎领悟了什么。

参加这次研讨会的有携程旅行网、青旅在线旅游网、中国旅游资讯网、再见城市国际旅游网、绿道旅游网以及神舟集团等公司，主题是探讨旅游网站对传统旅游行业有没有冲击。

会议上，神舟集团总经理朱永德说：“我个人认为，目前人民的生活水平还没有达到网络经济所需要的水平，互联网对传统行业的冲击不大。我们也曾经跟一些网站合作过，效果不是很理想。不过，网络确实对我们很有帮助，通过网络可以了解行程，了解旅游产品，让交流更加直接，让服务意识增强。”

中旅银建旅游网副总经理龙远照接着说：“我认为，网络对传统旅行社还是有影响的，首先受到冲击的是订房和订票业务。这两项服务过去给我们旅行社带来了不少收入，可现在随着信息流通的加快，我们这两块都没得做了。至于互联网会不会将传统旅行社吃掉，我的观点是互联网只能起到促销作用，真正的旅游还要靠旅行社来实现，否则，谁给他车，谁给他导游，内急了，谁带他上厕所？”

再见城市国际旅游网总经理吴刚也发表自己的意见：“对于旅游新产品来说，互联网有优势，我们通常的做法是通过网友调查，量身定做他们喜欢的产品。比如，前几天的那个澳洲游，我们没做任何广告，只通过发E-mail，很快就组成了团。这一点，传统旅行社是很难做到的，仅宣传成本就让他们受不了。同时，值得一提的是新产品的毛利率非常高。”

“华山论剑”结束了，同行的思想碰撞能否给季琦带来灵感？携程能否摸索到最赚钱的业务？接下来请看第3章“转型与收购——道路是曲折的，要学会转弯”。

小 结

初创企业常见三个问题

本章涉及初创企业常遇见的三个问题。

一、团队：怎样度过动荡时期

有句话说得好：“因未知而结合，因了解而分手。”当团队向前发展、进入动荡时期时，成员相互发现对方不是当初想象中的那么完美无缺后，肯定会因为观点不同而发生冲突。

这个问题很头疼，不单单是携程，几乎所有的团队都碰到过。

为了能让创业团队的成员继续合作下去，以免出现散伙的局面，那么在这个时候，团队领导应该采用何种措施呢？

教科书上有很多方法，比如：安抚人心、鼓励成员参与决策、建立工作规范，等等。但是，携程团队没有采用这些听起来非常有道理的方法，携程团队处于动荡时期为何不散伙，靠的竟然是成员无私的奉献精神。

不是吗？当时3个人合伙开公司，沈南鹏出资60万元，才占40%的股份，而季琦和梁建章各出资20万元，竟可以各占30%的股份。不是吗？公司开始运行的时候，只有季琦1个人在做事情，公司进入正轨后，其他的3个创业伙伴才全身投到携程的经营中来。

我们再举一个案例吧！笔者有个哥们，准备找身边最好的朋友合伙开一家房地产中介公司。当他的朋友看完商业计划书后，说：“合伙开公司就没必要了，如果你缺钱的话，我可以借给你。”哥们很不解，就把商业计划书发到一个商业QQ群中，问大家到底是哪里出了问题？

有网友回答：“商业计划书写得很详细，格式完全没问题。只不过，你对利益的分配强调得过多了。”

哥们解释：“就是因为是自己最好的朋友，我才这么做啊！如果不事先说清楚了，以后出现纠纷怎么办？”

这个哥们当然没有体会到他朋友看完商业计划书后的感受：刚开始就这样斤斤计较了，以后是不是更加离谱？

这个哥们至今还没理解《射雁》那个典故的真正含义：到底是先将大雁射下来，再考虑采用何种方案来分配这只大雁；还是先确定了分配方案，再去射大雁。

想法决定活法、态度决定高度、眼界决定境界、格局决定结局。个人认为，季琦和沈南鹏当时的想法应该是怎样的：先将市场做起来再说，不愁分不到钱。

二、营销：如何发现市场机会

1.根据供给和需求的明确程度，市场机会可分为三种（见图2-1）：识别型、发现型、创造型

（1）识别型。是指供给和需求都很明显，只是需要创业者去确认。

（2）发现型。是指供给和需求只有一方明显，另一方有待创业者去发掘。

（3）创造型。是指供给和需求都不明显，需要创业者利用一些经济手段去创造。

为了能更好地将这三种市场机会阐述得明白了当，下面，我们先看一个小故事，故事的名字叫作《把鞋子卖给南太平洋人》。

据说，19世纪50年代初，美国鞋厂为了开拓南太平洋市场，有3家厂商各派了1名业务员到那些小岛上考察。

市场机会的三种类型 经典理论

1. 识别型

是指供给和需求都很明显，只是需要创业者去确认

2. 发现型

是指供给和需求只有一方明显，另一方有待创业者去发掘

3. 创造型

是指供给和需求都不明显，需要创业者利用一些经济手段去创造

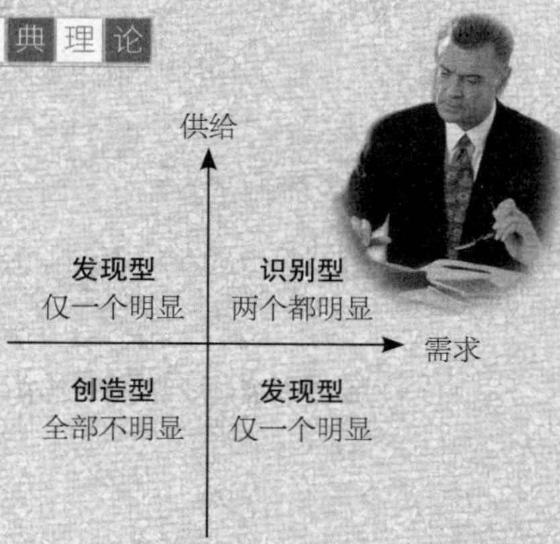

图2-1 市场机会的三种类型

这3位业务员先后到了那里后，惊呆了：这个鬼地方，竟然没有1个人穿鞋子！

第1位业务员感到非常绝望，心里想：都没人穿鞋子，卖给谁？他当即给公司老板发了1份电报："这里的人都不穿鞋子，我明天搭第1班飞机回去。"

第2位业务员却完全相反。他看到这种情况后，大喜过望：哈哈！这回肯定发财了，你看，竟然还没有1个人穿鞋子，这里绝对是1个待开发市场。他立刻给上司发了1份电报："老板，这些岛上还没有人穿鞋子，我决定在这里混了。"

那第3位业务员的看法又是如何呢？这位卖鞋子的业务员更神！他不但意识到这里是1个空白市场，还发现了另1个市场：南太平洋这些岛上的椰子竟然没人要。他心里想，我何不先把一些椰子拉出去，卖掉后，再将鞋子运进来？

于是，3个业务员就有了3种不同的命运。

第1个业务员没有发现市场，他被解雇了，他改行了，不再从事销售了；第2个业务员发现了1个市场，他留下来后，成了公司南太平洋地区的市场部经理；第3个业务员发现了2个市场，他不但成了公司南太平洋地区的市场部经理，后来，他还离开了公司，自己当老板去了。

为什么同样的一次机会，3个业务员却看到3种不同数目的市场呢？

因为第1个业务员使用的是确认手段，没有识别到市场；第2个业务员使用的是发掘手段，发现了1个市场；第3个业务员使用的是综合手段，既发现了1个市场又创造了1个市场。

所以，这个世界上，缺少的不是机会，缺少的是将机会转化为市场的意识。

想当年，季琦和他同学在甲骨文公司里，用杨致远刚刚开发的Yahoo搜索工具，找到《蒙娜丽莎》后，季琦一下子惊呆了，想不到通过互联网，可以找到任何自己想要的东西。他马上意识到：互联网会改变人们的生活方式，互联网会改变现在的商业模式。

季琦回国后，一直寻找着进入互联网市场的切入点，他想通过互联网这个平台去整合传统产业，发掘出一个新市场。

但是，发现机会并不意味着创业成功，因为机会还需要开发。

2.根据市场机会开发的先后顺序，其过程可分为三步：发现、抓住、转化

在这三个步骤中，最重要的前面两步。

陈天桥曾经说过：“机会就像一个快速旋转的转门，当空档转到你面前的时候，你必须毫不犹豫地钻进去。”他的意思是：一旦发现机会就得赶快抓住。

江南春也有类似的话：“当时不只我一个人认为，在电梯门口装一个液晶显示器播放广告，是一个很好的创举。但结果呢，我是第一个将想法变成实际行动的人。”江南春的意思是：要抓住别人看清楚还没行动的机会。

为了说明抓住别人看清楚还没行动的机会是多么重要，下面，我们再看一个《抓住牛尾巴》的故事：

有一个年轻人，无可救药地爱上了一位农场主的漂亮女儿，某天，他决定登门去求婚。

农场主对前来求婚的年轻人说：“追我女儿的优秀男孩多了去了！不过，我可以给你一次机会，你现在只要做一件事，让我看看你是否具有非凡的勇气和足够的智慧。”

年轻人忙问：“伯父，您要我干啥？”

“这边来。”农场主把年轻人带到一个牛圈旁边，说道：“等会儿，我从里面依次放出3头公牛，你只要抓住了任何1头公牛的尾巴就代表成功了。”

迟疑一下，年轻人还是答应了，虽然很害怕那些凶猛的公牛，但他又期待着有奇迹发生。

第1头公牛被放出来了，那是一头非常凶猛的小公牛，它咆哮着冲了出来，速度奇快，年轻人还在犹豫之中，它已经冲过去了。过去就过去了，等下一头吧，如果运气好的话，它可能不会这么凶猛。年轻人心里盘算着。

第2头公牛又被放出来了，年轻人看到的是一头非常强壮的公牛，它冲出栅栏的一刹那就显示出无比的力量和异常的愤怒。年轻人一下子就被吓坏了，甚至连走上去的勇气也没有了，就这样，第2头公牛又冲过去了。此时，年轻人心里想着：再等下一头吧，不可能自己老是这么倒霉，当然，无论下一头怎么样，一定冲上去抓住它的尾巴。

当第3头公牛被放出来的时候，年轻人看到的是一头瘦弱的几乎跑不动的老公牛。哈哈！终于等到了。年轻人高兴死了，赶快冲上去，往牛屁股上猛抓。突然，他惊呆了，这头公牛竟然没有尾巴。

其实，在市场上，很多机会何曾不是这样的。

当机会不明显的时候，你持观望状态；当机会很明显的时候，你发现市场竞争已经非常激烈了；当你下定决心冲入这个市场的时候，这才知道这个机会已经变成假机会了。

从1999年到2000年的这段时间里，门户网站非常火，而携程团队却偏偏对旅游网站情有独钟，他们对这个市场真的很有洞察力吗？

其实，他们当时也是摸着石头过河，项目前景如何心中没数。梁建章只是知道美国早就有了这样的网站，并且做得很好。但是，这种模式移植到中国来，能否存活？谁都不知道。

所以，携程做得最对的一点是：先抓住这个机会再说。

三、财务：如何跟风投谈融资

创业的三个要素是：人、钱、项目。如果团队有了，项目有了，接下来的就是找钱，也就是融资了。常规融资有四条途径：股东、银行、风投及上市。启动资金基本上是股东自掏腰包，以后，要么靠银行贷款，要么靠风险投资，上市是公司步入正轨后的主要融资方式。

在这四种融资方式中，股东的自筹资金可能不是很多，银行贷款还需要质押，上市还很遥远。所以，风险投资这种方式可谓是中小企业融资的最佳选择。

很多人认为，要得到风投的青睐，必须学会写有吸引力的商业计划书。如何写好商业计划书呢？有四个要求：清楚明了（clarity）、简洁精炼（brevity）、条理分明（logic）、数字说话（figures）。只有达到这样的要求，才有说服风投的可能。曾有创业者感言：想得到风投的投资就像去追一个离过了婚的女人一样，太难了。

可是，对于风投来说，他们是这样想的吗？纵观很多风投的投资对象，竟然发现，风投最看重的还是创业团队，其次才是项目。郭凡生在《赢在中国》这个栏目中，曾经对某创业团队说：你们缺少的不是钱，而是有钱人对你的信任。

所以，他们认为，最危险的是人，不是项目。他们很注重跟创业团队沟通，了解创业团队各成员自想法。

那风投会问创业者一些什么问题呢？

1. 常规模式下的问题

常规模式下，风投一般会问创业者这三个问题：

（1）你们在干啥？

回答这个问题时要遵守KISS原则（keep it simple & stupid），意思是要越简单越好。因为风投通常认为，越简单的模式越容易成功。

（2）创业团队有谁？怎么认识的？

面对这个问题，创业者需要回答的是核心团队的成员，并告诉他你们是怎么认识的，最佳方式是自我介绍，不要让CEO（首席执行官）去一一介绍。

（3）公司现在的现金情况怎么样？

风投问这个问题的真正目的体现在如下三点：

第一，风投想知道运营的大概情况，还有多少现金，还能支撑多久。如果你告诉风投只能支撑10天，那就不要找风投谈了。

第二，现金的掌握。如果问这个问题都答不出来，风投会觉得很不可思议，你是公司的CEO，你都不知道公司现在还有多少钱？

第三，现金流的控制。你对现金要有需求，不能说一点都不缺钱，那也不大现实。你可以这么说：公司的现有业务，可以使现金保持良性的状态，若不扩张，这个钱可以保持到明年。

2. 特殊模式下的问题

特殊模式下，风投会不按照常理去问一些问题。

比如，IDG问携程的几个问题：

（1）创办携程的目的是什么？

（2）再过10年，如果携程做得很大了，创业团队的这些人准备干什么？

问第一个问题的目的是了解这个团队为什么要创业；问第二个问题的目的是想了解团队核心成员各自的想法，准备做多大的事业。

再比如，软银问携程的几个问题：

（1）你是哪个地方的人？

（2）喜欢干什么？

（3）有什么爱好？

这几个问题很简单，但非常有用。面谈的时候，风投想得到全面的信息，通常会问些开放性的问题，在此不再一一赘述。

总之，风投之所以这么严格地考察创业团队，是因为他们不直接参与公司的经营，无法掌控其所投资的公司。唯一能做的是选对人，这样才能成大事。

在1999年到2000年初的这两年时间里，有无数资金涌入互联网这个行业，有无数互联网企业在一夜之间诞生，也有很多互联网企业在一夜之间死去。

但是，本案例中，携程团队没有让风险投资家们失望，他们在这场“互联网泡沫”中的表现非常精彩。下面，让我们一起来看第3章“转型与收购”。

应 用

投入1亿元，应该占多少股份？

有位朋友，潮州人，在深圳拼搏了20年后，终于将宾馆开到8家。目前的情况是：每家宾馆的投入大概在500万元左右，7家已经盈利，每月有二三十万元的收入，还有1家开业1年以来，一直处在亏损状态，每月大约倒贴四五万元。

看到这几年连锁酒店行业发展很快之后，这位朋友开始有想法了。他请管理顾问公司，帮他起一个统一的名字，并且花了15万元弄了一本VI手册。

不久之后，有风投看上了，说愿意出资1亿元，占70%的股份。

问：这个股份比例合理吗？如果不合理，你认为应该是多少呢？

（需要此题的参考答案，请加笔者的QQ:1020824123）

第3章

转型与收购

——道路是曲折的，要学会转弯

语 录

商场感悟5则

首先你要行，要有人夸你行，夸你的人也要行，你还必须身体力行。

——读携程创业团队成员之间相互认可有感

不怕狼一样的对手，就怕猪一样的队友。

——选择团队伙伴一定要谨慎

你缺少的不是钱，缺少的是有钱人对你的信任。

——读携程团队第二次融资有感

努力不一定成功，不努力一定不成功；你可以选择放弃，但不能放弃选择。

——读季琦谈并购业务有感

无论你是狮子还是绵羊，你都必须奔跑；无论你是贫穷还是富贵，你都必须努力。

——读王胜利创业故事有感

第一节　行业趋势

一、吃螃蟹者瀛海威

提起中国的互联网，有一个绕不过去的名字，那就是张树新。这个出生于辽宁抚顺，毕业于中国科技大学的女生，是互联网行业的第一个吃螃蟹者。1995年，当人们还不知道互联网和电子商务为何物时，她已经成立自己的公司——瀛海威，并将公司的广告牌竖立在北京中关村路口，上面写着：中国人离信息高速公路还有多远？向北1500米。

作为中国第一家ISP（网络接入服务商）和ICP（网络内容服务商），瀛海威的发展可谓步履维艰。

据张树新说，她去邮电部申请Internet的时候，工作人员都蒙了，没有人知道将它放在哪一类，也没有人知道如何去收费。

公司刚成立时，注册资金才700万元，后来，中兴发参股瀛海威，瀛海威的注册资金增加到8000万元。由于中兴发拥有公司73.5%的股份，中兴发总裁梁冶萍出任瀛海威董事长，张树新改任公司CEO。

可能有人会问，这家新成立的公司是做什么的呢？张树新是这样说的，瀛海威提供一个网络平台，让终端用户在上面享受服务内容。

现在回想起来，这种商业模式在1995年似乎赚不到钱。那时候，瀛海威在全国有8家分公司，拥有5万用户。按照北京公司的经营状况，有2万用户就可以盈利的话，那么，瀛海威整体上还差11万用户。

更可怕的是，1997年6月，邮电部投资70亿元的169全国多媒体通信网启动，这让瀛海威的处境更加岌岌可危。

基于这种状况，瀛海威的决策者不得不慎重考虑公司未来的发展方向了。张树新认为，面向大众的“百姓网”是瀛海威未来的发展方向。梁冶萍却提出，瀛海威的业务应当转为专门向企业用户提供金融信息服务。

道不同，不相为谋。在经多次协商，还无法达成共识后，加上资本拥有绝对的说话权，张树新被迫离开了自己亲手创办的公司。

就这样，张树新彻底失败了。张树新失败在哪里呢?

事后，张树新反思：她误入Internet行业，是万幸中的不幸。她在错误的时间进入一个正确的行业，结果还是错误的。她犯了三大错误：第一，没有背景行业资源；第二，资本结构不合理；第三，商业模式没有多种价值链设计。

但是，有一位跟张树新合作过的企业家不是这样认为的。他的评价是瀛海威的发展有三大局限。第一，过于强大的宣传攻势给人一种错觉；第二，作为管理者，张树新像一位宏观战略上的韬略家，而难见其针对市场发展的管理策略；第三，由于瀛海威是互联网在中国发展的试验品，所以张树新在瀛海威的结局是一种必然。

尽管众说纷纭，但有一点是肯定的——如果公司不赚钱，公司的CEO必须下课。这就是瀛海威给后来互联网创业者的启示。

二、赚钱有两种模式

瀛海威失败了，并不意味着互联网失败，张树新之所以出局，是因为她的商业模式有问题。下面来看一下其他人是怎么赚钱的，了解一下已经成功的商业模式。

第一家公司是雅虎。雅虎是由斯坦福大学的博士生杨致远和大卫·费罗创办的。

1995年5月5日，公司成立。

1995年8月，公司卖出第一份广告，赚了几个小钱。

让人想不到的是，在1996年4月，雅虎竟然在纳斯达克挂牌上市。上市当天股价猛涨了154%，公司市值为5亿美元。

后来，伴随着席卷全球的互联网热潮，雅虎股价的增长更是不可思议。曾经有人计算过，如果在1997年1月31日购买1000美元雅虎股票并一直持有，在3年后的同一天，就变成5.6万美元，年回报率高达380%以上。

前面介绍的是雅虎的发展情况，现在来探讨它的商业模式。

雅虎创办之始，该网站的功能是提供网页目录和搜索引擎，后来扩展到全方位的内容，天文地理什么都有，包括新闻、聊天室、实时股票证券行情、财经金融信息、实时转播、电子邮件、公告板、网上账单支付及其他多种服务。

雅虎靠什么赚钱？说白了一句话：结盟，找最好的结盟，结更多的盟，结更快的盟。雅虎除了4000余家广告商，10000余家进驻网上购物平台的网上商家外，还有1000多个战略合作伙伴。

这就是杨致远设计的门户网站商业模式。狄姆·库高说，雅虎就是任何人想要跟任何事或任何其他人发生关系时，不得不去的唯一场所。

但是，雅虎并不是当年互联网唯一成功的模式，在美国还有另一种玩法，那就是AOL模式。

2000年1月10日，世界最大的因特网服务提供商AOL（美国在线公司）和世界最大传媒集团时代华纳公司宣布，两家公司将合并组建一个庞大的互联网和传媒集团——“AOL-时代华纳公司”。

这是一起刷新历史纪录并购案，交易总额高达1840亿美元。两家公司合并后，将成为世界第七大公司，年营业额高达300亿美元，市值总额高达2860亿美元。消息公布后，时代华纳公司的股票当日从75美元飚升到95美元，第二天股价又涨到102美元。

合并后，时代华纳的股票是涨了。但是，人们会纳闷：作为一家具有70年历史的老牌媒体集团，拥有CNN、卡通电视台、华纳兄弟电影公司、《人物》杂志、《财富》杂志、《娱乐周刊》等，当时市值为830亿美元，是传统媒体中独一无二的老大，为何竟然心甘情愿地让仅有10多年历史的AOL吞并？

时代华纳的发言人在并购后出来解释：

很早就知道Internet对传统媒体的冲击，时代华纳也试图进军网络，遗憾的是并不成功。AOL发展虽然不过10多年，但是仅1999年第二财季，它的盈利就已经是时代华纳的4倍多，而AOL的员工只有1万多；时代华纳的员工却有6万多，传统媒体的劣势暴露无遗。

同时，AOL曾经表示，并购旨在取得时代华纳的有线电视网、庞大的用户资料库和电视、报纸等资产的使用权。AOL不只满足于当前最大的ISP，而是要抢着开拓未来的网络世界。也就是说，要将现实生活搬上网络，网络内容不再只是文字与图表，而是声光、视讯一起来。

总之，此次并购让AOL变成了一个无与伦比的新媒体巨无霸。虽然AOL不再算“纯种”的网络公司，无法像一般的网络公司那样股价巨幅攀升，但这次并购给AOL充满风险的互联网业务注入了稳定因素。

华尔街的分析家们普遍认为：AOL-时代华纳公司创造的是一种新模式，体现了传统与创新的完美结合。

市场中缺乏的是创新能力，却从来不缺少复制手段。

很快，大西洋那边的门户模式被移植到了中国。

1997年，王志东成立了新浪网，张朝阳成立了搜狐，丁磊也创办了网易公司。

新成立的这三家公司，值得大书特书的是新浪（前身是四通利方）。新浪的成长见证了互联网泡沫的膨胀和破灭。

1997年10月，美国华登等三家风险投资企业对四通利方投资650万美元，中国第一个门户网站成立，该公司创始人王志东被称为“中国网络大王”。

尽管王志东解释：自己被称为“网络大王”，不过是碰巧姓王而已。但是，王志东确确实实是中国IT界引入风险投资的第一人。

四通利方成立后，它的发展很戏剧化。

1998年9月，华渊中国区总经理给王志东打电话，说他的老板姜丰年想跟四通利方谈合并。本来华渊是要收购对方的，华渊的资产是四通利方的两倍。想不到见面后，双方的资产比例倒过来，变成2：1，四通利方并购了华渊。事后王志东神秘地说，因为他给了对方一个炸弹。

合并后，新公司命名为“新浪”，并于当年12月成立。

又是引进风投，又是合并。新浪的目的很明显，一切都是为了上市。可惜的是，当新浪还在准备中时，1999年7月，中华网抢先在纳斯达克上市了。

中文第一门户的概念被中华网抢走了，新浪董事会非常震惊，当即启动IPO，接着进行路演。

2000年3月30日，王志东率领的新浪路演团从香港出发。说起来，也真奇怪，就在他们路演的旅途上，纳斯达克的股票一直在暴跌。当路演团离开伦敦的那天，纳斯达克猛跌了500多点。

新浪不管那么多了，先上市再说。2000年4月13日，新浪在纳斯达克股票市场正式挂牌交易，开盘价为17美元，开盘后股价只升到22美元，较发行价仅上涨22%。

同样作为中国概念的中华网，上市时认购超十倍、招股价20美元、开盘即升至60美元、当天涨幅超过200%。对比起来，新浪确实有些让人失望，以致后面还有几家准备IPO的中国公司赶快撤了。

互联网的泡沫破了。到底是互联网泡沫的破灭引起了纳斯达克的下跌，还是纳斯达克的下跌加剧了互联网泡沫的破灭，谁也搞不清楚。

可以肯定的是，从2000年4月纳斯达克的“跳水”式暴跌开始，网站CEO们的日子就不好过了。

1年前，中国最好的广告牌上几乎都写着某个互联网公司的名字，大家比着“烧钱”。后来，很多网站连生存都成了问题。

1年前，来自海外的投资商们整天捧着钱在中关村附近转悠，一个碗上写着“.com”的乞丐都能拿到上千万美元的风险投资。现在，美国的风险投资家们突然变得聪明了起来，他们不仅要听很好的故事，还要看到这个故事是否能带来收益。

这个时候，一夜之间不知道死了多少家互联网公司。就连IDG在中国投资的40多家公司都倒闭了一大片。但是，曾经被IDG非常看好的携程网是否能生存下来呢？

第二节 决定转型

一、哪种产品有前景

互联网泡沫破灭了，互联网行业会不会也开始萎缩？

软库中华代表石明春的看法是：不能说互联网这个行业是错误的，不能说整个行业都是泡沫。在行业成长的时候，可能有个别公司股价过高而需要调整，也可能有个别公司会突然死亡，这些都很正常。实际上任何一个行业每天都存在开门和关门的可能，就算有一天亚马逊倒闭了，也不能说B2C这种模式是不对的，只能说我们要寻找新的方式了。

携程创始人季琦的看法是，要感谢互联网泡沫。在一次演讲中，他说：携程的成功和团队组建、历史机遇都有关系。有了互联网才会有携程，有了互联网泡沫才会造就携程。泡沫让携程的价值被高估，让携程拿到了1亿多元的投资。我们做得最对的，就是争取时间去整合了传统行业。

可是，提起携程团队利用互联网去整合传统行业的这个过程，真的是一言难尽。

从成立公司那天开始，携程旅行网的定位就是专门为旅游者、旅行团体及旅游相关行业提供优质的在线旅游服务，业务为网上订票、订房、订团、订餐等。

这么说来，卖旅游团票应该是携程的主打产品。创业团队中的范敏曾经是上海旅行社的总经理，他在这个行业混了10多年，操作起来应该是轻车熟路。

从逻辑上分析很美好，但是，在现实中执行起来却并不是这么回事。首先，这个行业的利润非常低，只有10%不到；其次，这个行业的竞争非常激烈，旅行社都有自己成熟的渠道，携程很难拿到团体客户业务，网上成交的散客基本是寥寥无几；最后，真正的旅游还要靠旅行社来实现，旅行社相对旅游网来说，权威性更高。总之，携程想通过订团业务养活这个网站，根本不可能。这一点，实在是携程团队意料不到的。

卖旅游团票不赚钱，那卖门票怎么样？

2000年元旦，刚好是两个世纪的交接点。对于这个百年一遇的大好机会，很多商家都想抓住，当然，携程也不例外。1999年12月，携程争取到了上海龙华寺新年敲钟门票的网上分销权。

迎元旦撞龙华寺晚钟活动是上海地区最有特色的旅游节庆活动之一，自从1989年开始，每年都举办一次。

据说，这个撞钟仪式非常隆重，相当有意义。当天晚上，龙华古寺弥勒殿山门慢慢打开后，首先是主持大师致欢迎词。接着，108位撞钟嘉宾来到钟楼，主持大师为每位幸运者披上写有撞钟者名字和时间的绶带。随后，在众多僧人的《三宝歌》颂唱声中，嘉宾们依次走上钟楼，撞响古钟，祈祷幸福。

龙华寺晚钟一般在23时以后敲响，第108响正好是新年零点时分。对于游客来说，这种神圣感和满足感也许只有亲临现场的人才能体会到。

所以说，这是一门非常好的生意，携程应该大卖特卖门票才对。但是，非常意外，在网上携程竟然一张门票都没有卖出去。无奈之下，携程的员工只好冒着寒风跑到龙华寺的门口当“票贩子”。

门票卖得不咋的，那卖飞机票又会怎么样呢？

经过具体摸索后，携程发现卖机票也不行。这个行业经过20年的发展，已经非常成熟。你看它的服务就知道了，不但有上门送票，甚至有机票代理公司还推出了机场免费接送服务。最要命的是，机票卖出去了，还需要一个收款的过程。

卖旅行团票、卖门票、卖飞机票都试过了，只剩下酒店预订了。那这项业务能不能给携程带来希望？

二、酒店预订最赚钱

这一回，携程终于选对了。

因为酒店预订不同于卖旅游团票和卖飞机票，那些已经被做烂了，而酒店预订在当时还是一个诞生不到3年的新业务。

当时，这个酒店预订业务明显存在供需不平衡。

在计划经济时期，旅客到招待所住宿是需要介绍信的，不存在什么中介公司。自从改革开放后，尽管不用再找人开什么介绍信，只需要一张身份证就可以入住了，但是，这时出现在旅客面前的是，除了“涛声依旧”的招待所之外，还增加了不少形形色色的酒店，以及参差不齐的小旅馆。

到底选择哪种旅店比较适合自己，旅客开始犯晕了。既没有人告诉旅客哪家招待所还有空余的房间，旅客也不可能随身携带一本导游手册查找目的地酒店的电话。

旅客唯一能做的，要么找旅行社帮其订房，要么在车站旁边的小旅店将就一下，但这两种办法都不是最理想的。在这个时候，旅客特别需要一个专业的订房机构帮其订合适的房间，并且希望手续简单、价格合理。

对于酒店业来说，自从1978年改革开放后，中国酒店业的发展迎来了第一个春天。一批合资的经典酒店横空出世，如广州白天鹅、中国大饭店、北京建国饭店等。

1984年后，假日集团、雅高集团进军中国，从此，国际酒店集团开始在中国大陆跑马圈地。特别是从1985年到1995年这10年，中国酒店发展一路狂奔，数量突飞猛进，造成酒店供给量短期内相对过剩。

根据当时的统计数据显示，在全国6000家星级酒店中，有3000家亏损，亏损金额高达72亿元，全行业利润率为-5.46%，全行业空房率在30%以上。

所以，在这种情况下，酒店更需要一个专业的中介机构来分销。

是谁首先发现这个空白的市场呢？当然不是携程。在携程还没成立之前，人家就已经做得有声有色。

季琦率军进入这个行业，除了发现其他业务都不赚钱之外，还因为上回参加“旅游产业与网络经济研讨会”时，中旅银建旅游网副总经理龙远照所说的那句话：网络对传统旅行社还是有影响的，首先受到冲击的是订房和订票业务。这两项服务过去给我们旅行社带来了不少收入，可现在随着信息流通的加快，我们这两块都没得做了。

1999年11月，携程开始开发并使用在线预订系统，做酒店预订，并且将酒店预订业务作为未来2年的主要发展方向。

但是，季琦的算盘又打错了。尽管酒店预订是一种非常有前景的朝阳业务，但遗憾的是，携程团队削尖了脑袋也挤不进来。

三、收购别人是捷径

为什么挤不进来？道理很简单。

一家成立仅仅半年、从未从事过酒店预订的互联网公司，去拓展酒店预订业务，结果可想而知。

他们经常碰到这样的场面：

某豪华酒店里，一个年轻人好不容易敲开了酒店经理的房门。

“经理，您好！这是我的名片，我是携程旅行网的业务员。”年轻人非常热情地将名片递给对方。

“你们是干什么的？”酒店经理随手将名片扔到办公桌上的一个小角落里，乜斜了年轻人一眼。

“我们网站希望能为贵公司酒店做订房服务。”年轻人赔着笑脸说。

“什么？网上酒店预订？难道你没看到我们也有网站吗？”

“是的，这个我也知道。不过，我们是专业网站，面向全国推广的。”年轻人讪讪地说。

“哦！我知道了！不过，我现在很忙，有空再跟你联系。”酒店经理根本没有听这个年轻人说完，就将他打发了。

其实，被人家请出来也是很正常的。试想一下，对于一个没有名气的小公司，刚刚起步做酒店预订，有谁会愿意跟它合作呢？不被人家用扫帚扫出来，已经是很幸运。

但是，携程的业务员一次次去敲开酒店的大门，又一次次被无情拒绝，也不是一点收获都没有。至少，这些酒店已经记住携程这个名字。同时，随着业务员的多次拜访，慢慢地有酒店开始尝试着跟携程合作。当然，携程也没有亏待这些合作伙伴，今天给这个酒店送来了1个旅客，1个月后，又送来了10个旅客。

就这样，用了3个多月的时间，携程与全国1000多家酒店建立了合作关系。

但是，建立了合作关系并不代表赚钱。随着订房业务的开展，季琦突然发现，酒店预订不是当初想象的那么简单。只要提供一个平台，携程就可以从中赚到佣金。现在的问题是，酒店方搞定了，而从网上订房的旅客却没有几个。

怎么办？季琦决定召开股东大会。

季琦说："兄弟们，现在情况很不妙，酒店预订又搞不下去了，咋办？"

范敏说："还是卖旅游团票和飞机票吧！"

梁建章说："挖人呗！"

"开弓早已没有回头箭了。但是，挖人能解决问题吗？"季琦说。

"那你认为应该怎样？"梁建章问。

"我认为，只能是全盘收购。这个行业的运作与发展，和这个公司的架构、客户类型都有关，不是单纯地挖人就能解决问题。"季琦继续说，"目前，订房做得最好的公司有现代运通、商之行、百德勤、金色世纪4家，我想去跟它们的负责人谈谈。"

季琦能搞定吗？

四、这些公司都不错

不收购别人，凭自己的本事，可不可以将订房业务做起来?

答案是肯定的。季琦非常清楚，效率就是生命，时间就是金钱。对于目前携程的处境来说，收购市场上订房业务做得最好的公司是最佳选择。人家能有今天这样的规模，其实也是很不容易的。

第一家可考虑的公司是现代运通，它是第一个发现并且毫不犹豫地冲进了这个市场的。

1996年，蓝天实业对外贸易部门的一位员工在一次出差中发现，宾馆的价格有很多种，什么大客户价、散客价什么都有，并且各个价格相差很大。这位员工回来后，将该情况告诉了他们的处长王胜利，并建议公司进入订房市场。

王胜利一听，觉得有道理，自己出差时也曾发现这种情况。王胜利当即给蓝天实业的董事长打了电话。

董事长说："建议很不错！能不能再搞一次调查，看一下市场的认可程度?"

为了验证这个判断是否符合实际情况，王胜利听取了董事长的建议，先做一次市场调查。

1997年初，春季广交会又召开了。每年这个时候，蓝天实业都会去参加广交会。王胜利心想，来参加广交会的都是全国各地的参展商，应该全部是宾馆预订的目标人群。于是，王胜利和他的伙伴在广交会上发了6000份问卷进行调查，调查内容无外乎"原来一个房间800元，如果600元介绍给你，你是否愿意?""由过去先付费变成后付费，感觉这种方式如何?"结果，回收了4000份问卷，反响非常好。

看来市场是确确实实存在的，剩下的是准备工作了。

几个月后，1997年10月16日，由蓝天实业作为大股东，王胜利等人参股，投资200万元成立了北京现代运通商务旅游服务有限公司（简称"现代运通"），王胜利出任总经理。

不过，刚开通预订业务的时候，现代运通只有36家合作酒店。当时很多酒店不认可网络预订这种方式，老是问：你们要这样低的价格，能给我带来更多的客人吗？

是啊，本来可以卖到1000多元的房间，现在600多元给现代运通，这难怪酒店方有疑问。

面对酒店方的怀疑，王胜利却是非常自信。他认为，现代运通是一个网络，把这些酒店连起来后，就是一个全国酒店预订网，完全可以给酒店带来更多的客人，这个优势是单一的酒店无法比拟的。

为了打消酒店的顾虑，除了做好说服工作，现代运通还拿出近百万元现金给签约酒店作押金。

果然，市场是出奇的大。尽管酒店方满腹狐疑地与现代运通合作，但是现代运通为他们带来的顾客数量很快就让酒店方大叫"万岁"。现代运通的业绩实在让人咂舌。在最初的几个月里，现代运通的业务量以每月200%的速度增长，没多久，现代运通就成为全国最大的酒店预订分销商，可提供全国100多个城市的700多家星级酒店预订服务。最繁忙的时候，1个月有2万人次通过这家公司在全国各大城市预订酒店。

现代运通不仅仅是国内酒店预订业务的开拓者，开辟了酒店预订这个新业务，还创办了现代运通模式：800免费电话和呼叫中心。

现代运通在刚创业的时候，旅行社还是手工作业，最多记账使用计算机，现代运通一开始就上了一套预订系统：Call Center（呼叫接听中心），还花6万元买了一个电话号码：800-810-6666。

当时，现代运通的预订系统有两种方式选择。一种方式是按照传统的方式，设一个总机，然后转接就可以了。另一种方式是上计算机系统，购买一部五六十万元的摩托罗拉小型机。

到底要不要上计算机系统呢？公司内有一些人认为，现代运通公司开始可能最多只有十几个单子，手工记账就可以了，花五六十万元去购买摩托罗拉小型机，对于一家投资只有200万元的公司来说，实在没必要。但是，王胜利敏锐地感觉到，这个市场会飞快地膨胀。

王胜利的感觉被应验了。现代运通最初只在《中国民航报》上做了一个广告，说中国酒店预订网开通了。结果开通第一天，现代运通的业务电话就被咨询的用户打爆。刚开通的头几个月，电话量都是以200%的速度增长，半年后才稳定在每个月增长10%左右。

王胜利胜利了，这回他发财比闯祸还快，因为他最先发现了酒店预订这个空白市场。

但是，在酒店预订业务方面，他是第一，却并不是唯一。还有一个人值得我们大书特书，这个人是吴海，他是通过另一条途径发现这个市场的。

吴海毕业于中央财经大学经济信息管理专业，在国外接受了一段时间的培训，回国后在一家国有企业工作了2年，后来加入了海南凤凰，担任其北方区总经理。

海南凤凰是索罗斯投资集团和海南航空共同创办的一家企业，主营业务是卖机票预订系统。机票预订系统是一个销售平台，订票员通过它就可以给坐飞机的旅客打单出票。

海南凤凰研发的预订系统原本是要卖给各个航空公司的。但是，这个平台在推广的时候，碰到了无法解决的问题。

事情是这样的，当时所有飞机票的数据（航班、舱位、折扣等）都在民航总局的信息中心。民航总局也有自己开发的机票预订系统，所以，民航总局不可能将数据交给竞争对手海南凤凰。

无奈之下，吴海只好去找各个航空公司。但是，各个航空公司都担心和海南凤凰合作后会影响它们与民航总局信息中心的关系，一直找理由敷衍吴海。

民航总局搞不定，各个航空公司又不肯合作，吴海真的郁闷死了。

不过，吴海的思路很快又转换过来。他想：现在把海南凤凰的终端摆进现有的机票代理点，没有多大意义，因为各个销售点已经有民航总局的机票预订系统。如果变换分销渠道，把终端摆进酒店，会怎么样？当时各个酒店还没有机票预订系统，对方会因此获得额外的收入，肯定愿意合作。

于是，吴海开始做市场调研，一个一个酒店去驻点观察。

连续观察了半个月后，市场的需求让吴海大跌眼镜。在很多酒店里，他发现大量直接上门的旅客，这意味着酒店预订的业务存在着巨大空间，这个需求比机票预订大得多。

真的是“无心插柳柳成荫”，这次调研有了一个意外的收获。吴海回公司后，马上向领导提出建议，做酒店预订。

看到机票预订确实很难做，领导没考虑多久就同意了。遗憾的是，就在这个建议立项的时候，海南凤凰内部突然发生了人事变动，出现了激烈的派别斗争。吴海平时最厌烦钩心斗角，他不想让自己卷入这场斗争中，于是提出了辞职，选择离开。

离开海南凤凰后，吴海拉到一些投资人，创办了商之行。尽管商之行比现代运通晚成立几个月，起步时也经历了一些坎坷，但是，商之行也很快成为国内最大的订房中心之一。

如果说王胜利和吴海都是通过亲自调研发现了订房这个市场机会的话，那么，李梓正和刘志刚则是借助合作伙伴来认识这个市场机会的。

先说李梓正。

1997年，李梓正被选为河南省金博大商务酒店有限公司的董事长。上任后，李梓正碰到了一个非常棘手的问题：客房跟餐饮不一样。对于餐饮来说，今天卖不出去，明天还可以接着卖，价格也不会差到哪里去。但客房呢，今天卖不出去就是一个无法弥补的损失。同时，酒店的地域性很强，如果想让各地的人都知道，那要花大笔广告费。

这个问题一直困扰着李梓正，直到有一天下午，他接到了一个网络酒店会员的征求函，问题才得以解决。这个征求函是从英国的一家公司发来的。内容是：如果你愿意给网络酒店一定的提成，同时能给顾客一定的优惠，网络酒店上面所有的顾客都是你的。

好！这个方法太棒了。李梓正想起了出差时也曾接触过类似的网络模式，什么环球卡、民惠卡等。如果他们公司现在进入这个行业，就绝对有戏。

认可这种商业模式并看准了这个市场机会后，1998年5月，李梓正去北京并创建了金色世纪，市场定位于服务商旅客户，采用会员制度，推出全国统一标价398元的金色世纪酒店预订贵宾卡。

刚开始，市场响应相当强烈，李梓正的订房业务开展得有声有色。后来，李梓正还是碰到了麻烦。由于一些酒店不遵守合同，为了争抢客户而私下打折，出现了贵宾卡会员的价格高于普通客户的价格。

面对会员的投诉和离去，李梓正采取了强有力的手段。对那些三番五次出现违约的酒店坚决地说“拜拜”。同时向消费者郑重承诺，如果出现上述情况，金色世纪将按照酒店的差价双倍赔给顾客。

由于方法及时有效，金色世纪在北京的酒店预订行业站稳了脚跟。

接着说刘志刚。

1997年，刘志刚参与创办了北京现代运通商务旅行服务有限公司，并担任副总经理职务。

2年后，刘志刚离开现代运通，再次创办了一家订房折扣服务公司，名字为北京百德勤旅行管理顾问有限公司（简称“百德勤”），同时推出电子商务网站www.lohoo.com。

为什么要创办新公司呢？

刘志刚发现：1998年，平均房价在300~500元之间的酒店，在其订房渠道构成中，仅有12.8%来源订房网站，77%仍来源酒店直接预订、旅行社、酒店代表机构等传统渠道。

从这一点看来，说明网上订房这块市场的需求非常大，再成立几家公司都没问题。于是，刘志刚决定独自闯进来。

上面所说的四家订房公司，就是季琦要收购的对象。季琦到底想收购哪几家公司，是否能收购成功呢？请看下回分解。

第三节　开始收购

一、洽谈真的很艰难

2000年1月的某个午夜，窗外大雪纷飞。此时，季琦却毫无睡意，不是因为几个小时前喝了一杯特浓咖啡，而是因为白天看新闻时，看到了美国在线收购时代华纳的消息。

这条消息对携程来说，似乎是一种征兆和暗示，让因为有事情而来北京的季琦兴奋不已。

季琦此次来北京，除了要参加北京分公司成立的新闻发布会之外，还有一个更重要的任务就是确定收购对象。

收购谁呢？在北京长安大厦携程的办公室里，季琦上午忙着联系，下午分别见了现代运通、商之行、金色世纪、国信商盟、百德勤等几家公司的负责人。

在IT圈内，这些名字不是很响亮，但在酒店订房行业里，它们赫赫有名，每个月订房量不少于四五千间/夜，携程跟它们相比起来，只能算小巫见大巫。

季琦要见的第一位，是现代运通的总经理王胜利。

在与季琦见面前，王胜利听说过携程这个名字，但没什么特别的印象。王胜利曾经登录过携程旅行网，也很仔细地看了订房中心这一块，但没看出有什么特殊之处。

听到季琦想见面的消息，王胜利心里琢磨：这几个年轻人圈了一笔钱，想找些事情做做，他们对酒店预订又不熟悉，应该是向他求教的。聊就聊呗！看看大家有没有合作的机会。

见面后，季琦先跟王胜利讲了在美国的感受，说了他第一次认识互联网时的震撼，随后介绍了携程做酒店预订的情况。

这一切都在王胜利的预料之中，这家名不见经传的小公司果然是刚刚入行。但是，季琦接下来的问话却让王胜利大跌眼镜。

“你们公司卖吗？”季琦盯着王胜利的脸问。

“我从没考虑过这个问题。”王胜利感到很莫名其妙。

“那你不妨考虑一下，如果卖的话打算卖多少钱？”季琦继续说，“我们要么是合资、战略联盟伙伴，要么就是竞争对手。”

“那好吧！我先走了，我们公司想卖的时候，再告诉你。”王胜利满腹狐疑离开了长安大厦，心想：这个年轻人的脑子绝对有毛病。

实际上，在与季琦见面的时候，王胜利对携程这家公司及其这家公司的4个创始人都不太了解。刚聊的时候，王胜利觉得对面这个年轻人很有魄力，尽管创办公司的时间不长，名气也不大。可是后来，季琦直接说‘你们公司卖吗’这句话时，王胜利觉得太突然，觉得这个年轻人太狂妄了。第一次见面就要收购他们公司，他了解现代运通在酒店预订行业中的地位吗？这个成立还不到1年的公司有钱买他们公司吗？

季琦见的第二个人是商之行的吴海。

也许都是做业务出身的吧，吴海跟季琦聊得非常投机。

吴海很坦诚地跟季琦谈了他的情况和对酒店预订行业的看法。

吴海说：“当一家企业的业务量做起来之后，仅仅凭靠自身的资金积累，是很难将公司做大的，融资是必然的选择。”

吴海继续说：“我已经跟所罗门兄弟公司谈了，准备把公司的大部分股份卖给他们，我自己保留少部分股份。所罗门兄弟公司项目经理也答应了我一些条件，包括1年后不低于目前价格的金额收购我手中的股份，给商之行的员工买保险等。”

季琦一听，惊呆了，忙问：“你准备将公司卖给华尔街那家投资银行？”

“是的。如果不是因为所罗门兄弟公司的项目经理和律师这段时间有点忙，我早就将公司转让给他们了。”吴海说道。

“那我们合作呗！”季琦发觉还有一丝希望。

“我先等他们怎么给我答复再说吧！”

吴海没有回答是否愿意将公司卖给携程的问题，季琦只好亲自将吴海送给电梯门口，目送他离去。

季琦接着见了百德勤、国信商盟和金色世纪3家公司的负责人。

百德勤的董事长陈雅林说：“艺龙的老板唐越跟他们谈得差不多了，艺龙的报价是1200万元，如果携程给出的价格比1200万元还高的话，就有合作的机会。否则，只能说声很抱歉。”

金色世纪的老板李梓正说：“与其刺刀见红地在市场上碰面，不如坐下来谈合作。季总，你说的这句话很有道理。但是，我的信念是，勇士是死在战场中，不可能失败在谈判桌上。我们可以谈些别的合作项目，谈收购就没必要了。”

国信商盟的负责人也斩钉截铁地对季琦说，他们是不会将自己亲手创办的公司卖给别人的。

在这5家公司里，给季琦印象最深的是现代运通和商之行。他觉得吴海的认识很全面、很系统，而王胜利的思路很清晰、很独特。至于其他三家公司，季琦对他们评价一般，特别是最后两家公司，他们不可能卖，季琦也不会买。但是，能不能收购前面这两家公司，季琦的心里也拿不准。

二、终于打动了吴海

季琦决定把主要精力集中在吴海的身上。因为吴海已经有打算转卖商之行的念头，此外还有一个重要的原因：风投软银的合伙人石明春对携程团队说，他们的投资是以是否收购商之行为前提条件，如果携程顺利地收购了商之行，软银的资金将立刻打到携程的账户上。

季琦给吴海打了好几次电话，说想跟吴海继续谈合作，但吴海都在电话里委婉地拒绝了。

尽管吴海屡屡拒绝，但这并没有减弱季琦的执着。季琦是一个“不到黄河心不死”的人，对自己心仪的对象，他是会不断地继续保持沟通的，他相信，精诚所至，金石为开。

果然，最后那一次，吴海对季琦说：“季总，不得不佩服你的真诚和执着，好吧！我先到你们公司看看再说。”

听说吴海要来了解携程的运作情况，季琦马上跟朋友借来一辆尼桑去接吴海。在车上，季琦向吴海介绍了携程酒店预订业务的发展情况，每个月已经订到900间每夜，随着市场的打开，以后的订房数量还会翻倍增长。

到了公司后，吴海所看到的携程，比他想象的还糟糕。酒店给携程什么价格，携程就给旅客卖什么价格。由于订房数量少，也拿不到好的折扣。呼叫中心还没建立，完全通过互联网预订。至于900间每夜对已经做到3万间每夜的吴海来说，根本不值一提。

吴海说：“季总，这样做下去肯定没戏，酒店预订不是这样玩的。”

季琦一愣，说：“吴总，你认为……”

“我来携程可以，但是现在的做法必须改。”吴海微笑地看着季琦。

“没问题，你认为该怎么弄就怎么弄！”携程需要的，就是吴海丰富的订房经验，于是季琦很痛快地答应了吴海的条件——股份加现金（具体数字没公开）。

2000年3月，吴海带领商之行的全部管理层加入携程。携程给吴海提供的职位是高级副总裁，主管销售与市场工作。

进入携程后，吴海马上把商之行的做法全部复制过来。筹建呼叫中心，组建销售队伍，建立酒店谈判团队。没多久，携程就快速占领市场，每月的订房量从几百间迅速上升到数万间。

三、王胜利也同意了

收购商之行后，第二笔融资也到账了，季琦决定趁热打铁，再跟现代运通的王胜利谈并购问题。

可是，这个谈判太艰难了。几个月下来都是这样的：季琦和梁建章从上海飞到北京后，一下飞机就直奔与王胜利约定见面的餐厅或者酒吧，东北菜吃腻了吃湖南菜，湖南菜吃腻了吃广东菜。尽管菜谱不一样，但话题都是一样的。季琦一遍一遍跟王胜利谈梦想、谈未来，王胜利也一遍一遍地研究携程，双方都在磨合中寻找共识。

季琦为何如此执着呢？韧性来源他做业务时总结的经验：跟别人谈判就像追求对象，时间长了，对方内心肯定会产生波澜。另外，还有一个最重要的原因，如果季琦这次再搞定了，沈南鹏跟风投凯雷所谈的第三轮融资也马上谈妥。

时间过得真快，不知不觉中，9个月已经过去，遗憾的是，谈判还没有结果。

有朋友劝季琦说："季总，谈不下来就算了吧！何况谈妥后，说不定还买不起呢！"

朋友的话是有道理的。当时，携程并没有几个钱，第一笔融资已经花完，第二笔融资也用了一些，整个公司还处在亏损状态中。

但是，季琦是这样想的：互联网公司的价值是被高估的，尽管不赚钱，但是在资本市场上有价值。现代运通这样的传统公司虽然赚钱，但是在资本市场上不值钱。用资本市场上值钱的携程股份去收购资本上不值钱的现代运通，其实不必花费太多现金。

所以，季琦在王胜利面前，从来不说携程有钱，只是反复强调来携程后，大家可以一起做事情。季琦还不断暗示王胜利，在现代运通没有达到的希望和理想，在携程都可以达到。

面对季琦如此推心置腹地"求婚"，王胜利意下如何呢？

其实，王胜利也意识到了互联网的威力，他曾经为自己公司弄了一个网站，不过由于公司缺钱和缺人才，从来没有去做网上推广，网站只是起着一张海报的作用。

这时，王胜利还碰到一个棘手的问题：国家出台新政策，不允许部队再从事实业经营。王胜利只能考虑赶快卖掉现代运通。

那卖给谁呢？比携程有实力的收购者有华夏旅游网和上海华晨。华夏旅游网有李嘉诚的和记黄埔与长江实业作后盾。上海华晨的大老板仰融更是财大气粗，他曾经对王胜利说过，你不缺钱，也不缺人，但是需要一个有创新精神的领导者和一个已经形成业务规模的公司。更有一些公司的负责人提出，携程出价值多少钱的股票，他们就出多少钱的现金，甚至愿意出比携程更高的价格。

所以，王胜利也非常头疼。

2000年上半年，自从携程收购了商之行，艺龙收购了百德勤后，作为订房网的老大——现代运通自然而然成为众多旅游网收购的重点对象。

在跟王胜利谈判的对象中，目的性最强的是华夏旅游网的负责人。这个负责人心里最清楚，收购了现代运通，华夏旅游网的霸主地位就巩固了。否则，华夏旅游网的前途肯定凶多吉少。

其次是上海华晨的仰融，这位资本运作高手，是多家上市公司的老总。一开口总是那么自信和盛气凌人，他劈头盖脸就问王胜利，到底要多少钱才肯转卖现代运通，并且多次强调钱对他来说根本不是问题。

在部队里服役过20多年，后来又在商海中磨炼了很多年的王胜利，也可谓阅人无数。面对众多的收购者，他权衡再三后，决定把橄榄枝抛给携程。

为什么王胜利偏偏钟情于携程呢？一方面是季琦的诚意打动了王胜利；另一方面是季琦的创业团队打动了王胜利。现代运通的发展当然需要资金，但是这个时候看上现代运通的公司很多，资金对它来说已经不是问题，重要的是人才结构问题。与携程的创始人接触后，王胜利认为携程的创始人有知识、有文化、有眼光、有魄力，他们跟王胜利接触的其他公司的领导人都不同。特别是季琦，这个从上海交大毕业的南方人有冲劲、很能干、讲义气。还有梁建章，说话不多，但思维缜密，在技术上绝对是专家。王胜利暗想：如果现代运通与携程合在一起，一定可以把事情做大，就算上不了市，1年弄个几千万元的利润应该是没有问题的。

王胜利答应将公司卖给携程后，接下来就是谈收购方案了。梁建章对现代运通的估值是6000万美元，收购方式是股票加现金。

王胜利也同意了这一方案。于是，在2000年10月16日，携程以几百万元的现金，外加部分携程的股票，收购了现代运通。

四、携程是行业老大

携程成功收购现代运通后，业界“地震”了，很多旅游网站的CEO都傻眼了，他们很是想不通，怎么现代运通也被携程收购了？

这件事也让那些财经记者有了发挥和猜想的空间。

《信息产业报》报道：携程与现代运通合作后，肯定拉大了与竞争对手的距离，其他旅游网的人只能眼巴巴地看着携程团队数钱了。

《中国经营报》发表评论：近日携程对现代运通的并购，巩固了携程在旅游电子商务网站中的老大地位。并购给携程带来了更多的资源和客户，现代运通是业内的老牌企业，行业资源非常丰富，会员就有40万，现在再加上携程的60多万个，就是100多万个了。在如今的关系营销时代，谁拥有客户谁就是赢家。

还有很多媒体的评论，尽管篇幅长短不一，但看法基本一致。

实际上，携程在收购运通之前，已是国内最大的酒店分销商。携程收购运通的目的，不是为了增加40万会员，而是让王胜利开拓北方市场，并给携程带来第三轮融资。

2000年6月，携程正在谈第三轮融资，主投资方是全球最大私人股权投资公司凯雷集团。但这一次融资的洽谈比前两次难得多，因为凯雷的几个项目经理对传统行业非常了解，他们非常关心携程的财务数据和盈利计划。面谈时，他们问的都是宏观的问题，比如：

“假如说中国的经济不好了，携程怎么办？”

"假如中国酒店业的增长太快，携程怎么办？"

"假如中国加入WTO后，携程怎么办？"

问完问题，得到满意答案后，他们觉得还不保险，所以向携程提出了一个附加条件：投资协议的生效以携程成功收购现代运通为前提。

现在现代运通已经被成功收购，凯雷肯定非常乐意兑现自己的诺言。

2000年11月，以凯雷为主投资方的第三轮投资到账，凯雷向携程投资了800万美元，获得携程30%的股份。再加上IDG、日本软银、上海实业、兰花基金等投资者的追加投资，总投资金额为1200万美元。

在互联网进入"严冬"，大批公司在作垂死挣扎的时候，1200万美元投资简直就是天文数字。这个时候，纳斯达克已经崩溃，很多投资人要么是停止投资，要么撤出亚洲，或者就是让公司破产，凯雷的这个决定似乎颇为大胆。

事后，凯雷的中国代表甘剑平说出了自己的理由：携程的创业团队在我所见过的创业企业当中是最强的，也许以后再也找不到搭配得这么好的团队了。

尽管投资者很看好携程，但是这个时候携程的月交易额为1000万元，公司营运支出为200万元，营业收入为100万元，净亏损为100万元。

携程依然在亏钱！携程会不会"挂"呢？

大家不用担心，携程是不会"挂"的，因为这个时候出来一个非常厉害的人物，让携程的业绩增长得比"神七"还快。这个人是谁？请看第4章"摸索与突破——精通营销才能经营好企业"。

小 结

企业发展过程中的5个问题

本章涉及以下5个企业发展过程中的问题。

一、团队：团队精神是怎样形成的

任何一个团队都是由多个成员组成，整体等于个体相加。组建团队的目的，是为了能使整体大于个体之和。可是，现实中，并不是每个团队都能够齐心协力、努力奋进，实现当初的目标和愿望，有些团队在发展过程中还出现钩心斗角、资源内耗等现象。为什么呢？下面分两点来讨论。

1. 成员之间的关系

根据笔者多年的研究和观察发现，在创业团队中，成员有如下五种关系：

（1）1+1>2，相互欣赏、相互信任、相互了解、相互配合。（成熟期合作关系）

（2）1+1=2，相互尊重、相互试探、相互磨合、还未深交。（开始期合作关系）

（3）2>1+1>1，相互猜疑、相互制约、相互了解、相互提防。（开始期竞争关系）

（4）1+1=0，相互斗气、相互拆台、不能共事。（成熟期竞争关系）

（5）1+1<0，相互排斥、相互斗争、你死我活。（散伙期竞争关系）

信任是非常重要的。一般情况下，创业团队内、成员之间的关系都是从第2条开始的，接着就要过渡到第3条。而在这个时候，如果团队能够健康成长，马上就会转向朝第1条进展。如果团队的内部矛盾继续加剧，那就出现第4条、第5条的结果了。

出现好或者坏的结果，跟如下的第二点有关。

2. 成员的自我认知

团队合作精神取决于成员的自我认知，具体表现在4个方面：

（1）相信并且寄望于其他成员。

（2）自己的贡献代替不了别人。

（3）想方法让他人理解和支持你。

（4）时常检讨自己的缺点和失误。

那携程团队成员之间的关系怎么样？他们又是如何评价自己在团队中的贡献呢？

首先说他们之间的关系。

季琦认为，在团队中，成员之间的私交是非常重要的。成员之间如果没有私交，团队会在遇到困难的时候散伙。他和梁建章经常一起旅游，经常一起“吃个小菜，喝个小酒”，他和沈南鹏、范敏都是交大的校友，这样的私交，完全可以化解彼此之间因为冲突和矛盾带来的危机。季琦还认为，个人的自知之明也相当重要。每个人都必须明确地知道自己能力的边界，明白自己该干什么，不该干什么。

接着说他们如何评价自己在团队中的贡献。

有人认为，携程自从创业融资到转型并购的过程中，季琦的功劳最大。如果没有了季琦，携程绝对做不起来。但是，季琦也是这样认为的吗？

在公众面前，他却对记者说：我们4个人就像一张拼图，少了哪块都不成。我们很早就约定过，不要说我们是某某人和他的创业团队。

而范敏也说过类似的话，他不止一次同媒体说：我们合作就像盖楼。

季琦有激情、能疏通关系，他是去拿批文、搞来土地的人；沈南鹏精于融资，他是去找钱的人；梁建章懂IT、能发掘业务模式，他就去打桩，定出整体框架；而我来自旅游业，善于搅拌水泥和黄沙，制成混凝土去填充这个框架。楼就是这样造出来的。

综上所述，正是由于携程团队的成员有如此明智的自我认知和完美的配合，才使携程团队克服了一个又一个困难，一步步迈向了成功。

二、调研：市场调研真的非常重要

市场调研分为2种类型：直接调研和间接调研。直接调研有3种方法：访问法、观察法和实验法。访问法有4种形式：面谈、邮寄、电话和留置。

为什么要在这里长篇大论地谈论市场调研这个问题呢？因为市场调研对于创业者来说，太重要了。如果一个创业者仅是听别人说某个项目非常赚钱，或者是看到别人操作某个项目非常成功，而自己又没有做具体的市场调查工作，凭一时冲动就一头扎进某个市场，结果可能还是输多赢少。除非智商相当高，运气非常好。

我国古代就有一个典型的案例，是关于姜子牙出仕前的4次经商经历。

据说，姜子牙在昆仑山玉虚宫师从元始天尊学艺修炼了40载，72岁那年，他下山后，因无亲无故，只好投靠他在朝歌城里的结义兄弟宋异人。但住在宋异人家中，长期靠人家养活，总觉得有点不好意思，于是，姜子牙决定做点生意赚钱。

卖什么呢？姜子牙想起来了，他年轻的时候是会编笊篱的。想到这里，他就去砍来竹子编了一担笊篱，挑到朝歌城里去卖。但遗憾的是，1天下来，1个也没卖出去。

卖笊篱失败后，姜子牙决定去卖面粉，他心里想，面粉不比笊篱，这个肯定会有人要的。姜子牙磨好了一担面粉后，再次挑到了朝歌城去卖。

但4个城门走遍了，他1斤都没有卖出去。后来，终于来了1个要买面粉的人，但他只出1文钱。姜子牙好笑也好气，不过还是放下担子，给他撮面。想不到，就在这个时候，来了一匹受惊的马，将他的箩给踢翻了，面撒了一地，接着，碰巧刮来一阵狂风，将面粉吹得一干二净。

两次生意失败后，姜子牙决定去朝歌城南门靠近操兵场的地方开饭馆。他认为，这个地方应该有生意的，所以开张那天，姜子牙一大早就吩咐伙计多宰猪羊，等客上门。谁知等了半天，鬼都没有一个，肉臭了，酒也酸了。原来，这天操兵场不操练兵马，加上天气炎热，没有一个人进店就餐。

3次生意都受挫折了，但是，姜子牙还是不甘心，他再次买了一群牛马赶到朝歌城里去贩卖。姜子牙心里想，这些活物是不会臭的，肯定能赚钱。谁知当他赶着牲畜到达城门时，却被看门官役喝令没收。原来，朝歌城半年未下雨，天气干旱，天子下令禁止买卖牲畜，以祈祷苍天降雨，违者一律视为犯法。

就这样，姜子牙的4次经商都以失败告终。但是，聪明的姜子牙始终不明白，他的失败都是跟没有认真做好市场调研有关。

第1次失败，是因为产品的问题。姜子牙编的笊篱尽管质量很好，但是款式过时，由于没有做市场调研，他根本不知道几十年后笊篱演变到何种款式了。

第2次失败，是因为姜子牙对销售渠道缺少调研。其实，卖面粉是靠店面营销的，直销的模式根本行不通。

第3次失败，是因为姜子牙对市场需求信息没有调查清楚。初次进入快速消费品市场，尤其需要重视市场信息的调研工作。

第4次失败，是因为姜子牙忘记了做关于政治环境方面的市场调研，结果导致盲目贩卖，犯了国法，不仅赔了老本，还差点身陷囹圄。

如果市场调研工作做足了，结果会怎样呢？我们再来看看另外一个大家都非常熟悉的案例，是关于巨人集团公司董事长史玉柱的传奇故事。他第2次创业时，推出一款保健品“脑白金”，竟然畅销了许多年。

1997年，由于巨人大厦没有如期盖起来，同时，巨人的“三大战役”又以败北告终，于是，负债2.5亿元的史玉柱离开广东后，从人间“蒸发”了。

隐姓埋名后，史玉柱一直思考一个问题：我究竟错在哪里？为什么我失败得这么惨？有一天，史玉柱终于想通了，原因是：到底是谁要消费他的产品？这个问题他还没研究透。

1998年1月，史玉柱找朋友借了50万元，开始运作脑白金。这一次，他决定从江阴开始。因为江阴是江苏省的一个县级市，购买力强，离上海、南京都很近，样板市场一旦成功，容易向周边复制。

在启动江阴市场之前，史玉柱首先做了一次详备的市场调研。他戴着一副墨镜，到各个村子去挨家挨户地调查。大白天里，年轻人都出去了，村子里剩下的只是些老头老太太，半天看不到一个人影。史玉柱一去，他们都很高兴，史玉柱随手搬个小板凳坐在院子里跟他们畅聊起来。

“阿姨，您吃过保健品吗？如果有一种产品，可以改善睡眠，又可以调理肠胃，您愿意购买吗？”

通常情况下，这些大叔、阿姨们都是这样回答：“产品如果真像你所说的那么好，我肯定想吃啦，不过，太贵了，我舍不得买，我等着儿子给我买呢！”

史玉柱继续问：“如果你吃了这款保健品后，觉得效果挺不错，你还想吃，怎么办呢？”

“那我就把空的盒子放在显眼的地方，暗示我儿子再给我买！”

史玉柱听到这里，马上意识到把保健品定位在送礼市场这一块，肯定有戏。于是，他把脑白金的广告语定为：今年过节不收礼，收礼只收脑白金。

这个广告播出去后，很多人都觉得很低俗，它连续8年被中央电视台评为“十差广告”。但是，评委们做梦都想不到，这条很恶心的广告词却给脑白金带来了井喷的销量，让史玉柱在短短的几年内，从“亿万负翁”又变为亿万富翁。

营销是一种实践，其本质不是在于“想当然”，而是在于“深调研”。其验证不是在于逻辑，而是在于成果。

同理，本章中，酒店预订这块市场的发现也是靠具体的市场调研而挖掘到的。不同的是：王胜利是通过员工的建议加上6000份市场调查问卷得来的；吴海是通过调查机票预订平台这个市场时意外发现的；季琦是通过参加旅游产业与网络经济研讨会间接了解的。

总之，不管使用何种方法来做市场调研，对于创业者来说，市场调研是启动市场之前的不可缺少的一个环节。

三、定位：市场定位应该如何进行

在现代市场营销学中，目标市场营销分为4个步骤，依次是：市场细分、市场选择、市场定位和市场竞争。也就是说，在进入某个市场之前，先将这个市场分成几小块，选出有利于自己操作的某一小块，以便自己有底气去跟别人竞争。

那如何细分呢？根据市场范围的大小划分，常规模式一共有5种（见图3-1），现以旅游产品为例，逐一讲解。

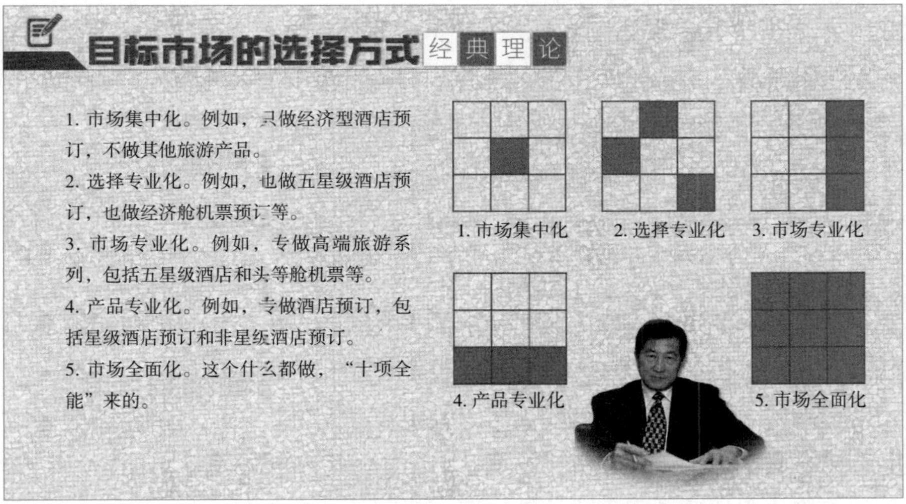

图3-1　目标市场的选择方式

（1）市场集中化。例如，只做经济型酒店预订，不做其他旅游产品。

（2）选择专业化。例如，也做五星级酒店预订，也做经济舱机票预订等。

（3）市场专业化。例如，专做高端旅游系列，包括五星级酒店和头等舱机票等。

（4）产品专业化。例如，专做酒店预订，包括星级酒店预订和非星级酒店预订。

（5）市场全面化。这个什么都做，“十项全能”来的。

为什么要搞出这么复杂的理论来呢？如果在上述的旅游产品市场中，我们来个全面覆盖，什么都做，难道就做不起来吗？

为了说明这一点，现在，我们先看一个《领头羊》的故事。

曾经有一位摄影师到内蒙古大草原去旅游，某天，他看到了一群非常可爱的绵羊。于是，他拿起手中的摄像机将这一画面拍了下来。当摄影师将这张相片洗出来的时候，他发现这张相片太有意思了。

整张相片上挤满了密密麻麻的绵羊，这上百只绵羊非常相似，唯有一只绵羊与众不同。在其他绵羊都低头吃草的时候，它却抬头回眸，瞪着大眼睛好奇地望着摄像机的镜头，样子非常可爱。每一个看过这张相片的人无不一下子被这头绵羊吸引住了，并对其留下难以磨灭的印象，而对其他绵羊则没有什么记忆。

摄影师将这张相片命名为《领头羊》，并将它送去参加摄影比赛。结果，这张相片竟然获得了一等奖。获奖评语是这样写的：有差别的、与众不同的事物才能脱颖而出，才能吸引到别人的眼球。

从上面的故事联想到本案例。我们不难发现，早期携程旅行网跟其他旅游网站的定位都是一样，全面覆盖、无所不包，结果变成“万金油”，什么都想做，什么都做不好。后来，他们重新定位，把所有的精力先集中在酒店预订这项业务上，先将这块市场做好了，再去开拓其他市场。于是，正确的定位让携程平稳地挺过了互联网的“寒冬”。

四、并购：并购可让企业快速成长

企业的重组一共有4大类15种，并购是第一大类（扩张）中的一种。按照出资方式的不同，可将并购分为3种形式：现金支付、股票支付和混合支付（股票加现金）。

在这3种形式中，如果用现金去收购别人，就必须要拿出很多现金来；如果用股票去收购别人，就容易减弱自己对公司的控股权。那选择哪种方式比较好呢？

携程已经告诉我们答案了！

无论是收购商之行，还是收购现代运通，携程使用的方式都是股票加现金。原因是，当时携程的现金也不是很多，另外，对方拥有了携程的部分股票后，就可以将双方的利益绑在一起了。所以，季琦从另外一个角度去说服对方，他告诉吴海和王胜利，商之行和现代运通的瓶颈不是在于市场和产品，而是在于技术和服务能力。携程特别擅长这两项，携程是一家很有前景的公司，它的股票非常值钱。

当吴海和王胜利被季琦说服后，他们就坐下来开始讨论携程的股票到底值多少钱的问题了。季琦说，携程的股票值4000万美金。其实这个价格是非常的离谱，当时携程还没有盈利，现金只有几百万美金。但是，吴海和王胜利最终还是被季琦说服了。收购方式是：股票加现金。就这样，携程只是花了几百万美金加上部分携程的股票，就将这两家公司收购了。

从携程的收购案例中，我们不难发现，在公司的并购中，到底选择哪种方式，还要考虑如下这些因素：

（1）收购方的现金多不多？

（2）收购方想不想控股？

（3）收购方股价高不高？

（4）收购规模大不大？

（5）融资成本如何？

同时，还懂得并购对企业的作用非常大，不但是为了提升并购后企业的竞争实力，最重要的是提高了收购方的价值。就像携程一样，如果没有去收购现代运通，携程3个多亿人民币的价值就无法体现出来。

不过，在我看来，携程玩得最精彩的是在融资和并购的过程中，一边谈并购，一边谈融资。并购是为了融资，融资是为了并购。这一点很值得我们学习。让我想起了一个《怎样娶到比尔·盖茨的女儿又当上世界银行的副总裁》的故事。

一位名字叫作杰克的商人，有一天，他告诉他的儿子："我已经为你物色好了一个女孩子，现在，你去娶她吧！"儿子回答说："老爸，我自己要娶什么样的新娘，由我自己来决定，不用你老人家来操这份心了。"杰克笑道："呵呵！但我说的这女孩可是比尔·盖茨的女儿哦！"儿子叫了起来："啊？如果是这样，我无条件答应！"

在一个聚会中，杰克跟比尔·盖茨说："我帮你女儿介绍个好丈夫吧！"比尔·盖茨说："杰克，别乱开玩笑了！我女儿还小，暂时不考虑嫁人呢！"杰克又说："但我说的这年轻人可是世界银行的副总裁哦！"比尔·盖茨大吃一惊："啊？这么优秀的年轻人！我女儿可以提前可虑。"

接着，杰克去找世界银行的总裁。杰克很直接地说："总裁，我想介绍一位年轻人来当贵行的副总裁。"总裁说："我们这里已经有几十位副总裁，够多了！我还准备裁人呢！"杰克说："但我说的这年轻人可是比尔·盖茨的女婿哦！"总裁叫道："啊？如果真的是这样的话，先叫年轻人过来跟我聊一下吧！"

最后，杰克的儿子既娶了比尔·盖茨的女儿，又当上了世界银行的副总裁。

由上面这个故事联系到携程这个案例，我们完全可以想象得到：当时，季琦也是用这种方法去"忽悠"风投和订房公司的。他对风投说，时代运通马上被我们收购了，快点投资我们吧；同时他又对时代运通说，风投的钱马上打进来了，快点跟我们合作吧。结果，携程既融到了资，又收购了订房公司。

所以说，当今社会，稀缺的不是资源，而是发现和整合资源的眼光和胆识。很多人认为，携程的成功是因为他们碰到了很好的机会；其实，光靠机会还不够的，怎样飞跃梦想和现实之间的高墙，还需要非凡的智慧和过人的胆识。

五、控股：控股问题必须认真考虑

控股就是某股东持有该公司一定数量的股份，而对这家公司进行控制。

控股分为两种：绝对控股和相对控股。绝对控股就是某股东的股份比例超过了50%，比如，刚好占了51%，在这种情况下，公司的重大决策他说了算。相对控股是这个股东的股份比例低于50%，比如，仅占40%，但由于在众多的股东中，他所占的股份比例最大，于是他也掌握着决策的话语权。不过，前提条件是，在其他股东没有联合起来的情况下。

所以说，为了保险起见，公司的创始人最好是控制着该公司51%以上的股份，除非他想卖掉这家公司。

在本案例中，携程一共融资3次。第1次融资，IDG投资50万美元，占了携程20%的股份；第2次融资，软银等5家公司投资450万美元，所占股权不到30%（可能是29%），在这种情况下，携程团队还可以控股；但是，第3轮融资，凯雷向携程投资了800万美元获得携程30%的股份后，携程团队是绝对不能控股了。

其实，携程的创业团队并不是不知道资本掌握着话语权，既然自己不能控股了，随时都有“下课”的可能。但这也是他们无奈的选择，因为这个时候，公司离盈利还遥遥无期。与其为了控股而死掉，倒不如放弃控股而赚钱。

说到这，就并购这一话题，顺便介绍一下关于娃哈哈差点被达能收购的案例。

1996年，香港百富勤拉来战略合作者达能，与娃哈哈洽谈投资合作。经双方同意，香港百富勤与达能在新加坡组建的金加投资公司以资金，而娃哈哈用现有厂房、设备、商标等资产共同组建了金加投资公司。

其中，香港百富勤与达能占股51%，娃哈哈占股49%。几年后，香港百富勤由于亚洲金融风暴的影响，将股权出售给了达能，金加投资公司变成了达能独家控股公司。

当时，娃哈哈急需资金发展壮大，因为没有合资经验，很多事项没有慎重考虑就签下了协议。几年后，宗庆后（娃哈哈掌门人）经验多了，感到吃亏了，就背着达能在外建立非合资公司数十家，使用的商标都是娃哈哈，奇怪的是，达能明明知道也没怎么管。

后来看这些合资公司开始赚钱了，总资产已达到56个亿，年利润都有10个亿了，这回轮到达能不爽了，他认为自己才是娃哈哈的老大，于是，达能强行要以40亿来收购娃哈哈的非合资公司，若不同意就告宗庆后非法使用商标。

为了得到这个牌子的控制权，宗庆后只好跟达能打了很多年的官司。

尽管宗庆后后来靠“阴阳合同”取得了最后的胜利，将娃哈哈这个品牌从法国人手中抢了回来。但是，宗庆后在这场官司中付出的代价实在太大了，赢了官司，输了声誉。

所以，对于在融资中的创业者来说，不得不慎重考虑控股这个问题。

应 用

能不能进入仙人掌饮料市场?

2009年1月19日下午，以前的一位同事张超，从海南飞到深圳，说找笔者商量一件事情。

晚上8时，我们在华强北上岛咖啡厅里见面了。

“张超，6年都没有你的消息，现在应该混得很不错了吧？” 笔者直接说。

“嘿嘿！老领导，实话实说，混得一般般。我目前跟几位朋友在海南开了一家饮料厂，专门生产瓶装仙人掌饮料。”

“仙人掌饮料？这个可是新产品哦！”笔者有点惊讶。

“是的，我想走别人不敢走的路。你也知道，矿泉水市场有乐百氏、农夫山泉；茶饮料市场有统一、康师傅；碳酸水饮料市场有可口可乐、百事可乐；凉茶饮料市场有王老吉、和其正；功能饮料市场有红牛、健力宝……就是仙人掌饮料这个市场，暂时还没有知名的品牌。”

“想法很不错，但是，我很想知道你们的产品定位在哪块？也就是对于顾客来说，这个产品的诉求点是什么？”

“产品很好啊，口感独特，味道清香，有美容、健胃、清火、降血糖和降血脂等保健功能。如果推广到位，这个产品绝对有广阔的市场前景。”

“对啊！我说的也是市场推广这个问题：消费者为什么要喝这瓶饮料？你应该知道，这是一个全新产品，目前市场上，虽然已有同类产品，但是，还没有哪家公司真正地把这个市场做起来。”笔者一本正经地说。

“所以，我就找你来了嘛！如果你愿意，请加入我们这个团队，由你来担任市场总监。”

“你们舍得烧钱做广告吗？”

“我们老大身家过亿，并且对这产品也很有信心。他是海南本地人，在海南承包了几千亩地种仙人掌。”

……

根据上面的谈话内容，你认为这个市场有没有前景？如果有，那应该怎样去提炼这个产品的卖点呢？

（需要此题的参考答案，请加笔者的QQ:1020824123）

第4章

摸索与突破

——精通营销才能经营好企业

语录

商场感悟5则

如果有了好业绩，老板对你很客气，你也多赚人民币，生活特别有意义。但我告诉你：兄弟，有一句话要牢记，卖得出去是能力，卖不出去是狗屁。

——读吴海激励推广携程卡的业务员有感

不怕被利用，就怕是没用。明白这一点，对谁都管用。

——读吴海激励推广携程卡的业务员有感

一只羊带领一群狼，全部变成羊；一头狼带领一群羊，全部变成狼。

——读吴海带领业务员推广携程卡有感

干别人不愿干的事，赚别人不想赚的钱；干别人没干过的事，赚别人想不到的钱；干别人干不了的事，赚别人赚不到的钱。

——读业务员推广携程卡有感

人无我有，人有我精，人精我新。

——读新促销方法有感

第一节 对手停止不前

一、旅游网站不懂得赚钱

大家都认为，旅游业是最适合与电子商务进行结合的行业。原因是，旅游业较少涉及支付和配送环节，还有中国旅游市场的潜力非常大。旅游业作为许多国家国民经济的支柱产业之一，约占GDP的10%。虽然当时在中国仅占GDP的5%，但它在中国的增长率是GDP增长率的2.5倍左右，每年以20%的速度增长。

于是，很多人都看准了这个市场，很多人都想在这个市场中分一杯羹。在互联网经济发展的高峰期2000年1月的时候，我国的旅游网站已发展到1000多家，其中包括上百家旅游门户网站，近百家订房公司的网站，还有几百家比较大的旅行社投资创办的网站。

短短的几年里，在中国竟然诞生了上千家旅游网站，这一现象是不是意味着这个行业将一直蓬勃发展？

结果是其兴也勃焉，其亡也忽焉！

1998年是“电子商务年”，2000年却变成了“电子商务企业倒闭年”。2000年下半年，中国的旅游网站进入洗牌阶段，曾经扬言要做传统旅行社掘墓人的旅游网站有了不同的命运。有些旅游网站与传统力量结合，借助资本的力量，继续笑傲江湖。有些旅游网站经历了互联网泡沫的洗礼后，要么死掉了，消失在人们的视野之外；要么对业务结构进行调整和重新定位，挣扎着活了下来。

互联网“冬天”过后，人们清醒多了，原来网络经济泡沫不少。曾经有旅游网站CEO感言：真正的网络经济应是网络技术与传统经济模式的完美结合，是传统经济的发展，而不是脱离传统经营或现代企业模式的单纯网络技术经济。

确实是这样，携程也是靠网络技术整合传统行业的模式活了下来的。但令人惊讶的是，携程很快就成为这个行业的领跑者。

说起来也真奇怪！携程并不是这个行业的发现者和开拓者。它不是第一家旅游网站，在携程出现之前，已经有中国旅游资讯网和华夏旅游网；它不是第一个做酒店订房的旅游网站，当时的旅游网站都有这项业务；它也不是第一个收购订房中心的互联网公司，在携程宣布收购商之行和现代运通之前，艺龙就已经收购了百德勤；还有它没有独特的资源和优势，传统旅行社组建的网络公司比它拥有的资源更加雄厚，例如中青在线和意高旅游网。

那是什么原因让携程变成这个行业的老大呢？我们有必要去了解一下，从1999年到2000年这两年里关于携程竞争对手的发展情况。

根据阶段不同定位也不一样的原则来划分，携程的竞争对手可分为4类。

旅游门户网站，如华夏旅游网、中国旅游资讯网；

传统旅行社开办的旅游网站，如中青在线、意高旅游网；

与携程类似的互联网公司，如艺龙；

传统订房中心，如依然存在的商之行、金色世纪。

从1999年到2000年这两年的时间里，携程旅行网的定位还是行业门户网站，所以跟它势均力敌的竞争者主要有两个，中国旅游资讯网和华夏旅游网。

中国旅游资讯网成立于1997年6月，创始人为华清。1999年11月，中国旅游资讯网将总部从武汉迁至北京，并成立北京商旅假日网络技术有限公司。它的服务项目有网上订票、订房、购物和旅行代理企业入网等。但是，它的强项还是给用户提供资讯。据说，该网站功能非常强大，资源特别丰富，当时的资讯高达4万个页面，普通用户登录其网站后可以查询到全国各地、世界各国的风景名胜、旅游线路以及酒店、旅行社、娱乐、购物、交通等综合信息资料。

华夏旅游网成立于1997年10月，由中国国际旅行社总社、广东新太信息产业有限公司和华达康投资控股有限公司共同投资组建。华夏旅游网的上游资源也很丰富，他们的内部人员透露，华夏旅游网的会员当时有1000多家。

在这两家网站中，中国旅游资讯网成立最早，它给这个行业培养了很多人才，被业界戏称为“旅游网站的黄埔军校”。据该公司副总裁楚斯鸣说，他们的商务总监、网站首席美工都在为别人打工。在线城市是他们的公关部“鼓捣”出来的，携程网市场部的主力也是从他们公司“借调”过去的。

人才外流了，中国旅游资讯网的高管会不会暴跳如雷？想不到他们的领导很有涵养，楚斯鸣在公众面前说，网站的人才流动是非常正常的，1年内中国冒出来了这么多网站，靠自己培养是很困难的。互联网要成气候，必须保持这种流动性。虽然中国旅游资讯网走了不少人，但这不会造成网站失血。在一个企业里，位置是有限的，有些因为不适应企业的文化而走，有些则因为得不到机会而走，只要网站的骨干仍在，必要的流动还可以使网站保持活力。

人才已经培养不少，那钱赚得怎么样？很奇怪，这两家网站对于具体的收入均避而不谈。

中国旅游资讯网的副总裁楚斯鸣称当时在收入比例中最大的份额来自订票，一个月流水非常大，有时一天就能达到几百万元。仅就订票而言，中国旅游资讯网在旅游网站中应该是最好的，每卖出一张机票，网站的收益大致在3%。但提到每个月的具体营业额到底是多少这个问题时，楚斯鸣不说话了。

华夏旅游网市场部经理孟雪寒介绍华夏旅游网主要在做B2B，收入来源两大部分：会员费和交易佣金，另外将来还会开发旅行社内部管理软件。不过她也承认，会员费还没有正式征收，坦率地说大家还在摸索和建设中。

其实，在这个时候，携程也是一样——入不敷出。

为什么这些网站都没赚钱呢？因为这时旅游网站的收入主要靠网络订票和订房，针对的主要客源是在外企或大型企业集团上班的白领一族。这些人经常上网，愿意利用现代化的科技为自己服务，有钱并且喜欢旅游。但是，这样的目标人群并不足以支撑一个网站。

那怎么办？

市场是确确实实存在的啊！根据中国旅游协会的统计数字，1999年，中国的旅游业总收入已经达到2399亿元，而传统旅行社在整个旅游收入中所占份额仅为5%左右。这意味着正在迅速膨胀的中国旅游市场，为旅游网站的发展留下了巨大的空间。

那为什么这些网站暂时还没有赚到钱呢？这可能跟它们的市场营销策略有关。

梁建章说，携程旅行网不是一个简单的网站，而是一个利用网络改造传统旅游业服务模式的旅游企业，他们公司的目标是不仅和网站比，还和传统旅游企业比，要在行业中保持领先的地位。

华夏旅游网的公关部经理张硕却将华夏旅游网的定位概括为做游客的朋友，旅游业的助手，他认为旅游网站不是要取代传统旅游企业，而是要多一个渠道，让网络成为传统企业与客户联系的桥梁。

定位不一样，思路也就不一样。

梁建章认为，没有百分之百满意的产品，只有百分之百满意的服务。服务是最好的市场，网络公司要做到比你到超市购买东西还方便，才能获得更多的回头客。于是，梁建章将甲骨文的管理制度移植到携程，建立了一套客户管理系统，保存了每个在这里消费过的顾客的资料。同时，梁建章还设计了一套基于客户评价的员工考核体系，根据客户对每一次服务的打分决定员工的收益以及升迁。

华夏旅游网公关部经理张硕倚仗着华夏旅游网丰富的上游资源，把重点放在了价格上。他说，网民在华夏旅游网预订房间可以享受到3~7折的优惠。

面对竞争对手采取自杀式的低价促销手段，携程放言，虽然华夏旅游网和中国旅游资讯网资格较老，但在电子商务这一块，携程的步伐已经超过上述两家，对于携程而言，更大的对手并不在网站。

中国旅游资讯网的楚斯鸣听了这样的话后，却给出了另一种说法：其实携程的投资者和中国旅游资讯网并没有太大区别，都是IDG和软银这样的企业，对于它们，在一个行业同时投资两家不同的网站不过是为了保险，不排除将来进行资本重组的可能。因此，携程和中国旅游资讯网是兄弟而不是对手。

就在三家网站吵得不可开交还没有结果的时候，海外投资者进来了。Tom.com想把排名前两位的华夏旅游网和中国旅游资讯网一起买下，让它们成为Tom.com在中国网络旅游业的战略伙伴。

Tom.com报出的价格比较诱人，双方初步意向很快就达成，两家网站的老总还在一起照了合影。不料这张合影还没冲洗出来，半路上竟杀出个香港中旅，以闪电的速度从Tom.com手中抢走了中国旅游资讯网。

中国旅游资讯网被香港中旅收购后，命运多舛。先是其创始人华清离职，后来又被中华网收入囊中，据说，收购价格为1.2亿元。

就这样，中国旅游资讯网便一直处于股权和人事的频繁更替中，发展非常缓慢。不过随着与中华网合并的完成，它的管理逐步步入正轨。楚斯鸣说，中华网口袋里的钱够活20年，有这样的门户网站作支撑，可以让他投入更多时间做业务，公司理顺了内部关系后，应该很快就能实现盈利。

不管楚斯鸣说得再好听，事实还是这样，中国旅游资讯网已经被人家收购了，等于死掉了，携程又少了一个竞争对手。

奇怪的是，中国旅游资讯网不承认被别人收购，华夏旅游网用词也相当巧妙。华夏旅游网的新闻代言人说，华夏旅游网与Tom.com是合作关系，双方共同出资在香港组建了一家专门为入境游提供英文资讯的itravel公司，华夏网打算在1999年底和2000年初推出法文、日文、韩文和中文繁体版。Tom.com是一家比较知名的网站，华夏旅游网的目的是借助它在海外的影响力走向世界。

华夏旅游网和中国旅游资讯网先后被收购后，旅游网站的“三足鼎立”只剩下携程。这时，搜狐的人赶紧过来跟梁建章洽谈收购事宜，他担心携程也没了。

梁建章还没表态，IDG的章苏阳就在旁边拼命撮合他们往下谈。结果，季琦死活不同意，他说：**有的老板之所以成功，是因为他不愿向命运低头；有的老板之所以成功，是因为别人愿意向他低头。**当时的情况是，要么被别人收购，要么去收购别人。他认为进攻是最好的防守，收购别人是唯一的出路。

于是，在互联网的“冬天”来临之际，这3家最大的旅游门户网站有了不同的命运。携程收购了两家订房公司后转型去做酒店预订，中国旅游资讯网却被中华网收购，华夏旅游网在“冬天”里也元气大伤。

二、艺龙走了相当多弯路

在所有的网络公司中，能真正称得上携程的对手的应该是艺龙。

艺龙的创始人是唐越。他与沈南鹏有相似的人生经历，1971年出生于江苏南京，父母都是大学教授，1991年南京大学商学院三年级肄业后，通过托福考试，考取了美国中西部的明尼苏达州肯卡迪亚学院，继续攻读商业硕士研究生学位。

由于学习1年的学杂费需要1.4万美元左右，学校给的奖学金仅有六七千美元，1年下来还差七八千美元，于是唐越提前2个月到了美国打工赚学费。

唐越到了美国旧金山后，接他的人没有来，被困在了旧金山机场。无奈之下，他跟旁边一个女孩聊了起来。聊着聊着，这个素昧平生的女孩发现，这个刚好二十岁、不算英俊的年轻小伙，不但独立性强，亲和力也非常好，于是决定将他领回家中住宿。当然，这个女孩子没有想歪的意图。

此时，唐越的身上只有200美元，是他母亲给的。所以，从旧金山到学校后没多久，他就开始了半工半读的生活。

说到唐越的打工故事，也挺让人津津乐道的。唐越先是在学校的食堂里打工，做厨师助理，帮忙做汉堡包，干各种各样的杂活，包括打菜和洗碗。后来，唐越决定去迪士尼卖门票。说起来，得到迪士尼这个工作机会，唐越是很不容易的。因为迪士尼有一个大学计划，每年暑假从美国几百所大学中选出1000人，也就是每所大学仅选一两名学生来参加迪士尼这个暑假活动。所以，被选上的概率并不高。

唐越是他学校第二个去面试的，在他回答完一些莫名其妙的问题后，面试官才问："你为什么想到迪士尼来？"

唐越想了一下，开始给主考官讲故事："小时候，我在中国的报纸上看过一则报道，讲的是中国四川有一个小女孩得了白血病，她最大的愿望就是生前能够到迪士尼看一下。当时联合国有一个梦想成真的计划，于是她如愿以偿地到迪士尼去了。她回国后没有多久就离开了人世。"

唐越停了一下，接着说："其实，在中国还有成千上万像她这样的小孩受到病魔和饥饿的折磨，他们永远没有机会到美国的迪士尼来看一看。所以，我觉得以后要回中国建立中国的迪士尼乐园，传播美国的文化。"

主考官听后微笑了一下，说："你明天来上班吧！"

2年的求学生涯很快就结束了。1993年，唐越从肯卡迪亚学院毕业后，进入全球最大的投资银行美林证券，负责股票证券的研究和销售。接着，他在另外两家美国投资公司工作了一段时间。

在美国投行做了五六年，唐越越来越发现，不管自己在美国会怎么样，他在美国肯定是不属于主流社会的，对美国社会产生的影响很小。于是，唐越决定回国发展。

1999年5月，唐越和3位创业伙伴凭借100万美元种子基金成立艺龙公司，当年10月，Elong.com网站正式发布。

唐越成立艺龙公司的时候，对互联网也不是理解很透，大家都说，互联网等于门户，唐越也想做个中国雅虎。当他回来后，发现中国已经有搜狐、新浪和网易，人家已经做得很不错。于是，2个月后，唐越将公司的定位转移为城市生活网站，提供城市内的吃喝玩乐、衣食住行的信息。

为了让艺龙快速壮大，唐越的方法跟携程团队一样，也是通过收购别人来实现。

2000年2月，唐越先是收购了西祠胡同。因为西祠胡同是南京一家很有名气的社区网站，网站每天的流量很大，符合当时判断互联网公司价值的标准。

2个月后，唐越又收购了订房中心百德勤。

说起收购百德勤，颇有戏剧性。百德勤是艺龙旁边的一家小公司，不做在线旅行，只是通过电话来开展旅游的业务，员工才有20多名。

2000年1月的某天，路过百德勤公司的唐越，碰到了百德勤的员工在做会员卡——LOHOO卡。唐越仔细一想，觉得百德勤的旅游服务与艺龙的城市生活服务有相关性，于是他找到了百德勤的负责人，提议艺龙与百德勤一起合作来个联合促销，给艺龙用户送LOHOO卡。

随着对这家公司的进一步了解，唐越知道百德勤的大股东陈雅林对公司的前景失去信心，因为百德勒成立1年以来才赚到8万元，陈雅林正准备卖掉它。于是唐越去跟陈雅林谈收购的具体事宜。由于一个愿买、一个愿卖，他们很快就谈妥了，收购价格为800万元。

但是，唐越在跟陈雅林谈收购时，艺龙本身也没有几个钱，最初的100万美元在2000年1月就花完了。

既然都没钱了，那怎么收购？唐越是这样想的，在买入百德勤的同时，也为艺龙寻找买家。他先把这个想法告诉了其他3位创始人。创业伙伴听明白了他的意思后说：只要有钱赚，你唐越想咋办就咋办。

得到创业伙伴的支持后，这个善于向东方人说西方的神话、又善于向西方人讲东方的故事的男人，果然很快就找到了买家。美国互联网公司Mail.com决定于2000年3月14日，以股权置换的方式收购艺龙，收购价格达6800万美元。

把艺龙成功地卖给Mail.com后，唐越于是有钱去收购百德勤了。其实，收购百德勤对艺龙有很大的帮助。很多年后，唐越也承认：没有这个收购，艺龙绝对不会进入旅游行业，没有这个收购，公司可能早就完蛋了。

但是在收购百德勤之时，唐越并没有把注意力放在这家新收购公司的业务上，因为Mail.com已经给艺龙画了一个超级的馅饼。

Mail.com是美国第三大免费电子邮箱的提供者。由于是做电子邮箱业务的，所以拥有很多域名。当时Mail.com看到China.com（中华网）凭一个名字在纳斯达克上市，融了很多钱。Mail.com觉得他们的域名，比如Japan.com、USA.com等，也会变成价值上亿的互联网公司。

于是，Mail.com为开发和管理其庞大的域名资源，成立了一个域名资产孵化公司World.com。同时，Mail.com又组建了一家新公司Asia.com，作为World.com的子公司开展业务。Asia.com将以Elong.com为核心，在亚洲各国家和地区，包括韩国、新加坡、泰国、中国香港等，建立地方子公司并提供B2B及C2C业务。艺龙在中国的业务，也将由社区生活服务扩展到电子商务的方方面面。

唐越陶醉在这个设想中，他认为Asia.com不仅可以为亚洲的消费者和商业用户带来无与伦比的品牌认同，还将成为世界各地的企业和消费者通往亚洲的桥梁。

但是，在此后的1年中，唐越慢慢发现这个超级馅饼其实是一个美丽的陷阱。于是，在互联网低谷期的2001年5月，唐越从Mail.com手中回购艺龙，价格为150万美元。

遗憾的是，当唐越决定将业务转到酒店预订上来时，携程依靠吴海带来的团队和王胜利对北方市场的开拓，已经坐上中国最大酒店预订分销商的交椅。

为什么艺龙输给了携程？唐越后来总结：我们必须承认携程市场占有率第一，艺龙第二。因为携程的业务一开始就定位在旅游行业，对于旅游行业来说，它是早期进入者。还有，在互联网寒冬来临的时候，它有足够的过冬粮食，光现金就有1000多万美元。

三、旅行社无法突破瓶颈

由于艺龙走了很多弯路，PK不过携程，那传统旅行社兴办网站，结果会如何呢？它们目标明确、资源丰富，是不是更具有竞争力？

据权威统计，1999年中国旅游业的销售收入有4000多亿元，其中团体旅游仅占10%，而商务散客和家庭自助游占了90%，散客化逐渐成为旅游业的主流发展趋势。

面对这样的结果，国内第二大旅行社中青旅的老总蒋建宁开始想办法了。他说：中国旅行社的暴利时代已经结束，过去旅行社赖以生存的团队旅游，正被个性化、零散化的旅游消费代替。人们不愿意参加挥舞小旗、连上厕所都要统一安排的旅游团了。尽管旅行社为消费者制订了非常个性化的出行方案，但几乎没有一个客户完全按照方案定行程，他们全都要自己来修改一遍。现在旅行社如果还不借助网络科技手段，迅速向个性化旅游时代转轨，那么，中国旅游业无异于慢性自杀。

由于看到了这一点，2000年6月，中青旅决定引入风险投资，创办综合性旅游网站“青旅在线”，同时成立旅行社连锁店——中青旅连锁店。

接着，中青旅把中青旅连锁店和青旅在线（www.cytsonline.com）合并起来，变成了中国第一个真正的“鼠标加水泥”网络。

这样，遍布京城的连锁店和虚拟网站共同构成一个销售网络，无论你是在电脑前，还是在街边连锁店里，都处在这个统一的网络服务下。比如一个连锁店的消费者，不但可以享受在线订票、旅游信息等网上服务，还可以把各种消费需求通过虚拟网络传到中青旅相关部门，再汇总到连锁店。总之，中青旅的目的是：通过线上线下和消费者实时互动交流，最后达成最简单有效的出行方案。

蒋建宁对自己的这个创意很有信心，他说：不用上网同样享受网络服务，这才是真正的互联网。同时，业内人士对此也相当看好，都认为青旅在线打破传统旅游经营模式，利用Internet平台进行网络营销，旅行社则作为后台，从事具体的市场调研、产品研发、接待等环节的业务，由此形成了旅游网与旅行社业务互补的旅游经营新模式。

然而，不久人们就发现，这是一个美丽的错误，旅行社弄个网站，所拥有的资源不是财富，反而变成负担。旅行社越强大，它的网站就越显得苍白无力。

它的致命点来源于传统旅行社的架构。像中青旅这样的大型旅行社公司业务遍及全国，实力强大，资源丰富。但在业务操作层面上，中青旅所有的业务都由分散在各地的公司完成。由于各地公司都有自己的利益诉求，无法做到在全国范围内按照统一的标准和一致的利益取向推行一项业务。所以，网站反而起到了破坏作用。

最终，青旅在线的创办没有达到预期的效果。对于旅游业这个操作非常复杂、个性化要求越来越高的行业，它很难提供真正的个性化服务，只是起到了信息提供的作用。

四、“房东卡”竟然胎死腹中

面对这个4000亿元的旅游市场，不单是青旅在线的老总蒋建宁想借助网络科技手段搞个性化旅游，张胜利也对此“垂涎三尺”。因为他看到了另一个市场需求：旅游酒店度假村的客房入住率常年仅50%左右，散客化已经逐渐成为旅游业的主流发展趋势。于是，张胜利成立了一家新企业——北京新旅网酒店度假村投资管理公司（新旅网的运营主体），并推出了一种新的旅游产品——“房东卡”。他想借助电子商务，为旅行者提供个性化服务。

张胜利的新旅网是一家由国旅联合股份公司等4家企业共同投资的，以分时度假的模式为出发点，以酒店度假村网络联盟为运作平台，将旅游服务进行产品化运作的公司。

张胜利先借鉴了国外分时度假的营销模式，再根据中国国情将一大批酒店度假村组成网络利益同盟。这个利益同盟不改变入网酒店度假村原有的股权隶属关系，但是通过网络手段可以让它们形成一种虚拟的“新旅网总酒店——酒店生产车间”的经营模式，从而实现所有入网酒店资源共享、客户共享的双赢结果。

对于旅客来说，新旅网的“房东卡”就是一张消费权卡。即持卡者可在IC卡有效期（一般5年）的任何时间中，在IC卡面额（3000~80000元）范围内，在加入新旅网网络同盟的任何一家酒店或度假村都拥有消费权以及其他相应的附加服务。客户可以通过互联网进入新旅网网站的电子商务平台进行网上购卡、订房和消费查询等，并持卡到新旅网的合作酒店度假村享受最低价格的客房住宿，此住宿价格在相当一段时间里保持不变，使“房东卡”具有保值功能。

所以说，新旅网就是一家大酒店，所有入网酒店像子部门，做到了所有客户资源、营销设施为所有酒店度假村共享，从而让所有酒店度假村分享到网络化经营的规模经济效益；所有酒店度假村资源为所有客户共享乃至选择，进而为所有持卡客户增加入住的效用货币成本比，反过来又为网络同盟增加潜在的客户资源。

还有，新旅网这种虚拟的“新旅网总酒店——酒店生产车间”网络经营模式可大大避免真实大酒店在规模增大后在单位管理成本上的上升（规模不经济），也通过促进网内企业竞争避免大酒店在市场独占上可能给大酒店自身活力带来的损害，比如发生所谓“店大欺客”现象。

另外，新旅网这种商业模式能够将所有入网酒店度假村闲置客房资产进行整合包装，提前批量预售。这样，新旅网能够为消费者谈判，取得比当时的任何订房中心都还要低的客房结算价格。极优惠的价格，极为宽广的入住时间、地域、价位的选择性，便于集团、家庭消费者提前控制差旅费用。

这样说来，张胜利这个“房东卡”似乎可以调动度假村的闲置资产，同时给旅客以最优惠的价格。这张卡能一卡风行吗？

果断地推出“房东卡”，新旅网的CEO张胜利是有一定的理由的。

他对采访他的记者说：这两年来，国内许多大型旅游企业在网络化连锁经营、集团化规模经营方面已经进行了许多探索和实践，但都不尽人意。虽然说网络化经营确实能达到统一品牌、资源共享、降低经营成本等目的，但实现网络经营必须要求网络内成员企业之间地域分布合理，不能集中在一个地区，同时要有创新营销技术和科学的经营管理模式。为了解决这个问题，这些旅游集团也想了很多方法。比如有的想通过兼并、收购、资产置换等办法来解决成员企业地域集中的问题，但由于谈判非常艰难，失败的例子很多。例如东方宾馆在洛阳收购酒店失败，锦江集团将上海的酒店在异地进行资产置换失败。就是解决了地域分布问题的集团，由于缺乏创新营销技术和科学的管理方法，也不能将集团内各企业真正联合起来，形成新的竞争优势。因此，当时国内7000余家旅游酒店基本还是处于孤军作战的经营状况。

在分析了大量企业并购和企业资产重组的例子，对旅游酒店行业特点进行科学分析后，张胜利认为，通过并购的途径大规模整合酒店、度假村闲置资源不切实际，关键是要有全新的观念、全新的运作模式。一方面发掘潜在市场需求，另一方面要改变当时的酒店度假村单体经营方式，在改变经营模式、提高服务质量，使消费者享受到更便捷、更实惠服务的同时，又让酒店度假村的闲置资源得到重新配置。

基于这种思路，张胜利决定在不改变现有酒店度假村资产产权主体的前提下，通过运用现代网络技术和全新的运作模式，以第三方的身份介入酒店度假村与消费者之间，将若干酒店度假村和广大消费者联结成网络，实现酒店度假村闲置资源的重新配置。他相信，这种模式能够盘活旅游酒店的闲置资产，提高资产质量，实现真正的网络化经营。

张胜利的理由很充足，但结果会是张胜利所设想的那样吗？

遗憾的是，“房东卡”在2000年4月18日上市后，几个月的时间里，市场反应都不怎么好。很多消费者发现，在短期内网络能够提供的酒店度假村资源还不能达到他们较高的要求。此外，在操作方式存在传统结算方式与“房东卡”结算不兼容的矛盾，系统的技术服务也存在不完善的地方。

再后来，市场实践证明：分时度假在中国有点水土不服，就当时我国居民的平均收入水平而言，在发达国家算不上豪华的分时度假产品在中国成了奢侈品。另外，带薪休假制度尚未普遍实施，大多家庭很难提前确定自己在每年当中哪一周有出游时间，使得度假难以分时。况且，国家相关管理部门对分时度假尚未 做出明确界定，产生纠纷后，消费者得不到法律支持，将陷入被动处境。

于是，“房东卡”这个“孩子”还没有被养大就夭折了。

五、订房中心跟不上时代

最后，我们来看一下传统的订房中心的一些情况。

不可否认，现代运通和商之行是最早发现酒店预订这个新市场的，1997年，它们在中国启动了以呼叫中心加800免费电话为核心的业务模式。随后几年里，不断有些大小不一的公司进入这个市场。但是，所有的公司都面临着一个瓶颈：很难大规模推广业务，无法让自己的公司快速成长，因为是传统企业，风投也看不上，当然也没有融到资金来扩大自己的规模。于是，传统订房中心只能是小打小闹，赚点小钱养家糊口而已。

不过，也有几家订房中心的负责人意识到互联网的潜力。比如现代运通，它在1999年11月的时候，也建了个名字叫作“未来运通”的网站，可是，几个月之后，王胜利发现这个网站形同虚设。一方面是因为现代运通没有专业网络推广人才去运作这个网站；另一方面是传统订房中心规模小、旅游产品单一，凭借自己的资金积累根本无法支撑一个网站的庞大费用。

明白了自己有不能加长的短板后，王胜利最后决定跟携程合并在一起。剩下的订房中心，要么跟时代运通一样，找个好靠山；要么硬撑着，跟其他大公司抢饭吃。例如金色世纪，它的老总李梓正这样对记者说：我们天天面临挑战，天天开拓创新。不过，在这几年发展中，金色世纪已经成为国内最大的有偿方式发展会员的俱乐部。我们专注于高端人士的品质生活需要，倾力打造中国最具影响力的集成式生活资讯平台，向会员提供便捷、实惠、可靠的酒店、机票、高尔夫、餐饮娱乐、旅游度假的查询、预订、交易等服务，以及机场贵宾通道、汽车援助、金融保险等多项增值服务。我们现在已经拥有国内领先的呼叫中心以及秘书式的高级客户经理团队。

尽管李梓正对自己公司的前景很憧憬，但是金色世纪跟携程相比起来还是手扶拖拉机和宝马的差距。

为什么会这样？请继续往下看！

第二节　携程突飞猛进

一、当大家都拼路线

哪一年旅游网站竞争最激烈、PK最精彩？准确地说，应该是1999年到2000年这段时间。

2000年4月底，艺龙宣布与百德勤合并后，艺龙公司CEO张黎刚出来对媒体说：这次合并，让艺龙充分利用百德勤原有的客户资源和遍及国内外的旅游服务网络，我们准备同时推出艺龙卡和艺龙-LOHOO卡。我们相信，随着在线业务的拓展，LOHOO卡的旅游收入也将会得到大幅度的提高，预计年底可达到1亿元。

6月初，“青旅在线”连夜开通，青旅在线的新闻代言人对外宣言：网站将在下半年开通英文、繁体中文、韩文、日文版本，并开展大客户和B2B的服务。青旅在线的声势浩大，原本竞争激烈的旅游电子商务市场因此硝烟味更重了。

8月15日，“蓝蜻蜓奥运数字之旅”在京拉开帷幕，这是中国互联网络大赛组委会和华夏旅游网络有限公司共同主办的大型活动。当时国家信息化推进工作办公室赵小凡副司长亲自点击鼠标，既揭开了这次活动的序幕，也揭开了旅游网站各路英雄相互“对打”的序幕。

9月，更是好戏连台，精彩不断上演。

旅游网站的后起之秀绿色通道网（www.chinagc.com）推出了“十一特惠神州文化游”，内容包括海天佛国普陀山、宁波、奉化溪口双飞4日游，“览三峡胜景，游丰都鬼城”的长江三峡、丰都鬼城、小三峡豪华三星游轮单飞5日游，以及“遍游九江精髓”的九江、浔阳楼、庐山、石钟山、鄱阳湖、瓷都景德镇单飞5日游。

搜狐旅游频道凭借自己是门户网站的优势，紧跟着推出“搜狐当导游，快乐7日游”活动，并宣称10多条全部是国内外黄金出游线路，完全可以实现网上预订。

艺龙公司也不甘寂寞，在“十一”期间推出“十一不涨价”服务承诺，积分10000分以上的VIP客人，在10月1日至10月7日的1周时间内，执行平时会员价的方案。

再见城市国际旅游网（www.byecity.com）说，我们在此次假期所推出3个系列近50条出境旅游线路产品，涵盖欧、亚、非、澳四大洲地区，让久居国内的人跟自己熟知的城市说声“再见”。

逍遥网（www.xoyo.com）告诉在国庆出游的人们，他们的旅游套餐已经与全国几百个城市的1000多家酒店实现实时联网，半小时内即可将订房手续办完，而且在价格上最高能便宜70%。

中华行知网（www.sotrip.com）喜欢剑走偏锋，在“十一”期间推出龙门游和韩城游等冷门旅游项目，同时推出的还有生态环保游专题。

刚刚创办2个月的金色旅游网（www.toursmart.com.cn），可能名气还不够响亮，所以推出网上抢房活动以吸引旅游爱好者和网友，增加日访问量。

在线旅游本来是携程的强项，为什么这么多大动作中，却没有看到携程的身影呢？携程到底怎么了？

请继续往下看！

二、携程专门做订房

就在各家旅游网站公司削尖脑袋、想方设法地推销各种各样的旅游路线的时候，携程却在忙着推广订房业务。

虽然说携程也先后收购了商之行和时代运通这两家订房公司，时代运通也算是订房公司的老大级企业，但是凭这两家公司的现有业绩远远养不起携程这家“鲸鱼级”的企业。所以，对于携程来说，想在订房业务的数量上有重大的突破，还是需要动脑筋的。

酒店预订的逻辑是这样的：订房公司必须给酒店带来很多客人，酒店才会给订房公司更低的折扣价；订房公司有了更低的折扣价后，才能吸引到更多的客人；有了更多的客人后，订房公司就能够从酒店方获得更多的佣金。

携程从做旅游路线转型做酒店预订后，花了3个月的时间，确实也跟1000多家酒店签订了合作协议。但是，签了协议并不代表就有了实际的业务量。3个月里，携程每月的业务量都不到1000间每夜，也就是说，携程1个月里根本没有给其中某个酒店带来几个客人。显然，对酒店方来说，携程对它们的帮助不大，它们不可能给予携程较低的折扣价。

应该是促销手段出现问题了，携程在烧钱期间打了那么多广告，仅仅是提高了公司的知名度，却没有给携程“忽悠”来多少订房客户，看来携程必须另想别的办法。

就在携程4位创始人想破了脑袋，也想不到什么好办法的时候，吴海却有“独门暗器”。吴海加盟携程的时候，曾经对季琦说过：订房不是这么玩的，要想在数量上有飞跃的突破，现在所有的做法都要改。

吴海的订房业务是怎样推广的呢？

还在商之行的时候，吴海为了打开酒店预订的市场，曾经尝试过各种各样的方法，效果都不明显。

有一次，在周一的例会上，一位员工讲了一个关于推销牙刷的故事：我有一位朋友，代理了某个不出名牌子的牙刷。由于牌子不响亮，商超进不了，小卖店又卖不出几把。在无路可走的时候，他采用直销模式，招聘大量直销人员，挨家挨户去敲门推销。想不到这个很不起眼的、最原始的、最笨拙的方法，最终却让他们一年之内赚了3000多万元。

吴海一听，非常受启发，于是问：“那我们应该怎么推销呢？大家说一说自己的想法，好不好？”

有员工回答：“酒店客房跟牙刷不一样，可能没有任何借鉴的地方哦。”

吴海接着说：“大家说出自己的个人意见，先别说灰心话，也不要否定别人。要尽情地说出自己的想法，要好好地畅想我们美好的未来。”

大家听吴海这么一鼓励，兴趣一下子就来了，真的是八仙过海，各显神通，奇奇怪怪的点子和形形色色的创意都有。

有员工说：“要不，我们也到写字楼去推销，把我们公司的会员卡免费送给别人？这个方法值不值得试一试？”

有员工建议：“在大街上或者车站站台旁边摆张桌子，给潜在客户办理我们的免费会员卡，这个方法应该有戏。”

有员工提议：“最好在飞机场派发我们的会员卡，因为这样，目标人员更加集中，效果应该更加显著。我个人认为，不用多久，我们的业绩肯定会很吓人。”

还有员工说：“我认为和酒店的销售人员一起去推销我们的会员卡，效果应该更好些，因为这么做，对客户来说，信任度会更高。”

…………

三、携程卡是好东西

上门、上街或者去机场发展会员，这些方法能行得通？吴海心中没底，他也不敢确定去这些地方发卡是否真的有效，他说：“既然大家都提出了这么多好方法，这样吧，谁提的建议由谁去落实，好不好？”

于是，这些愿意接受挑战的员工，开始分头发卡去了。

不试不知道，一试吓一跳。特别是机场派卡，效果惊人。那位员工第一个月发了500张卡，第二个月发了3000张卡。这些卡发出去之后，很多接过卡片的人在需要订房时都会拨打卡片上的电话。

到底有多少人拨打了商之行的订房热线呢？吴海惊呆了：发多少张卡都不出奇，出奇的是它的转化率。商之行会员卡的转化率最高可达到30%，也就是说，每100个接卡的机场旅客中，会有30个人通过商之行来订房。

机场发卡验证了市场的需求是确实存在的。于是，吴海决定大力推广这种促销手段，他要求所有的派卡人员全部在机场“上班”。结果几个月之后，商之行的订房量惊奇地上升了一大截。

事后，吴海连连感叹：“大道至简啊，真经一句话，假传万卷书。越是简单的办法越好用，推广其实没那么复杂，与其说我改变了这个行业，不如说是员工的点子帮助我改变了这个行业。”

吴海离开商之行后，他给携程带来了完整的队伍，也把发卡这个“独门暗器”复制到了携程。虽然此时发卡的转化率已经降低到10%左右，但吴海认为，它还没发挥到极限。因为在携程之前，已经有多家订房中心通过会员卡进行市场推广，但这些会员卡都是实行收费制的。

下面列举两家主要订房中心的会员卡来了解一下它们的特点：

1. LOHOO卡

（1）可提供酒店数：全国100多个城市、1000余家酒店。

（2）入会手续：在艺龙网上填写申请表，得到虚拟卡号，积分达到3000分后，可收到真实的LOHOO卡，若直接购买，需300元。

（3）订房程序：当天预订，如预订客房已满，俱乐部在1小时内无法安排其他同等级酒店，可获1晚免费酒店入住权。

（4）修改和订房：如未通知俱乐部取消入住，将扣积分；如需修改，也需提前通知。

（5）房价：酒店挂牌价格2~7折。

（6）付款：部分酒店委托公司预收房款，其他的可以在前台现付。

（7）优缺点：经常有抽奖反馈消费者的措施，但购卡费用较高。

2. 金色世纪卡

（1）可提供酒店数：全国1000多家酒店，全世界100多个国家和地区700多家酒店。

（2）入会手续：上公司网页订购，如有农行金穗卡，可到农行营业网点填申请表，会员卡售价为398元，有效期3年。

（3）订房程序：提前1天电话预订。

（4）修改和订房：提前数小时通知公司，如有3次未入住，取消会员资格，会员卡作废。

（5）房价：国内酒店入住价为门市价的3~7折，如会员价高于门市价或超出其7折范围，公司给予双倍差额补偿。

（6）付款：一律在酒店前台付款。

（7）优缺点：订房时，可用会员手机号或者完整的座机号代替会员卡号，但是购卡麻烦，卡号开通慢。

上述的两家酒店订房中心的会员卡，在当时所有的订房中心包括商之行在内，几乎都是实行收费制的。因为多数订房中心规模都不大，每年的营业额也不多。卖会员卡不但可以取得现实的收入，还可以绑住用户。

但是，收费会员卡有一个致命的弱点，那就是人人都喜欢免费的东西，根本没有几个人愿意花几百元买一张小卡片。收费制会员卡是可以让订房中心赚几个小钱，但却限制了它推广的速度和广度。

所以，吴海决定将这个派卡方法进行“升级”，他想把这个促销手段发挥到极限。

那他是怎么做的呢?

四、派卡人已经疯了

吴海决定将收费的会员卡改为免费派送；给发卡人员开高绩效的工资，工资的结构是低底薪+高提成，具体薪酬体系如下。

底薪：800元/月。

提成：接卡客户消费金额的3%（后来改为3个月内有效）。

奖金：每开拓一个有效的新客户，一次性奖励100元。

要求：每月回公司领取一定数量的会员卡（这些卡都有规定的号码段），每天工作7个小时。

接着，吴海在一次携程卡推广动员大会上，把这个薪酬制度发到了各个售卡人员的手中，并宣布新的薪酬制度当日起执行。

刚开始的时候，一些新进公司的发卡人员还没尝到甜头，都认为发卡的效果应该不是很好，不然，怎么会给一个有效的新客户以100元的奖励。但是，一些老员工就有点怀疑了，如果按照这样的薪酬激励，凭自己的能力，绝对会拿到很高的工资，到头来自己拿的钱会比经理还高。

果然，两三个月后，这些发卡人员发现，每月可以拿到三四千元，业绩突出的同事，每月的工资竟然可达到上万元。

拿到了厚厚的一沓人民币后，发卡人员所有的疑虑全部没有了，他们开始没日没夜地加班，从写字楼下班后，北京王府井的大街上出现了他们的身影。周末，他们在上海外滩找客户。尽管在写字楼被保安赶、在机场被警察轰，但他们一点都不退却，一如既往地向前冲。

对于发卡人员的加班加点，大家可以理解。可是对于吴海的做法，当时有人认为他疯了，给一个小小的发卡人员开这么高的薪酬，有必要吗？

吴海的理由是这样的：作为互联网公司，有风险投资的支持，携程有能力大规模派发携程卡。这样可以快速占领市场，聚拢更多的用户，获得更高的订房量和更多的佣金。这就像打鱼一样，当时市场是鱼，而且都在近海，并且没人在打，这时应该抓紧时间积累客户，等竞争激烈之后，就必须花更大代价到深海打鱼。

那市场真的像吴海所说的那样吗？果然不久，随着一张张蓝色卡片在全国各地几百个城市的火车站、长途汽车站、机场、边境口岸，被携程的1000多名发卡人员送到乘客手中后，携程的订房量以几何级的速度增长，只用了两三个月的时间，携程的订房量就达到2万间每夜。到2001年底，18个月的时间里，携程的订房量从每月几百间每夜达到10万间每夜。

携程卡不但给携程带来惊人的业绩，还得到消费者的认可。当时还流传着一些关于携程卡的故事。

2000年5月中旬，北京有一位导游接了一个从广东到北京周边旅游的团队。刚下飞机没多久，团队中一位茂名市电台记者接到一个电话，要立刻去延吉采访。这位记者要求导游小姐帮他找旅行社订票。但是，这个时候，旅行社已经下班了。无奈之下，这位导游拨通了携程旅行网的客服电话。想不到，5分钟之内就回电告知有第二天最早的机票，当导游小姐将记者的电话和姓名及将要入住的酒店告诉携程的客服人员后，携程的客服人员说晚上7点半前将机票送到酒店来。果真在当晚7点半前，这位记者在酒店拿到了机票。记者想不到网络服务效率会这么高，她连声对导游小姐说谢谢。后来，这位导游小姐因此受到了旅行社领导的表扬。

另一个故事是发生在携程CEO梁建章的身上。有一次，机场的航班误点了，梁建章就顺手从他们公司的销售人员手中拿了一些卡片在旁边发，发着发着，刚好把卡片发到了一个正在看杂志的年轻人手中。这个年轻人接过卡片一看，啊？杂志的封面人物不就是眼前的发卡人吗？经再次确认后，这个年轻人对梁建章说：“我非常敬仰你，想不到今天竟会如此荣幸，碰到了一位商业领袖给我发卡，这张卡片我要好好地珍藏起来，以后我绝对是你携程公司最忠实的客户。”

五、奇迹果然发生了

携程在酒店预订行业可谓创造了奇迹，2001年订房交易额是5亿元，2002年交易量翻一番。当然，携程也由此赚得盆满钵满，因为酒店预订的返佣比例不低于10%。

公司已经快速成长，他们开集团会议的气氛也开始活跃了起来，并且在集团大会上，携程的4位创始人都很兴奋。

梁建章说：“酒店预订是一个看不到天花板的产业，要好好挖掘。不过，我们已经是这个行业的老大。”

季琦说：“我们确实是挖到了一口富矿。但是，在创业的长征途上，我们只是到了延安，我们还要继续去挖另一个富矿。”

“是的，在旅游的一系列产品中，我们也要把其他项目做得跟酒店预订一样好。”范敏接着提建议。

“那我们下一步应该去拓展哪个项目呢？”梁建章问道。自从第3次融资后，他跟季琦一起担任了携程的联席CEO。做重要决策的时候，肯定少不了他。

“机票预订怎样？它的利润并不比酒店预订低。”季琦说。

“这个不好弄哦！机票代理资格要向民航总局申请，手续很烦琐，并且很浪费时间，申请下来可能要一两年的时间。”有人搭话。

季琦说：“申请？那肯定不行！市场不会给我们太多时间的。我们还是如法炮制，像做订房市场那样，去收购已经运作良好的票务公司。”停了一下，季琦继续说，“顺便说一句，我已经物色好了要收购的对象，就是北京海岸票务公司。”

“那家公司非常不错，如果能收购到手，对我们的市场拓展来说，肯定是如虎添翼。”某分公司的总经理很激动地说。

确实，北京海岸票务公司（下称“北京海岸”）已经是一家发展得很不错的公司。它1995年开始做机票代理销售，在北京，它很早就开始了买机票就送票上门的服务。2002年的时候，北京海岸的呼叫中心在京城是最大的。

另外，它的老总丁汉还是一位非常熟悉机票预订业务的专家。他对销售队伍的培训、管理相当严格。经过多年的摸索和不断总结，北京海岸票务公司的配送体系已经非常完善。丁汉采用的是集中预订的方式，即公司建立一个预订中心，对机票预订进行集中处理。旅客打电话进来后，订票员先把各个航班的需求汇总，统计结果、产生订单、实现团体出票，最后由送票队伍把机票送出。高峰期他们每天要出票1200多张，平均下来，每天最少也送出去800张机票。

面对这样的一家公司，携程能否跟丁汉谈妥？携程团队拿什么去跟丁汉谈呢？

想不到这一次谈判非常顺利，因为北京海岸也遇到了很难突破的发展瓶颈。

大家都知道，成为一个优秀的机票代理商需要两点，集中预订和送票。送票这方面，北京海岸已经轻车熟路，但对于集中预订那一块，还需要找一个有大量票务资讯的公司来合作。另外，对北京海岸来说，最关键的还是要解决地域的问题，大家想想，北京海岸的机票预订服务在北京已经有非常大的市场占有率，再扩大规模，还能大到哪里去?

所以，丁汉的意思是先从全国主要的大城市开始，逐渐建立一个全国性的网络，这个网络不局限于某一地方、某一城市。但是，想到这，丁汉马上又意识到：如果靠一个一个代理点去建立的话，在短时间内是解决不了这个问题的，同时还需要大量的投入，比如资金、管理、人员等。

丁汉陷入了深深的思索之中。

就在这个时候，携程团队竟然找上门来了。

携程为什么要跟北京海岸合作？因为它们一旦合作，对双方都有好处。携程已经有一批很好的客户，这些客户也有订票需求，这一点，北京海岸能帮上忙。还有，携程有很好的技术服务体系和营销手段，这又正好是北京海岸所欠缺的。

见面后，他们聊得很愉快。

丁汉说："在硬件方面，我们稍差些，因为有时候电话一多就接不过来，现在很需要一个更好的呼叫中心的设备。同时，通过互联网来开展业务，我们也不知道到底要建立一个什么样的网站才比较合适。这个网站应该怎样管理。另外，我们的营销手段还需要加强。"

梁建章说："你所提到的网络技术恰好是我们的强项，我们也摸索出很多很好的营销手段。你们已经有很好的产品、服务以及跟供应商的关系，缺乏的可能就是技术跟营销、资源相结合这一块。如果我们能走在一起，肯定有一个非常美好的未来。"

确实是这样。携程的营销手段也是比较独特、有效的。那时候，携程没有太多的钱去做广告，广告的投资回报太慢，而且费用比较高。他们就到各大机场去租柜台，柜台旁边有携程的工作人员在派会员卡和会员手册。

很快，携程跟北京海岸达成了共识，接着，携程开始给北京海岸作价。

季琦说："丁总，携程跟商之行、时代运通合作时，采用的是股权加现金方案，我们也按照这种方式吧！"

尽管现金不是很多，但是季琦的说服力太强了，丁汉最终还是答应了。

于是，2002年3月，携程用数百万元现金，加上携程的部分股票，收购了北京海岸票务公司。丁汉加盟携程后，他的职位是携程旅行网副总裁兼北京分公司总经理。

收购北京海岸后，携程将预订中心放在上海，全国各地都可以预订，并将ERP用于整个系统。很快，在酒店、机票预订方面，携程迅速成为国内最大的预订中心。2002年年底时，携程每个月酒店、机票预订方面的交易额将近2亿元，在国内市场所占比例达到50%以上。

携程做得这么好了，它的股东满足了吗？答案是不满足。因为他们知道还有一种方法赚钱更加神奇，一个晚上就可以让某人变成亿万富翁，让我们继续看第5章“上市与套现——股东的愿望是财富的倍增”。

小　结

关于市场营销的5个问题

本章涉及5个问题，都是关于市场营销的。

一、促销：懂得如何促销者，才是营销大师

市场营销学这门学科，自从建立到现在，仅有100多年的历史。但是，它发展非常快，每两三年，就有一大堆新理论出现。就拿营销组合来说吧，4P、4C还没被人们完全搞懂， 4R、4V马上又冒出来。

并且这门学科也不像管理学、组织行为学那么成熟，人家管理学已经固定在四大块：计划、组织、领导和控制；组织行为学也基本定型，包括个体、群体、组织三部分。而市场营销学，至今还没真正达成共识，100个教授，就能说出100种模式。

现代营销之父、美国西北大学凯洛格管理研究生院的教授菲利普·科特勒认为市场营销学分为7大块：营销基础、评估市场、选择价值、提供价值、传递价值、传播价值、实现价值。但是，国内知名教授也有他们的不同分类办法。比如，中南财经政法大学万后芬教授就认为，市场营销学应该包括理论篇、价值识别篇、价值创造篇、价值传递篇、价值沟通篇、价值监控篇6大模块。本人综合了中国人民大学吕一林教授、中南财经政法大学万后芬教授、南开大学吴晓云教授、上海交通大学王方华教授等人的观点后，决定把市场营销学分为如下6大部分（个人观点，仅供

参考）：

（1）论销。论销就是这门学科的导论。包括市场营销概论和消费行为概论。比如，学科历史、市场概念、市场类型、市场核心概念、市场营销观念、消费者购买决策、产业购买决策、中间商购买决策和政府采购决策等。

（2）预销。预销就是先预计这个市场有多大。包括管理营销信息、分析营销环境、进行营销调研、设计营销战略和编制营销计划等。

（3）分销。分销就是让产品卖得更多。包括产品、定价、渠道和终端等。

（4）促销。促销就是让产品卖得更快。包括广告、人员推销、销售促进、公共宣传、直复营销和网络推广等。

（5）控销。控销就是对营销活动的调控。包括营销计划执行、市场营销审计、经营业绩评估和营销道德评价等。

（6）新销。新销就是营销的新理论。包括顾客让渡价值理论、全球营销、文化营销、关系营销、交叉营销、体验营销和绿色营销等。

在上述的6大模块中，促销是非常重要的一个环节。天才策划大师就是靠这一环节出招。曾有人说过：促销做不好就是促死。

下面我们聊一聊关于促销的方式。

以往的教科书认为，促销方式一共有四种：广告、公共宣传、人员推销和销售促进。广告和公共宣传属于拉式策略，人员推销和销售促进属于推式策略。后来有人把直复营销和网络推广也添加进来了，于是，就有了6种方式。不过，现在仅介绍前面的4种。

二、广告：不打广告，等死；乱打广告，找死

曾有广告菜鸟向某广告大师请教：怎样打广告才能产生轰动效应？

大师说：假如你是新闻记者，在路上看到了一个人被一只狗咬伤了，你认为，应该怎样去描述这一事实，才能让读者马上记住这条

新闻?

菜鸟回答：那我就通过反衬的方式来报道了，先说被咬伤的这个人曾经在少林寺练过武功，并且相当威猛高大，但是，那只狗更加凶暴、残忍。结果，这只瘦弱的狗还是轻轻松松的把这位武林高手咬得一塌糊涂，面目全非……

大师连连摇头，说：这样的思路，你永远是写不出有价值的新闻来。

菜鸟非常惊讶：大师，你认为怎样去描述?

大师：不用太多的废话，仅仅一句就足够了。“今天，一个人在路上咬伤了一只狗。”

这个小故事告诉我们，广告词不精彩，是很难吸引到大众的眼球的。比如，电风扇的广告：实不相瞒，“美的”的名气是靠吹出来的。再如，空调的广告：男人不是让女人唯一心凉的东西。大家都看到了吧，只有这样的广告词，才能让我们过目不忘。

广告在20世纪八九十年代，对企业来说是最好的宣传方式。我们再看一下关于刘永好的创业故事：

刘永好原来是一名中专教师，下海后，他养过鸡、养过鹌鹑，并通过养鹌鹑，赚了1000多万。

在养殖的过程中，刘永好突然发现，与其卖鹌鹑，倒不如卖饲料。养殖火了，饲料业这个市场肯定非常大。于是，刘永好先借鉴一下当时卖得相当火爆的泰国品牌“正大”，闭门研究起饲料来。3年后，刘永好的“希望”牌饲料研制成功，他马上开厂生产并火速面市销售。不久，他的饲料在四川销量第一，再后来，他成立了希望集团，并通过一系列的并购，终于登上了饲料大王的宝座。

在这个曲折的过程当中，刘永好做得最成功的一件事就是：怎样把饲料卖得最好。曾有一个四川饲料企业的老板这样评价刘永好：

第一，刘永好首先看到了市场的空白点，比别人快一步，说什么最先进技术，这些都是扯淡。

第二，当大家都在琢磨成本啊、质量啊这些没用的东西的时候，他已经明白了，促销和渠道比产品更重要，于是，他拼命打广告。

第三，当大家开始在县里、市里做广告的时候，他已经开始做全国品牌了。

三、公共宣传：让权威者去说服顽固者，真绝

企业开展公共宣传活动，常见的形式有：新闻发布会、赞助活动、展览会、消费者座谈会、产品研讨会等。

在中国企业中，加多宝公司的公共宣传做得相当精彩。尽管加多宝公司的广告词也写得很不错，“怕上火就喝王老吉”（2000—2010年间，红罐凉茶品牌“王老吉”由加多宝公司运营），但是相比起来，公共宣传做得更绝。

2008年5月12日，四川汶川地震后，加多宝公司马上捐款1亿元。说起来，这个捐款还是有学问的，要么捐得最快，要么捐得最多。在长长的捐款名单中，还有很多企业是捐了七八千万元的，而我们都记不住了。所以，加多宝公司尽管多捐了几千万元，公共宣传效果却非常显著，再加上后来又出来了一个“让王老吉从中国的货架上消失！封杀它！”的事件，网友热情高涨，曾有人跟帖：从今天开始，用王老吉煮饭；从明天起，用王老吉冲凉。也有人留言：要捐就捐1个亿，要喝就喝王老吉。于是，王老吉这个牌子成了2008年里的一匹黑马，根据权威人士预测，2009年里，王老吉的销售额超过120亿元，将“两乐”（可口可乐、百事可乐）远远甩在后面。

四、人员推销：从大门赶出去，从窗子跳进来

通过人员去推销产品，一般有两种模式：电话推销和面对面推销，简称电销和面销。根据笔者的经验和阅历，无论是电销或者是面销，都必须符合两个原则，即MAN原则和三对原则。

MAN原则就是顾客有没有购买力（money）、有没有购买决定权（authority）、有没有购买需求（need），如果顾客没有同时具备这三个条件，那么，他肯定是不会购买的，就像某大叔对导购员说："你的产品非常好，价格也相当优惠，但是，我口袋里没有钱，怎么办？"碰到这种情况，神仙都没有办法。

三对原则就是在寻找客户的过程中，一定要找对人、说对话、做对事。如果这三点没有具备的话，结果还是"杨白劳"——白白劳动了。

先列举一个非常有趣的案例吧！这是10年前的事情了。

那时候，有一个朋友，在推销一种很特殊的产品。某天早上9点钟，他敲开了深圳华强北赛格大厦某个老板的办公室大门。

老板问："你有什么事？"

朋友说："老板，您要不要骨灰盒？我是龙岗永久墓园的业务员。"

老板一听，火了。骂了起来，"去你的，我跟你有仇啊，我今天还没开门做生意，你能不能说几句好听的话？"

朋友继续说："老板，先别生气，其实，对于我们某个人来说，目前的一切，包括什么房啊、车啊，都是临时的，只有这个盒子才是永久的，这是每个人都无法回避，都必须提前考虑的终身大事……"

老板更火了，打断了他的话，说："我告诉你，在深圳，黑帮红帮我都有人，我打死你，就像踩一只蚂蚁那么容易，你还不走，就先享用你的产品了。"

很明显，这位朋友违背了三对原则，结果没有把产品卖出去，后来只能改行从事质检工作了。

这也说明了推销工作是挺不容易的，不是人干的，是人才干的。尽管你有非凡的勇气，什么"被客户用扫帚从大门里清扫出来，还有勇气从窗子外跳进来"，如果没有找对人、说对话、怎么做还是浪费感情和时间的。

五、销售促进：方法五花八门，让你防不胜防

如果你去买某一大件商品，店家对你说，他们是不讲价的，一口价，你会觉得爽吗？尽管你心里非常清楚，羊毛永远出在羊身上，所谓的打特价都是骗人的小把戏而已。

所以，商家先标出一个价格后，再在这个价格的基础上，弄些所谓优惠的遮眼法，统统称为销售促进。当然，教科书上的定义不是这样写的。

那促销手段有哪些呢？经笔者总结，竟然有10多类，现罗列如下：

（1）折价。这是一种最直接的销售促进方式，平淡无奇，但是，它会被商家经常使用。

还记得，深圳某家具店开张前几天，他们在深圳晚报上连续几天刊登广告。说的是，椅子仅要8元，办公桌才卖80块，于是，笔者有一位老乡，坐着第一班公交车赶到那里，等到人家开门后，就冲进去，“指名道姓”要某某桌子和椅子。

结果，导购员说：“你要的那种商品已经卖完了。”

朋友非常惊讶，问：“什么？卖完了，我是第一个进店的客人呀！”

导购员微笑着说：“实在不好意思！已经被我们内部的员工买完了。其实，那些商品质量也不怎么好。你不妨过来这边看一下，这些桌子和椅子，质量非常好，价格也不贵……”

朋友只好又坐着第二班公交车回来了。

其实，这种例子在现实生活中，我们会碰到很多。国美新店开张搞促销活动的时候，不是也让老太婆凌晨3点钟排队去购买特价的电视吗？结果呢，尽管队伍排得长长的，国美也只卖出去两台电视机。

这些案例说明了商家为促销自己的产品，总是挖空心思去想出一些让人措手不及的非常“高明”的促销手段，这也印证了生意场上那句话：不怕你不买，就怕你不来；只有买错的，没有卖错的。

（2）优惠券。这也是常用的一种销售促进方式，是餐饮行业通用的促销手段，相信大家都收到过麦当劳和肯德基的优惠券。

但是，在这里，笔者想说的是深圳服装品牌华伦天奴曾经派发过的优

惠券。这个优惠券有点特殊，上面有一个刮奖处，你刮开后，就能看到有没有中奖。优惠券旁边还写着中奖要求和一系列奖项。中奖的要求是，必须购买满800元以上的西装才有兑奖的权利。奖项依次为：一等奖是全套某品牌音响和超级DVD碟机，二等奖是全套某品牌音响，就算是最差的五等奖也非常可观，现金380元。

其实，这种优惠券被刮开后，全部是一等奖或者二等奖，店家早就印刷好了。所谓的五等奖现金380元的奖项是永远不会被刮到的，商家这么做的目的是为了刺激消费者疯狂购买。

（3）集点。这种促销手段是针对季节性很强的产品的。像饮料行业就经常使用这种方法。比如，健力宝厂家当年曾经使用过，当拉开拉环后，出现"健"字会奖什么、出现"力"字会奖什么、出现"宝"字会奖什么，如果同时拥有"健"字、"力"字和"宝"字，那你就中头奖了。

说到集点，笔者想起来一个朋友的亲身经历。他非常喜欢抽健牌香烟，有一回，碰到了健牌香烟在搞促销活动，厂家的要求是：如果你累积到了200个香烟空盒子，就可以去领取1张免费的外国旅游门票。

好不容易，这位朋友积累到了193个盒子，于是，他决定一次性买了7包健牌香烟，全部拆开，倒出了香烟，将空盒集中在一起。接着，他掀起了床板，因为他每抽完一包香烟后，空盒子都是往床底下扔的。

当床板被掀起后，他惊呆了，床底下，一个烟盒都没有了。

这时，他的女朋友过来了，说："你是不是要找香烟盒子？昨天我把它们当垃圾全部扔掉了，这个东西藏在床底，引来了不少蟑螂，烦死人了。"

所以说，集点是一种很好的促销方法，顾客由于很多原因，不一定能兑到奖项的。

（4）退费。这种销售促进方式比打特价还好用。如果你给顾客打特价，尽管已经是打5折了，顾客好像还没有什么成就感。但是，如果你这么做：凡是买满100元就退50元现金，那顾客就觉得赚大了。

还记得，深圳东门茂业开张那天，POP广告上写着"买100送50"，结果，茂业那天卖疯了，警察都来维持秩序。笔者有一位女同事，进去后，鞋子被人家踩掉在里面，打着赤脚跑了回来，因为顾客实在太多了。

现在，茂业还在搞类似的促销活动，什么“买200送220的现金券”等，但是，场面已经风光不再，也许他们当年是第一家这么搞促销活动的吧。

（5）付费。这也是店家屡试不爽的销售促进方法。比如，你已经购买一些商品了，再付出某个指定产品的部分费用，就可以将某个指定产品买走。

在深圳，有一家卖红酒的代理商，老板是湖北人，15岁来深圳，已经赚到了很多钱，他用的就是这种方法。

具体是这么操作的。比如，关外锦绣江南小区旁边的“人人乐”购物中心开张了，在开张的头几天，这家红酒代理商的员工就在购物中心的大门口叫卖，高声大喊：“凭电脑小票再加10元钱，就可购买一支价值35元的红酒。”

很多阿姨、大叔认为，这瓶红酒的真实价格就是35元，于是纷纷过来抢购了。

其实，这瓶红酒的成本就是5元钱，凭电脑小票不过是一个借词而已。

（6）竞赛。竞赛这种模式必须是举行大型的活动才能达到效果。蒙牛赞助超女比赛就是一个最有说服力的案例，在此不再赘述。

此外，还有如下4种促销手段也较常见：赠送样品或免费试用、抽奖、DM杂志、VIP卡。由于篇幅的问题，就不再一一赘述了。

把市场营销学复习了一遍后，我们回到本案例中来。在上面所提到的4类促销方法，携程都用过。

（1）广告：1999年，携程曾经在首都机场立了一个灯箱广告，每年花费100万人民币。这个广告灯箱也增加了携程旅行网的点击量，提高了携程的知名度。但是，光打雷没下雨，实际上没有给携程带来多少客户。

（2）公共宣传：2000年4月，携程与中国民航局合作，举行国内民航界首次空姐大赛——上海国际航空小姐世纪风采大赛。携程对大赛进行了独家网上直播，携程还给网友提供了一个全虚拟的社区，让网友直接目睹航空小姐的风采，投票选举他们最喜爱的空姐。可是，这次活动反应一般，没有达到预期效果。

（3）人员推销：2000年初，携程的业务员，到富丽堂皇的酒店里，敲开了经理的房门后，说："我是携程旅行网的业务员，我们网站希望能为贵酒店做订房服务。"但遗憾的是，大多数酒店经理根本没听完，就将携程的业务员打发了。

（4）销售促进：销售促进也叫营业推广，方法五花八门，前面已经详细介绍过了，携程选择的是VIP卡中的一种。2003年3月，携程在副总裁吴海的带领下，开始派发携程会员卡。这一次，携程终于取得了实际性的突破，18个月后，在1000多名发卡人员的努力下，携程的订房量从每月几百间上升到了每月10万间。

促销的4大基本方式，携程全部使用过了，结果是：销售促进的效果非常惊人，而广告、公共宣传、人员推销这3种方式的投入却远远没有达到预期的效果。

面对这样的结果，有人可能会纳闷：是不是广告、公共宣传、人员推销这3种方式都过时了，或者是不适合在这个行业使用？

答案是NO。前面3种方式的使用没有达到理想的效果是基于如下理由：

广告的投放有两种情况：创牌广告必须短期集中火力往死里猛打，保牌广告要长期周期性慢慢打。曾经有人说过，在中央台打创牌广告，低于1600万元，肯定是打水漂。所以，当时，携程不是很有钱，那些广告能起到宣传作用，已经是把有限的金钱用在无限的事业中了，想达到"天上打广告，地上捡钞票"的效果是不可能的。

至于公共宣传的开展，一般是在产品的成长期或者是成熟期，效果才比较明显。在介绍期，启动公共宣传，效果不会好到哪里去。所以，携程的空姐大赛活动只能取得一般般的"点击率"了。

另外，人员推销这种模式，必须配合广告才能在短时间内达到效果。就像坦克在前面轰炸，步兵跟在后面抢阵地一样。如果单靠人员推销这种方式来进行市场推广，那就需要很长时间。所以，携程团队意识到这一点后，很快采取了并购的手段，减少市场培育和模式摸索的周期。

最后要提到的是携程的会员卡。当时，在其他企业都是采用收费形式的情况下，他们果断采取免费发放，这就是他们的过人之处，并且，他们还引入了高绩效工资，这样，好模式加上强激励，那促销效果绝对是狗追鸭子——呱呱叫。这也证明了市场竞争中的那句话“人无我有，人有我精，人精我新”的正确性。

创新者永远赢得市场，复制别人的方法是很能取得理想业绩的，就像发卡变成整个酒店预订行业通用的模式后，发卡效果就不像一开始那么明显了，转换率仅仅在3‰~5‰。

应 用

在哪赠送，如何赠送？

王勇是某著名外企化妆品公司的一名技术人员，一直从事护肤品的研发工作，经10多年的苦心钻研，终于研制出了一款以祛斑见长的化妆品。

妆字号的日化用品批文相对好申请，于是，王勇“祛斑王”经过OEM（代工）马上面市了，由于没有太多钱去打广告，并且他对自己的产品非常有信心，所以，他决定启用免费赠送这种方式来推广自己的产品。

现在，如果你是他的促销经理，你认为这种方式可取吗？如果可取，你认为到哪里去赠送、如何赠送这款产品比较合适？

（需要此题的参考答案，请加笔者的QQ:1020824123）

第5章 上市与套现

——股东的愿望是财富的倍增

语 录

商场感悟5则

思路决定出路，眼界决定境界，态度决定高度，定位决定地位，格局决定结局，脑袋决定口袋。

——读携程上市有感

是天才表现出来，是人才体现出来，是蠢材显现出来。

——读携程团队将携程做上市后有感

人生就像赌博，你不可以赌，但必须要博。

——读携程团队的创业故事有感

有人欣赏你，说明你幸运；没人欣赏你，这就是命运；作为朋友，我祝愿你一生好运！

——寄语各位创业者

在理想中不能自拔，在现实里不断挣扎。我是一只趴在玻璃窗上的苍蝇，前途一片光明，暂时还没找到出路。

——笔者自勉

第一节　梁建章苦练内功

一、技术领先对手

在2000年的上半年里，季琦和梁建章一起担任了半年的联席CEO，下半年后，季琦改任总裁，CEO由梁建章担任。

这一次职位调整工作是相当民主的，吴海亲历了这一过程。

2000年3月，吴海加入携程团队后，梁建章还是CTO。有一次，在聊天的时候，吴海说，携程的系统不是很合理。

梁建章说，你过来吧，接着，梁建章给了吴海一大堆资料。在吴海的眼里，梁建章是一个典型的搞技术的人员。

后来，两个人经常在一起交流各自对旅游网站的看法，吴海发现，梁建章绝不是一个简单的技术人员，他做事情非常认真，同时学习能力非常强。虽然梁建章从来没做过酒店预订行业，但是，他能从自己的专业角度出发，发现这个行业中一般人看不到的问题。

就这样，梁建章的专业技术和战略思想征服了吴海。后来，董事会就梁建章和季琦谁更适合担任携程CEO征求了吴海的意见，吴海毫不犹豫地投了梁建章的票。

吴海说："季琦是一个很有创业劲头和开拓精神的人，当初如果没有季琦，其他3位未必敢开这家公司。但是，季琦在管理上属于粗线条性的领导，很多事情不会考虑得特别细致，在携程已经步入正轨、稳步前进的情况下，梁建章会带领携程走得更高、更远。"

这一点，季琦也承认。在一次演讲中，他说："我的历史使命是创业、融资和收购，这些工作做完后，我就把权力交出来。梁建章做事很细致、很理性，而且懂得现代企业管理，他的管理能力比我强多了。我是一个优秀的创业者，但不是一个很好的管理者，我做事情比较急躁，如果你告诉了我结果，我对这件事情就没什么兴趣了。”

梁建章当上CEO后，果然不负众望，他很懂得授权和信任。

对此吴海深有体会。每当到了下午，梁建章就会背着一个背包来到他的座位旁边，问：“有什么事情吗？”

吴海说：“呵呵，暂时没有哦！”

“没什么事我就走了！”说完，梁建章就走出携程的办公室。

梁建章就这么信任自己的同事，所以他是一个从来不加班的CEO。为什么不加班？梁建章解释：“一个公司成熟之后，CEO最重要的工作不是做多少事情，而是做对了多少事情。”

梁建章确实做对了很多事情，第一件就是服务技术。

在接受《中国经济时报》记者采访的时候，梁建章说：“携程的盈利模式，用一个词语来概括就是‘吃差价’，也就是吃飞机票和客房的差价。为了能更好地吃到更多的差价，携程一直在努力打造自己的核心竞争力。携程的核心竞争力只有4点——首先是规模。携程已经拥有先进的网络资源和业内最大的呼叫中心，实行了大规模集中化处理方式；其次是技术。规模大了之后，就要求自主开发客户关系管理系统、呼叫排队系统、订单处理系统、电子地图查询系统等应用软件，只有这些技术才能支撑大规模预订；再次是流程。有了规模和技术之后，携程决定打破传统小作坊模式，通过系统化和流程化将整个运作过程进行最优化流程设计，通过合理分工进行流水线操作，让错误发生概率最小，让每个步骤都专业高效，从而使整个服务质量达到最优；最后是理念。携程非常重视对服务人员服务理念的强化，定期对员工进行相关培训，因为只有百分之百满意的服务，没有百分之百满意的产品。”

也许有人会纳闷，携程这么多年来，一直都是业界的领导者，这个行业竞争这么激烈，有太多的模仿者、追随者和挑战者，为何没有人能动摇它的霸主地位，甚至将它远远抛在后面？

现在回想起来，根本原因还是携程的技术非常过硬。可以这么说，当年携程的技术就是行业中的翘楚，曾有行内人士对携程的评价是：一直被模仿，从没被超越。

但是，现在提起携程对服务技术不断追求完美的过程，可谓一言难尽，曾任携程旅行网副总裁的孙茂华女士就见证了携程呼叫中心的发展历程。

1995年7月，孙茂华从上海交大酒店管理专业毕业后，一直从事酒店行业工作，先是前台文员，接着担任了部门经理，管理过总机班、预订部、前台等部门。

2000年2月，她在互联网上看到携程的招聘启事后，一投简历就应聘进了携程。当时正好是携程需要大量人才之际，携程人力资源部就安排孙茂华负责预订中心的管理工作。

刚开始，预订部只有2部热线电话、3位员工，并且他们的工作还非常清闲。后来，随着公司的发展、业务量的上升，预订部扩充到5部电话、10多个话务员。这时，问题也跟着出来了，怎样去提高员工的工作效率？怎样才能保证服务水平？对于孙茂华来说，根本没有呼叫中心这个概念，他只知道接电话下订单。

不久之后，携程开始建立一个板卡式的24席呼叫中心，同时在呼叫中心数据的帮助下部门规章制度和管理条例也逐渐建立起来。这个时候，孙茂华借助一些英文版的呼叫中心管理书籍和工作中的实践，终于明白了呼叫中心的概念和队列理论、服务水准的含义和计算办法，以及如何进行电话量预测和人员安排等。从此她也不再为个别电话打不通而焦头烂额，还可以更理性、更科学地关注并改进呼叫中心。

2000年8月以后，携程的呼叫中心更是发展神速，从当初一个酒店预订部24个座席，几十个员工，发展到了现在酒店、机票、度假、客服、商旅5大部门2400个座席，将近4000人的呼叫中心队伍。也许以后携程规模还会更大、人员会更多。

携程发展得这么快、这么猛，它的技术绝对是一流。现在，我们详细探讨一下，携程当时推出的电子商务应用系统。

首先是E-TEL（预订服务热线）。这个系统把呼叫中心和网上预订系统整合在一起。当然，这个不是简单的传统电话购物，也不是电话购物和互联网的简单并凑，而是利用现代技术将其融合为一体。

过程是这样的。当客户打电话进来后，先听到的是导航语：您好，欢迎致电携程旅行网！宾馆服务请按1，国内机票请按2，国际机票请按3，度假旅游请按4，客户服务请按5，重听请按“#”号键。

就在客户听到导航小姐甜美的声音的时候，系统已经将来电甄别出来，如果是公司的长期合作伙伴，电话就会被自动转到大客户座席，由专人作答。如果是刚刚入户或者是陌生电话，电话就被自动转入问答录音系统。顾客根据导航语的提示，进入相应的预订。携程的预订系统分工很明细，有专门负责酒店预订的，也有专门负责机票预订的；预订酒店有酒店预订操作系统，预订机票也有相应的操作系统。

其次是CTMS（商务旅行管理系统），这是我国第一套商务旅行管理系统。

2000年7月25日，携程旅行网在北京昆仑饭店举行“2000商务旅行管理研讨会”。来参加此次会议的国内外知名企业有40多家，出席会议的企业代表都是差旅管理部门的基层管理人员。会上，携程旅行网的负责人和与会者围绕如何有效加强差旅管理、控制成本的主题进行了建设性的探讨。

梁建章说：“目前市场竞争日益激烈，有效的成本控制对提高企业的竞争力有很大的作用。尽管有些企业已经认识到差旅管理的重要性，也采取了相应的措施对差旅及其相关费用进行管理，但还无法将它作为公司商业活动的一个重要组成部分来进行综合管理。原因是，差旅制度无法保证员工差旅效率，无法保证制度一定得到执行，同时不能提供各种管理报告让决策者及时了解差旅管理情况，让决策者了解各种资源使用情况并能从中发现更有效的差旅管理方案。”

梁建章继续说：“此次携程推出的商务旅行管理系统，为公司客户实现差旅成本控制及管理提供了一套切实可行的解决方案。国外一些权威机构对企业差旅活动的调查表明，差旅及相关费用是仅在工资之外的第二大可控成本，一些大的外资企业，如IBM、摩托罗拉、西门子、爱立信、ABB，等等，它们年出差费用平均超过1亿元，而商旅管理系统则可有效地控制企业的差旅费用，对提高企业竞争力起到至关重要的作用。管理者可以利用这一系统进行各种数据的分析，如平均借款与平均使用情况分析、对宾馆使用率及企业自身的购买力分析、对某一部门进行费用分析、公司／部门出差费用构成分析等。

由上述可见，CTMS是面向企业量身定做的一套软件，携程通过向企业推广此套软件，增强了企业客户的忠诚度，扩大了B2B的市场份额。

当时，携程大约投入了一半的技术人员来开发这套软件。梁建章认为，通过抢先开发就可以抢先占领B2B市场。企业一旦采纳后，就会因转换成本高而不愿轻易放弃并改用其他类似系统。

如果说商务旅行管理系统的应用是方便客户，预订服务系统就是方便携程自己。

可能还有些人会问：携程的预订系统完善吗？如果酒店方要了携程，说客户没有住酒店，怎么办？如果客户撒谎，预订了酒店没有入住而跑单，又怎么办？

下面就酒店预订这一项目来看看携程旅行网的酒店预订流程。

第一步，先登陆，在首页输入座席专员的用户名以及用户密码（每位接线员都有一个固定的ID）。

有电话进来后，接线员先询问客人的身份，是内宾还是外宾。接着问客人需要预订的城市、入住和离店的日期，以及客人对酒店星级、价位或地理位置等相关的要求。如果客人有指定酒店，就直接输入该酒店的名称。

第二步，点击“查询”，进入“宾馆查询结果”界面，此窗口为特别推荐酒店及城市会展名称等。

第三步，“关闭”或“最小化”弹出窗口，进入预订界面，为客人查询和推荐酒店。先点击页面左边“区域／地图查询”，选择宾馆所处地域进行查找，也可在“查询地名”中输入地名，连接地图进行更详细的查找。点击宾馆名后，就显示此家宾馆的酒店介绍、地址、电话、价格等详细信息。此页面的价格一般显示的是当日前台现付价，如果希望了解一周内此酒店的价格可以点击“一周价格”。

第四步，客人认可酒店后，选择需要的房型，告诉客人该房价是否含有早餐，并再次与客人确定入住、离开日期。

第五步，点击“开始预订”，进入酒店预订单填写界面，依次输入客人信息。在联系人栏填写联系人（客人）真实的姓名和手机或者固定电话号码。接着委婉地告诉客人，因为房间紧张，要求客人提供信用卡担保，包括准确的持卡人姓名、信用卡卡号、持卡人身份证号码以及是否是持卡人本人入住。

第六步，核实完客人预订单后，向酒店发送订单，并与酒店确认房间。

在这一预订流程中，最重要的有两点：第一，客人预订了酒店，没到酒店，怎么办？所以，信用卡担保比起没有在18：00之前到店就取消预订资格更加保险。第二，客人到了旅店，提供了有效凭证之后，却没有订到房间，怎么办？王胜利早就碰到过这样的问题。当时，预订系统没有跟酒店完全连起来，只好通过电话和传真来帮忙，后来，采用了电脑控制传真，只要经过领班确认后，传真就可以直接发到酒店。此外，王胜利还建立了一个预警系统，酒店的房间一旦到只剩下两间的时候，系统就开始提醒。

当然，最好的是系统对接，这大大降低了确认订单所需的时间和人工成本，同时又提高了预订效率，这个话题以后再详细讲解。

二、服务精益求精

如果说携程的预订流程在技术上无懈可击，那么携程对服务质量的要求更是精益求精。下面这段文字就是携程的服务用语培训教材。

1．接电话时的注意事项

接听电话时耳麦应放在嘴唇的稍下方，离嘴唇大概1厘米的距离；要做到微笑服务，让用户听得见你的微笑，感受到你的热情。

2．开头语

您好！很高兴为您服务！

3．无声音

（1）很可能客户在等待过程中没有意识到电话已接通，你应该微笑着说："您好！这里是××客服中心，您的电话已接通，请问有什么可以帮您？"

（2）间隔3秒左右，继续提示客户："您好！您的电话已接通，请问您能听见我的声音吗？"

（3）如果客服人员仍听不到客户的回应，很可能是电话机出现问题，耐心地告诉客户："对不起！您的电话无声，请您换一部话机再拨，谢谢您的来电，再见！"停顿2秒，然后挂机。

4．声音小

（1）你应立即将电话机的音量调整到合适程度。如果电话机的音量已调到最大，仍然听不清时，微笑着提醒客户："对不起，我听不清您的声音，麻烦您大声一点，好吗？"

（2）仍听不清，再重复一遍，重复时语气要保持轻柔委婉。

（3）如果确实无法听清，你可以请求客户谅解："对不起，电话声音太小，请您换一部电话再拨，好吗？谢谢您的来电，再见！"停顿2秒，然后挂机。

（4）客户提出你声音太小的时候，你可以将耳麦往嘴边拉近一点，并稍微提高音量，确认客户能够听清了，再说："请问有什么可以帮您吗？"如果声音已经足够大，客户仍无法听清时，你可以请客户换一部话机再拨，而不宜再提高音量，影响其他同事工作。此时，你应该说："很抱歉，我这里的音量已经调至最大，如果您还是听不清楚，请您换一部话机再拨好吗？"

（5）客户使用免提时，你如果听不清，可以轻柔委婉地告诉客户：

“对不起，我听不清您的声音，请您将话筒拿起来好吗？”

5．没听清或不明白用户的话时

（1）没听清客户讲话时，如果只是个别字眼没有听清，你可以与客户进行确认：“请问您的意思是……吗？”或者“您是说……对吗？”如果完全没有听清，你应用征询的语气向客户询问：“对不起，请您重复一遍，好吗？谢谢！”

（2）客户不理解你的话语时，你要立即查找客户不理解的原因，如果是因为使用过多的专业术语，你应改用通俗易懂的语言作解释：“对不起，可能我解释得不太清楚，请允许我再说一遍好吗？”如果未使用专业术语，则很可能是技术方面的问题导致客户不理解。如果有必要，可换一种表达方式耐心向客户解释。切不可让客户感觉你不屑于解答或者嘲笑其无知。如果客户对业务理解错误，你应委婉地纠正客户：“对不起，我没解释清楚，我的意思是这样……”，切不可生硬地使用“不对”“错了”等字眼。如果客户听不懂普通话，且特别要求使用方言，在这种情况下，你可以用方言受理。

6．解答过程中的注意事项

（1）倾听用户述说过程中要适时回应，可以用“是”“对”等轻声附和，表示您正在倾听，不要让用户感觉他在自言自语。

（2）当用户停顿等待时，CSR（客户服务代表）可适当说：“先生/小姐，您请说，我正在听。”

（3）客户担心你不明白时，你可说：“您的意思我明白了，您请继续。”

（4）当CSR解答中用户没有声音时，你可说：“先生/小姐，请问您是否可以听清我的说话？”

（5）当用户咨询完一个问题后，不能马上挂机，应问：“请问还有其他可以帮到您的？”

（6）当用户对你的服务表示感谢，你应说：“不客气，这是我应做的。”

（7）当用户的问题表达不清楚时，要适当用问题进行引导，如“您是指……是吗？”

（8）如果你意识到刚才的解释是错误的，就应该立即向客户致歉，诚恳接受客户的批评，不得生硬地说：“实在抱歉，刚才我的解释有些欠缺，应该是……”

（9）如果刚才的解释不够完整，你应该诚恳地告诉客户：“非常抱歉，刚才的问题请容许我再补充几点……”

7．查询中需要用户等待时

（1）当用户咨询的问题你不能马上确认时，你应说：“请您稍等，帮您查询。”

（2）用户在等待中认为你的效率太慢时，你应说：“很抱歉给您带来不便，我会马上为您处理，请您再稍等一下好吗？谢谢！”

（3）查询后继续通话前，你应说：“感谢您的耐心等候！”

（4）查询后不能马上确认的问题，应记录下用户的全名、联系电话，待确认后再予以回复，此时，你应说：“先生/小姐，您的问题我们需要到相关部门查询，恐怕会耽误您较长时间，请您留下您的电话，我查询后立即回复您，好吗？谢谢！”

（5）确认用户的联系电话后，你应再确认一下：“请问我是否随时可以联系您呢？”

8．需要用户提供资料时

（1）出票时经常要问用户的姓名、电话号码等，不能直接说“告诉我你的姓名、电话”，而应该说“请问乘机人的姓名是？”“请问您的电话号码是？”

（2）问完后应该再与用户确认一下，你应该说：“与您确认一下乘机人姓名是×××，电话号码是×××对吗？”

（3）当问到用户姓名的书写方式时，请尽量使用褒义词，避免贬义词的运用。另外，列举名人的名字时，请尽量以正面人物举例，避免反面人物。如“李”字，可以问“请问您是李世民的李吗？”，而不要说“请问是李莲英的李吗？”千万别出现这种情况，“请问你是狗熊的熊吗？”或者“请问你是潘金莲的潘吗？”

9．客户的要求超出你的工作权限时

（1）你要耐心听完客户的叙述，不可中途打断客户的话语。

（2）你应清楚告知原因，并表示歉意，同时给客户一个解决问题的建议或主动协助解决："对不起，×先生/小姐，这超出了我的权限范围，虽然我帮不到您，但我会立即将问题反映给上级部门处理，您看这样好吗？"切忌说："我办不了，没办法。"

（3）如果客户提出无理要求，你应耐心向客户解释，请求客户的谅解："对不起，×先生/小姐，我很难帮到您，您的要求已经超出……的服务范围，请您谅解！"

（4）对于个别客户的失礼言语，要尽量克制忍耐，得理让人，不得与客户争辩顶撞，必要时可请主管协助处理。

（5）如果客户因自己的失礼言语向你道歉，你应当大方地说："没关系！请问还有其他可以帮到您的吗？"

10．客户咨询完业务却又不想挂机时

（1）在确认客户已没有问题需要咨询时，你可以婉言提醒客户："对不起，×先生/小姐，如果您没有其他问题的话，欢迎您下次致电，谢谢合作！再见！"

（2）如果客户打骚扰电话，你可以冷静地提醒客户："对不起，您还需要咨询什么业务方面的问题吗？"如果客户仍旧没有业务问题提出，你可以将客户的骚扰电话当作无声电话来处理，可以说："对不起，我听不清您的声音，请您换一部电话再拨，谢谢您的来电，再见！"停顿两秒，然后挂机。

11．如何拒绝用户的邀请

（1）对于客户善意的约会，你可以先向客户表示感谢，然后含蓄地请求客户谅解："非常感谢您的诚心邀请及您对我工作的肯定，但很抱歉不能接受您的邀请，希望以后能继续得到您的支持，谢谢！"

（2）如果客户询问你的姓名，你可以委婉地向客户解释："×先生/小姐，很抱歉，我们在工作时只使用工号，我是××号。"

12．通话结束时

（1）属于预订或查询的情况在确认客户没有其他问题后，你应该这样结束通话："谢谢您的来电！再见！"

（2）属于订单成功的情况在确认客户没有其他问题后，你应该这样结束通话："祝您旅途愉快，谢谢您的来电，再见！"客户会很乐意听到你的祝福。

（3）订单不成功，应该这样结束通话："如您下次有需要，请再来电。我们将继续为您服务，谢谢您的来电，再见！"

没有最好，只有更好。这就是梁建章对服务质量管理和流程管理的追求。

为什么对管理如此要求呢？源于梁建章的一段经历。

还在美国的时候，梁建章特别喜欢逛书店，但是，在书店里总是找不到自己要找的书籍。于是，梁建章到网上书店——亚马逊网上书店去寻找。

亚马逊网上书店可以提供上万种书籍给顾客查询，还提供各种查询方法。比如，按照分类查找，也可按销售量排行榜、作者姓名、书名等方式查询。

找到某书后，你还可查阅到该书的内容简介和专家、读者的书评。这种方式非常方便读者挑选书籍。

最不可思议的是，在亚马逊网上书店，顾客还可以预订到停版或者未出版的图书，书店一旦有了这样的书，会第一时间邮寄给顾客。

梁建章觉得太爽了，挑选了一本想要的图书。想不到，在他预订这本书的时候，亚马逊网上书店还提示购买该书的顾客也买了下列某某书。梁建章接受了书店的建议，果然找到了其他相关的书籍。这样，没有几分钟，梁建章就买到了好几本书，效率远远比在实体书店买书高。

另外，在梁建章将信用卡密码、地址、邮箱输入后，亚马逊网上书店就永远记住了梁建章的个人信息。以后买书，他只要输入用户名称就可以了。

还给梁建章留下深刻印象的是，亚马逊网上书店的链接。

在很多网站上都看到亚马逊网上书店的链接，刚开始，梁建章总认为这是亚马逊网上书店在该网页做广告。后来，梁建章弄明白了，这是亚马逊网上书店的合作方式，如果顾客点击了该链接进入亚马逊网上书店，购买了图书后，利润是双方分成的。通过这种方式，亚马逊网上书店在网上找到了无数分销商。

亚马逊网上书店的交互性、便捷性给梁建章很多启示，他心想，做网站必须像亚马逊网上书店那样，否则网络的优势就体现不出来。

在美国的日子里，梁建章还参观了沃尔玛。那天，他很认真地考察了沃尔玛一家分店的电脑系统和管理模式。让他想不到的是，公司整个操作流程全部放在电脑的资料库里面，这份资料包括各个岗位说明书、职责、权限等，都规定得清清楚楚。如果将其打印出来的话，就是厚厚的几大本。原来，沃尔玛是靠信息设施将全球的分店连起来的。

亚马逊网上书店给了梁建章建立网站交互性和便捷性的启示，沃尔玛给了他将简章流程管理的启发。于是，在2000年互联网行业寒冬来临的那段时间里，梁建章对携程旅行网的后台管理下了很大的功夫，包括客户服务系统、客户关系管理系统、库存管理系统、结算系统等管理体系，特别是ERP和六西格玛的导入。

ERP和六西格玛真的这么神吗？下面简单介绍一下关于这两套管理软件的基本知识。

ERP是英文enterprise resource planning的简写，意思为企业资源计划，它是从MRP（物料资源计划）发展而来的新一代集成化管理信息系统。它的核心思想是供应链管理，对于改善企业业务流程、提高企业核心竞争力有相当大的作用。ERP系统中的计划体系包括：主生产计划、物料需求计划、能力计划、采购计划、销售执行计划、利润计划、财务预算和人力资源计划等，并且这些计划功能与价值控制功能已经集成到整个供应链系统中。

六西格玛呢？西格玛（Σ，σ）是希腊文的字母，是用来衡量一个总数里标准误差的统计单位。它被引进制造业后，变成表示产品的缺陷程度。σ值越大，说明缺陷或错误越少。6σ是一个目标，这个质量水平意味着在所有的过程和结果中，99.99966%是无缺陷的，也就是说，做100万件事，仅有三四件是有缺陷的。

从以上介绍可以看出，无论是ERP还是六西格玛，都是生产型企业的管理工具。对于携程这样的服务型企业来说，可以采取“拿来主义”吗？

想不到梁建章这样说：“像制造业一样生产服务。”

很多人对这个口号表示怀疑，服务业采用这两套管理工具，特别是六西格玛的导入，在以前好像没听说过，同时，服务确实难以量化。六西格玛的常规流程是：界定、测量、分析、改进、控制。服务怎么测量？

方法总比问题多。梁建章决定像生产流程那样将服务流程分解成一个个环节。

就拿呼叫中心来说事吧。所有的座席人员相当于生产线上的工人，他们的生产工具是电话，生产物料是酒店资讯和时间，产品是客人的订房服务。这样，订房流程的环节就被分解出来了。

1. 先询问客人的相关信息。

2. 为客人查询和推荐酒店。

3. 跟客人核对预订需求。

4. 依次输入客人信息。

5. 订单生成。

流程拟定后，梁建章跟孙茂华先来了个简单的抽查，看看整个流程需要多长时间。他们从不同的角度去测量座席专员接听电话的时长。比如新订单需要多长时间，修改订单需要多长时间，取消预订又需要多长时间；新员工是多少，老员工又是多少。经过多次的测量和不断总结之后，梁建章发现，这个流程的平均时长为240秒钟。

知道了电话时长的数值之后，应该将电话时长缩短到多少秒呢？

孙茂华说，先暂时将理想值设定为200秒吧！

梁建章同意了，于是，他们开始录音。找到一段比较理想的录音后，孙茂华将它以字节为单位分解开来，观察每个字节占用多少时间，哪个字节用的时间最长，之后对最费时字节的字数进行压缩。

经过无数次的测试和纠正之后，他们将各个环节的要求和注意事项编写成培训教材，并把它们定为对座席专员的考核指标，跟工资挂钩。

梁建章还发现，实行六西格玛质量管理之后，客服接听电话的平均时长已经缩短到180秒，远远低于当初设想的200秒。电话时长缩短不仅给客户提供了更好体验的服务，还大大降低了携程的运营成本，等于一个电话节约了1分钟。就算只计电话费用和人工费用，每个月节约的成本也有几十万元。

第二节　互联网行业开始回暖

一、短信救了互联网公司

就在梁建章苦练内功、规范内部业务流程、不断提高服务质量管理的时候，外面的世界发生了翻天覆地的变化。

从2001年到2003年的这两年时间里，网络公司的命运出现了大逆转，因为互联网行业的寒冬终于过去了。

互联网热潮来临之时，网络公司的CEO们，只是想着怎样才能提高自己网站的点击率，没有多少人去想如何从中赚钱。当互联网泡沫破灭时，他们才开始考虑生存的问题。

他们是怎么自救的呢?

2001年8月，国内最大的网络邮件提供商新浪网公布了一条消息，引起了网友们的强烈反应。这条消息的内容是：其免费邮箱的容量将由50MB缩减为5MB。

随后，新浪网的执行副总裁对记者说，减少免费邮箱空间，推出收费项目的主要目的是为了平衡新浪的收支，能让新浪在激烈的竞争环境中生存下去。新浪网为了维持整个邮件系统，一共使用了30多台服务器，每年的投入3000万元以上。如果邮箱的容量缩减90%，那么每年可以减少2000万～4000万元的投入。另外，网络公司的主要收入来自广告，新浪网也不例外。但是，广告收入占新浪网总收入的比重超过了90%，这个比例很不安全。所以，新浪网希望在个人家园、个人主页、网上相册、VIP邮箱等业务的拓展上有所突破。

新浪网认为收费邮箱可以拯救自己的未来，网易却发现了另一个金矿。

2000年，中国手机用户达到1亿，14个月后，这个数字竟然翻了1倍，变成2亿。就在这个时候，广东移动推出一项新的增值业务——移动梦网，移动梦网本来是针对它的竞争对手联通而开发的，想不到竟然拯救了中国的整个互联网行业。

移动梦网是这样跟互联网公司合作的，通过手机收取用户的费用进行“二八分账”，也就是电信运营商分两成，互联网内容提供商分八成。这一方案的出台，从理论上解决了互联网企业当时最头痛的、如何从庞大用户群中收取费用的问题。

广东移动推出这项业务后，当时，并没有被众多的互联网公司看好。但是，有一个人认为这绝对是一次“鲤鱼翻身”的好机会，他就是丁磊。

这时的丁磊，活得很郁闷，日子一直过得不是滋味。想起2000年6月30日那天，网易在美国纳斯达克交易所正式挂牌交易后，开盘价为15.3美元，收盘时跌至12.125美元，竟然跌破发行价，随后网易的股价一直走低，直至停牌。

所以，丁磊原打算卖掉网易重新创业，当他将这一想法告诉了步步高公司的老板段永平后，在深圳五洲宾馆里，段永平劝住了丁磊。

段永平说：“你现在有一个公司，为什么还要重新来过？现在公司股价又这么低，对方条件也不好，根本不是卖的时候。别忘了，谁笑到最后，肯定是谁笑得最甜。雪莱不是说过，‘冬天来了，春天还会远吗？’再坚持一段时间吧！”

段永平不但从精神上鼓励丁磊，还从行动上支持他。段永平大量买入了网易在二级市场的股票，当时是以不到1美元的低价大量收购的，想不到，2007年2月后，这些股票的价格涨到了20美元。段永平的投资实现了百倍增值，段永平也因此获得了“段菲特”的称号。当然，这是后话了。

在丁磊重新捡起自信后，好运果然来了，就是刚才提到的移动梦网。丁磊认为，虽然一条短信只能赚几分钱，但是，如果每月能从每个客户身上赚到1元，这肯定是一个很可观的数目。于是，丁磊决定利用自己巨大的用户资源和移动的接入平台，大举进军无线增值服务领域。

果然，没用多久，网易就从网站广告收入有限的阴影中走了出来。在网易2002年的年报中，丁磊是这样写的：“2002年网易收入增长的最主要部分来自无线增值服务领域，特别是我们为使用者提供的经由手机发送和接收短信息的产品和服务。过去两年里短信在中国获得巨大增长，网易得益于先入优势。”事实确实是这样的，2002年，短信让网易收获了1.61亿元，占到总收入的69.4%。

丁磊成功了，其他互联网公司也闻到了发财的气味，结果一拥而上。2002年，张朝阳也把精力全部放在做短信和尝试推出新游戏上，结果短信给新浪网带来了非凡的业绩。与此同时，丁磊的老朋友，一样拥有海量客户资源、一样收不到钱的马化腾也借助短信翻了身。新浪网尽管开展短信业务最晚，但是凭借自己的规模和人气，在短信业务上反而做得最好。

二、网络游戏风靡互联网

如果说跟移动梦网合作让丁磊“鲤鱼翻身”，那跟《石器时代》合作对丁磊来说就是如虎添翼。

2001年，网络游戏的骤然升温让很多网络公司措手不及，这个市场几乎是在一夜间成长起来的，敢于尝螃蟹者已经盈利。网络游戏《万王之王》在当时总注册人数已有50万人，高峰期在线人数达16万多，每张18元的月卡，每月的销量都在10万张以上。《笑傲江湖之精忠报国》也有150万名的注册用户，付费会员超过5万名，注册用户每日以1万人、付费会员以日均500人的速度稳定增长。《石器时代》的经营业绩更是令人咋舌，包含1个月免费账号，售价20元左右的客户安装软件已经售出50多万套。

这一年里，在投资市场，尽管科技股因为美国经济降温而疲软，但是游戏股仍然大涨。游戏软件股如Activision、THQ、The 3DO、Midway Games的市值涨了超过一倍甚至两倍，这些都得益于付费网络游戏已经成为大众普遍接受的游戏规则。

在中国，CNN IC当时的统计表明，2690万用户中近20%在常用的网络功能中选择“游戏娱乐”，国内付费网络游戏玩家超过50万，2001年年底预计达到100万人，一个巨大的市场开始摆在网络公司的面前。

这时候，尽管短信和网游同时进入丁磊的视野，但在他看来，处在一个盗版和山寨泛滥的国度里，网络游戏更是“吸金”的好项目。

于是，丁磊决定挥师进军网络游戏市场。

丁磊去逛书店购买关于市场营销的书，跑去网吧和二三线城市调研，先搞清楚中国市场需要什么产品。

接着，丁磊决定跟《石器时代》合作。随后，丁磊看到Sony和美国的EA公司开发出图形网游，他也想代理，但可惜的是，落花有意、流水无情，结果他吃了闭门羹。

丁磊只好用30万美元收购了国内第一个开放式的图形MUD引擎的广州天夏科技有限公司，并以这家公司研发团队为核心，开发了中国网游史上颇为成功的产品——《大话西游》系列，这个跟当时各大公司以代理韩国游戏、美国游戏有点不同，网易拥有全部知识产权。

《大话西游》刚推出来的时候，产品经理询问丁磊如何定价，到底是3角/小时，还是4角/小时？丁磊心中也没数，他去请教段永平，段永平告诉他：“当然是4角钱，既然都来玩了，还在乎这1角钱吗？”经常去网吧调查的丁磊也觉得，既然上网都要2元/小时，那多1角钱也不算什么吧？

短信、网游两大业务如火如荼，互联网广告业务也开始蒸蒸日上，美好的时代又回来了。2003年，网易开始成为纳斯达克的宠儿。当年的10月10日，网易股价升至70.27美元的历史高点，比最低点时上涨了108倍，被著名的彭博财经通讯社评价为“成长性可以称为纳斯达克第一股”。

其实，发现网游这个庞大市场的不只丁磊，还有一个值得大书特书的人，他就是盛大网络的陈天桥。

2001年，韩国Actoz公司的老板怀揣一款网络游戏《传奇》来到中国，想找一家网络运营商进行市场推广。他找到陈天桥后，双方一拍即合，盛大决定以50万美元买下《传奇》在中国的独家代理权。

陈天桥拿着与Actoz签订的合约，开始了“空手套白狼”的一系列活动。他先找到浪潮、戴尔等服务器厂商，彬彬有礼地告诉他们，我们要运作韩国人的游戏，申请试用机器两个月。服务器厂商一看英文合同吓了一跳，小伙子年纪轻轻来头可真不小，恐怕是潜在的大客户，于是不经考虑就同意了。

接着，陈天桥又拿着服务器的单子，以同样的方式去“忽悠”中国电信。“浪潮、戴尔都给我提供服务器，我们需要很大的带宽运营游戏。”中国电信马上同意，给了测试期免费的带宽试用。盛大网络就这样撑过了两个月的游戏测试期。

但是，这时陈天桥的日子也不怎么好过。因为公司资金少、规模小、起步晚、缺乏相关经验。更令陈天桥想不到的是，《传奇》在韩国并非一流的网络游戏，在线人数仅排在第 8 位左右，业界认为《传奇》是二线游戏。

后来，陈天桥终于想出了一个很好的方法。一方面加强服务，他在国内首创推出许多亲情化服务，建立呼叫中心；另一方面，与内地城市，特别是县级城市的网吧签约，由网吧代销游戏点卡，网吧可以从中抽取佣金。就这样，盛大一次签了25万个网吧。

得终端者得天下。只用了短短半年，《传奇》这款在韩国不怎么受欢迎的游戏就成了中国市场的宠儿。由于发财太快了，以致很多盛大的老员工每天早上醒来，相互问候的时候，第一句话都是这么问：“哥们，这一切都是真的吗？”

就这样，盛大网络进入了高速发展期。据资料显示，2001年，盛大网络的运营收入为1.6亿元。

第三节　携程在美国上市

一、哪家公司先上市

当然，做短信业务的不只前面所介绍的那几家公司，靠网络游戏发财的也不单单是网易和盛大。但是，一叶知秋，这些迹象暗示着互联网行业已经回暖，中国整个互联网公司从整体上开始走出困境。

还记得，在1999年到2000年这两年时间里，有不少公司计划去美国上市，因为看到了网易、新浪、搜狐从投资者的手中获得了数以千万计的美元。可惜的是，在接下来的日子里，互联网的盛宴突然提前结束了，于是，中国的互联网创业者只好将他们的IPO梦想暂时收藏起来。

此时，正好是携程第三次融资时候。曾有投资人问沈南鹏："是不是携程融资后，也马上开始准备上市？倘若不是现在，什么时候才会考虑上市呢？"沈南鹏答道："上市早也不见得是好事，在美国上市的公司发行价基本在10～30美元。如果股票跌到太低的价位，上市公司给投资人的盈利想象空间没有了，就很难在公共市场上再次融资，这种境遇实际上比没有上市更惨。但是，上市的时间也不能太晚，否则就丧失了市场先机。所以说，上市的最佳时机应该是在携程业务成熟、收入稳定，互联网行业开始回暖的时候。"

当日历翻到了2002年，互联网出现一片欣欣向荣的景象后，中国互联网企业重返纳斯达克已经没有悬念。但是，是哪一家公司首先引领第二波上市潮呢？

在互联网的圈子里，人们认为准备上市的公司有腾讯、携程、百度、艺龙、盛大、阿里巴巴等。在这几家公司中，盛大、腾讯和阿里巴巴的声音最大，它们无论如何非要上市不可。

在携程的办公室里，携程的创始人也开始规划携程的未来了。

季琦对沈南鹏说："兄弟，我的历史任务完成了。当初，梁建章要我先将公司做起来，我办到了，三次融资我也参与了，现在就看你了。"

梁建章接着说："是的，老大，所有管理体系我都搭建好了。什么ERP、六西格玛、个人平衡计分卡，我全部搞定。现在，接力赛的接力棒就传给你了，如果你没有完成使命，我们就是离了18次婚的老女人——前公（功）尽弃。"

季琦继续说："听说，盛大准备于2004年初上市哦！我们呢？"

沈南鹏说："哥们儿，你们请放心吧，这件事情由我来处理，该出手时就出手嘛！不过，我相信，我们应该是这轮上市公司中的第一家。"

梁建章错愕了："不会吧？第一家？你没搞错吧，现在是2003年下半年了，并且现在'非典'搞得人心惶惶呢！"

"我们只需要3个月的时间。"沈南鹏笑了笑继续说，"武侠小说中，剑客有三类：一种是手中有剑，心中无剑，结果乱砍乱杀；一种是手中有剑，心中有剑，可惜力不从心；一种是手中无剑，心中有剑，能摘树枝当剑。我属于第三种。你们等着看结果吧，3个月后，你们马上就明白什么叫作专业了。"

梁建章答道："OK，你办事，我放心。"

几个月前，"非典"疫情已经爆发。时任携程南中国区总经理的郑南雁深有感触，他想起这件事还心有余悸。他对记者说："2003年'非典'流行的时候，整个行业都受到了前所未有的打击，很多公司都在裁人，减少成本，甚至停业。广东更是'非典'的'重灾区'，携程的业务量也开始下降，但是我们公司没有裁人，利用这几个月的时间在公司内部举行轮岗培训。值得庆幸的是，恐慌很快就过去了，我们也挺过来了。"

"非典"疫情刚过，沈南鹏就开始筹划，因为他清楚：机不可失，时不再来。

到底是选择在香港上市还是去美国纳斯达克？其实，作为中国企业，在香港上市肯定有很多好处，但是美国市场更有优势，其资本市场的容量更大。于是，沈南鹏选择了去美国上市。

在美国，上市的旅游网站已经有4家，而携程的“互联网+呼叫中心”这种模式对于美国人来说有点陌生。2003年，美国的投资者已经看到了网易、新浪和搜狐的“短信故事”给公司带来了可观的收益。与携程同时准备上市，比携程准备还充分的盛大也开始给美国人讲关于“网吧的传奇故事”。

在这里，先插播一下盛大的唐骏是怎样“忽悠”华尔街投资者的精彩故事。虽然盛大上市比携程晚了几个月，但它的故事很精彩。

唐骏走马上任盛大公司总裁后，做的第一件大事就是携盛大赴纳斯达克上市。盛大是第二批中国概念股中准备上市的第一家，而此前也没有网游企业上市的先例，当时的大盘环境也非常糟糕，可以这么说，盛大几乎是逆市上市的。

某天，唐骏走进了伦敦某投资人的办公室，对方劈头盖脸就问：“昨天中国概念股全面下跌15%，我干吗要买你们的股票？”唐骏回答：“我们的股票好啊。”想不到投资人悠闲地抽起了雪茄，根本不把眼前的唐骏当回事。

真的是不拿村长当干部。唐骏沉住气，继续说：“我们上升空间高啊，未来你可以赚200%、300%……”

对方依然一言不发。唐骏突然发问：“你信盖茨吗？”

投资人回答：“信。”

唐骏追问：“你知道盖茨信谁吗？”

投资人很惊奇：“谁？”

唐骏笑了笑说：“盖茨信我。”

“真的是一派胡言！”对方觉得很不可思议。

“我是微软历史上唯一拿到终身荣誉总裁的人，这一点能不能说明盖茨相信我？”

投资人想了想：“对啊，有逻辑性。”

“盖茨信我，所以你也应该信我。”唐骏依然微笑地说。

“凭什么我要相信你？”

“很简单，我放弃了微软500万美元的期权，加入盛大博弈3000万美元。”

“你会不会看错？”对方非常惊讶，500万美元可是非常巨大的数字。

最终，这位投资人被唐骏说动了。之后，唐骏便不断跟人家讲这个故事，拉了很多人上这条“贼船”。最后，他还真把股票“忽悠”出去了，一次路演为盛大融得8亿美元。

2004年5月13日，盛大网络上市后，引发了国内网游公司的上市狂潮，改变了整个产业格局。

说说2004年的故事，我们回到2003年1月。

2003年，在“非典”疫情结束后，携程选定美林证券作为主承销商。另外，为了保险起见，携程又聘请了里昂证券和中银国际等4家投资银行担任副承销商，目标只有一个，那就是直奔纳斯达克。

沈南鹏和主承销商美林证券的人先到香港，接着去新加坡和英国，重点为美国。他们除了在美国东部的波士顿和纽约、西部的旧金山和丹佛进行现场路演之外，还与圣地亚哥的投资者开了整整一个下午的电话会议。

参加此次路演工作的美林证券方是美林亚太区投资银行部董事王仲何，他见证了这一过程。最忙的一天，他们连续开了近10场与投资者的见面会，紧张又刺激。让王仲何不可思议的是，沈南鹏非常内行，几乎是一个不问自答的人，无须借助任何资料，行业情况和各种数字就能从口中跳出。这位在花旗银行、德意志银行和雷曼兄弟有过8年工作经历的沈南鹏，非常清楚市场想听什么样的故事。

为什么这么说呢？因为每当沈南鹏出现在纽约、新加坡和香港的投资人与分析师面前时，他先是展示携程2003年的年报表。

沈南鹏告诉投资人说：“携程的损益表非常容易看懂，你看看我们的总增长率，看看毛利润以及营运利润，情况就很清楚了。我们的资本性支出很少，非现金项目也很有限。此外，我们不是用总数，而是用差额来记账的，直到现在我们的损益表仍然是非常简单的。”

随后，沈南鹏开始给投资人讲关于“呼叫中心+电子商务”的传奇故事。

携程是一家什么样的公司呢？从本质上说，它是一家旅游服务公司，但与传统旅行公司不同，传统旅游公司在技术应用方面非常有限。携程通过技术手段，用互联网和呼叫中心为顾客服务。在美国，呼叫中心曾带来革命性的变化，它取代了实体商店。这场革命发生在20世纪80年代，然而到了20世纪90年代，呼叫中心被电子商务取代了。但是在中国，呼叫中心丝毫不落伍，相反，它几乎和互联网一样新潮。中国跃过了这个阶段，呼叫中心和互联网同时出现了。

另外，运行一个呼叫中心成本高吗？其实一点都不高。在劳动力便宜的中国，很容易就找到便宜的接线员。即使是人力成本比较高的上海，雇用一个接线员每月不到3000元，这个工资差不多是美国的1／10。所以说，在中国现实的劳动力环境中，运营一个呼叫中心是一件非常高效的事情，这种呼叫中心可以让我们获得更高的利润。

还有，呼叫中心的优势非常明显。对中国来说，它缺乏大范围应用电子商务的基础，有信用卡的顾客并不多，即使是有信用卡的人，也不经常在互联网上使用它，这给网上支付造成了障碍。同时，有50%的订房电话是顾客在出行前一天或者出行当日打进来的。即使是经常通过携程网站订房的顾客，他们也可能在需要订房的时候没办法上网。

二、携程带动上市潮

其实，在陆续发生多起公司财务丑闻之后，美国实行了更加严格的审核政策，投资人也非常谨慎地对待来纳斯达克上市的中国公司。但是，由于沈南鹏清晰的报表和对这个行业一眼就看到底的洞察力，同时，这些投资者普遍对中国经济的发展，尤其对旅游行业的发展抱有浓厚的兴趣，所以路演刚开始不久，投资者的旺盛需求就被激发了出来，尤其是来自国际性和区域性基金的需求，被普遍称为“非常真实”的订单，没有多少水分。于是，美林证券决定调高他们原拟定的发行价格区间，发行价先是从原拟定的每股14～16美元，上调到16～18美元，并在正式交易的前一天晚上，敲定最后的价格，上调后的发行价格上限为18美元。

美国东部纽约时间2003年12月9日上午10点45分，即北京时间12月9日晚11点45分，携程旅行网在美国纽约纳斯达克股票交易所正式挂牌交易。携程成为自新浪、网易、搜狐之后，又一个在美国纳斯达克上市的中国公司。

携程此次发行420万股美国存托凭证，约占扩大后股本总数的28%，发行价为每股18美元，上市首日，开盘价24美元，随即攀高到37.35美元，最后收盘价为33.94美元，涨幅达88.56%。

即使是临时提高了定价，投资者的追捧也让携程获得了高达数十倍的超额认购。无意中，携程成为中国公司在纳斯达克第二波上市潮的引领者。4名创始人连同3位高管在内的7名管理层持有携程23.65%的股份；携程的最大股东，凯雷获得922万美元的收益，还有18.30%的股份；IDG三轮投资中一共投入160万美元，上市之日获得了3700万美元的收益。

值得大书特书的是，这一次携程上市与当年三大门户网站上市不同，除了增发270万的新股外，携程同时出售的还包括150万股公司内部股票。管理层抛售内部股票，按融资7560万美元计算，共套现2721万美元，折合人民币2亿元以上。这5位高管此次出售股票占本次发行总股本的比例分别为：财务总监沈南鹏12.68%，首席执行官梁建章9.51%，总裁季琦9.51%，北京分公司总经理、公司副总裁王胜利2.75%，公司执行副总裁范敏2.02%，另有两位公司管理层Gabriel Li和Robert Stein没有出售手中股票。顺便说一句，这个并非纸上财富，而是真金白银。即使新浪、网易、搜狐三大门户网站的高管，也只有在2年后中国网络股全面复苏，方能体会如此套现的快感。

除了大量套现外，随着股价的暴涨，携程诸位高管“账面财富”也水涨船高。发行后持有携程股票的7位高层依然在总股本中占据23.65%的股份，其中沈南鹏仍然持有7.60%，梁建章持有6.24%。以市值2.72亿美元计，沈南鹏、梁建章身家将分别达到2000多万美元和1700万美元。

先不说账面上的财富了，现在提一个问题：携程高管套现了这么多现金后，他们打算怎么花？

为了揭开这个秘密，请继续看第6章“机会与执着——创办好一家企业不算厉害”。

小　结

关于团队角色与企业上市

本章重点讨论如下2个问题。

一、团队：如何演好自己的角色

莎士比亚说："世界是一个大舞台，所有的人不过是这个舞台上的演员而已，重要的是要演好自己的角色。"也曾有中国表演艺术家说过类似的话："没有小角色，只有小演员。"这说明无论在任何环境里，认清自己所扮演的角色非常重要。当然，在此，是把角色放在团队中探讨的，有知名团队教练很早就提倡："个体服从角色，行动超越目标。"既然如此,那应该怎样去理解角色这个概念呢？下面试从4个方面来阐述：

（1）角色知觉。就是在某种情境中你应该如何表现，同时，你是如何认识和理解这种表现。

（2）角色认同。理解自己要扮演的角色后，你必须让自己的态度与实际行为保持一致。

（3）角色期待。就是别人认为你应该如何表现才说得过去，这是别人对你的期待。

（4）角色冲突。当你扮演了某个角色后，发现自己不适合这个角色，这就是角色冲突。

在这里，我们最关心的就是角色冲突。因为团队的宗旨是力求个体之间完美配合，而不是追求个人完美。当然，这个完美配合，并不一定是指优点之间的配合，有时候，缺点应用恰当了，也会变成完美配合。下面的两个小故事就能说明这一点。

清朝有位将军叫杨时斋，在一次作战中，碰到一件很头疼的事情，军中为数不多的士兵当中，还有三位残疾者：一个是哑巴，一个是瘸子，一个盲人。怎么办？想了半天后，杨时斋下决定派哑巴传递密信，因为哑巴就算被人抓住，除了搜去密信，也问不出更多的东西；命令瘸子守护炮台，因为瘸子不方便逃跑，会坚守阵地；命令盲人伏在阵前，因为盲人听觉特别好，易于探听敌军的动静，能完成侦察任务。果然，在这次战斗中，哑巴、瘸子、盲人都胜任自己的角色，而杨时斋所带领的团队竟然打了一场胜仗。

无独有偶，当代也有一个类似的故事。南方一家工厂的新厂长上任后，发现营销科长做事非常“谨小慎微”，办公室主任对任何事情特爱“吹毛求疵”。而生产科长说话总是“夸夸其谈”……

新厂长终于明白了，为什么这家工厂会濒临破产，原因就在这里。于是，他决定来个组织变革和人事调动。他让团队中那些平时特爱“吹毛求疵”的人去担任质检科长；让那些做事“谨小慎微”的人去担任安全生产科长；让那些喜欢“斤斤计较”的人去担任出纳；让那些喜欢“道听途说”传播小道消息的人去当信息专员；让那些喜欢“夸夸其谈”的人担任产品促销科长……如此经他这么一“抬举”，那些平时被人瞧不起的小人物顿时成了“大将”，感到无上荣耀。他们一走上这些岗位，缺点恰恰变成了优点。大家各司其职、各显其能，推动了各项工作蓬勃开展。于是，这个工厂在新厂长的带领下竟然起死回生了。

上文讲的是关于角色如何恰当定位的问题，也就是人力资源管理的主旨——把合适的人放在合适的岗位上。但是，在一个团队当中，不仅仅存在着一种角色，一个完美的、伟大的团队是需要很多角色参与进来的。那到底需要多少种角色呢？英国贝尔宾博士通过对数千个创业团队进行了长达20多年的研究，终于得出一个结论：优秀的团队由9种角色构成，这9种角色及其特点分别如下：

（1）信息者：这种人对外界非常敏感，对什么东西都很好奇，往往也最先知道外界的变化；他们不喜欢待在家里，经常在外面乱跑；他们是天生的交流家，性格外向，待人热情，喜欢搞派对和交友。

（2）创新者：这种人观念新潮，思路开阔，富有丰富的想象力；他们容易冲动，想法往往偏激又不切合实际；他们不受约束，不拘小节，又不太遵守时间和纪律；他们不善于与人打交道，人们总认为他们有病，是异类怪胎。

（3）技术专家：这种人是某个领域里的权威，他们孤芳自赏；他们热爱自己的职业，并为自己的特长而自豪；他们的工作就是要维护一种标准，而不能降低这个标准。

（4）实干者：这种人是拼命三郎，他们相信天道酬勤；他们计划性好、纪律性强，又有自控力；他们很忠诚，为公司整体利益着想而较少考虑个人得失；他们不怕苦、不怕累，视责任重于一切。

（5）推进者：这种人目的性很强，他们办事效率非常高；他们有高度的工作热情和成就感；他们相信办法总比问题多，经常为结果想办法，不为失败找借口；他们性格外向，喜欢挑战别人，更喜欢争辩；他们往往以自我为中心，缺乏相互理解；他们在遇到问题或挫折时表现非常强烈，他们的热情不容有任何人泼冷水。

（6）协调者：这种人很有个人魅力，可引导一群不同技能和不同个性的人向着共同的目标前进；他们看起来成熟、自信，有信赖感；他们办事客观，不带个人偏见；他们在人际交往中能很快发现每个人的优势，并在实现目标的过程中妥善运用；他们有很好的自控力，处事冷静，不会出现情绪化，更不会发雷霆。

（7）监督者：这种人基本是“冷血动物”，他们严肃，平时不苟言笑；他们缺少热情细胞，很少表扬下属，但并不意味着不认可下属；他们不太容易情绪化，喜欢与他人之间保持一定的距离；他们的处事不会出现头脑一时发热，也不太容易激动；他们又比较喜欢找毛病，批判色彩很浓。

（8）完美者：这种人做事非常注重细节，力求完美和追求卓越；他们坚定“没有最好，只有更好”；他们几乎不需要外界的刺激就能主动、自发地去开展工作；他们不太可能去做那些没有把握的事情，从不打无把握的仗；完美者对工作的要求很高，对下属也同样，跟这种人一起工作压力不小。

（9）凝聚者：这种人温文尔雅，善于与他人打交道，非常善解人意，总能够关心、理解、同情和支持别人；他们处事非常灵活，能够把自己同化到群体中去，让自己去适应别人的观念和想法，适应周围的环境；他们不会发表对于他人不利的观点和想法，他们合作性非常强，信守“和为贵”，对于任何人提出的建议他都会很在意，同样也很在意自己的行为会给别人带来怎样的影响。

贝尔宾博士提出以上9种团队角色后，还给他们设计了一个先后顺序，也就是在团队中，他们的出现次序依次为：首先是信息者提供最新市场信息、创新者提出自己的新思路、技术专家提供技术支持，接着是实干者开始运筹计划、推进者在散会后赶紧实施、协调者在想谁干最合适、监督者开始泼冷水，最后是完美者吹毛求疵、凝聚者润滑凑合。

当然，贝尔宾博士提出的团队9种角色模型理论，只不过是一个团队的理想状态，现实生活中永远找不到这样的理想团队，如果找到了，也不一定能成事，因为太过于完美了。同时，一个有战斗力的团队也不一定要有9种角色、最少9个成员。但是，在这9种角色当中，信息者、实干者、监督者、凝聚者是不可缺少的。还有，一个成员也可身兼几种角色，比如，实干者和推进者可以结合在一起，协调者和凝聚者、完美者和监督者同样也可以出现在一个人的身上。

现在，我们回头来看看现实生活中的携程团队，他们只有4个人，如果把贝尔宾博士的团队角色模型理论硬套在他们的身上，这个团队有没有这9种角色的影子呢？

我们竟然发现，某个成员身兼着几种角色，比如：梁建章，他是这个团队的信息者和技术专家；季琦，他是这个团队的实干者和推动者。同时也意外发现，一种角色有两个成员的影子。比如：创新者这个角色，由季琦和范敏一起扮演；而推进者的工作，则由季琦和沈南鹏共同完成。

大家都知道，团队的价值在于通过组合而达到完美，每个角色必须擅长不同的领域。回顾携程的发展史，我们发现：在创业的路上，他们的配合简直是天衣无缝。先是在美国生活多年的梁建章提出要进军互联网这个行业，经季琦跟梁建章商量决定，把目标锁定在旅游行业，随着沈南鹏和范敏的加入，创业开始了。但是，这时只有季琦一个人在干活，其他三位只是兼职而已。后来，第一、第二轮融资进账后，其他三位创始人这才全身投入这个事业中来。接下来就是面临着企业转型，专做酒店预订业务和收购订房公司，到这个阶段为止，季琦的功劳最大，这也难怪吴海感叹：这家企业如果没有季琦的话，其他三位未必敢操盘这家公司，更不用说能不能把事业做起来。

2000年的下半年之后，季琦就把携程CEO的位置让给梁建章了，这时，梁建章有条件把自己的特长发挥到极限。不说网站是在他的率领下开发的，什么客户管理系统、呼叫排队系统、订单处理系统、电子地图查询系统，也是他带头建立的。最让人不可思议的是，他还把服务行业连听都没听过的ERP、六西格玛引入企业的管理体系中来，这些体系的搭建为后来沈南鹏推动上市工作帮上了大忙。

当互联网行业回暖后，中国很多家网络公司开始筹划上市的正事了。但是，在一片吆喝声中，第二轮上市的第一家公司竟然是携程，携程上市的速度实在让行业人士赞叹不已，更让人佩服得五体投地的是，沈南鹏太懂得纳斯达克的游戏规则了，他不但让携程上市了，还让携程的高管及时套现了，以前上市的那些CEO们，还不懂得这一招。

携程上市之后，历史就将范敏推到了舞台的前面。当然，这是后话了。

总之，携程团队的成员好像进行着一场400米短跑的接力赛。第一棒是季琦，第二、第三、第四棒依次为：梁建章、沈南鹏和范敏。

二、财务：上市是不是利大于弊

每个创办企业的人，都梦想着把自己的企业做强做大，据有人调查，其中有80%以上的企业家都计划着把自己的公司做上市。为什么都有这样的梦想呢？因为当前全球经济日趋一体化，人们看到国际资本大鳄在资本市场中如何呼风唤雨，非常羡慕。特别是某些企业上市后，这些企业的创始人一夜之间竟然摇身一变，成了亿万富翁，更是让人万分神往。于是，把自己的公司做上市就成了国内企业家们竞相追求的目标。

在这里，先插播一段往事，是一个上市不成功的故事。

1994年，飞龙公司的“延生护宝液”在全国大卖特卖后，该公司创始人姜伟就开始规划着让自己的公司在香港上市的事情了。当时，尽管有大量货款被经销商所拖欠，但是，姜伟很有方法，在他的指使下，账面上的利润竟然有了2亿元之多。

姜伟兴冲冲地跑到了香港后，意料不到的事情是，他被香港的律师问哑了。

“账面上的利润没有丝毫意义，在香港，8个月的拖欠即为坏账。”香港律师继续问：“你每年的技术开发投入是多少呢？”

姜伟咬了咬牙，说：“应该有2000万元吧！“

对方说：“姜先生，你真会开玩笑！这么一点投入，能在未来5年内支撑起20个亿的销售额？”

姜伟一时答不上后，香港律师还继续问了60多个问题，结果姜伟有一大半回答不了。姜伟终于明白，国内那套忽悠人的办法，到了国际金融大都会香港后就不灵了。

后来，香港人给飞龙公司下了诊断书：没有可信的长远发展规划；没有硬碰硬的高科技产品；资产不实且资产过低；财务管理漏洞太大。

诊断书上的结论虽然很让人沮丧，但是上市的运作依然在继续。到1995年3月23日，飞龙公司终于拿到了在香港联合交易所上市的获准文书。可是，就在这个时候，姜伟突然做出了一个让所有的人都大吃一惊的决定：飞龙公司放弃上市。于是，历经6个月的折磨，耗资1800万元，姜伟带着一套规范的财务报表和评估报表，飞回了沈阳。

从姜伟的身上，我们不得不冷静下来思考一系列的问题：

我是否具备上市的实力？上市到底是为什么？我的企业一定要上市吗？上市之后我的企业就能一帆风顺吗？我该如何避免企业在上市后的亏损，甚至是停牌？……

在这里，笔者想告诉大家的是上市既有好处，也有坏处。上市的好处是：可以解决资金问题；可以留住人才，让他们工作更有激情；市场会逼着你在管理上规范，阳光下运作；公司的知名度更高，品牌效应更明显。但是，公司上市就好像是带着“金镣铐跳迪斯科”，也相当危险。因为：企业隐私权没有了，公司几乎完全处在于公众及竞争对手的关注之下，这对于公司经营显然是不利的。还有，管理者自由度受到限制，企业的重大决策必须经董事通过甚至还要经全体股东投票决定。另外，企业一旦上市，就成为公众公司，公众都有投资购买的权利，一旦大买家出手，随时都会出现公司易主的情况。

不过，本书所介绍的携程团队，他们是非常专业的。2004年2月，携程上市2个月后，沈南鹏在亚布力的中国企业家论坛上说：“携程是有‘预谋’的企业。携程的故事跟新浪、搜狐差不多。唯一不一样的是，这个公司刚刚创办的时侯就有‘预谋’了。我们早就计划好了，让风投来支持我们，通过三四年时间，会走到纳斯达克的。我们的商业模式和美国一些著名的公司相似，设计的路子比较清晰，一步一步就走过来了，没有什么特别的惊喜。”

大家说说，沈南鹏的这个发言牛不？哎！这个团队就是不一样。难怪软库的合伙人石明春说：这样的团队，一辈子是碰不到几个的。

应 用

华为为什么不上市？

华为技术有限公司（简称“华为”）是一家生产销售电信设备为主的员工持股的民营科技公司，成立于1988年，总部设在广东深圳市龙岗区。华为在美国、印度、瑞典、俄罗斯以及中国的北京、上海、西安和南京等地设立了多个研究所，员工有20万多名，其中45%的员工在从事研发工作。截至2020年3月，华为已累计申请专利超过68720件，接连数年成为中国申请专利最多的单位。华为在全球建立了100多个分支机构，营销及服务网络遍及全球，目前，华为的产品和解决方案已经应用于全球100多个国家。

2020年，华为继续保持了稳健的、健康的增长，全球销售额达到8914亿元人民币，同比增长43.8%。2020年8月10日，《财富》公布世界500强榜（企业名单），华为排在第49位。

看到华为这么辉煌的发展史，很多人不禁发问：这么厉害的一家公司，这么多年来，为什么一直不上市呢？

（需要此题的参考答案，请加笔者的QQ:1020824123）

第6章 机会与执着

——创办好一家企业不算厉害

语　录

商场感悟5则

有一条路你不能选择，那就是放弃之路；有一条路你不能拒绝，那就是成长之路。无论你在什么时候开始，开始之后就不要停止；不论你在什么时候结束，结束之后就不要后悔。

——读季琦创办如家有感

顾客不听你说，是因为他不喜欢你；顾客不跟你买，是因为他不相信你。那怎么办？要说顾客想听的话，别说自己想说的话。顾客不在乎你说什么，顾客最在乎你怎么去说。

——读季琦跟首旅谈合作有感

只有淡季思想，没有淡季市场。

——读“非典”时期季琦继续开店有感

在别人需要帮助之前，如果给予帮助，别人取得成功之后，你将会加倍成功。上等人，人帮人；中等人，人防人；下等人，人谤人。

——读首旅梅蕴新与季琦合作有感

宁当痛苦的人，不当快乐的猪。你可以过猪一样的生活，但不能有猪一样的理想。

——读徐祖荣创办锦江之星有感

第一节　季琦寻找合作方

一、一篇帖子，一个市场

关于“如家”是怎样诞生的故事，我们还得从2001年的下半年说起。也就是这个时候，季琦已经把携程CEO的位子“过户”给了梁建章，改任公司的总裁。总裁的工作就是处理一些日常管理的事务，有点枯燥，这样的工作不会让人热血沸腾，对于平时风风火火、闲不住的季琦来说，简直就是一种折磨。

有一天，季琦闲着没事，就打开了自己公司的网站，突然有一个网友的发帖引起了他的注意。这位网友在携程旅行网上留言的大概意思是：在携程旅行网上预订的宾馆价格普遍偏高，而价格比较实惠、住得很舒服的锦江之星和新亚之星基本预订不到。

锦江之星和新亚之星预订不到？季琦马上进入携程预订系统的后台，查看锦江之星和新亚之星的预订情况。

网友说的是对的。在携程酒店预订的业务中，客房预订率的平均数是70%~80%，同时，酒店的预订率与该酒店所评的星级成正比，也就是星级越高，预订率越高。但是，锦江之星和新亚之星这两家连一级都没有被评上的小酒店，客房的预订率竟然保持在90%以上，甚至还出现客满的情况。这到底是怎么回事呢?

几天之后，携程几位创始人在一起开会，探讨如何在酒店预订行业继续挖金的话题。因为近阶段携程每月有超过10万间每夜的订房量，有数百万元的佣金收入，这些数字刺激着每个创始人的神经，激发他们从中产生联想。

季琦说："很多酒店都缺乏相应的管理软件，我们可以开发更多的软件免费提供给酒店方使用，另外可以考虑开发增值服务。"

接着，其他创始人也提出了自己的想法，最后轮到梁建章了，想不到他的看法跟大家很不一样，他问："我们总是围绕酒店来找项目，为什么我们不自己做酒店？"

"是啊！这个建议非常好，可以说是一语点醒梦中人。"季琦将网友发帖留言的故事跟大伙说了。

梁建章说："好！我同意，还是由你来打前锋。"

沈南鹏说："季琦，你就别推了！"

范敏也过来撮合："季琦，除了你，还有谁可以胜任这份工作？"

其实，季琦还是非常乐意去开路的，因为这份工作很有挑战性，有成就感，比起当总裁有意义多了。

说起来也真好笑，发现旅游网站的市场机会源于梁建章跟女友旅游时迷路了，这回看到酒店这个市场是因为季琦在网上看到了一篇帖子。

季琦开始行动了，他先到锦江之星和新亚之星两家酒店里体验。住上了几次之后，季琦发现酒店市场是一个供需极不平衡的市场，这里绝对流淌着牛奶和蜂蜜。

但是，想进入这个市场并没那么容易，开酒店需要大量资金，携程仅有几百万美元，明显不够。季琦想了半天，觉得通过合作的方式进入这个行业是唯一的方法了。

跟谁合作？不用说，只有两家公司，要么是锦江之星，要么是新亚之星。季琦先后找到了这两家公司的负责人，提出了想合作的要求。洽谈之前，季琦是信心十足的，想起自己曾经说服过王胜利、吴海、丁汉，没有一个搞不定。但是，季琦这回的算盘打错了。人家一听说是合作，就立刻拒绝了。锦江之星的负责人还说，只有雅高这样的国际级公司才有资格来跟他们谈合作。

这两家公司都是国企，在它们的负责人看来，尽管携程已经是酒店预订行业的老大，但不过是一家刚刚盈利的小公司而已。在互联网泡沫的洗礼下，这些网络公司说不定哪天会突然倒闭。所以，他们根本不把携程放在眼里。

合作没门了，那季琦是如何突破这个困境的呢？

二、锦江之星，不肯合作

没有商量余地就把季琦打发了，这个人就是锦江之星的总裁徐祖荣，他是中国便捷酒店行业的开拓者。说到锦江之星的成长之路，也是一言难尽。现在插播一下关于徐祖荣的创业故事，回顾一下中国经济型酒店的发展历程。

1993年，锦江集团（现已重组为锦江国际）决定把美国加州的一个餐馆卖掉，这个任务交给了曾经担任过上海龙柏饭店、上海国际饭店总经理的徐祖荣。徐祖荣到美国后，很快就把这件事情办理好了。就在他准备回国之前，才想起由于一直繁忙还没有空去拜访一下在美国的好友们。于是，徐祖荣向集团请了几天假，在美国旅游了几天，并去各地看望久违的朋友。

为了节省开支，徐祖荣选择有限服务型的酒店或者旅馆住，因为这类酒店价格便宜又容易寻找。有趣的是，这种酒店的英文名字被称为“inn”，据美国酒店行业协会统计表明，这类酒店在美国共有5万家左右，全美零售业排行第三，占酒店市场份额的70%以上。

也许是职业的习惯吧！徐祖荣每到一地，都要对所住的“inn”进行考察一下。他发现，这类酒店主要提供住宿和早餐，房间的设施非常简洁，提供的物品很有针对性，几乎没有什么多余的。对于中国人来说，很多人不太习惯这种酒店模式。尽管在这种“inn”里，服务少得可怜，很多事情都需要亲自动手，但是它们在美国、欧洲却火得要命，这有点奇怪。

徐祖荣回国后，一直对“inn”念念不忘。他很想在中国也开几家这样的酒店，但是，他一直没有找到实现这个梦想的机会。

很快，就到了1996年初。锦江集团经过实际调查后，决定建造一个低档的、没有星级的、大众化的酒店，可是方案拟定后，一直没有找到合适的人选，所以还没有马上落实。

到底找谁来做比较合适呢？选来选去，最后任务落到了徐祖荣的身上。

“小徐，公司准备开一家大众化酒店，你来当头，怎么样？”公司领导说。

“这个想法很好啊！我3年前就有这样的想法了，这个绝对有市场。”徐祖荣满口答应了。

经济型酒店是什么样子？徐祖荣已经胸有成竹。就是没有卡拉OK、舞厅、高档餐厅、理发美容室、按摩室、蒸汽浴室等奢华的辅助设施与装饰，但有卫生舒适的客房环境；没有昂贵的进口家具，但空调、彩电、淋浴等设施样样齐全；没有迎来送去的管家式服务，但100多元的低廉价格颇具吸引力；不强求繁华的闹市地段，但有便利的交通；大堂简朴，高档餐厅也没有，早餐很简单。

但是，任何新事物的诞生都需要有合适的土壤，早了会夭折，迟了会失去商机。在中国发展“inn”的条件是不是具备了？国外的“inn”究竟适不适合中国的国情？

没有调查就没有发言权。徐祖荣决定进行细致的市场调查和分析。

当年的《人民日报》报道：近几年，我国旅游业的重心正悄悄地从国际旅游向国内旅游转移。1995年，上海通过三类旅行社接待的国内旅游者就高达50多万人次，今年这个数字还在上升。然而“住宿难”却使不少外地旅客兴冲冲而来，略带失望而去。现在上海有星级宾馆118家，客房总数超过3万间，但一天1000元左右的昂贵价格总让人望而却步。而那些四五百元一天的宾馆也让大多数国人连叫“住不起”。目前的情况是，上海高档宾馆已经趋于饱和，住房率连年下滑；1995年，平均出租率为67.66%，比上年下降3个百分点；1996年平均出租率为64.99%，又下降2.67个百分点。

宾馆入住率下降，旅游业却越来越发达。根据国家旅游局公布《中国国内旅游抽样调查综合报告》显示，1996年，国内居民的出游率为52.4%，出游总数为6.92亿，分别比上年增长8.7%和22%，游客人均花费218.7元，比上年增长12%，在游客结构中，以男性、高学历、青壮年和专业技术人员的比例最高。由此可见，旅游已经成为城乡居民比较推崇的休闲方式，工薪阶层已经成为旅游市场的主体。眼下酒店业的潜在市场是占游客总人数80%的普通游客，单凭这一点，申城酒店业已经到了该做结构调整的时候。

也是这一年，上海市推出了“千百万人看上海”的旅游促销活动，如果住宿问题解决不了，该旅游活动势必显得有点脱离实际。有一家旅行社组织了400名四川球迷来沪观光旅游，为落实经济型住宿，旅行社几乎全员出动，整整奔波了一天，最后才搞定。

以上这些就是锦江集团的徐祖荣及其同事经过市场调查后发现的。这也坚定了徐祖荣的想法，如果能开设出具有星级酒店一样的卫生、安全和服务，却有普通旅馆般的价格的宾馆，相信这正是市场所需要的。

尽管徐祖荣做足了市场调研的工作，调研报告表明完全可以进入这个市场。但是，集团内部有很多人反对。他们的意见是拥有新锦江、和平饭店、上海国际饭店等著名宾馆的锦江集团，总该跟“高档、豪华、星级”连在一起吧，跻身于世界酒店业百强的锦江集团怎么可以去做这种低档、大众化、无星级的酒店。难道锦江集团以后还要做大饼油条炸豆腐干吗？

这样的酒店能不能赚钱？徐祖荣坚持到底，但有些老干部在不断地泼冷水。集团经过慎重考虑后，最终决定让徐祖荣去走这条从未有人走过的道路，但给出的启动资金只有1000万元，不管是亏损还是盈利都只有这么多。

看着一双双怀疑的眼睛，听着各种各样的冷嘲热讽，徐祖荣还是接受了集团的这笔资金，开始了豪赌自己的未来。

就在这个时候，有位好心的同事来劝徐祖荣：“你要三思而后行，心里要有数哟，弄不好，可能就回不了集团了。”

徐祖荣笑着说：“谢谢您的关心和提醒，我已经想好了，我是铁了心要干下去的，开弓已经没有回头箭。”

1996年5月，锦江之星旅馆有限公司（原上海锦江假日旅馆有限公司）开始成立。在经过将近7个月的规划设计、论证选址、建造装修和组建团队后，于1997年1月28日，在锦江乐园旁出现了这么一座酒店：白墙红砖，给人朴素、整洁、明快的感觉，旅馆大堂存雕塑、绿树、鲜花点缀，有沙发供客人休息，有大堂经理值班，有商务中心，给人的感觉像星级宾馆。16平方米的标准客房内有一张大床和一张小床，空调、电视机、电话、淋浴器、衣柜、写字台等设施一应俱全，与一般宾馆没有什么差别。但是，如此条件的旅馆，三人标准房每天的房价需要多少钱呢？价目表上写着：158元。开什么玩笑？这个价格在上海宾馆服务业中是非常罕见的。这家酒店开始营业后，业界人士议论纷纷：不知道是哪个傻帽开了这样的一家酒店，它肯定维持不了多久。

业界人士的议论是有根据的。当时我国酒店基本处于供大于求的状态，全国星级酒店的平均客房出租率为60%左右，其中五星级的出租率最高为66%左右，星级越低，出租率越低，一星级的还不到50%，亏损是整个行业的常态。

可是，事情的发展让行内人士大跌眼镜。仅仅3个月，锦江之星一下就打破了酒店业出租率的“吉尼斯纪录”——70%，而达到了90%。5个月后，达到了酒店业近乎完美的业绩：100%，最高竟达129.6%。如此惊人的业绩出乎所有人的意料，连徐祖荣自己做梦也没想到会火爆到这种程度。锦江之星一举成名，成了中国经济型酒店的领跑者。

锦江之星一炮打响之后，一时间内，前往锦江之星锦江乐园店参观的人一批又一批，但是，面对它的成功，没有谁敢马上效仿跟进。相反，不少人在纳闷：这种成功是偶然还是必然，是选址好还是产品好，还能再开办一家这样的酒店吗？

在人们的惊讶和期待之中，锦江之星的第二家经济型酒店诞生了。也许是锦江之星创业团队有意在考验自己的判断力吧，第二家锦江之星酒店的地址选择在浦东南路西南端的白莲泾地区，比第一家酒店的地理位置更加偏僻的市郊。

面对这样的结果，业界更是唱衰不断：“这不是开国际玩笑吗？要是这种地方也能开酒店，那还有什么地方不能开？”

又是一次出人意料！第二家店于1998年3月试营业，1个多月后，出租率已近40%，其中单人间出租率近100%，客人不预订就常常租不到房间。4个月后，出租率突破60%，半年后，上升到90%。

锦江之星的第三分店开得更加偏远，开在了离市区有1个多小时车程的浦东国际机场附近。对此，业内人士还是不看好，但锦江之星创业团队信心十足。果然，在浦东国际机场的建设过程中，大量中外专家、工程技术人员成了该店的常客。随着大批航班移至浦东国际机场，给锦江之星机场店带来了巨大商机，一些航空公司、货运公司等纷纷在该店设立了办事处，使该店平均出租率很快上升到93%。

就这样，锦江之星几乎开一家成功一家，始终保持90%的平均入住率，单店的年最高投资回报率高达25%。在1997年到1999年的两年里，锦江之星共开业了5家连锁店。2000年后，锦江之星以上海为中心，向江浙地区逐步发展，经营管理形式从“自营”变为“加盟”，连锁店从5家发展到15家，管理模式日趋成熟。

三、偶遇国旅，喜结良缘

就在锦江之星敲锣打鼓不停地扩张的时候，另一家经济型连锁酒店也诞生了，它是上海新亚旅馆发展有限公司，是上海新亚（集团）有限公司属下的全资子公司，成立于1998年4月，注册资金2000万元，主要经营以“新亚之星”为品牌的经济型连锁酒店。在短短的2年内，新亚之星先后开了4家经济型酒店，包括金陵店、龙申店等。不过，这家公司不是最先涉及这个行业，并且它的发展故事也没有锦江之星的精彩，所以就介绍到此，下面接着讲讲关于季琦的创业故事。

自从被锦江之星和新亚之星的负责人一口拒绝后，季琦觉得很受伤，没想到他们连一次详谈的机会都不给。无奈之下，季琦只好另想办法了。

季琦决定北上。

2002年3月的某一个午后，也许是夏天即将到来了吧，天气有点闷热，季琦从北京昆仑饭店出来后，独自一个人驾着车慢慢闲逛，说起来也真奇怪，此时的他，似乎没有什么明确的方向，到底该到哪里去？但好像又有某种神奇的力量，指引着他一定到某个地方去。

他从朝阳区一直开到了宣武区。

突然，季琦眼前一亮，路边有一栋黄色的小楼，旁边竖起一个大大的招牌，上面写着：建国客栈。

什么？客栈？

季琦脑海里马上浮现《新龙门客栈》这部电影的画面：在碧云天、黄叶地的漠北，孤零零地立着一栋小楼，到这里来住的人看起来很普通，其实个个都深藏不露、身手非凡，这里随时都会发生一场江湖恶战……

季琦把思绪从遥远的地方拉了回来。他想：这幢黄色小楼里面到底是什么样？不会还住着进京赶考的书生吧！在好奇心的作用下，季琦停了车，进去看个究竟。

一踏进客栈的大堂，季琦不禁惊呼：啊！这个不正是自己当年在美国旅行时常常住的小酒店吗？小巧又干净，朴素又舒适。不过，相比起美国的“inn”，这里的服务差远了，在美国，尽管服务员很少，但是那些像邻居般热情的大妈和脸上经常挂着笑容的小牛仔，总给人家一种宾至如归的感觉，在这里，服务员的态度仍然停留在计划经济的年代，你问一句，他才回答一句。有时候，你问多了，对方也懒得回答你。

季琦心想，这里的生意肯定不好。但是，回想起跟锦江之星和新亚之星商讨合作的经历，他决定重捡信心，再谈一次。于是，他向前台提出了要见酒店负责人的要求。

前台打量了季琦一下，心想：这个人进来也不住店，就要见我们的老大？不过，为了慎重起见，前台工作人员还是给酒店的负责人转达了季琦的意图。

随后，首旅国际酒店集团副总裁梁日新女士出现在了季琦的面前。

“梁总，您好！我是携程旅行网的季琦，见到您很高兴。这是我的名片，请多多关照。”季琦面带微笑，双手将名片递给梁日新。

梁日新一看，名片上写着：携程旅行网总裁——季琦。

“稀客！稀客！欢迎季总的指导。”梁日新很客气。

“不是指导，是学习。”季琦继续说，“我想跟贵公司合作，不知道有没有机会？”

其实，在北京有4家分店的建国客栈，就是首旅国际酒店集团旗下一个品牌，定位为经济型酒店，负责人是梁日新。但是，自开业以来，一直处于亏损状态。梁日新正在发愁如何建立一个强有力的推广渠道，季琦就在恰当的地点和时间出现了。

“季总，经济型酒店很有前景吗？”梁日新想知道季琦对经济型酒店的看法。

“根据我们网站订房业务的后台显示，在上海的锦江之星和新亚之星的预订率最高，高达90%以上。”季琦盯着梁日新说。

“怎么可能呢？有这么好？”梁日新心里暗暗纳闷。

“我们将采取什么样的合作方式呢？”梁日新问。

“双方按股份出资，开经济型酒店，并在携程旅行网上推广。”

“这个想法挺好。我先请示一下我们公司的总裁，再答复你好吗？”说完，梁日新很礼貌地跟季琦告别。

在建国客栈整整待了一个下午，季琦出来之后，发现自己非常轻松。他心想：这回应该有希望了吧！

但是，季琦的算盘又一次打错了。为什么？继续往下看。

很快，季琦又跟梁日新见面了。

这次商谈的都是比较细节的问题。

“我们梅总认为，如果有机会跟你们携程合作的话，应该是一个双赢的结果。”梁日新笑着问，“季总，如果合作的话，咱们的股份如何分配呢？”

季琦认真地说：“梁总，股份各占多少可以商量，不过，必须由我们控股。”

“什么？由你们控股？这绝对是不可能的。”梁日新很惊讶，想不到一个小小的民营企业竟敢向堂堂的国企提出合伙开公司由他们控股。

“这种事情发生的概率很低，就算我同意了，我们的领导也不会通过的。”梁日新继续说，“季总，如果有诚心合作的话，还是由我们控股才比较稳妥。”

季琦很诚恳地说：“梁总，我们绝对是真诚的，不然，不会大老远从上海跑到北京来跟你们谈合作。我还是希望您能跟梅总商量一下，改天，我们再详谈。”

双方都看到了市场的空白点，都有跟对方合作的意愿。但是，季琦提出携程要控股的要求，对于国企来说，实在无法接受。

尽管对方的口气很坚决，季琦还是“不到黄河心不死”，因为他是一个做了最后的努力都不成功才放弃的人。

双方一直保持联系，4个月的时间在不知不觉之中过去了。

后来，季琦突然接到消息，首旅集团总裁梅蕴新将在北京渔阳饭店与他聊一聊。为什么呢？因为梅蕴新想说服季琦让步，由首旅集团来控股。

在豪华的饭店里面，双方讨论最激烈的还是控股的问题。

梅蕴新说：“季总，由你们来控股是不可能的事情，你知道吗？首旅将来如何定位，我们将在酒店行业扮演什么样的角色，我们的发展规划已经做好了。所以，我们必须要控制这个场面。”

季琦一听，怔住了。他心想，这回绝对没戏了。

梅蕴新接着说：“季总，你说你们要控股才能和我们合资，你能不能讲几个理由来给我听听？”

尽管没有希望了，季琦还是要把话说清楚。他说：“梅总，不用多讲，两个就够了！第一，如果我们不合作的话，双方都不能很快地脱颖而出。错过了这两年的发展机会，别人就快速发展了。第二，如果不由我们控股的话，发展就会碰到两大问题，体制和资金都不能解决。因为一家国企控制的公司，不可能连续不断地吸纳风险投资和私募基金的。”

这一回轮到梅蕴新怔住了，她心想，是啊！季琦的思路非常清晰，只有这样，才能将公司做强和做大。

梅蕴新让季琦先坐在会客厅里面，她决定就这个问题跟自己的班子再商量一下。1个小时之后，梅蕴新出来了，她告诉季琦，决定与携程合作。

就这样，携程团队与首旅集团达成一致：新公司携程股份为55%，首旅股份为45%，启动资金1000万元。携程、首旅按照股权比例出资。合资公司从首旅租下4家建国客栈的15年使用权，使用携程创造的新品牌进行直营。

与首旅的谈判一共持续了半年，最终携程成为大股东，但由首旅派人员出任董事长，季琦担任CEO。

四、取名“如家”，意味深长

合约中有这么一条，使用携程创造的新品牌进行直营。那么，起一个什么样的名字比较好呢？“建国客栈”这样的酒店名肯定是不合适的。

季琦最初想到的是“唐人”，因为在中国的历史上唐朝和汉朝算是最强大的了。可是，他对这个名字不是很满意。于是，他召集大家坐在一起来一次头脑风暴，说说各自认为比较满意的名字。很快，各种各样的名字就出来了，什么“维也纳”“枫叶”等，可惜名字要么不够响亮，要么被人家注册了。

突然，角落里站起来一个人，说：“我们的口号是宾至如归，那么‘如家’这个名字如何？”

“好！这个名字好！”大家异口同声地欢呼了起来。

“这么好的名字，绝对给别人抢先注册了。”有人补充了一句。

是哦，我们想得到的东西，别人也应该会想得到。但是，季琦还是抱着试一试的态度，派人去查询一下。

太凑巧了，这个名字还没被注册。于是，季琦将“建国客栈”改为“如家快捷酒店”。

季琦太喜欢这个名字了，既让客人有宾至如归、温馨如家的感觉，又跟中国传统文化“儒家”谐音。论品位有品位，论内涵有内涵，而且通俗易懂。

名字起好了，接着是logo的设计，季琦采用的是一个特像小房间的五边形，中间挂着一轮弯弯的月亮。这样一来，名字配上logo，家的味道更浓了。

品牌的问题解决了，季琦突然想起，还有一件更加要紧的事要办。尽管携程和首旅已经是合作伙伴，但资金是一个很大的问题，开酒店所需要的钱可不是小数目，于是，季琦和其他几位创业伙伴四处融资。

碰到了熟人，季琦都是这么说的：“我们在做经济型酒店，对我们的项目感兴趣吗？如果有意向的话，你也投点钱进来。”

但是，除了梁建章的太太支援了一笔钱以外，几乎没有人愿意投资。大家都这么认为，季琦他们几个人去做酒店绝对不靠谱。就连吴海都这样对季琦说：“季总，你根本没做过酒店，也敢冲进这个行业，如果成功了，那真的让人佩服。”

显然，吴海也抱着怀疑的态度。但是，吴海的话引起了季琦的思考：没有行业经验？我现学现用，难道也来不及吗？

季琦想跟谁学？请继续往下看。

第二节 偷师学艺成行家

一、一个很特殊的客人

季琦决定再次住进锦江之星。

上次入住的目的是为了考察这个市场是否确凿地存在，可是这一次有点不同，偷师学艺才是季琦的真正意图。因为在市场上，最好的文科老师是公司顾客，最好的理科老师是竞争对手。

为什么不派别人去，而是自己亲自出马呢？季琦是这么想的：在这种关键时刻，只有亲自去感受第一线的事情，了解市场、竞争对手、行业状况，才能作出准确的判断。在这个世界上，天才很少，天才般的预测和判断更少。

季琦带的行李不多，随身的旅行包里除了几件必须更换的衣物外，剩下的就是一把尺子、一个小笔记本、一个老式的佳能胶卷相机。这三件东西对季琦来说太重要了，没有它们，根本无法开展工作。

走进房间，关上房门后，大白天里，季琦还是挺忙的。他先量量房门有多高，睡床有多宽。然后，对着一大一小的两张床开始沉思：为什么要放大小不一的两张床？最后季琦终于弄明白了，锦江之星的定位是商务旅馆，这么做是为了满足旅游旺季家庭旅客对经济型酒店的需求。季琦顺手把床拉开来，他惊呆了，下面没有铺地板，而是赤裸裸的水泥。“高！实在是高！这样就把成本节约下来了。”季琦自言自语，低头端详着酒店的地板。

很快，季琦发现地板也不一样，铺的是阿姆斯壮的地板，此地板材料特殊，很耐磨。同样时间铺设，普通地板更换了三次，它还没磨损。铺性价比高的地板也是节省成本的一种方法。

看了这么多，季琦拿出本子，把刚才所看到的一起记了下来。

记好之后，季琦抬头往墙壁上一看，又发现了“新大陆”，原来，墙壁上有一条横线，这条线有什么作用呢？季琦百思不得其解。

这里量一量，那里测一测，再琢磨琢磨人家为什么是这样设计的。时间久了，就有点累，季琦决定去淋浴室，冲个凉，准备睡觉。

季琦顺手拿起锦江之星“原配”的小香皂，发现它是很可爱的弯月亮形状。

“啪”的一声，一不小心，小香皂掉在地板上了。

当季琦从地上捡起小香皂时，更加惊讶了，原来，小香皂被摔破后，才发现它是空心的。

第二天早上，季琦醒来之后，坐在餐厅里，一边吃早餐，一边跟酒店的服务人员聊天。

“这个酒店的房间大概有多少个啊？”

“这里啊！有将近200个房间。”

“你们的工作人员有200位吗？”

“哪里？我们才60多人。”

“那不是很忙？”

“是啊！客人又多。不过，现在我们都适应了。”

“还有，你们酒店的客房里，墙壁上为什么总有一条横线，我看到其他酒店都没有呢？”

“这个啊！是为了方便以后刷白的，横线下面的地方容易脏些，如果从房间的下面一直刷到天花板，这样划不来。所以，我们经常只刷横线下面的部分。”

……

季琦不但跟值班经理、服务员聊天，还跟拖地阿姨，甚至其他客人聊天。也真奇怪，2002年下半年，锦江之星的各家酒店经常出现的这个特殊客人，并没有引起其他人的注意。很多服务人员以为，季琦是一位特爱唠嗑而闲不住的大叔，他们做梦也想不到季琦竟是一个不折不扣的“商业间谍”。

在锦江之星，没人留意这个特殊的客人，不是因为季琦的伪装技术太高明了，而是此时锦江之星正陶醉在对未来的憧憬和喜讯之中。

锦江之星有什么喜事？原来是众多加盟商纷纷向锦江之星抛来了橄榄枝，徐祖荣高兴得合不上嘴巴。

自从锦江之星开到第三家分店，也就是1999年初，就有河南籍老板杨瑞找上门来，他想将自己手下的物业改造成酒店，加盟到锦江之星的大家庭中来。

杨瑞是上海天鹰公司的总经理，几年前就盘下昌化路、长寿路口原上海永和橡胶厂的厂房，这栋厂房占地面积3600平方米，毗邻上海火车站，离繁华的南京西路仅十几分钟车程，可以说，这是一块风水宝地，已经占尽天时地利的条件。

杨瑞原先有很多设想：开敬老院、改成医院、办学校，等等。由于一次偶然的机会，从报纸上看到了锦江之星的新闻后，他觉得开酒店也挺不错的，特别是有一次在电视上看到上海分管旅游的领导在发表讲话，就如何解决千百万人游上海这个话题时，还重点表扬了锦江之星。

这段讲话太让人神往了，经过自己慎重又详尽的调查，也请教了一家知名的投资咨询公司之后，杨瑞决定投资2000万元，改造自己的物业，加盟锦江之星。

就这样，锦江之星的长寿店诞生了。按照当初投资咨询公司的预测，长寿店要到第四年营收才能达到632万元。

让人想不到的是：第一年的营业额已达632万元，第二年的营收高达833万元。

在加盟的过程中，虽然交了50万元的品牌管理费，每年还要按照营业收入上缴管理费，但是杨瑞觉得非常值得，因为估计5年之内就可以收回全部投资。

有了第一个“吃螃蟹”的人之后，后来者就蜂拥而上。

无锡曾有3个业主联合投资加盟了一家锦江之星，3个月后，房间的出租率达到了100%，业主们非常庆幸自己的眼光，并陶醉于当初的选择。

但是，窃喜之余总有一点点遗憾，为什么当时不多投资几家呢？如果现在继续投资经济型酒店，是否风光依旧？3个业主陷入了深深的思索之中。

第一位业主认为：加盟店的成功归功于锦江之星品牌的成功，他没有过多的考虑，自己出资又加盟了一家锦江之星。

第二位业主这样考虑：机会永远蕴藏着风险，这一家酒店开起来了，不代表第二家一样开得起来，能有这样的业绩，他就安于现状。

第三位业主暗暗思忖：这绝对是市场机会的原因，这个时候谁开经济型酒店都会赚钱。于是，他在锦江之星附近搞到一处物业，沿用了锦江之星的建筑模式和房间布局，套用了锦江之星的管理模式，另开了一家经济型酒店，并取名为××之星。他满怀希望，就算没有取得前面加盟店一样的效益，即便略少一点，至少不用再付加盟费，这也是一个很划算的生意。

人们常说：想法决定活法，思路决定出路；态度决定高度，格局决定结局。

后来，第一位业主加盟的第二家锦江之星，同样取得了骄人的成绩，客房出租率接近100%；第三位业主，由于失去了锦江之星这个强大品牌的支持，新店客房出租率经常连50%都达不到，结果闹了一个大大的笑话。

由于锦江之星的神话无处不存在，吸引了很多人的关注，甚至引起了扬州市政府的重视。锦江之星的客房出租率常年接近100%，而扬州酒店业的平均客房出租率只有40%，这到底是什么原因呢？扬州市政府决定来上海取经。

于是，2002年年初，扬州市市长亲自带队，由商委、旅游委等部门的十余人组成的庞大考察团来到了上海，他们住在锦江之星，吃在锦江之星，切身体验了一下锦江之星的生活。

同时，扬州市市长与锦江之星总裁徐祖荣进行了多次洽谈，真诚邀请锦江之星的经济型酒店能开到扬州去，通过锦江之星的品牌提升扬州当地旅游业的服务水准，实现新的超越。

3个月后，扬州第一家锦江之星开业了，又过了3个月，扬州锦江之星的客房出租率迅速上升到了100%。随后，锦江之星的扬州第二家、第三家店也相继开业。

扬州市政府当初的设想和目标已经达到。对于锦江之星来说，也将自己的品牌从长三角的一线城市转向了二线城市。

2002年之后，锦江之星的好事越来越多了。

首先是上半年中，锦江集团联手法国雅高成立了酒店销售公司，锦江之星的所有酒店都可以借用雅高的销售网络进行推广。

下半年里，锦江集团又入资上海国旅，它买入上海国旅总股本50.21%的6655.6万股国家股，从而控制了上海国旅。同时，锦江之星也果断出让部分中档酒店的资产，投资了上海环影城项目。通过1年的资本运作后，锦江集团成了一个巨轮级企业，旗下的酒店业、旅行社、游乐业，并驾齐驱，相得益彰。

上海国旅成了“锦江系”的一员之后，马上出资5600万元参股锦江之星经济型酒店的扩张，声称在未来5年之内要将锦江之星打造成经济型酒店的航空母舰，至少开100家这样的酒店。

徐祖荣对集团的战略相当认同，他说：“2003年集团重组后，集团给予了很大支持，项目没有一个不通过，资金上也给予大力支持。加上越来越激烈的市场竞争带来的推动力，使得公司开店数迅猛增长。这一点，连我也想象不到，以前，我们绝对不可能1年搞几十个店，认为1年搞几十个酒店脑子肯定有问题。这是不可能的事，这样的不可能是市场逼出来的。”

其实，与其说徐祖荣1年开几十家酒店是被市场逼出来的，不如说是被季琦逼出来的。

为什么？我们继续看如家的发展史。

二、青出于蓝而胜于蓝

2002年8月6日之后，北京颇有名气的“建国客栈”消失了，取而代之的是“如家客栈”。这一天，如家有5家分店同时开业，北京4家，就是原来“建国客栈”的换名，地址不变；另外，上海有一家，位于世纪公园附近。

如家给人家的印象就是便宜。以北京“如家客栈”为例，符合三星级标准的一个标准间标价不到220元，充分体现了“普通老百姓也能住得起的酒店”的定位。

行内人士认为：如家的诞生只不过是一次酒店名称的变更，不会形成业界的“沙尘暴”。甚至还有人说，互联网时代就这么搞笑，创始人经常被资本踢出局，季琦又是一个鲜活的案例。也真奇怪，对于季琦的种种传闻，梁建章、沈南鹏从不发表任何评论和回应。

但是，就在这些不着边际的议论中，季琦已经对他的第二个“孩子”进行了一次非一般的“打扮”。

看来季琦对CIS系统中的VI还是非常内行的。比如，如家的客房墙面以淡粉色搭配淡黄色，这是暖色调，给人一种家的氛围，很温馨的感觉。地毯及室内用品与墙面相互辉映，铺上花台布的精致小圆桌、简洁实用的床头柜，以及床上用品、窗帘、装饰画的色调和图案等，无不透出家居的风韵情调，有如家庭主妇精心布置过一样。另外，如家在客房配置了可折叠的行李架以节省空间，在卫生间配备两种颜色的毛巾和牙具，避免两个客人同时入住时的麻烦。

产品上，如家已经跟锦江之星形成差异化，下面继续看季琦在其他方面对如家的“打扮”。

价格上，在没有改名之前，建国客栈的标准客房价格为200多元到300多元，换上“如家”标志后，价格就定在198元。季琦说：“这是个明价，不再继续打折了。对于经济型酒店来说，低价绝对是最好的招牌。”

渠道上，建国客栈以前采取的营销模式是被动营销，等客上门，结果弄得酒店比庙还清静。这也是梁日新的心病，一直苦于没有最合适的途径来解决这个问题。这回可好，首旅跟携程合作之后如虎添翼，业绩不断攀升。不过，亲兄弟，明算账。携程每给如家预订一套房间，如家就给携程30元的中介费。除此之外，如家也通过其他订房中心进行销售，比如艺龙。这个就有点搞笑了，携程跟艺龙是竞争关系，但如家跟艺龙又是合作关系。

顾客方面，季琦把携程的那套方法移植了过来，建立会员制，发嘉宾卡，组建开拓市场团队，启动业务员跟各公司签订协议。果然，仅用半年时间，如家酒店就门庭若市了。此后，出差住如家，成了许多公司商旅人士无须多问的事情。客人多了之后，季琦又把携程成熟的经验复制了过来，比如网络预订和呼叫中心，如家的800客房预订中心就是在2003年建立的。

终端方面，如家有自己的选址原则。首先是便利，其次是成本，两者最好结合。具体说，必须是商务中心地带，楼盘基本上是3000~4000平方米，办公楼、烂尾楼，甚至是以前破破烂烂的招待所都可以。季琦还发现，各行各业都有可能产生废置的、没有被利用的物业，很多情况下，这些业主不知道怎样处置这些物业。在这种情况下，与如家合作后，既可以得到好的回报，也是充分利用物业的一个机会。对于如家来说，如家租下这些商务中心区里稍稍偏离主干道的废旧楼盘之后，设计人员因地制宜，用如家的标准和原则进行重新设计和装修，这些物业改造成一家如家酒店的费用需要500万~600万元，这么一弄，这些物业都起死回生了。

季琦搞定了这一切之后，有一天，他对梁建章、沈南鹏说："我们很快就可以超过锦江之星。"

是吗？继续往下看。

就在季琦豪言壮志的时候，想不到的事情发生了——"非典"来了。

这个时候，很多人都不敢出门，在街上碰到的行人大多都戴着厚厚的口罩。大多数商场和酒店都受到了影响，这些场所突然失去了往日人声鼎沸的景象，变得比寺庙还清静。

2003年里的这场“非典”风暴，什么时候可以结束？没有人知道。如家能否挺过“非典”带来的萧条？也没人知道。

如家只好开董事会了，重点讨论的问题是：如家是否该停止扩张？

其中有一位股东先发言：“如家不但不能再继续开店了，还必须裁员。不然，如家就会在前进的凯歌中死亡。”

有些董事成员也跟着附和：“‘非典’太厉害了，最好是放慢一下扩张的速度。”

看到这种场面，季琦不得不独排众议了，他提高声音说：“如果放慢开店的速度，岂不是坐失良机？”

另外一名董事成员说：“目前的情况的是，先求生存再求发展。”

无奈之下，季琦只好说：“可以考虑放慢开店的速度，但是徐家汇这家店必须先拿下来。”

“那个鬼地方，租金巨贵，位置也不好。现在还有谁会出差，还有谁会来住这个小酒店？”

位置不好？季琦对这个地方非常熟悉，那里离他的母校不远，读大学的时候，有事没事就经常在这一带转悠转悠。不过，季琦要签下的物业在徐家汇南部的天钥桥路上，是一幢被废弃的小楼。这个地方还是好地方啊！它刚好处于徐家汇商圈正南部，完全符合如家的选店要求：便利、成本低、商务中心地带，而且面积有3000～4000平方米，不管是烂尾楼或者是破破烂烂的招待所。在这里开一家酒店，怎么会没有生意呢？

董事会议结束后，第二天早上，季琦约了物业公司的负责人在徐家汇公园旁边的一家饭店里吃饭。这一顿饭，季琦根本还没吃饱，他有点紧张，担心夜长梦多。于是，在季琦的坚持之下，如家就把这幢废弃的小楼签了下来。

看到季琦已经把合约拿回来，另外一名股东说：“你是CEO，你有权力去签合同，我也没办法。但是，我从来都不看好这个地方。”

“还没营业，你就知道这个地方不适合开酒店？”

“我不想跟你争辩什么，也没必要去争辩什么。但我敢打赌，这个地方绝对是不能开酒店的。”

“打赌？赌什么？”

“不多，就一张法国的返程飞机票。”

“好！痛快！”

两个人真的赌了起来，条件是：3个月后，这家店的入住率必须达到50%以上。

这时，2003年的“五一”刚过，徐家汇整个商圈的经营情况差强人意，各行各业的营业收入都惨不忍睹。在这种情况下，徐家汇的这家新开分店能做起来吗？

其实，季琦赌的不是机票，是理想。他不在乎那张机票，他关心的是如家的未来。

于是，季琦决定住进自己的旅店，看看旅客是如何评价如家的。

当初住进锦江之星的目的是为了“偷师”，学习市场领导者的长处和经验。现在住进自己创办的如家，目的是为了更好地了解顾客的需求，同时体验自己公司员工的服务质量。

既然扮演的身份已经是顾客，那顾客和顾客聊起来就没有任何顾忌的了，话题也很广泛，说话也很轻松。当季琦问起其他顾客对如家的感觉如何时，有些跟季琦混得很熟悉的旅客就开始畅所欲言了。

“其实，刚开始的时候，一听说住酒店才100多元，总觉得很不靠谱。在我的想象中，100多元的酒店应该是一位老大爷提着一个开水壶，拎着一串的钥匙来给我开门。但住进来后，感觉还是挺不错的。”

“你从来没有在像如家这样的便捷酒店住宿过吗？”季琦笑着问。

“没有。现在住在100多元的酒店，总觉得委屈了自己。”旅客也笑了起来。

“那为什么这回住进来了呢？”季琦特别想知道这个问题的答案。

“没办法啊！现在‘非典’这么流行，五星级酒店都是中央型的空调，谁还敢去那里住宿。”

“非典”反倒帮了便捷型酒店？季琦有点不相信自己的耳朵。但是，冷静下来分析，这种情况是对的。100多元的酒店让部分顾客觉得很没面子，但是在“非典”非常猖狂的时期，他们也别无选择。在酒店的大堂里面，季琦经常听到顾客在打着类似的电话，恰好证明了这一点。

“喂！是王先生吗？我住在西单，一会我就去和平饭店找你。”这位顾客一说完就出门了。

顾客不敢告诉对方自己住在便捷酒店里面，但他们需要业务洽谈的时候，就打车到高档的酒店去见面。看到当时的种种状况，季琦隐隐约约感觉到，自己的决策应该是对的，如家肯定能快速发展。

果然，不久之后，徐家汇分店成为如家连锁店中盈利最大的酒店，如家也干脆把这间酒店的一楼设为总部办公地。

季琦赌赢了。2003年，徐家汇店业绩达到了董事会的预期目标，“非典”疫情期间，如家的入住率一直保持在50%以上。

2004年2月的某一天，那位赌输的董事成员来到季琦的面前，他拿出一个信封，笑着对季琦说：“季琦，大家愿赌服输，这信封里面的钱，你拿去吧，我就不买机票了。”

季琦也笑着说：“这钱我拿定了，不过，不是放在我的口袋里。”

拿到这笔钱后，季琦顺手把它交给了徐家汇店的店长，当成奖金发给了员工。

这次打赌，季琦赢了，也验证了他非一般人的眼光。关于创业者的这一特质，有知名教授曾经说过：“成功的企业家具备着常人没有的三种能力——胆量、眼光、资源整合。”

为了如家的健康成长，季琦也付出了很多代价。当初住遍了锦江之星便捷酒店后，季琦竟然搬进地下室。因为在创办如家酒店的时候，他的员工基本来自各大星级酒店，缺乏的不是酒店业的管理经验，而是经济型酒店的实操技能。所以，他率先从北京一个高档社区的四房二厅搬了出去，住进西直门附近的地下室。

有朋友对季琦说：“季总，好像没有听说过CEO住在地下室的哦。”

“那我就住给你们看看。”季琦竟然在地下室住了将近1年。

事后，有人问起他住在地下室的感觉如何。

季琦回答：“还好，不算冷，冬天屋子里面有暖气片呢。”

跟季琦一起奋斗的员工都明白了他的苦心，老板的目的是让大家明白什么是“经济型”酒店，应该如何做事和做人。

苦日子熬过去了，“非典”疫情也过去了。就在这个时候，两名一直跟随季琦的高层员工，先后离开了如家。这让季琦非常难受，他一直想不通，他们为什么要离开如家。

第三节　季琦三找章苏阳

一、章苏阳非常看好如家

如家稳步发展之后，季琦突然想起应该再次去找章苏阳了。

为什么还要去找章苏阳？因为在携程旅行网的快速发展过程中，携程团队已经深深体会到风投支持的力量，与其说是雪中送炭，不如说如锦上添花。

在最初规划投资经济型酒店时，几位创始人早就设计好了未来：先将如家做成规模，接着是融资，然后上市。当时季琦还这么说过，并且说得很肯定：没多久如家就火了，到时候肯定有一大堆的风险投资家围着如家转。跟谁合作呢？引进风投的话，先找一个出价高的，慢慢来，每次都是几百万美元，风险投资商持股的比例不能太大，要始终由携程控股。

因为如家的融资之事，季琦曾经跟章苏阳商谈过一次。

那是在2003年年初的时候，季琦被邀请参加了在北京中粮广场IDGVC总部举办的年会。

会上，风险投资家们热烈地分享着过去1年里的投资得失，同时探讨着未来1年的投资方向。他们发现风投喜欢跟高科技结伴，尽管2002年有很多高科技公司在垂死挣扎，但风险投资家往往“好了伤疤忘了痛”，还是一如既往地对高科技公司垂青有加。事实上，投资离传统行业越近的风险投资家们，他们活得更加潇洒。这到底是怎么回事呢？

这时候，作为嘉宾的季琦，按捺不住内心的冲动发表了他的看法。

季琦说：“IT的概念要泛化，不能搞纯粹的IT，在中国做技术，产品很难和国外竞争，因为标准是国外的，并不是因为中国人笨。在中国市场，IT技术的应用和理念文化的渗透更有优势。”

季琦继续说：“我们现在的如家就是朝这个方面发展的，你们有空的话可以去考察一下。”

这个理念非常不错，看到季琦说得这么起劲，会后，章苏阳、周全等人就去现场考察如家便捷酒店。他们发现如家虽然才运营七八个月，但是已经实现盈亏平衡，甚至还略有盈利，大概赚了100万元。可是，在宾馆行业，通常的情况是，新店的前三到四年基本上是亏损的。从这一点来说，如家的经营业绩已经非常出色。

章苏阳问：“季总，如家今年还打算开分店吗？”

季琦说：“开，准备突破30家，未来3年内达到100家。”

“今年要突破30家分店，那不是需要很多钱？”章苏阳看了季琦一眼。

“是啊！所以就找你来了嘛！”季琦笑着说。

“迅速开店就意味着以后新产生的利润更多，这是好事。但是，要达到一边发展一边盈利，从管理上来讲，这也很不容易的。”章苏阳认真地对季琦说，“对于我们是否要投资如家，我们先商量一下吧。”

章苏阳他们回去后，就开始讨论。已经投资了携程，到底要不要继续投资如家？因为这个时候，携程旅行网已开始筹备在纳斯达克上市，美国股市比较喜欢主营业务明确的企业。如果携程成了如家的控股股东，就存在着酒店分销和酒店投资管理两种有冲突的业务模型，这对于上市来说，是很不利的。另外，从如家的未来发展考虑，上市是必然的趋势，假如如家的大股东也是一家上市公司，将来对如家的上市会造成很多影响，除非携程转让其持有的如家股权。

有人说：“如家是传统行业，我们IDGVC是以IT、媒体产业为投资对象的。对于传统领域的投资，我们只投资过北京物美。当时，它还是物美电子商务，后来物美集团把电子商务和超市连锁整合了起来。物美集团的成功指日可待，但是，如家能否成功还是一个未知数！”

也有人说：“如家的股东之一首旅集团是中国最具实力的大型旅游

企业集团，在酒店行业有很高的知名度、品牌号召力和强大的资产实力；另一个股东携程旅行网是中国最大的酒店分销商。如家酒店连锁公司已经整合中国旅游业非常优秀的资源，这些对风险投资商应该是非常有吸引力的。但是，它毕竟还是非常传统的酒店行业。所以，我认为先观察一段时间，看实际情况再说。”

周全说：“如家的经营已经很成功，可以考虑先投一点点进去。另外，我们投资后，肯定还有其他风险投资家紧跟着进来的。”

“我的感觉是市场上这一类型的产品确实比较少，应该会有很好的市场需求。我从来没有怀疑过季琦，有担心他做不成功的想法，只是需要观察一段时间看他能做得怎么样而已。”章苏阳最后说，“好吧，先等一下！到时候再投一点点进去，这就是我们IDGVC一贯的做法。”

二、季琦还有更大的梦想

此后没过多久，季琦又找上门来了。

章苏阳说：“要我们投资如家是可以的，但是有一个问题要跟你们商讨一下，就是作为如家控股股东的携程也在准备上市之中，而它现在并存着酒店分销和酒店投资管理这两种有所冲突的业务模型，这对上市是很不利的。怎么办？”

“其实，我们投资如家，是希望如家能够做上市。”停顿了一下之后，章苏阳继续说，“这样行不行？你们几位创始人让出携程所持有的全部股份，这样的话，你们就有两家上市公司了。”

“这个建议非常好。”季琦点了点头，就离开了。

季琦回去跟其他几位创始人商量了一下后，携程团队跟IDGVC的合作马上有结果了。

IDGVC的首轮投资是150万美元，随后又追加到200万美元，合计持有如家不到20%的股份，投资期内不分红，章苏阳出任如家董事。

IDGVC入股如家后，果然出现了像季琦当初想象的那样，有很多风投人在门口排队了。

如家选择的第二家风险投资商是美国梧桐投资公司，它的中国首席代表是施兆莘。

当施兆莘问起如家为何能够在开业当年就实现盈利时，季琦回答："主要有三方面的原因。首先是如家的品牌好，在市场上具有很高的知名度和美誉度；其次是门店布局合理。在区域布局上重点发展经济发达的环渤海地区、长江三角洲地区和珠江三角洲地区，内陆地区则看重四川成都区域。如家选址的原则是商务人士容易到达并且交通方便的、接近商业圈的地段；最后是创业团队中成员技能互补，在销售、管理以及融资等方面各有所长，一般酒店很难与我们竞争。"

听季琦这么一说，施兆莘更加坚定了投资如家的信心，美国梧桐投资公司的资金很快到位，总共投资了250万美元。尽管资金比IDGVC多，但所占如家的股份比IDGVC少很多。这些似乎不是很重要，因为施兆莘坚信他们此次投资肯定会赢得盆满钵满。

时间过得真快，2年的时间就在忙碌和兴奋中过去了。

2004年8月5日，在上海市繁华商业区徐家汇的如家连锁酒店总部，迎来了它的两周年庆典活动。

如家的董事长杨建民、首席营运官梁日新女士来了，如家的首席执行官季琦来了，各大媒体的记者也来了。

其实，当天的新闻发布会，对于各类媒体来说，现场似乎捕捉不到任何有价值的新闻，因为网络媒体已经将最新信息挂在了实时刷新的网页上。不过，那些抽空赶到现场的记者们还是有目的的，他们特别想知道，如家这种经济型的酒店还能开多少家？很想知道在酒店管理上并没有多少经验的季琦如何描绘未来？

庆典仪式马上开始了。

只见如家连锁酒店首席执行官季琦指着两周年庆典的宣传画慷慨陈词："如家以直营、特许经营、合同管理、市场联盟4种方式同步布点，以北京、上海和广州三地为中心，向全国辐射，力争在经济型连锁旅店市场夺得国内龙头位置。如家的目标是要在3年内发展到100家连锁酒店。”

季琦的说话马上被台下热烈的掌声打断了。略停顿了一下，季琦继续说道：“不排除两年内如家成为第一家在海外上市的酒店连锁品牌，通过融资实现如家的市场扩张。”

如家连锁酒店董事长杨建民接着发表讲话：“如家在资本运作方面已经引进了海外风险投资，为的是寻求市场的扩张，如家在经济型酒店市场有望引发一场国内酒店业的洗牌大战。现在，拥有全国统一免费订房电话、普遍在180元左右房价的如家品牌目前已发展到40余家连锁店，平均客房出租率都在90%以上，远远高于其他类型的酒店，市场前景非常看好。”

在8月5日的这次庆典仪式上，董事长、首席执行官信心百倍，坚信如家有一个美好的明天。特别是季琦，更是浮想联翩，他突然觉得如家就是法国的雅高，他就是雅高的创始人保罗·杜布吕。

但是，季琦想错了。季琦做梦都想不到的是，作为如家首席执行官的他，竟然被别人换掉了。

什么？好不容易才将如家“抚养成人”，创始人季琦却被下岗了？这到底是谁的馊主意？欲知后事如何，请看第7章“老将与新帅——让专业的人去做专业的事”。

小结

关于创业机会与品牌命名

本章重点讨论如下2个问题。

一、创业：如何把握机会之窗

如果说真正的创业开始于创业机会的发现，那么，创业机会是无处不在的，还是像爱情那样可遇不可求?

百森商学院杰弗里·蒂蒙斯教授认为，一个创业机会的典型特征有三点：吸引力、持久性和适时性。对于吸引力这一点，我们不难理解，假如这个创业机会对人们没有丝毫吸引力的话，哪有企业家会为它奋不顾身呢？但至于创业机会同时具备持久性和适时性这两个特征，我们就有点犯晕了，这个持久到底是多久？这个适时又是何时？为了能让大家更好地理解这个矛盾又统一的观点，蒂蒙斯教授提出了一个非常出名的理论——机会窗口模型，具体内容如下（见图6-1）。

图中的纵轴表示市场规模；横轴表示时间；从O点到A、B、C等点连成的曲线，则表示某一行业快速成长的历程与生命周期。其中，有一个经过并包含了A、C两点的椭圆，它叫机会窗口。同时，图中有一个包含了O、A、B等点的矩形阴影，它表示的是意识窗口，也就是说，在O点到B点之间的这段时期内，一般人意识不到这就是一个非常不错的市场机会。

根据这条曲线，我们不难发现：在这个行业的发展初期（从O点到A

点），曲线的坡度比较平缓，商机出现的概率不大。但是，随着时间的推移（从A点到C点），这个行业发生了翻天覆地的变化，市场以几何级的速度增长，市场机会也越来越多和越来越明显（特别是从B点到C点）。如果等到市场变得更大和稳定下来后，市场的条件就变得不那么有利了（C点以后）。换一句话说，从O点到A点的第一个5年是这个行业的酝酿期，从A点到C点的第二个5年则是这个行业的机会窗口，而C点后，市场已经成熟，机会窗口就开始关闭了。

蒂蒙斯机会窗口模型 经典理论

在这个行业的发展初期（从O点到A点），曲线的坡度比较平缓，商机出现的概率不大。但是，随着时间的推移（从A点到C点），这个行业发生了翻天覆地的变化，市场以几何级的速度增长，市场机会也越来越多和越来越明显（特别是从B点到C点）。如果等到市场变得更大和稳定下来后，市场的条件就变得不那么有利了（C点以后）。换一句话说，从O点到A点的第一个5年是这个行业的酝酿期，从A点到C点的第二个5年则是这个行业的机会窗口，而C点后，市场已经成熟，机会窗口就开始关闭了。

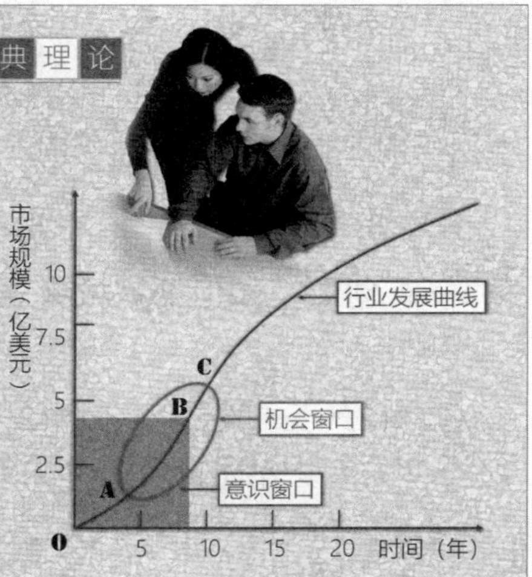

图6-1　蒂蒙斯机会窗口模型

由此可见，创业者必须在机会之窗存在期间内下手创业，如果等到机会窗口接近关闭的时候再来创业，那么，留给创业者的时间和余地就十分有限，新创办的企业不是以失败告终，就是不怎么赚钱了。

如果将蒂蒙斯教授的理论跟我们现实生活中的具体案例联系在一起，那我们不得不叹服：机会窗口模型是一个放之四海而皆准的公理。

就拿中国互联网行业的第一个吃螃蟹者张树新来说吧。想当年，人们还不知道互联网和电子商务为何物的时候，她就开始成立自己的公司瀛海威了。作为国内第一家ISP（网络接入服务商）和ICP（网络内容服务商），当张树新去邮电部申请Internet时候，工作人员都蒙了，没有人知道它放在哪一类，也没有人知道该如何收费。

从这一点可以看出，张树新是先知先觉的，她早就意识到互联网的明天绝对美好，所以，张树新将公司的广告牌竖立在中关村的路口，上面写着："中国离信息高速公路还有多远？向北1500米。"并且，她还四处宣传，告诉大家瀛海威提供一个网络平台，让终端用户在上面享受服务内容。另外，为了让自己的公司能够快速成长，张树新还出让了瀛海威的73.5%股份，吸纳中兴发7300万元的投资。

又是大力宣传，又是引进外资，瀛海威发展得怎么样？

非常遗憾。这种商业模式在1995年似乎赚不到钱。那时候，瀛海威在全国有8个分公司，拥有5万用户。按照北京公司的经营状况，有2万用户就可以盈利的话，那么，瀛海威整体上还差11万用户。

基于这种状况，瀛海威的决策者不得不慎重考虑公司未来的发展方向了，投资方决定让张树新下课，就这样，张树新彻底失败了。

张树新失败在哪里呢？事后，张树新总结说："我误入Internet行业，是万幸中的不幸。我在错误的时间进入一个正确的行业，结果还是错误的。"

现在看来，张树新的反思是对的，她确实是在错误的时间进入了一个正确的行业。因为在这个时候，根据蒂蒙斯教授的机会窗口模型，在那个时候，互联网行业的机会窗口还没被打开，刚好处在行业发展曲线的O点到A点之间。另外，瀛海威的投资方也没有给张树新足够的时间，让她等到机会窗口如期开启。所以到最后，张树新只能是默默地离开了自己创办的公司。

张树新的故事告诉我们，在机会窗口还没打开之前，过早地进入某一行业，等于选择了漫长的等待，创业的成功率不是很高，除非你有的是时间和金钱。那么，当某个行业的机会窗口已经被充分打开，大家都看得清清楚楚的时候（如图中行业曲线中的B点到C点之间）才进去，结果会怎么样？是不是这样的创业就意味着十拿九稳，成功指日可待了？

我们接着看另一个典型的案例，是关于加多宝公司当年想在绿茶饮料市场分一杯羹的故事。

提到中国的绿茶饮料市场，我们首先想到的是康师傅和统一这两个品牌。特别是康师傅，它曾是这个行业的拓荒者。

康师傅的创始人，是台湾的魏氏四兄弟，他们子承父业，经营蓖麻油、棕榈油等食用油制品。

20世纪80年代初，恰逢祖国改革开放，由于岛内发展空间受限，魏氏兄弟决定赴大陆发展。1988年，魏家四弟魏应行带着全家人的重托，经香港转道来到了大陆。

从1989年到1991年的3年时间里，魏家兄弟曾经在北京、济南、秦皇岛等地开办了4家合资企业，先后生产过“顶好”清香油、“康莱”蛋酥卷等产品。尽管产品质量不错，但是，市场反应一般，他当初随身携带过来的1.5亿新台币所剩无几。

就在魏应行万般无奈、准备打道回府的时候，一次偶然的经历，让魏应行嗅到了商机，这不但改变了魏氏兄弟的命运，还催生了一个食品王国。

那是一个发生在火车上的小故事。由于经常出差，又不习惯火车上的饮食，魏应行只好自带了两箱台湾产的方便面。就在他泡方便面吃的时候，香味竟然引来了同车旅客的围观，不时有人询问：“这么好吃的方便面哪里有卖？”

问者无心，听者有意。魏应行突然意识到：大陆这么大，坐火车的人又这么多，方便面的市场该有多大啊！

经过具体的实地调查后，魏应行发现，大陆的方便面市场呈两极化：一类是质量稍差的国产廉价方便面，才几毛钱一袋；另一类是质量比较好的进口方便面，价格贵得离谱，卖五六元一碗，一般人又消费不起。魏应行心里想：在这个时候，如果有一种方便面，既物美又价廉，一定有市场。

心动不如行动，魏氏兄弟给准备投产的方便面起了一个响亮的名字——康师傅。

果然不出所料，自1992年8月，康师傅在天津开发区成立天津顶益食品公司后，康师傅方便面马上走俏市场，康师傅这个牌子几乎成了国人心目中方便面的代名词。

这块市场做起来后，魏氏兄弟将公司升级为顶新国际集团。1995年，顶新国际集团开始在天津注册顶圆公司生产糕饼，1996年后又开始在杭州注册顶津公司生产饮料。

康师傅的绿茶饮料就是在这个时候推出来的。

如果说康师傅方便面是由于发现了成熟市场的空白点后才一炮打响的话，那么，康师傅绿茶的市场开拓可谓是步履维艰了。

据笔者的一位中学同学回忆，当年康师傅绿茶真的不好做。那时候，他们把产品放在批发部后，根本销不出去。于是，顶津公司只好启动了很多业务代表，把整箱整箱的绿茶搬到士多店里面，告诉店主，饮料卖出去后再来结款。笔者的同学，就是在那炎夏热辣辣的太阳下，骑着一辆破单车，穿行在广州的大街小巷上，推销着尚未出名的康师傅绿茶。

不过，随着时间的推移，喝绿茶的人还是一天比一天多了起来，1998年里，绿茶饮料市场上，出现了另一个品牌——统一。而2002年后，市面上出现了更多牌子的绿茶饮料，比如洪大妈、加多宝等。据笔者的个人印象，最好喝的还是福建某厂家生产的洪大妈绿茶，该饮料在冷冻的状态下，口感非常纯正。不过，此时加多宝的名气也非常响亮。因为加多宝的广告无处不在，路牌、电视、小卖店的墙壁上，都有加多宝的广告，并且，加多宝绿茶的卖点也相当特殊，他们的技术是低温萃取，宣传单上写着：这才是真正的绿茶。

但是，有点遗憾！加多宝集团公司打了几千万的广告后，加多宝绿茶的销量只有一两千万的样子，收获甚微，而市场的霸主依然是康师傅和统一。无奈之下，加多宝只好另起炉灶，生产王老吉去了。另外，笔者在前面所提到的洪大妈绿茶，也逃不掉黯然收场的结局。有一天，笔者连续走过五条街，竟然没有找到一瓶“洪大妈”，最后，小卖店的老板摇着头告诉笔者：“‘洪大妈’年纪大了，已经‘过世’了。”

从以上的故事可以看出，当某个市场非常成熟（也就是处在行业发展曲线上的B点到C点之间），出现了真正的霸主之后，你这才跻身进来，基本上没有容身之处，要不，人们不会常说“一山不能容两虎”了。当然，如果你早就在这个行业中，采用产品线延伸的市场策略，像2008

年，可口可乐联合雀巢推出原叶绿茶那样，那这种情况另当别论。

所以，过早或过晚地进入某个行业都是不妥之举，只有在恰当的时间进入一个理想的市场才会一炮打响、马到成功。也就是说，刚好处在行业发展曲线理想时期（A点到B点之间），再毫不犹豫地冲进这个行业，肯定有戏。

但是，在行业发展曲线上，这段路线是模糊的，它隐藏在意识窗口之内，是平常人的肉眼所无法看到的，只有高手的“火眼”才能识破它。正如潘石屹所说的那样：“如果到了买菜的阿姨都开始讨论哪只股票有潜力的时候，你最好别炒股了，我潘石屹永远不做大多数，要做极少数的先知先觉者。”

所以说，能透过表象去看清本质的这种特质，不是每个人都所具备的。因为对同一市场机会，N个市场经理有N种看法。对于这一点，笔者似乎找不到什么好的理论来解说了，只能说这种特质或者说这种能力是创业者读万卷书、行万里路、经万种事、见万种人之后，突然拥有的。

不是吗？当我们回头来仔细地审视一下季琦的创业之路，就会发现他具备的就是这种对市场超常的觉察能力。

1994年，季琦去美国甲骨文公司总部找他同学，第一次接触互联网的时候，他就马上意识到这个东西会改变很多人的命运，自己将来的生活会跟这个东西结缘。那天，他在电脑旁边待了很长的时间，那时的他，用一句流行语来说，就是“像一只趴在玻璃窗上的苍蝇，前途一片光明，暂时找不到出路。”

在美国生活了1年，季琦发现，所有的机会都已经被别人占了，除非具有开创性的技术，否则无法获得成功，于是他决定回国发展。第一次创业的项目是给写字楼搞综合布线系统，在创业的日子里，他一边观察着国内互联网产业的发展，一边寻找一个合适的切入点。

1999年，当全球互联网创业热潮已经达到极点，也就是互联网行业创业的机会之窗完全地被打开之后，季琦同其他创业伙伴才果断地冲了进来，创办了携程旅行网。经过精心挑选合作伙伴、先后三次成功融资、转型专做订房业务、收购知名订房公司、采取有效的促销手段，最终，携程成了旅游网站这个行业的老大。这说明：携程团队是在恰当的时期，进入了恰当的行业，恰当地做成了一件事情。

后来，碰到了一件可以忽略不计、不值一提的小事情，也就是一位网友在网上留言，抱怨携程旅行网上所预订的宾馆价格都偏贵这一事实，又让季琦发现了一个新的市场机会。他认为便捷酒店的前景绝对无可估量。于是，携程团队的第二个创业项目启动了。

那时候，准确地说，应该是便捷酒店行业的机会之窗刚刚打开之时，但是，季琦是毫不犹豫地投身于新的创业项目中去了。从他跟建国客栈董事长梅蕴新谈收购的那段对话中，可以看出他对这个新市场的理解程度。

季琦对梅蕴新说："梅总，理由不用多讲，两个就够了！第一，如果我们不合作的话，双方都不能很快地脱颖而出，错过了这两年的发展机会，别人马上就快速发展了；第二，如果不由我们控股的话，发展就会碰到两大问题，体制和资金都不能解决。因为一家由国企控制的公司，不可能连续不断地吸纳风险投资和私募基金的。"

多年后，季琦在接受《财富人生》栏目采访时，提起这段经历，他说："根据后来市场的发展，当时那段话是非常正确的。"

所以说，创业机会窗口对创业者来说，是重中之重。如果没有对市场有着超前的觉察力和分析力，创业是很难成功的。

二、营销：品牌的命名有学问

如果要创业，无论是公司注册还是商标注册，都会涉及命名这个环节。特别是给自己公司的产品命名更是大伤脑筋，所有公司的经营者都在思考着一个同样的问题：起一个什么样的名字才响亮？才能让自己的产品在短时间内变成知名品牌？

说到品牌管理，其具体内容包括如下7个方面。

（1）品牌决策：自建品牌还是租赁品牌，统一品牌还是分类品牌。

（2）品牌定位：高端、中端还是低端，国际、国内还是地区。

（3）品牌命名：信息性强，还是识别性强，或者两者兼顾。

（4）品牌设计：标志、标准色、标准字如何设计，要不要象征性图形和形象类吉祥物。

（5）品牌推广：选择广告与公共关系的拉式推广，还是选择销售促进和人员推销的推式推广，抑或其他方式，比如，渠道展示跟直复营销等。

（6）品牌延伸：同行业还是跨行业延伸，水平还是垂直延伸，直接冠名还是间接冠名延伸。

（7）品牌维护：品牌是否老化，应该如何刷新。

而在这7大块中，最紧要的一块就是品牌命名。因为品牌命名得当，品牌就容易辨认与传播。既然如此，那品牌对于产品来说，到底起着什么样的作用呢？一言蔽之，就是产品识别和信息传递。因此，品牌需要具备识别性和信息性。

所谓的识别性，就是让顾客觉得这个品牌很特别，跟别人很不一样；所谓的信息性，就是顾客一看到这个牌子，就马上意识到这个产品是干吗用的。

但是，识别性与信息性对于品牌来说，就像我们去选择熊掌和鱼翅一样，不可得兼，只能选其一，或者每种切一半。

因为信息性越强，名称的保护性就越差，也就是：越没有个性。就像父母亲给孩子起名字一样，如果有人叫“俊杰”，那别人就马上意识到这个是男孩子的名字，他的爸爸妈妈希望他长大后，称为才智杰出的人物。但是在中国，叫俊杰的男孩不计其数，你不是独一无二的。所以说，俊杰这个“牌子”信息性很强，但识别性很差。

另外，识别性很强的话，名称就是一个独立的字词组合，它不会跟其他名称接近，也无法比较。如果一个名称不具有任何可以假设的含义，那它肯定具有很强的识别性。比如，有一个姓申的先生给他孩子起了一个叫“由甲”的名字，这个“牌子”就很特别了。“申由甲”是什么意思？它几乎没有任何信息性。但是，叫这样名字的人，在中国有几位？应该没有多少吧！

再者，有没有存在着这样名称，识别性跟信息性两者兼顾并且两者都很强。有！笔者一位朋友的女儿叫“竹筱筠”，这个名字就起得非常棒。首先，这个名字具有很强的识别性，姓和名都含有竹字头。其次，这个名字也具有很强的信息性，姓和名都是竹子的意思，其中“筱”和“筠”，不但意思一样、部首相同，笔画还一样多，都是13划。据笔者朋友介绍，为什么要给女儿起这样的名字呢，他希望女儿像竹子一样：第一，永远虚心，我们都知道竹子的心是空的，象征着“虚心使人进步，骄傲使人落后”；第二，学会总结，如果问，竹子为什么能长得那么高、那么直？因为它每前进一步，都自我小结一次。不得不说，朋友深谙品牌命名的精髓。

综上所述，如果用一个等式来表示，那品牌名称可以是这样的一个函数表达式：B（品牌）=f（I，C）。其中I代表识别性，C代表信息性（见图6-2）。

同时，我们可把所有的品牌名称归类到图中的三个区域。

A区域代表识别性强而信息性弱的品牌名称，比如：海尔、开开、7天。

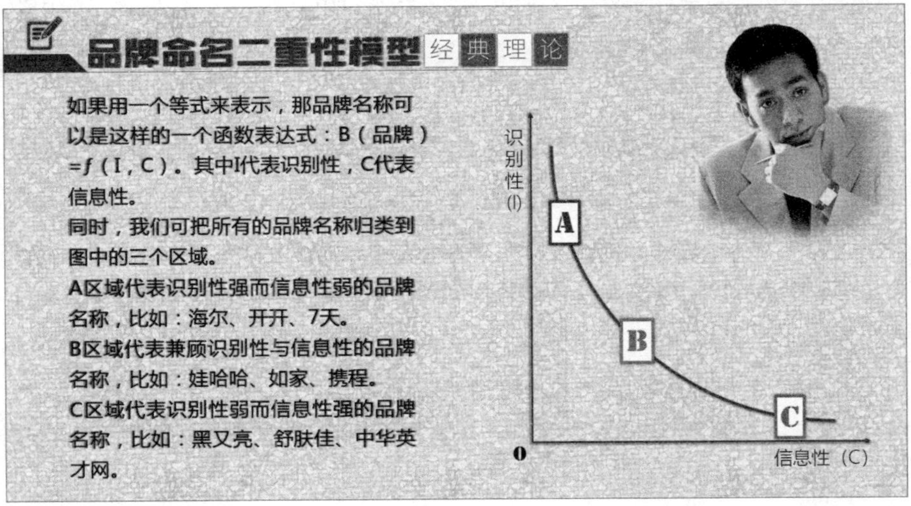

图6-2　品牌命名二重性模型

B区域代表兼顾识别性与信息性的品牌名称，比如：娃哈哈、如家、携程。

C区域代表识别性弱而信息性强的品牌名称，比如：黑又亮、舒肤佳、中华英才网。

依据品牌名称的双重作用及其相互关系，我们给品牌命名的方法就有如下三种。

（1）独立随意型：这种名字完全是杜撰出来的，它是一种由字母、数字或汉字组成，本身不代表任何实质意思，比如，速8、7天等。但是，它们短小、易记、给人印象深刻，既有书写性又有可视性，并且是由尚未有具体含义的数字和汉字组成。

（2）联想暗示型：这种名字本身就带来某些联想和暗示，很容易让人把品牌名称与相应的具体产品联系在一起。比如，“携程”这个品牌，它肯定是与路程、前程、旅程等有关。另外，这种名字也暗示产品的部分功效或者让人联想到一些美好、温馨的情景。比如，“如家”这个品牌，让人有宾至如归的感觉，同时，这个名字又与“儒家”谐音，又让人联想到孔子那句“仁者爱人”的格言。

（3）完全描述型：这种名字直接地表达了产品的成分、功能、效用等特性，让顾客一目了然，不必再对它产生胡思乱想了。比如，“城市客栈”这个品牌，一眼就看出来，它就是旅店。

从品牌名称命名的三种方法中，我们完全可以得出以下结论。

独立随意型策略强调的是品牌名字的独特性和与众不同，所以，它不易与消费者沟通。如果想把这类品牌的名气做起来，是需要花很多钱、很多力气去推广。不然，顾客是不会相信它的品质是一流的。

完全描述型强调的是马上与消费者沟通，让顾客第一时间就知道它是什么东西。但遗憾的是，这样的品牌往往没有个性，缺乏吸引力，更值得注意的是，这种命名是高端品牌的禁忌。

联想暗示型策略，它既有特色和吸引力，同时又潜意识地给消费者传递了适量的信息。所以，这种折中的品牌命名方法，风险比较小，因而为绝大多数营销人士所采用，并且也常常大有斩获。当年娃哈哈这个品牌的命名故事，就是一个典型的例子。

娃哈哈的掌门人是宗庆后。他1945年出生于杭州，由于是南宋名将宗泽的第36代子孙，在那个“唯出身论”的年代，宗庆后这种“旧官僚后代”的出身，让他尝尽了人生的艰辛。

童年时期，迫于生计，宗庆后眼睁睁地看到父母将自己的亲妹妹送给了别人。

16岁那年，宗庆后又碰到了“上山下乡”运动。在母亲的泪光中，他被“安排”到浙江舟山农场从事挖盐、挑盐、晒盐工作。在那个被称作“西伯利亚”的农场，在那个人迹罕至的海边，他一个人默默地拉车。那时，来回拉一车盐，需要长达30公里的路程，得到的报酬仅仅是价值为0.15元的夜餐。

到底是什么精神力量让宗庆后如此卖力呢？因为农场书记曾经对他说过，只要好好干，会被保送上大学的。

但是，命运总喜欢捉弄人，想不到的事情是，1年后，这个农场停办了。大学梦破灭后，宗庆后又被安排到了一个新环境——绍兴茶场。在那里，他种过茶、割过稻、烧过窑、喂过猪。这一干，又是14年。

长达15年的农村劳作不知让多少知青放弃了当初的梦想，但宗庆后却坚持了下来。他坚信：什么都可以失去，就是不能失去梦想。尽管每天都要超长时间劳作，但他依旧保持着看书学习的习惯。《钢铁是怎样炼成的》这本书已经被他翻烂了，《毛泽东选集》这套书，他也不知道读了多少遍。

这时的宗庆后，尽管已经过了而立之年，但他一直都没谈女朋友。他家人急了，特意打造了一套家具并寄给了他，希望他能在绍兴安家立户。想不到宗庆后竟然原封不动地将家具退回杭州，并捎回来一句话：“人活着，必须干一番事业，不能碌碌无为过完此生。”

1979年后，宗庆后的命运终于出现了转机。他因为顶替退休的母亲的工作而回到了杭州。但由于没有文凭和关系，他只能从工农校办纸箱厂的业务员干起。

1987年，他和两位退休教师成立了一个校办企业经销部，主要业务是给附近的学校送文具、棒冰等。而在送货的过程中，宗庆后了解到很多家长都有一个很头疼的问题：孩子食欲不振、营养不良。

"儿童营养液这个市场肯定很大。"宗庆后非常激动，并把这一想法告诉了朋友。想不到朋友对他说："你已经47岁，早错过创业的最佳年龄了。"

面对众多朋友善意的劝说，宗庆后显得异常固执："你能理解一位47岁的中年人面对他一生中最后一次机遇的心情吗？"

于是，在那个窄小的办公室里，宗庆后跟另外两位创始人热烈地讨论着如何给这种儿童营养液命名的问题。

宗庆后说："必须是让孩子们好记、易读，特像顺口溜，但又不能超过3个字的名字。"

其中，有一个教语文的老师就说："根据发音原理，开口最大的元音是'a'，开口最小的元音是'i'。如果商标名字的每一个音节都带有'a'这个元音，那对于孩子们来说，就易于发音了。曾经有专家研究过，孩子开始学说话的时候，发的第一个字就包含有'a'这个音节，比如爸爸妈妈。"

"好！那就专找带有'a'这个元音的汉字。"宗庆后也同意了这个说法。

于是，经过精心的挑选和反复推敲之后，"娃哈哈"这个品牌诞生了。这3个汉字同时带有"a"元音，另外，它的意思是：孩子很高兴。

后来，娃哈哈集团公司的另一个品牌"爽歪歪"也是根据这个原理命名的。而"爽歪歪"的意思是：心情舒畅，乐得东倒西歪。

由此可见，为什么现在的孩子们都喜欢喝娃哈哈这个品牌的酸奶，是因为宗庆后深知品牌命名的真谛。

应 用

她应该代理这个产品吗?

宝嘉康帝（网名）是笔者在天涯论坛认识的一位网友。她是湖南长沙某高校工商管理系的一名讲师，主讲管理学课程。在高校里工作了七八年后，她决定于2010年3月创办自己的公司，而在这之前，她没有在任何一家企业里待过，也没有从事过产品推广的工作。

宝嘉康帝的合伙人是她所在高校的一位同事，同样没有从商经历。她俩是韩国企业东具公司的湖南地区总代理，产品为速溶咖啡。

东具公司的业务主要以销售、联营、售后服务为主，包括出售多功能全自动咖啡机、商用投币式全自动咖啡机、办公室专用咖啡机等；同时也销售低价格的韩国咖啡原料，比如卡布奇诺、磨卡等。

这家韩企是2003年进入中国市场的，发展很快。它扩张的方式是自由加盟，不需要市场保证金，产品的折扣也比较低，大约在40%左右。该产品的口感也非常不错。但是，厂家没有广告支持，品牌也不算很响亮，同时产品比较单一。

宝嘉康帝不想进卖场，因为实力不够，大卖场里速溶咖啡的前八名依次为：雀巢、麦斯威尔、克莱士、UCC、哥伦比亚、格兰特、铭咖啡、捷荣。所以，她想直接把产品放在经营场所里去销售，比如说网吧、银行、售楼中心等。而这种方式，雀巢已有先例，他们已经在网吧里摆放咖啡机。

根据上面所提供的材料，假如你是宝嘉康帝，你会不会代理这个产品？如果代理了，该如何推广呢？

（需要此题的参考答案，请加笔者的QQ:1020824123）

第7章 老将与新帅

——让专业的人去做专业的事

语录

商场感悟5则

公司在成长过程中会面临几个瓶颈：首先是市场瓶颈，接着是资金瓶颈，再者是管理瓶颈，最后是人才瓶颈。

——读如家招聘新CEO有感

给猴子一棵树，给老虎一座山，给雄鹰一片天空，给鲨鱼一个海洋。

——读如家用人观有感

微笑能使对方富有，但不会使你贫穷。微笑比电便宜，但比灯灿烂。

——读如家优质服务有感

复杂的事情简单做，简单的事情认真做，认真的事情要重复做，重复的事情要创造性地做。

——读孙坚搭建如家管理系统有感

脚达不到的地方，眼睛可以达到；眼睛达不到的地方，精神可以达到。

——读如家创业史有感

第一节　如家为何要换帅

一、大市场需要大操盘手

有些公司的发展是有计划的，就像如家。自从诞生的那天开始，它的表现跟其他公司就很不一样。

2001年8月，携程旅行网成立唐人酒店管理（香港）有限公司，计划在中国大陆发展经济型连锁酒店项目。同年12月，公司决定将“如家”定为品牌名。

2002年6月，携程旅行网与首都旅游集团组建合资公司后，如家连锁酒店正式成立，并于当年12月开通全国免费预订电话800-820-3333。

2003年2月，刚刚成立半年的如家就获得2002年中国饭店业集团20强的殊荣。

到2004年为止，如家的营业额已从2002年的2000万元猛增至1.3亿元；酒店数量从2002年的5家迅速发展到55家，并且酒店平均出租率一直保持在90%以上。

如家如此迅猛的发展势头，很快就将中国便捷酒店的开拓者——锦江之星抛在后头了。

不过，经济型酒店在中国拥有这么广阔的市场空间，也引起了众多投资者的关注。2003年10月10日，70多岁的法国雅高集团创始人保罗·杜布吕专程到上海考察锦江之星。之后，保罗·杜布吕下定决心进军中国便捷酒店市场。于是在2004年10月，雅高旗下中国首家经济型酒店宜必思在成都开业，保罗·杜布吕再次来到中国，为它的发展奠基。

这么说来，国际大鳄也想在中国便捷酒店市场分一杯羹了。作为本土市场后起之秀的如家，尽管它的发展速度也一度让同行惊叹，但面对雅高这样的跨国公司的入侵，它是漠然视之，还是与之共舞？

其实，提到雅高这个航母型集团公司，它的发展更是可圈可点。成立如家之前，携程团队对这家法国公司的创始人就相当崇拜。所以，现在有必要对这家企业的发展历程作个简单的介绍，以便大家对便捷酒店在西方的发展有个初步的了解，同时弄明白如家在此时是如何设定自己的未来的。

保罗·杜布吕是法国人，1934年出生于里尔的一个中产阶级家庭。学生时代，他成绩不好，在中学会考中5次落榜，但他从小就梦想着当一个成功的商人。1958年，他被送往美国曼哈顿一家瑞士银行实习。在那里，他一边拼命工作，一边利用空闲时间阅读和搜集美国工商界最成功的案例。

一次偶然的机会，他去听了现代销售业“宗师”贝尔纳·图季约的课程。这位来自哥伦比亚的经济学家在授课中剖析了现代销售业运行的机制：没有自有的资金也可以发财，只要能找到一个市场的切入点成立第一家分店，并且能够不知疲倦地推广这个想法，经过不断地扩张后就变成一个连锁王国。

贝尔纳·图季约是一位真正的大师，参加他研究班的学生遍布北美和整个欧洲。家乐福商场的创建者、欧尚商场的创始人都曾经聆听过他的教诲并由此发迹。当然，保罗·杜布吕也被彻底征服了，为了能够学到大师的商业真谛，他毛遂自荐，在贝尔纳·图季约身边做了2年的助手。

1960年，在大师身边修炼了2年后，保罗·杜布吕鼓起勇气向导师表达了他的一个设想：想在欧洲建立超级市场。

贝尔纳·图季约说：“这的确是一个好主意。不过，你可以考虑一下饭店业，研究一下假日酒店，也许你会在美国这个新市场中找到自己的位置。”

听到老师这么建议后，保罗马上开始行动。他拜访假日酒店的总经理，拍照片，收集各种资料，破译这家连锁酒店的成功密码。几个月后，他对贝尔纳·图季约说："我想在法国开这样的公司。"

贝尔纳·图季约笑着说："这次，你先走了一步。"

老师的鼓励让保罗更加坚定了自己的信心，他先与假日酒店联系，希望能够在法国发展分店。但想不到的是"落花有意流水无情"，人家根本不把他的想法当回事。无奈之下，1963年8月，保罗回到了法国，另寻出路。

回国后，由于他人的介绍，保罗认识了杰拉德·贝里松。这个优秀的年轻人读书成绩一向很好，曾经在美国麻省理工学院念过书，后来供职于IBM欧洲公司的巴黎总部。

当保罗向杰拉德·贝里松描述了建立特许权经营连锁酒店的设想后，杰拉德立即被这个想法吸引住了。由于志同道合，他们决定一起寻找建造第一家酒店所需要的资金。这两个合作者商定了一个原则：一定要建成连锁酒店，只许成功，不许失败。

然而，事情的发展大大出乎他们的意料，保罗·杜布吕和四个朋友成立的公司——商业房地产开发公司，根本融不到资金，保罗最后只好求救于法国政府成立的金融机构——饭店业信贷署。

保罗准备了一份详尽的资料和一张设计了62个房间的饭店建筑图纸，去见了相关负责人后，他们说："沿饭店建筑外围设计的纵向通道不符合旅游部长制定的标准。"保罗连忙辩解："在美国……""在美国？那些美国佬全部是疯子。"他们反驳说。就这样，保罗的第一次融资失败了。

保罗对事业如此执着的表现被父亲老保罗看到了。到底是什么项目让儿子如此痴迷呢？老保罗满怀兴趣地看了那些材料，他也承认这个创意很有意思，于是决定支持儿子的事业。不过，他只肯出一部分钱，条件是只建造一家饭店，别跟他扯什么连锁概念。

保罗一听，赶紧去找帮他设计图纸的表哥，要求表哥根据饭店业信贷署的要求来修改图纸。想不到的是，这位工程师非常固执，除非再付一倍的报酬，不然打死他也不干。老保罗只好亲自出马去做这个亲戚的思想工作，但这位晚辈照样不买账，他说："这是你不负责任的儿子瞎搞的荒唐项目。"老保罗恼羞成怒，回来后，他宣布项目所缺的全部资金由他负责，图纸就不用修改了。

这回保罗更加高兴了，立即与一家建筑设计院联系，并将地址选择在里尔郊区的莱斯甘。

1966年底，杰拉德·贝里松和保罗·杜布吕成立了诺富特饭店经营投资公司，并由保罗担任公司的董事长。之后，他们开始了不同的分工，保罗负责新店的选址，而杰拉德负责寻求新的资金。

1967年8月，里尔的诺富特开业了，在揭幕式上，保罗在几百位心存疑虑的来宾面前发表演讲：“这是一百家连锁饭店的第一家饭店……”其实，法国北部第一家三星级饭店，开业后是否生意兴隆，保罗也不敢肯定，他只是拿激情赌未来。所以，为了让62个房间都住上客人，保罗和他弟弟雷吉成立了一个“特种突击队”。他们守在精心挑选的一些交通灯附近分发广告单，保罗还每个小时打电话去看看这一全方位出击行动是否已奏效。不过，事后证明，最有效的还是消息的口头传播，而且一传十、十传百，所有的人都知道了。首家诺富特开张后，客房入住率一直稳定在75%以上。

首家饭店的成功，增强了股东的信心，也增加了饭店业信贷署对保罗他们的贷款。就这样，里尔的这一家饭店开业后，科尔玛的另外一家饭店正在建设中，而马赛的一家也在计划之中，诺富特这艘航船开始起航了。

1974年4月，法国旅游部组织了一场名流聚会。晚会上，国家饭店业协会主席马塞尔·布尔素朝保罗和杰拉德走了过来，说：“请问，你们的生意还好吧？现在你们有几家饭店了？10家还是12家？”两个总裁禁不住笑了起来，说：“您说的数字差得远呢，我们现在有45家了。”

不过，这个时候，保罗和杰拉德也预见到，以诺富特目前的发展速度，法国三星级饭店市场不出十几年的时间就会饱和。因此，他们又开始把目标对准了二星级市场。他们也观察到，在法国，没有一家这一档次的、既现代又舒适的饭店。于是，经过一段时间的筹划后，二星级饭店宜必思的品牌诞生了。

第一家宜必思旅馆于1974年在波尔多开业，1975年又有三家宜必思连锁店也投入运营，1976年发展到了15家。

国内业务如火如荼，激发了保罗和杰拉德的野心，他们决定把饭店开到国外。但是，在20世纪70年代，外汇管制还比较严，企业对每笔款项的转移都要申请许可。于是，两位总裁决定在立法更为灵活的国家成立一个新公司，作为一个贸易和投资的跳板，以便在比利时、瑞士、英国、德国等国开饭店。

他们将第一站选在瑞士，因为保罗的姐夫比埃尔·阿兰就是瑞士人，他更容易在当地寻找金融合作伙伴。但在瑞士开了3家饭店后，他们发现业绩很不理想。两位总裁只好再到英国寻找机会，到那儿后他们马上发现，诺富特的牌子被当地的一个“生意精”注册了……

瑞士失败了，比利时进展非常困难，英国品牌的归属纠缠不清，两位总裁感觉要占领国际市场比想象中困难得多。

就在这个时候，杰拉德接到了一个下属的电话，罗伯特·莫利纳里在电话里说：“我收到了波兰旅游部长的邀请，他们想在自己的国内建造几家诺富特，因为他们已经参观过好几家诺富特饭店。”

这个时候刚好是1973年，东方阵营是一座巨大的城堡，大门还是紧紧关闭着，在这块地盘上搞任何商业公司似乎都不太可能，而诺富特这个资本主义的宠儿能到那里去找一席之地吗？

不过，杰拉德还是想赌一赌运气，他思考了一下，说：“罗伯特，你收拾行旅大胆去干吧！”

真的是“有心种花花不开，无心插柳柳成荫”。杰拉德的这次冒险，成就了诺富特的帝国梦。波兰之旅非常顺利，尽管杰拉德和罗伯特下榻的宾馆里装满了窃听器，但是，诺富特在波兰的合作意外地成功了。

这件事让保罗和杰拉德感觉到，向国际发展并不是虚幻的空中楼阁，到境外发展成功的机会并不以距法国的远近为标准。20世纪70年代的欧洲还困于石油危机之中，他们决定：到更远的地方去发展。

他们先到了非洲，学会了非洲思维：这里的人虽然总是信誓旦旦，但说话从不算数。之后，保罗和杰拉德的得力干将菲力普·布尔吉农又向东方出发了，包括中东和东南亚。

1974年底，菲力普在中东总共签下了8个合同：埃及2家、伊拉克2

家、科威特2家、黎巴嫩2家。接着，菲力普又飞往东南亚，访问了孟加拉、泰国、马来西亚、新加坡、印度尼西亚、菲律宾、巴基斯坦等国家以及香港地区。

1982年，诺富特通过交换并购了雅克·博莱尔国际公司。之后，保罗和杰拉德把合并后的公司命名为雅高集团。

1992年，诺富特亚太区的第一家酒店在新加坡开业；2002年年初，雅高与首旅集团合作开发三星级美居品牌；2004年4月16日，宜必思正式进入中国……

上面所介绍的这些就是雅高的发展史，从保罗的创业故事中，我们可以总结出雅高的成功要诀有如下几点：

首先，抓住了一个好机会。任何一个行业都会出现一个高速增长期，企业必须在这个增长期快速成长。如果错过这个最佳时期，市场差不多饱和了再进入，成功的概率就不高了。

其次，学习一个标杆企业。假日酒店在美国市场的成功，给市场跟随者提供了一个模仿的样本。可以这么说，诺富特就是假日酒店在欧洲的翻版。所以，保罗团队的成功是毫无悬念的。

再次，相信连锁的力量。保罗的信念从没动摇过，他始终相信连锁会成就一个商业帝国。所以，在早期的市场扩张中，他们没有涉足高端市场，而是坚定不移地推行“规模制胜”的竞争原则，迅速扩大规模，占领行业性资源（地段和客源），压迫竞争者的生存空间，于是，一个“银河系”诞生了。

另外，采用多种经营方式。杰拉德通过借贷、联盟、合同管理等手段，避开了资金短板，迅速扩大酒店规模，提升了企业的竞争力。

其实在这个时候，不但雅高来到了中国，速8、美兴等外资经济型酒店也开始在中国走马圈地了。不过，关于其他外资企业的创业故事，跟雅高差不多，在此就不再赘述了。

当然，对于外资企业的大举进入，或者是本地后来者的奋起直追，这些都在如家人的意料之中。

如家的董事会也开始筹划如家的未来了。他们认为，虽然如家这几年的发展也算可圈可点，但相比起便捷酒店发源地的欧美名企，如家还是小巫见大巫。所以，他们必须前瞻性地看待这个问题了，当如家发展到了100家连锁店的时候，现在的管理者是否胜任？假如如家继续扩张到200、300、400家店的时候，应该如何管理？

沈南鹏就这个问题跟梁建章和梁日新、杨建民等人交流了意见。沈南鹏说："如家已经不再是一家只在上海、北京等城市小打小闹的企业了，而是一个很快就发展成全国连锁的集团公司。所以，我们现在需要一位能驾驭几百家分店、把企业经营到上百亿元水平的CEO。"

"什么？要换CEO？现在的季琦也非常优秀啊！"有人插话了。

"季琦确实很优秀，这点谁也否认不了。假如当初没有季琦的话，如家也许根本不会出现。但是，我们更换一位新的CEO，是为了公司的未来考虑，目前如家非常需要一个同时具备拓展和管理能力的复合型人才。假如找不到比季琦更加优秀的人选，季琦还是继续留任。"

听沈南鹏这么一说，大家也觉得合情合理。于是，如家董事会开始物色人选了。

到底谁是最合适的人选呢？如家董事会成员开始在酒店行业甄选。后来，他们发现酒店行业现有的高管还是达不到他们的要求，这些人才的专注点都是在酒店的细节管理，不是在连锁店的拓展经营。

怎么办呢？这时，有人提议了，"既然我们的要求是在连锁上，我们为什么不去连锁行业寻找？目前连锁经营发展最快的就是零售业，酒店连锁经营还是在摸索期。"

对啊！这才是解决问题的正确方向。由于如家董事会对零售业的管理人才认识不多，于是决定把这个工作交给猎头公司，让他们帮忙寻找理想的人才。

如家到底找到合适的人选没有？这个合适的人选又会是谁？请继续往下看。

二、猎头把孙坚挖到如家

得到如家要找一个CEO的消息之后，猎头公司的高级顾问第一时间来到了沈南鹏的办公室。此时，沈南鹏已是如家的联席董事长，另一位联席董事长是杨建民。

这位顾问详细地询问了如家对未来CEO的要求，又了解了一下如家给这个职位提供的待遇，包括期权有多少和年薪的大概范围。接着，这位顾问结合了这个行业的特点，跟沈南鹏一起制定了这个岗位的说明书，并且在工作描述和核心技能这两栏重点注明了“对连锁经营有深刻的认识”。

之后，猎头顾问告诉沈南鹏说：“根据刚才达成的方案，我们是先通过自己的高级人才数据库以及零售行业相关机构相关人士的网络关系，凭借专业的约见技巧，跟每一位潜在的候选人进行秘密接触。秘密接触的目的是为了初步了解候选人的学历背景、工作资历、薪资要求以及对新机会的兴趣程度。如果双方洽谈愉快，高级顾问马上对这位候选人进行面试，判断此人的资历是否达到如家的要求，再进一步了解应聘者的动机、个性、能力、潜质和期望薪水等有关信息。符合要求者，紧接着安排面试和测评，其中包括测评候选人的性格、管理能力、专业知识、工作成就等，在测评基础上，撰写评估报告，并将候选人的名单、简历及详细的面试报告提供给如家。”

听了猎头顾问准备怎样帮助如家寻找理想人才的工作步骤后，沈南鹏问：“你们的收费标准是怎样的呢？”

顾问回答：“佣金是该岗位年薪的30%，这是我们的招聘协议书，请您过目一下。”猎头顾问把已经打印好的协议书递给了沈南鹏。

当这些相关细节被敲定好之后，如家就跟猎头公司签订了委托招聘合约。

很快，猎头顾问就开始为如家物色合适的人选了。他们先在知名外企中寻找，比如沃尔玛、家乐福、麦德龙、易初莲花等零售业巨头。

但是，有点遗憾，在锁定方向寻猎的过程中，猎头顾问没有给如家找到合适的人选。

这也很正常，高级人才确实不好找。因为他们都有共同的特点：第一，懒。懒得去投简历，因为目前的职位已经达到一定的高度；第二，忙。没时间去投简历，没时间去关注其他职位；第三，傲。傲得不愿自己去投简历，不愿意降低身价；第四，怕。担心自己的简历在外曝光，怕被骚扰。

就在这位猎头顾问继续寻找下一个合适人选的时候，有一天，他的朋友给他提建议："你不妨去联系一下百安居的中国副总裁孙坚，看他对如家是否感兴趣？"

这个建议不错，这位猎头顾问眼前一亮，他马上把孙坚的相关资料找了出来——

孙坚，1964年出生于上海，1987年毕业于上海医科大学卫生管理本科专业。而后，为了圆自己多年的出国梦，他选择了出国，赴澳大利亚改学市场营销课程。

留学的日子非常清贫，孙坚曾经把牛奶当开水喝，因为澳大利亚的牛奶便宜。

1997年回国后，孙坚先是在易初莲花做市场部总经理，2000年又加盟英国翠丰集团下属百安居（中国）任中国区市场副总裁，之后任中国区运营副总裁兼华东地区总裁。

孙坚的相关资料不是很多，但从履历上看，这个职业经理人应该是目前如家董事会所能找到的最适合的人选。因为他曾在澳大利亚留学10年，曾经在易初莲花、英国翠丰集团下属百安居（中国）担任过高管，不但熟悉连锁经营，还知道如何将一门生意变得"可复制、简单化、标准化、差异化"。尽管他16年来从未从事过与酒店行业相关的工作，但孙坚是已经接受过百安居训练的典型职业经理人，言行谨慎，"没有废话"，又被凭业绩说话和严格执行成本控制的易初莲花打磨过。所以，相比起如家创始人季琦来说，孙坚应该更加善于整合资源，更加务实，更加懂得连锁经营。

分析到这里，这位猎头顾问决定选择一个恰当的时间给孙坚拨打电话。

猎头顾问认为他找到理想的人才了，但是，孙坚会不会给这位猎头顾问一个面谈的机会？请继续往下看。

在某个星期五的下午，猎头顾问拨通了孙坚的电话。

“您好！请问是孙总吗？”

“您好！哪位？”

“孙总，我是××猎头公司的×××，是这样的，我们这边有一家连锁酒店公司要找一位CEO，他们很需要像您这样的CEO去帮助他们发展事业，请问，您对这个职位感兴趣吗？”

“什么？酒店行业？哦，谢谢了，我对这个行业不熟悉，对不起，我不会考虑这件事的。”孙坚当即就拒绝了这个猎头顾问的好意。

经常接到猎头公司的电话，对孙坚来说，这不足为奇。作为百安居中国区运营副总裁兼华东地区总裁，绝对是猎头公司竞相追逐的对象。但是，每当接到这种电话，孙坚的心一点波澜也没有，因为百安居给了他太多的“非物质”财富，他对这份工作也非常满意。所以，无论猎头公司提供什么样的职位、什么样的待遇，他都习惯性地说“NO”。作为男人，生活很安逸，家庭也很温馨，周末时光经常带着妻儿出去度假，日子过得这么惬意，他对生活已经没有太多的奢求。

但想不到2个星期后，这位执着的猎头顾问又一次拨打了孙坚的电话。

“孙总，您好！我是××猎头公司的×××，上次跟您联系过了，这样吧，您这个星期哪天有空，我们一起见见面，聊一聊？”

“不用了，谢谢！我这段时间都很忙。至于酒店行业，我真的不感兴趣。”孙坚再次毫不犹豫地拒绝了这位猎头顾问的请求。

“像孙总这样的人肯定很忙，我只是想认识一下像您这么优秀的CEO，见面聊一聊，交个朋友，没有别的意思。”

孙坚客气地谢绝了，也说了自己在连锁行业如鱼得水，对酒店行业毫无了解，并不能胜任这份工作，但那位猎头顾问还是提出见面。孙坚觉得那位猎头顾问的业务能力实在让人怀疑。不过，孙坚转念一想，人家这么尊重自己，见见面也元所谓吧！

见面后，这位猎头顾问果然只是跟孙坚聊了一些其他话题，不谈经济型酒店的前景。但就在准备告别之时，他突然递过来一张名片，很真诚地对孙坚说：“这个是如家的网址，如果你有空的话，就浏览一下吧！”

孙坚礼貌地笑了笑：“好的，有空我就打开这个网址看看。”

猎头顾问离开后，这件事情很快就过去了。孙坚心想：这位猎头顾问应该不会再来“骚扰”他了，自己也不会离开世界五百强企业百安居，去加盟发展中的民企如家的。

但是，接下来发生的一件事情，彻底改变了孙坚对经济型酒店行业和如家的看法。

有一天，孙坚带着家人去夏威夷旅游，按照以往的习惯，不管是外出旅游或者是业务出差，都是入住五星级宾馆的，但这次他突然发现当地的经济型酒店也挺多的，也许是受到猎头顾问的影响吧，他决定入住了当地的一家经济型酒店，想了解一下国外便捷酒店的服务质量是怎么样的。

但当孙坚亲自体现了经济型酒店才发现：经济型酒店原来这么干净，跟想象中的完全不一栏。孙坚惊呆了。

度假回来后，孙坚上网查找了关于国内外经济型酒店的行业发展情况，正式浏览了如家的官方网页，结合夏威夷的实地考察后，他突然意识到，这个行业在中国肯定有很大的发展机会。但是，如家目前的管理水平如何呢？跟夏威夷的经济型酒店差别大吗？他决定入住如家酒店，体验一下如家的服务。

有一天晚上，孙坚带上了一位也是从事服务行业的朋友，到上海浦东陆家嘴金融贸易区的如家快捷酒店塘桥店，开了一间188元的房间。

在短短的几个小时里，他们认认真真地把这个房间“检查”了一遍，包括地面的清洁程度、床单床褥的材料、枕头的质量、床头灯的亮度、卫生间是否宽敞明亮、水温、隔墙隔音效果等。另外，上网速度、服务员的响应速度也是他们考察的范畴。这次现场体验后，孙坚非常满意，他对一起来“考察”的朋友说：“如果让我住这家酒店，我愿意。你呢？”

朋友笑了笑说：“其实，四星级以下的酒店我是不考虑的，不过，今天的现场体验，我觉得，188元能入住这样的房间，我也愿意，因为性价比高。”

听朋友这么一说，孙坚陷入长长的思索之中，既然如家已经有如此规范的管理，说明现在的高管也非常优秀，为什么还要重新找一个CEO？他对这个行业又不了解，如果到如家去，能给如家带来什么呢？孙坚突然对如家产生了兴趣。

那么，如家的各位股东是否也对孙坚感兴趣呢？请接着往下看。

半年过后，当猎头顾问第三次打来电话时，孙坚的态度来了个一百八十度的转弯，说可以考虑这个职位。猎头顾问一听，高兴死了，心想，这回绝对有戏了，他连夜写好面试评估报告，赶紧跟沈南鹏联系，安排具体的面谈时间。

就这样，孙坚被猎头顾问安排到了如家董事会的面前。

其实，在见到孙坚之前，沈南鹏对他的期望值不是很高。尽管孙坚是世界名企百安居中国区的运营副总裁，具备如家当前发展中最为紧缺的连锁经验，但沈南鹏心里也非常清楚，把孙坚挖过来后将面临两大风险：其一，职业经理人的激情往往不如创始人；其二，非专业出身的孙坚还需从零开始学习酒店管理。同样，孙坚对这份新工作也没有抱太大的希望，从一个全球五百强企业中国区的运营副总裁到一个民企的CEO，这种落差，就算自己接受了，家人会不会同意？还有，万一失败了呢？

所以，他们的面试就像老朋友在一起聊天那样，大家都很轻松。沈南鹏既没有问孙坚“你为什么要离开百安居”“你最擅长什么”等封闭式问题，也没有像花旗银行当初面试自己那样给孙坚出几道智力题，而是跟孙坚聊男人的选择和对事业的追求，谈当下对创业的看法。聊着聊着，沈南鹏突然发现他们在谈话中不断擦出火花，他们有比较共识的价值观，有很多男人共同的东西。沈南鹏按捺不住内心的喜悦，赶紧把梁建章也拉了进来，一起探讨关于连锁管理的问题。他们聊到了六西格玛、ERP、系统搭建、流程改造，当然这些都是携程曾经做过的。最重要的是，他们都特别强调流程管理和系统建立。

真的是英雄所见略同，他们越聊越投机，开始相互欣赏对方了。在孙坚看来，如家是一个从一开始就被精心设计的初创公司。清晰的商业模式、良好的发展前景、首旅的雄厚资源、风投的加倍青睐等都体现了如家的未来是美好的，更重要的是沈南鹏、梁建章、季琦和范敏的4人团队已经通过携程旅行网IPO（首次公开发行股票），证明了他们曾经成功过。

所以，在最后谈话差不多结束的时候，孙坚真诚地说："坦率地讲，我不懂酒店。但我有做连锁店的经验，如果如家的发展方式是连锁经营，这恰恰是我的特长；其次，零售业也好，酒店业也罢，它们都是服务业，都要让顾客满意，我在服务行业做得还算不错；另外，服务业的管理除了标准以外还要有润滑剂，还要有人性化的东西来补充。"

这次长达3个小时的"聊天"式面试，3个中年男人聊了很多话题，也谈到了连锁业的现状和未来，如家该如何发展，等等。

这次面试后不久，孙坚又被其他几个股东面试了一圈，最后大家一致认定，孙坚将是那个带领如家进军纳斯达克的人。

如家董事会和孙坚都相互认可对方后，接下来就是孙坚要跟家人商量，去做他太太的思想工作了。

孙太太并不同意孙坚离开百安居，女人希望过的是安稳的日子，毕竟如家的未来还是未知数。孙太太说："既然现在各方面都很稳定了，没有必要再去寻找新的挑战，万一失败了怎么办？"

就在这个时候，百安居有意向让孙坚去英国总部工作，这条路对孙太太来说更有吸引力，如果那样，孙坚的女儿就可以接受更加良好的教育了。

没有"搞定"太太，孙坚就太太的担忧一五一十地跟沈南鹏说了。

沈南鹏说："我非常理解这种想法。男人嘛，总想干一番事业，女人却希望稳定一些。想当初我准备离开德意志投行去创办携程的时候，我太太也反对过。那一年我刚好30岁，在中国人的传统观念里，三十而立。我想男人30岁了，就应该有自己的事业，等以后老了，就有创业故事讲给自己的孩子听，这也是作为父亲的一种自豪。"

沈南鹏接着说："这样吧，我让我的夫人和梁建章的夫人与你的太太交流一下，可能会打消她的顾虑。"

果真的是，只有女人才真正了解女人。也许是她们都是知性女性缘故，经过几次的坦诚沟通后，孙太太的顾虑不但被打消了，而且她还决定全力支持丈夫的事业追求。

得到了家人的理解和支持后，孙坚向上级领导呈交了辞职报告。

手里拿着孙坚的辞职信，百安居的全球总裁有点不相信自己的眼睛，这怎么可能呢？身居全球五百强名企百安居中国区的运营副总裁，竟然不想干了？这位70多岁的全球总裁不顾自己年事已高，决定飞到上海，亲自做孙坚的思想工作。

百安居的全球总裁亲自来上海跟孙坚谈心。孙坚会不会因此放弃如家的工作机会呢？欲知后事如何，请继续往下看。

2004年12月20日，孙坚很早就来到了上海明天广场万豪酒店的大堂里，尽管他去意已定，但是面对这位曾经栽培、关心过自己的领导，他还是要把自己的真实想法坦诚地告诉对方。

将近中午时刻，百安居全球总裁一下飞机，就直接来到了跟孙坚相约见面的地点。

一番寒暄之后，总裁直接问："孙，你已经做出决定了吗？"

"是的，我希望尽一个男人的责任，做一次创业的尝试。"孙坚一边点头，一边回答。

"OK，孙，你是个男人，男人就要为自己的决定负责，我理解和尊重你的决定。我想说的是，百安居的大门永远向你敞开，我们随时欢迎你回来。"说完，这位总裁就起身跟孙坚道别，离开了万豪酒店。

怔怔地看着总裁离去的身影，想到辛苦飞行了十几个小时，只是跟自己说了一句祝福的话后又飞回英国的老人，孙坚的内心感到无比的震撼。特别是"我们随时欢迎你回来"这句话，让孙坚想到了很多、很多……

以后还会回去百安居吗？应该不会了！这次加入如家后，如果成功，那更好；假如失败了，他也能接受。毕竟自己尝试过了，努力过了，已经没有什么遗憾，选择没有对错，放弃才是可惜。

无巧不成书，就在孙坚对未来陷入深深思索之中的时候，季琦同样在对自己的抉择进行着激烈的思想斗争。

几天前大家一起去面试孙坚的时候，季琦已经意识到孙坚会加入如家，代替自己的位置，成为如家新的CEO。

其实，面试孙坚之前，季琦曾经去找过沈南鹏一次，季琦对沈南鹏说，在上海张江地区，他曾经找到这样的一家酒店，地理位置非常好，装修好后，发现它的档次比如家目前的定位要高一些。所以说，如家不应该仅仅只做经济型酒店，还需要逐步升级。

同时，季琦也把收到的顾客投诉和建议告诉沈南鹏，比如有些顾客认为酒店设施过于简陋，还有部分顾客建议，能否有一个会议厅，让他们更加方便一些。

总之，种种迹象表明，商务酒店还有很大的市场空白，必须另开一些比目前的如家更加高档、更有品位的酒店来满足国内成长起来的中产阶级的工作需求。

季琦的话说完之后，沈南鹏也点头称是。但让季琦想不到的是，沈南鹏话锋一转，对季琦说，为了让如家更快、更健康地成长，如家董事会准备找一个更加合适的人选，希望季琦跟大家一起去面试一下这位未来的CEO。

所以，面试孙坚回来之后，当天晚上，季琦怎么也睡不着，往事一幕又一幕在他脑海里重播。

当初成立携程旅行网的时候，是由他先开路的，其他三位只是兼职创业而已。在企业有一定的规模后，其他三位才正式辞职，一起投入携程事业中来。随着三轮融资成功以及一系列收购活动结束之后，把CEO让给了梁建章，而自己又被委派去开拓新市场，创办新企业如家。

刚开始做经济型酒店的时候，很多人都觉得不靠谱。四处融资的时候，根本没人相信。在最困难的时候，只有梁建章的太太相信自己的话，支援了一笔钱。

另外，如家团队中很多高管也是自己从锦江之星和其他酒店挖过来的。

“现在，眼看着如家的规模逐步壮大，马上就要第二次在美国上市了，自己的CEO位置却要再次让给别人？我季琦真的不能胜任CEO这一岗位吗？我能不能考虑一下，带走自己的部下，另起炉灶？”

既然季琦已经另有想法，那么他会不会离开携程和如家，创办属于自己的企业呢？

欲知后事如何，请继续往下看。

第二节　孙坚果然不一样

一、新官上任气场大

俗话说，花开两朵，各表一枝。在季琦准备做第三次创业决定的时候，我们先来看看孙坚的故事。孙坚加入如家之后，他准备从哪几个方面开展工作？

2005年1月的某一天，上海蒲汇塘路53号如家连锁上海体育馆店，突然热闹了起来，有很多媒体记者陆陆续续赶到这里，原来他们都接到了如家公关经理的邀请函，来参加一个新闻发布会。

如家准备告诉大家什么呢？新产品上市、×周年庆典、公司重组、新领导上任……带着这些疑问，记者们走进了一个并不宽敞的会议厅。

突然，记者们看到了一个陌生的面孔。一位中年男子，穿着笔挺的西装、系着崭新的领带、头发精心梳理过，正微笑着看着大家。

他是谁？如家的工作人员？媒体记者？

就在这个时候，如家的公关经理给每位记者发了一张宣传单，说新闻发布会马上开始。大家一看，终于明白了，他们不认识的这位中年男子名叫孙坚，是如家的新任CEO，刚从百安居过来的。

看着宣传单上的简历，记者们更加迷惑了。他没有酒店管理的经验，凭什么成了如家的CEO？他在百安居混得好好的，是什么原因让他义无反顾地离开百安居，空降到如家？

新闻发布会终于在记者们的疑惑中开始了。先是公关经理致开幕词，对各位记者的到来表示热烈的欢迎。接着，新任CEO孙坚演讲，内容是关于连锁酒店的前景，如家未来的发展方向。最后，是新闻记者跟新任CEO的互动环节，主持人欢迎大家向孙坚踊跃提问。

主持人的话刚说完，马上有记者向孙坚提问："孙先生，我很想知道您为何会来到如家？如家有哪些魅力吸引了您，他们在聊天中是如何说服您的？"

孙坚微笑着说："聊天本身与说服无关。只是在这个过程当中，因为我们具有比较一致的价值观，所以不断地擦出火花。对一个职业经理人来说，要找到这种团队是非常难得的。当时的情况是，如家不能给我更多经济上的东西，但如家能给我梦想，这是一项值得我去做的事业，所以我来到了如家。"

孙坚刚回答完毕，马上又有记者发问了："孙先生，据我所知，您在加入如家之前一直在零售业领域发展，您以前的管理经验对如家有用吗？您接手如家的管理工作后，多长时间可以把如家带上市呢？"

孙坚笑了笑，继续说："我个人认为，如家在2年之内是可以上市的。因为我看好这个企业，同时认为我过去的经验可能会对如家有帮助。过去我从事的也是服务行业，都是从顾客的角度去考虑问题，这种服务理念是相通的。另外，酒店只是一个产品，我在连锁行业学到一些如何在中国实现连锁化经营的经验，刚好派上用场。可能我不是一个好的酒店经理，但我来到如家是要带领这家企业走一条连锁化经营、快速扩张的道路。在我之前的管理者已经将如家的经营管理做得很好，而我的责任是如何建立一个连锁化系统。打个比方，在我来之前，如家就已经是一幅很漂亮的画，而我的任务是怎样去建立一台'复印机'，能让一个如家变成10个、100个，并且研究如何去进行改进，让复制的效率、效果更好。"

新闻发布会就在这些问题的回答中结束了。会上，孙坚告诉记者们，他的任务是要复制如家，让如家在短时间内变成10个、100个，甚至更多个，他的愿望是要在2年之内把如家带上市。

那么，到底孙坚是怎样搭建系统、如何完善流程的呢？他的愿望实现了吗？请继续往下看！

二、管理手段很先进

如家的发展战略是这样的：刚创业的3年内，从北京开始，拓展到上海，再到整个长三角，到了2005年后，开始做全国的布点。2005年上半年，重点还在华南和西南地区，比如，广州和成都这两个城市，下半年就开始进入东北市场。

在孙坚没来如家之前，如家才有26家分店。成了如家的CEO后，孙坚希望2005年能开到35～50家分店，其中有16～17家为特许加盟店，加盟店的比例尽量控制在20%以内，并且以后每年以50～80家的速度开店。

有了如此高的挑战目标，孙坚的行程安排得非常紧密：周一上午从上海飞到大连，下午又从大连飞到沈阳；周二上午去长春，下午又马上飞吉林；周三从吉林去哈尔滨，晚上又去天津；周四终于从天津飞回了上海。总之，4天飞了7个城市，目的无非是考察和谈判。

不断地踩点和开店当然引起竞争对手的恐慌。比如，在2005年进军天津市场的时候，如家就跟宜必思狭路相逢了。此时的宜必思，尽管是天津的第一家店，但是它已经开了2年多。

更巧合的是，在一个论坛上，宜必思中国区的副总裁还碰见了孙坚。那位副总裁问："听说你们要在我们的旁边开店？"孙坚微笑地说："这样你们才会拿出真本事让我学点东西啊！"

听到孙坚的回话暗藏着浓浓的火药味，那位副总裁说："天津的生意也不好做。"

孙坚回答："我心中有数，谢谢！"

果真，当第一家鹅黄色的如家便捷酒店出现在天津的时候，当地人就议论纷纷了。这怎么行呢，黄色？那不是意味着，还没做生意就先黄了？不过，随着第二家、第三家、第四家……出现后，负面的议论就没有了，只见当地的司机在如家便捷酒店的门口排队，要求如家的管理人员来维持秩序，给他们发牌子。

1年后，如家在天津开了13家店，而宜必思还是孤零零的1家。回想起当年雅高集团总裁保罗·杜布吕在法国的开店速度，让人感慨万千，真的是彼一时此一时啊！

在不断开店的过程中，孙坚突然意识到，经济型酒店市场的竞争越来越激烈。尤其像上海、北京这样的重点城市，往往是一家被看中的物业，等到正式谈判时突然有了3~5家竞争对手，租金在竞争者的角逐下越谈越高。于是孙坚不得不作出这样的决定，与其在一个利润空间狭小的区域竞争，不如早点走出去，到二类城市去布点。

孙坚把城市分为一类和二类，GDP上千亿元、人口100万的省会城市作为如家头几年的重要目标，GDP600亿元以上的城市作为潜在开发对象。平时喜欢下围棋的孙坚是这样认为的，上海、北京是大龙，以这两个基地为主，东南西北均衡发展。点线相连，成块分区。另外，孙坚决定每年在一个地区做重点突破，比如，2005年是天津，2006年是山东。

到哪些城市去开店的方向很明确了，但是，如何在短时间内让开店的数目达到最多呢？除了直营店之外，孙坚觉得更加需要加盟店。不过，如家一路发展过来，并非顺风顺水，在特许经营这一块曾经交了一笔学费。2004年，由于对加盟店的管理不善，曾出现过两次让品牌受损的情况。

尽管失误过，孙坚却认为，以前的亏是不会白吃的，那也是一个丰富加盟管理经验的机会。孙坚不认同锦江之星的做法：门店数量超过80家后才开始允许加盟，并且限量。

为了避免加盟连锁可能再次给品牌带来的伤害，孙坚重新立了一个雷打不动的原则：一个城市的第一家店绝对不会是加盟店，无论对方提出多么诱人的条件，毫无商量余地。

为什么一个地方没有直营店，就不会允许加盟呢？因为如家本身没有管理那个城市的经验。另外，无论加盟方如何要求，如家也不允许他擅自降低甚至是提高装修水准。如果客人在这里看到如家有21寸液晶电视机，就会对其他地方的18寸彩电不满。所以，如家的标准必须全国统一。

为了让特许加盟做得更好，孙坚还成立了一个加盟部门，直接向他负责，并且规定加盟店只是负责投资，管理全部由如家派出。

相对于全国开店，孙坚觉得人性化管理和系统的搭建还要更难一些！

在徐家汇天钥桥旁边有一幢很不起眼的小楼，这幢小楼是2003年“非典”疫情期间，季琦顶着巨大压力签下来的一处物业，后来成了如家酒店的徐家汇店，首层被设为如家总部的办公区。办公区域是狭长形的，穿过一条长长的走廊，就到了孙坚的办公室。

办公室很简单，既不宽敞，也没有豪华的办公桌，只见一排放着文件的办公柜，一张普通的桌子上有两台电脑，一台是用于日常工作，一台是可以随时查看全国各地分店发来的当天营业数据。

这样的办公室相比起百安居的工作环境，简直无法相提并论，但孙坚并不在乎，因为他是来做事情的，不是来享受的。

如何把管理、服务从一家酒店复制到另一家酒店，让人们在任何一座城市的如家酒店都能得到同样的高质量服务，成了孙坚加盟如家后第一个要思考的问题。

易初莲花、百安居等连锁企业的成功管理经验告诉孙坚，经济型酒店的价格虽然经济，但服务不能打折，否则如家在市场中就没有竞争力。那如何真正地让顾客体验到如家的服务与众不同呢？孙坚认为，关键还是在管理者。在公司里，管理者不仅要关注顾客，还要关注员工。只有通过每天的言传身教，让员工体验到被尊重、被服务的感觉，服务理念才会从管理者的身上复制到员工的身上，才会让顾客体会到发自内心的真诚的服务。

孙坚曾经去过纽约的五星级酒店，那里的硬件尽管没有中国的五星级酒店好，但走进去后的感受不一样。那里的服务员一直很兴奋，非常主动地跟客人打招呼，让人感觉到他们是发自内心地说话和做事。孙坚发现，中国人的微笑是机械性的，服务都是培训出来的。

为了改变这种局面，自从进入如家以后，孙坚每天都向每一位同事问好。但有点遗憾，看到老总这种“反常”的行为，很多同事都选择绕过他走开了。

特别是有一次，在楼梯上遇见了一位刚来几天的新员工，孙坚首先主动地叫出了对方的名字，并询问他是否适应目前的工作节奏。突然被老总叫出名字，作为刚进公司没多久的这位酒店服务员一时不知所措，他连连点头，不停地说："蛮好的，蛮好的。"

在如家，谁也说不清楚，到底孙坚能记住多少员工的名字。只记得进如家工作半年后，在一次管理大会上，孙坚不看任何资料，准确地说出了110家分店的店长的名字，以及哪个店长负责哪家分店。不过，当时他还是漏掉了一个名字。孙坚觉得非常遗憾，晚上睡觉都睡不好，竟然在梦中记起了这位员工的名字。于是第二天他又当众复述了一遍，这回果真没有漏掉任何一个店长的名字。

记住别人的名字，就是意味着尊重别人。孙坚所做的这一切，无非是让所有的如家人都明白，如家不仅给客人带来"如家"的温馨，还能给员工带去"如家"的亲切。

在如家总部，不但人际关系很简单，组织架构也非常简单，部门设置只分服务支持中心和经营中心。孙坚想让员工知道，总部是"全国支持中心"，而不是"命令中心"，它的职责是为下属酒店提供支持。孙坚一直强调，总部部门间的心态不能过于"防卫"，总部对下属门店的心态更不能"防卫"。如果门店信息传递到总部，得到的反应总是"你懂什么，我有战略"，就会影响总部与门店间的沟通。

总之，孙坚一直在努力改变组织的气氛。《孙子兵法》上有一句话"上下同欲者胜"，用在经营企业上意思是"老板要以打工的心态来经营企业，员工要以老板的心态来打工"。孙坚希望以自己温和的管理风格，让复杂的问题简单化，原则的问题人性化。

果然，"精诚所至，金石为开"。半年后，孙坚的言传身教起作用了。

某天，如家酒店徐家汇店来了一个特殊的客人，是某知名媒体的资深记者，他对接待他的一位服务员很满意，于是，一边聊天，一边采访了这位服务员。

记者："小妹，你在这里工作多久了啊？"

服务员："还没多久呢，刚好半年。"

记者："我发现你的笑容很灿烂，你是怎样练出来的啊。"

服务员："其实，我也没怎么刻意去练的，关键还是在于心态的调整。我以前很少笑的，不管是客人跟我打招呼还是我去接待客人，我也是不怎么会笑的，我一直认为我是笑不出来的。后来，我的领导找到了我，跟我谈心，告诉我微笑在服务中是非常重要的。就这样，在同事和领导的帮助下，我慢慢地改变自己的服务态度，于是出现了你们认为的灿烂笑容。”

记者：“你是怎样调整心态的呢？”

服务员：“先是感染，再是感动。来如家上班的第1个月，看到别人真诚的微笑，我也想真诚地表达我的服务，但自己又没信心。后来，同事们一直鼓励我，说我‘笑起来是非常好看的’等赞美的话。为了不辜负大家的期待，下班回家后，我就拿着小镜子练习微笑，想方设法找到自己最佳的微笑表情。时间久了就自然而然地呈现出现在的状态了。”

上面这段简短的采访，说明了如家员工的高质量服务是怎样形成的，而下面的这些生活细节，则体现了员工已经以公司为家。

2006年6月11日下午6点钟，如家酒店上海徐家汇店的保洁员吴阿姨下班了，在准备离开酒店之前，吴阿姨走到前台习惯性地问了一句：“今天住满了吗？”

在差不多的时间，新开不久的江苏南通如家酒店的工作人员下班之前，自动拿了几十份如家的宣传材料，在回家路上散发。

从这些具体的事例可以看出：相比起如家创始人季琦，孙坚更是一名优秀的管理者。一位曾经在季琦和孙坚手下当过店长的老员工这样比较前后两位CEO。“季总是一位创业家，雷厉风行，看到摆放的杂志过期了，立即就会批评。孙总不会当面要求更换杂志，他会在增加规则之后，再要求你做到这一点。”孙坚的人性化管理由此可见。

孙坚的人性化管理可圈可点，而他的系统搭建和标准化的推行同样无比精彩。

想当初，孙坚来如家之前，如家董事会曾经向孙坚提过一个要求：是打造一个系统，不是新成立若干个酒店。孙坚不但表示这正是他最希望做的事情，还提到了沃尔玛和麦当劳。他说：“沃尔玛的强大绝不是因为它的门店数量多。它的核心竞争力是商品的供应链，它可以把最好的商品聚集在一起，及时送到每家分店，以最低的价格满足顾客的需要。这是一个系统的打造，需要的是时间的积累，更需要在扩张过程中不断完善这个系统。我希望自己加入如家后也能出现这样的结果——在中国大地上自由地配送我们的客源。”

所以，孙坚掌管如家之后，急着要做的事情有两件：其一，打根基；其二，贯标准。

打根基就是要开发自己的中央平台，为此，如家花了5万元。这个中央平台包括4项内容：中央管理平台、中央采购平台、中央财务平台以及中央信息平台。它们的功能分别为：通过中央管理平台可以加强控制，通过中央采购平台可以控制成本，通过中央财务平台可以有效地预警，通过中央信息平台则有利于加强沟通。

为什么要花这么多金钱和精力去打造这个中央平台呢？孙坚解释：目的就是在这个平台的基础上进行横向扩张，快速复制模式。所以，这个根基必须打牢，不然在扩张的过程中不利的因素就会凸显出来，后果将不堪设想。孙坚还谆谆告诫流露出扩张冲动的同事：“做连锁就是要耐得住寂寞，专注才能成功。如果我们系统打造完善，不怕别人比我们做得早，我们可以迅速复制发展它的模式，很快就会超过其他人。如果我们的系统还没有建立到管理全国的40多个城市的酒店的能力，这种情况下出去就像送死一样。”

中央管理平台打造完善后对管理能起到什么作用呢？

首先，不必依托中介公司。每天一打开电脑，孙坚就能看到前一天分布在全国的所有如家酒店的经营数据和客源结构，并且每月各店的成本情况也会自动生成。过去还依托于互联网和呼叫中心的中央客源系统，现在开始就发挥了强大的作用。如家通过自己的网站和电话热线下的订单量已经大大超过来自携程等专业门户网站。尽管一张如家普通卡的价格都是40元，但如家会员卡的用户已超过15万人，每个月会员的订单量达7万。另外，中央管理平台的子系统CRM（嘉宾会员卡）和CRS（中央预订）的建立发展了如家自身的供养循环，这个强大的中央客户配送系统虽然还在不断完善中，但75%的客户将由中央客户系统输出和管理。每天打开电脑，孙坚就能看见全国布点的图和中央客户配送的流程，由母体向四肢运送血液。总之，自从搭建中央平台1年后，如家基本能够保持稳定的客源，通过中介公司的客源还不到9%。

其次，相互学习。有一句名言是这么说的："你一个苹果，我一个苹果，交换一下还是一个苹果；当你一种思想，我一种思想，交换一下就是两种思想了。"所以，把各地区、各家酒店的员工放在一个平台上一起沟通，就会形成取长补短、相互促进的局面。比如：某家分店的经验教训放到中央平台上进行综合分析，马上会变成指导原则和规范化标准。这样，一家店的教训，就可以让上百家店受益。另外，店长可以直接把每一天的收入、出租率、平均房价、收益率、客源结构乃至成本结构发送到系统内，通过这些数字，孙坚就能了解全面情况，各店之间也可以在对比中研究，相互学习借鉴，促进效益，降低成本。

再次，便于标准化推行。刚上任不久，孙坚便意识到：想要有效地控制分店，就必须对管理层、员工、客户三个层面进行有效的标准化管理。要想有效地完成标准化管理就必须建立一个强大的中央控制平台，把所有的员工放在同一平台上。如果没有这个重要前提，标准化管理就很难推行下去。

孙坚已经搭建了一个强大的管理平台，那他下一步是怎样推行标准化的呢？请继续往下看！

连锁企业最大的特点是可复制。可复制首先必须简单化、标准化、可视化，任何产品、服务，都不外如是。

在孙坚看来，如果有了完善的系统，连锁企业就是一场"傻人游戏"，只要严格地去复制，就不需要下面的执行机构有太多的创造和发明。任何人都是系统上的一个零件，只要保证按照系统要求去执行任务，根据顾客需要去反馈信息，一切都OK了。如果出现了问题，那就是系统还没有完全健全。

所以，为了让更多的分支酒店能够轻松自如地玩好这个"游戏"，孙坚设置了很多"条条框框"。这些"条条框框"看上去似乎越来越复杂，可正是因为它们的存在，才使近百家酒店有了更为规范的标准，在短时间内少走了很多弯路，尽快地复制统一后的经营模式。

比如，过去为保证浴巾的清洁度和舒适度，避免硬、脏、黄的现象，只能凭靠各分店店长的主观判断，无法保证管理上的规范性和标准性。为此，如家做了不少试验，先拿来一些新的浴巾，进行清洗、烘干，接着再清洗、再烘干，周而复始。第一条清洗了80次；第二条清洗了100次；第三条清洗了120次……直到找到理想的数字。在找到理想值后，如家总部就要求各分店必须以这个数字点来更换浴巾。

其实，这样的例子还有很多。再如，出于环保考虑，同时也为降低成本，如家会在马桶水箱里放一个瓶子。但如何做到既降低成本，又不影响使用效果呢？如家靠的是笨办法，反复地做这个简单的试验，当最佳方案找到之后，就以此为标准向各分店推广。

总之，孙坚希望能用试验出来的或者是实践出来的方法，给各酒店弄个统一的标准。自从孙坚来到如家后，如家酒店的操作大多数已经实现标准化、模块化。这些成果经一点一点汇编成型后就变成手册，被如家管理层奉为“圣经”。

这些手册有16本之多，包括服务手册（前台手册、客房手册、餐厅手册、安全手册、工程维护手册、礼仪手册），硬件手册（硬件文字手册、硬件照片和图片手册）以及销售手册、人事管理手册、VI（企业形象设计）标准手册、开业手册、财务管理手册、英语服务指南等。

这16本手册，基本上对所有住宿服务项目都作出了详细规定，能够保证数百家酒店尽可能用比较一致的标准服务顾客。内容囊括从服务、管理、硬件到客房等运营细节，从台风应急预案到台面胡椒瓶如何摆放的大小事情都有规定。其中的餐厅服务手册就有105页，而管理手册则有132页。从大的方面来说，有对店长的考核内容，包括KPI（关键业绩指标）、KGI（关键目标指标）等；从小的方面来讲，有对卫生间、大堂的检查标准等。

当然，如家制定完这些标准后并非一成不变，而是在实践的检验中不断修改完善。假如在执行标准化的过程中，如家的专门维护小组发现了新的东西，就会把这些信息搜集在一起，在全公司每半年的标准化维护会议上拿出来讨论，听取各个部门的意见。当新标准被大家首肯后，再去执行它们，看看市场的反应如何。如果效果不理想，标准就要继续改良。

标准化完善确实是一个很烦琐的过程。在一次半年会的管理会议上，仅前台服务的标准，孙坚就收到近90条的修改意见，经过部门经理、众多店长和公司高管的逐一论证后，最终有20多条被增加到新版标准当中去。孙坚认为，硬件同样必须标准化。比如：书架要做多高，床头用什么颜色，不是谁随口说的，都需按照标准来。另外，随着如家的壮大，在酒店的改造工程上也必须逐步实现模块化、标准化。例如，在开发新的门店时，如家可在各改造方案中随意挑选某号方案做客房、某号方案做大堂……即便酒店开到300家、500家，也不用再一个一个地画设计图纸了。最重要的是，为了让这些标准更加科学，每过两三年，如家还会请专家对这些标准作调整，调整以后，新的规定又是最新标准。总之，如家的标准是一个永远不断创新的闭环过程。

在这些傻瓜式手册没有编写之前，也就是只有结论还没有标准化流程之前，让员工去执行这些结论还是有差异的，因为员工在执行过程中的理解和忠实程度不一样。现在，16本手册全部编写出来了，员工也把这些傻瓜式手册奉为“圣经”，每天都在学习它，争取能把每一项每一条都烂熟于胸。那背熟了、知道了，就等于做到吗？

孙坚让员工去执行这些标准还是费了很多精力的，为什么这么说呢？请继续往下看。

下面的文字，节选自《如家酒店连锁公司服务手册》的服务礼仪部分。

1．指引车位

（1）见到客人开车抵达时，要立即主动迎上，引导车辆停妥。

（2）待客人车子熄火后，为客人拉开车门，问候客人。

（3）引领客人至前台办理入住登记。

2．迎送宾客

（1）遇到客人至玻璃门约1.5米，将玻璃门朝酒店里面拉开。

（2）及时热情地问候客人，“先生/小姐，您好，欢迎光临”。

（3）见客人行李较多时，主动征询和帮助客人提拿送行。

（4）客人离店要乘出租车时，主动为客人预订出租车。

（5）示意出租司机把车停到客人容易上车的位置，拉车门请客人上车。待客人坐稳后，为客人轻轻关上车门。

（6）如遇雨雪天，应为离店客人提供撑伞服务。

3．问候接待

（1）客人来到前台，应目视客人，面带微笑，问候招呼：“小姐/先生，您好”。

（2）当知道客人姓氏后，要用姓氏称呼客人，以示尊重和亲切。

（3）如遇当天客房已满，要耐心向客人做好解释，热情向客人推荐同城其他如家酒店，得到客人同意后，帮助客人联系和落实，并指明方向。

（4）与客人交谈时，相距于0.6~1米之间，应目视对方脸部眼鼻三角区，倾听要专心，并要有回应，以示尊重与诚意。

（5）与客人对话，态度要和蔼，语言要亲切，声调要自然、清晰、柔和、亲切，音量要适中，以对方听清楚为宜。对没有听清楚的地方，要礼貌地请客人重复一遍。

（6）答复客人的问询，要做到有问必答、百问不厌、用词得当、简洁明了，不能用“大概”“也许”“可能”之类没有把握或含糊不清的话来敷衍搪塞。

（7）与客人谈话时，突然想打喷嚏或咳嗽，需用手掩住口鼻，转身背对客人打喷嚏或咳嗽，其后再向客人道歉。

4．递送物件

（1）递交物件时，要微笑招呼，目视客人：“先生/小姐，这是您（要）的……请收好，谢谢！”

（2）递交房卡时，应说：“小姐/先生，您的房间在××楼，这是房卡钥匙，请收好。”

（3）切不可将物品扔给客人或单手递给客人。

5．提携行李

（1）提携行李时，要充分尊重客人的意愿。凡客人要亲自提携的物品，不可强行提携。

（2）客人办理入住或退房手续时，应侍立在客人身后约1.5米处，看管好行李并随时接受客人的吩咐。

（3）将行李送进房间或车上时，要走在客人左前方两三步处，随着客人的步子行进，遇转弯时，要微笑向客人示意。

（4）行李送进房间时，要轻放在行李架上，箱子的正面朝上，箱把手朝外，便于客人取用。

（5）行李全部放好后，应与客人核实清楚，在确认无差错后离开，离房前，应微笑地说："先生/小姐，祝您愉快，再见！"，或是"先生/小姐，如果您还需要什么帮助，可以打电话到前台，再见！"

6．清扫客房

（1）任何人员，严格按照规范报告和敲门入房。

（2）在敲门后，发现客人在房间，应礼貌退出，并说："对不起，我是服务员，打扰了！"

（3）对挂有"请勿打扰"牌的房间，请客房主管适时电话询问。

（4）略加整理客人物品，不可随意翻动。

（5）打扫完毕，不要在房内逗留，如客人在房内，离开时要说声："对不起，打扰了，谢谢！"然后礼貌地后退三步，再转身走出房间，将门轻轻关上。

7．餐厅领位

（1）主动招呼和引领，使客人感觉到受欢迎，给客人留下美好的第一印象。

（2）对重要客人，引领到餐厅最好的靠窗或较安静的位置，以示恭敬与尊重。

（3）对情侣或夫妇的到来，引领到餐厅较为安静舒适的位置。

（4）对服饰华丽、打扮时髦和容貌漂亮的小姐，可引领到显眼的中心位置，满足客人的心理需求，给餐厅增添华贵气氛。

（5）年老体弱的客人，尽可能安排在离入口较近的位置，便于出入，并帮助他们就座，以示服务周到。

（6）对已经被预订的座位，应作适当的解释，表示歉意，再向客人介绍其他客人较满意的餐桌。

（7）引领客人入座时，应伸手指示方向，说："请这边来。"

8. 点菜礼节

（1）客人坐稳后，服务员把菜单递给客人，菜单要从客人的左边递上。

（2）服务员要适时热情推荐餐厅的特色菜、创新菜和时令菜，但要讲究说话的方法和语气，察言观色，注意客人的反应，以充分尊重客人的意愿。

（3）如客人点的菜已售完，不可简单地说"卖光了"，而应礼貌地致歉，并婉转地向客人建议点其他类似的菜肴。

（4）如客人点的菜，在菜单没有列出的，应尽量设法满足，不可一口回绝"没有"，可以说"请您稍等，我马上与厨师长商量一下"，尽量满足客人的要求，如确有困难应向客人致歉说明。

（5）当客人点完菜，还应主动征询客人，需要什么酒水饮料。全部记好后，再礼貌地复述一遍，得到客人确认后，迅速将菜单送至厨房，尽量减少客人等待的时间。

9. 上菜礼节

（1）若菜肴烹制时间较长，应向客人说明，以免客人因久等而不耐烦。

（2）上菜时应提示客人当心，上菜位置不可选择在儿童和老人的旁边。

（3）新上的每一道菜，应简要介绍菜名及特色，并将菜肴最佳部位对向主宾和主人。

（4）上菜一律用托盘，不应用手直接端拿，以免手指触及碗碟、菜肴，影响食品卫生。

（5）菜上齐后，应告知客人"菜已上齐，请慢用"，以示尊重。

…………

由此可以看出，孙坚在标准手册的编写上确实花了一番心血。

孙坚心里非常清楚：这些标准制定好之后，如果不去推进和执行，那这些完美而详尽的手册还是一堆废纸，所有的目标管理都是空谈。为了避免这些手册变成废纸，如家规定：每个人必须学习16本标准手册与自己有关的部分，每个月都要考试一次，不管职级高低，整个如家除了孙坚之外的所有人，包括清扫厕所的阿姨和总部一级经理，随时都会被抽考到"圣经"的内容。

为了更加彻底地推进酒店管理人员学习酒店的运营标准，增强服务管理意识，切实有效提高各分店基础管理效能，总部经常派人到某个分店，以明查、暗访的方式对店长助理、值班经理等管理人员进行"酒店基础管理培训"考试。考试是这么规定的：凡考试不及格的值班经理和店长助理，所在酒店给予延长1个月的见习期，1个月后，再次参加相关考试，考试及格者官复原职，若第二次考试还不及格者则作降级处理。

另外，如家的每位店长每年也要进行《运营标准手册》的考试，来自全国各地的如家店长聚在一起，进行统考。考试完毕，当即评定出区域的冠军、亚军、季军组，同时评出个人的第一、第二、第三名。总之，孙坚希望，尽管说考试只是一种形式，但通过这种形式来确定标准，最后可以让酒店管理人员形成正确的思维方式。

考试的结果有优良也有不合格，所以如家对考试的结果有奖也有罚，诚然，谁都不愿意被降级或者罚款。

为加强标准的推进和执行，孙坚又想到了另一种方法——技能大赛。他希望每年一度的技能大比武活动，能起到促进员工学习标准的作用。

技能大赛的对象以一线员工为主，技能大比武活动主要分三个层级进行。首先是店赛，也就是每个分店的店长在本店内组织员工进行技能初赛，通过公平、公正、公开的原则，选拔出本店最优秀的各岗位员工。其次是区赛，被挑选出来的各店、各岗位的优秀员工，参加所在区域的复赛，再次选拔出"种子"选手。最后是国赛，这些被百里挑一出来的"种子”选手，最后参加全国的大决赛。决赛结果评选出全国冠军、亚军、季军，并由孙坚亲自颁奖。

这些“种子”选手都是来自全国各地各分店，职务有值班经理、客房主管、前台服务员、客房服务员及餐厅服务员等，他们竞赛的项目分别是值班经理PMS（酒店前台管理系统）及铺床技能实践，前台服务员PMS实操，客房主管及客房服务员铺床实操，餐厅服务员摆台实操及前台服务员、值班经理激烈的知识问答比赛，值班经理知识竞赛等。总之，这些活动的举行，再次让如家的员工对标准有了更深刻的理解和掌握。当然，标准化的推行如果仅仅停留在学习考试和竞赛的层面，那肯定还不够。所以，上任几个月后，孙坚还在如家店长层面推行KPI（关键业绩指标）管理，通过销售、客源、成本、客源结构4个方面来考核每个分店店长的工作。

什么？还要做KPI？刚开始的时候，有的店长很迷惑，他在这个行业都沉浸了几十年，酒店管理要注意些什么东西，他闭着眼睛都可以说出来。孙坚耐心地解释：“我希望你们都在关注同样的问题。也就是说，不管在全国哪个分店，你们对公司的标准、管理、成本控制、采购各方面是在一个平台上执行，通过标准化的形式思考问题、解决问题，这就是提高我们公司整体运营水平的最主要手段。”

绩效考核是为了标准化服务，如家的店长们只能认真地配合总部的工作。总部的要求是：店长每天要找2个顾客填意见表，查2间房；每周或者每10天要开1次员工会，调查员工满意度；同时关注基础设施投入、关注成本、关注人才的培养、研究客源结构等。

同时，如家总部的检查部门每半年对各地酒店做一次多达460多项的检查，每3个月会有第三方机构派“神秘顾客”对各个店进行突击检查。这些“神秘顾客”在检查卫生时，会特别仔细地用手摸画框的上面，看看是否干净；他们偷偷观察客房服务员在白天整理房间时，是否严格遵守节能原则，不开灯；他们在前台办理入住手续时，注视着服务员递过来的笔尖，是否朝向自己。

当然，如家建立了绩效考核制度后，每个店的经营情况和标准的落实情况都跟店长的绩效挂钩。在如家，店长的平均月薪15000~18000元，待遇还算可以。但是，绩效工资所占比例竟然有50%之多。也就是说，只要在明察暗访时遭到扣分，这笔账就马上记在店长的头上，结算得分低于85分者，店长的奖金马上被取消。为了保住自己的奖金及面子，如家的所有店长不是尽力而行，而是全力以赴。

综上所述，如家通过这些考试制度、比赛活动、绩效考核制度，无非是要让如家的员工对标准都有一个很全面的认识。人们常说："成功是一种习惯。"诚然，好的习惯都靠长期培养。也许当初的某种习惯是被要求出来的，并非本意，但是人的态度是可以改变的，先是顺从，接着是认同，最后就变成内化。所以，一旦把标准贯彻到每一天中，久而久之就变成习惯，成了企业文化，这种力量非常可怕，也许这就是后来如家为什么能够领跑便捷酒店业的秘密吧。

最后，我们来看看，孙坚在成本控制方面采取了哪些措施。

大家都知道，传统酒店开新店时采取的都是自建物业的方式，而酒店从买地到投入运营的周期非常长，一般需要2~3年。看到传统酒店有这样的缺点之后，孙坚决定采取租赁的形式，并且尽量把流程简单化。在选定店址时，开发部把论证的项目直接汇报给孙坚，孙坚到现场判断之后，将项目输入一整套投资分析的测算模板，第一时间上报给投资委员会。一两天之后，如果投资委员会同意就可以立项签约。

项目签约之后，常规情况下，只有三四个月的土地免租期，假如在这段时间内工程没有完成，就意味着还没开业就要支付租金。为了争取时间，如家不是按照设计、预算、施工的线性顺序来开展工作，而是平行进行的。通常，工程部做土木的时候，市场推广、质量检查、组织培训各方面的工作同时展开。整个项目团队分工非常明确，并且有严格的时间约束，也就是说每个人在约定的时间内必须完成自己负责的工作，不能影响下一个阶段的工期。通过租赁和同步启动的方式，使如家酒店的建设周期大大缩短，为如家在渠道建设方面节约了不少成本。另外，如家酒店的很多门店都是由旧的物业改造而成的，与繁华地带和商务街区的星级酒店相比，造价成本也相对低很多。

在具体的运营过程中，孙坚发现尽管传统酒店提供很多服务，但由于出差公干的商务人士业务繁忙，传统星级酒店提供的这些服务他们都没时间享受，对他们来说，最重要的还是睡个好觉。孙坚决定，床上用品和卫生间才是如家投资的重点，如家只要注重住宿这方面就足够了。于是，孙坚决定对超出住宿需求以外的都不做了。全部剔除传统星级酒店的那些豪华装饰、享受性服务以及娱乐设施。不设门童，改为自助；没有豪华气派的大堂；没有桑拿、KTV、酒吧等娱乐设施；消除星级酒店很多旅客不需要或用得较少的功能服务，如购物区、康乐设施、会议场所等。

星级酒店使用中央空调，如家则只用分体式空调，并且冬天不用空调只用暖气。如家舍弃投资巨大、利用率低的餐厅设置，只建立占地50～100平方米的小餐厅，提供简单的早餐服务，如果周围有较方便的吃饭场所，连餐厅也可以省了，而把更多的空间变成客房。房间内只有小圆桌、床等家具，多余摆设去除；日用品的容量控制在“够用”，顾客使用率低的用品撤掉。

如家的客房设施尽管非常简单，辅助设施也相当简化，但不以降低消费者满意度为代价。比如，房间床上用品都是质量比较好的棉制品，地上不用地毯改铺地板，既经济又耐用。窗帘也改掉一般酒店所采用的落地式，按照窗户大小定做，不浪费又实用。同时，为了增添房间的温馨感，如家打破传统星级酒店和旅社床单、枕套都用白色的惯例，改用碎花的花色；淋浴隔间用的是推拉门而不是简陋的塑料布；毛巾则有两种不同颜色，便于顾客区别。另外，在如家酒店客房的书桌上，常常为客人摆放几本书，文学的、历史的、旅游的都有，客人可以随意阅读，旁边有一盏家用普通台灯，同时提供免费上网。从这些看来，如家在细节上刻意给客人营造一种家的温馨氛围。

硬件设施方面的投入，如家已经是“锱铢必较”了，而在人力成本这一块，该砍下的成本，孙坚照样是决不手软。比如在人员管理方面，如家每百间房的人员配备为30～35人，远远低于传统星级酒店的每百间房需要100～200人的配置，人力成本仅为同行业薪酬水平的1/6～1/3。孙坚在组织结构的设计上，采用的是扁平化组织，一家酒店的组织架构是由店长、值班经理、员工3层组成，放弃了传统酒店是由店长、部门经理、主管、领班、员工5个层级的组织架构。传统酒店的总经理需要营销部、客房部的支持，而如家的店长肩负营销、人员管理、客户管理、前后台支持等综合任务。如家与一般酒店相比，明显少两个管理层，没有部门经理，也没有领班，人力成本肯定节约不少。

时间过得真快，在孙坚完善了管理系统之后，1年的时间过去了。到2006年6月为止，如家已经从孙坚加入之前的30多家，发展到了130多家。在全国的布点，如家已经覆盖了几十个城市。

孙坚取得了如此骄人的成绩，那他的表现是否达到了沈南鹏的要求呢？如果达到了，沈南鹏是不是准备第二次携一家公司赴纳斯达克上市呢？

欲知后事如何，请继续往下看。

第三节　请来了财务总监

一、吴亦泓是一位奇女子

当如家引进IDGVC、美国梧桐等风投后，如家走马圈地的速度加快了。在如家通过猎头找到一位优秀的CEO后，如家内部管理也开始流程化、标准化。从这两点可以看出，如家去纳斯达克上市的目标指日可待了。

不过，对于准备携如家去纳斯达克上市的如家董事会来说，还需要找一个会讲故事的人，这个人必须像沈南鹏那样，拥有华尔街工作的背景，熟知美国投资者的心态。

所以说，决定如家能否成功上市的前提条件之一，就是能否找到一个出色的CFO。这个人要通过与华尔街投资者交流，让公司的财务管理和内部控制体系都符合苛刻的美国相关法案要求。

其实，通常在美国上市成功的中国企业都有一位非常出色的CFO，比如百度的CFO王湛生，他以前就是普华永道的合伙人。还有分众传媒的前CFO吴明东，他曾供职于国际投行雷曼兄弟。那如家董事会是否能再次找到一名优秀的CFO呢？能否像上次那样，很有缘分地遇见像孙坚一样的人才呢？

答案是有的，这个人就是吴亦泓。

吴亦泓的经历跟沈南鹏基本相似。她1989年毕业于上海复旦大学生命科学学院生物化学系，是这个系正式成立后的第一届毕业生。当年，生化专业很热门，并且复旦大学的生化专业更是国内的翘楚。但是，临近大学毕业分配的时候，吴亦泓突然发现她的理性思维和逻辑感比较强，这个交叉学科的专业似乎并不太适合她。于是，吴亦泓选择了出国读书，把目标锁定在经济学和工商管理。到了美国后，她先后获得了纽约市州立大学经济学硕士及西北大学凯洛格商学院MBA学位。

由于擅长理性分析，毕业后吴亦泓很快在投资领域做得得心应手，她先后担任了JP摩根资产管理公司副总裁以及施罗德投资管理公司美国公司第一副总裁等职务。

从事了一段时间的管理咨询工作之后，吴亦泓决定在投资这个行业沉下来，专攻一个领域。在投资的众多领域中，她研究的方向集中在消费品领域，主要负责投资酒店、零售等消费服务行业。从市场金字塔最顶端的东方快车酒店，到最底层的速8酒店、精选国际酒店等，都在她考察的视野范围之内。

由于研究方向是民用消费品行业，所以，旅行业和酒店业更是一个重要的分支。当年携程上市的时候，吴亦泓曾经帮助过她所在的公司投资了携程的股票。为此，吴亦泓约见过时任携程CFO的沈南鹏。那一次，他们聊得很愉快，吴亦泓记住了携程团队，携程在国内的高速发展更是给她留下深刻印象，她似乎敏锐地感觉到国内民用消费品行业隐藏着巨大的商业机会。

2005年下半年，吴亦泓准备回国寻找更加合适的发展机会。就在这个时候，她的一位朋友打电话告诉她，携程投资的如家酒店准备在美国上市，正在寻找一名CFO。吴亦泓一听，觉得这是一个很不错的机会，于是，她找出了沈南鹏的名片，直接把简历发了过去。

简历发出去后，很长时间都没有得到沈南鹏的答复。吴亦泓渐渐忘记了这件事情，觉得没必要打电话去询问应聘的结果。

就在吴亦泓对如家CFO这个职位不再抱有任何希望的时候，2006年1月，她很意外地接到了沈南鹏的电话。沈南鹏在电话里对吴亦泓说："你的学历背景以及从业背景等硬件条件都达到了如家的要求，我们对你的这些背景非常满意。你什么时候方便，我们可以找一个时间聊一聊？"

"是的。尽管我没有在任何一家实业公司担任过CFO，但我在美国一直跟踪研究一些消费服务类上市公司，一家酒店好在哪里，为什么会受到投资者的追捧，我基本上还是比较了解的。”吴亦泓继续说，“非常感谢沈总邀约，我马上回国，到上海后就给你电话。”

很快，吴亦泓跟沈南鹏见面了。也许是他俩曾有一面之交，并且以往的工作经历基本相似，所以谈得很愉快。当沈南鹏就国内连锁经济型酒店的发展前途，问吴亦泓有何看法的时候，吴亦泓回答：“我在美国学习与工作10多年，能直观地感受到有品牌的连锁经济型酒店在我国注定有广阔的成长性，问题在于如何抓住机会快速扩张，这就需要强大的资本推力和管理系统。”

吴亦泓对经济型酒店前景的看法让沈南鹏非常满意。更重要的是，沈南鹏发现外表纤弱的吴亦泓骨子里渗透着当CFO的两种特质：一是执着，拿她自己的话说，就是“never take no for an answer（绝对不为做不成事情找借口）”。二是冷静，遇过任何事情都能保持清醒的头脑。

吴亦泓告诉沈南鹏，有一次，她重仓投资的一只股票在一天之内突然跌了20%多，把她以往所有的盈利都冲掉了。当时她非常沮丧，准备清仓，但她没有急于行动，而是冷静地重新分析了公司的基本面，找出主要变量，再做下一步的决策。果然，谁笑到最后谁笑得最甜，发行该股票的公司不久竟然被人收购了，耐心等待的她终于获得了相当可观的回报。

跟沈南鹏谈话结束后，吴亦泓又如走马灯似的接受了如家董事会的主要成员和CEO孙坚的面试。她给所有的人都留下了很好的印象。

在这次面试结束10多天后，回到美国的吴亦泓终于接到了沈南鹏的电话，在电话里，沈南鹏郑重地邀请她加盟如家。

二、吴亦泓搞定如家财报

2006年3月，吴亦泓如愿以偿地坐在了如家上海总部那间她有史以来坐过的最简朴的办公室里，如家的上市准备工作马上要开始了。

吴亦泓加盟如家后，沈南鹏非常开心，他说：“我对如家最大的贡献，就是建立了完整的团队，找到了合适的CEO和CFO，这是我感到非常自豪的事情。至于上市的事情，我已经不担心，因为执行任何一件事情，如果流程是对的，结果肯定也是对的。”

其实，尽管说如家自创立的那天就开始准备着去纳斯达克上市，但是在吴亦泓还没正式加入如家之前，如家董事会成员对公司上市并没有具体的时间表。上市计划的总指挥沈南鹏只是说：“如家上市从来就没有预订的时间表，我相信到了一定规模后，上市肯定是水到渠成的事情。我们只计划预算，不用去计划何时上市。”

现在如家有CFO了，上市时间表的事情当然可以确定。

不过，吴亦泓心里非常清楚：美国的投资人是非常苛刻的，受到“萨班斯404法案”的影响，在IPO之前首先要把内部控制体系完善。

于是，吴亦泓用了1个多月的时间对如家进行了一个全面仔细的“身体检查”。

吴亦泓发现：从公司正式成立第1天开始，如家所有的董事会纪要、法律文件，公司的组织框架、财务内控，都是按照上市公司的要求去做的，已经非常完善。另外，2005年的年度财务报表，如家的营业额突破3580万美元，纯利润已经达到260万美元。

吴亦泓一想，这样的财报意味着，如果如家能继续保持营收和利润翻番的势头，很快就可以迈过纳斯达克的上市门槛。因为纳斯达克的基本要求是：3000万美元营收以及500万美元的净利润。何况这个时候，美国股市也正处于一个多年未见的大牛市之中。

吴亦泓赶快去找沈南鹏。果然，2006年如家第一季度财报出来后，吴亦泓再次看到了一个利润率100%增长的结果，所以她判断如家上市的时机已经成熟。

吴亦泓说：“如家的情况比我想象中的还好。如家是一个非常年轻的公司，按照10分为满分的标准，至少能给它打6分。如果晚1年上市的话，我有信心可以做到9分。但就像如家当初创业的时候那样，事情等到9分才开始的话就会失去很多机会。”

既然出色的CFO已经找到了，那如家就能如期上市吗？欲知后事如何，请看第8章“解散与单干——当大老板是创业者的梦想”。

小 结

关于企业战略、连锁经营与人才挑选

本章重点讨论如下3个问题。

一、战略：企业战略必须一步到位

战略管理是企业经营的灵魂。曾有管理名家忠告：3年发展靠机遇，10年发展靠战略。也就是说，只有定位于长期获取竞争优势上的战略，企业的资源、核心能力才能像原子弹那样，发挥其裂变的威力。如果企业失败了，最大的可能就是我们的战略错了，因为战略是企业经营的方向，方向不对，努力白费。

1. 权威理论：战略管理

现在我们先简单介绍一下战略管理的基本知识（见图7-1）。

（1）战略概论。

①概念：战略是关于企业如何获取竞争优势的理论。具体地说：战略是计谋而不是战术；战略是模式而不是定式；战略是罗盘而不是地图；战略是观念而不是时尚。

②使命：也就是企业的长期责任，它要成为什么。

③愿景：是企业未来的样子，是老板给企业所有员工所画的大饼，就像毛毛虫的愿景是成为蝴蝶。

战略管理的基本知识 经典理论

战略概论		概念	
		使命、愿景、目标	
战略制定	战略分析	外部分析：PEST分析法、五力模型	SWOT分析法
		内部分析：IFE矩阵、VRIO框架	
	战略选择	业务层战略：低成本、差异化、集中化	
		公司层战略：一体化、多元化、联盟、并购、国际化	
	战略实施	组织架构、公司治理、企业文化	
	战略评估	流程、工具	

图7-1　战略管理的基本知识

④目标：是企业愿景的具体化，以数字形式出现。

（2）战略制定。

①战略分析：在确定了公司的使命、愿景和目标后，就必须进行外部和内部分析了。企业的环境包括外部环境和内部环境两部分。

外部环境有宏观环境（政治法律环境、经济环境、社会文化环境、技术环境，这也叫作PEST分析法）和产业环境（潜在竞争者、现有竞争者、替代竞争者、购买者、供应者，这就是波特的五力模型）。当然，企业只能适应环境，而不能改变环境。

内部环境有：企业的资源基础、企业的核心能力、企业的价值链等，可以建立IFE矩阵（internal factor evaluation matrix）和VRIO（value、rareness、imitability、organization）框架来对其进行分析。

另外，综合了企业的内外环境后，发现既有机会、优势，也有威胁和不足。于是就有了一个新的战略工具——SWOT（strength、weakness、opportunity、threat）分析法。

②战略选择：当完成了外部和内部分析之后，企业就要做战略选择了。供企业选择的战略有两大类：业务层战略和公司层战略。

业务层战略有3种，依次为：低成本战略（我的东西便宜）、差异化战略（我的产品跟别人不一样）和集中化战略（我公司专做这个产品）。

公司层战略有5种，依次为：一体化（以前卖花生油，现在也种植花生了）、多元化（以前卖烤地瓜，现在也办学校了）、联盟（两家不同业务的企业一起合作）、并购（一家企业买了另一家企业）和国际化（产品卖到国外去了）。

③战略实施：如果仅仅选择了一个战略而不去实施它，那还是没有任何意义。于是，怎么才能保证这个战略能够顺利地执行呢？它跟公司的组织架构、公司治理、企业文化等因素密切相关。

④战略评估：企业战略应该随着企业内外环境的变化而变化，所以，有时候必须对以前制定的早期战略进行评价和调控。

把“战略管理”这门课程的重要知识点复习了一遍后，我们再回到现实的案例中来，看看跟随者如家是如何超越了开拓者锦江之星的。

中国便捷酒店的第一个品牌开始于锦江之星。1996年，锦江集团经过实际调查，决定建造一个低档的、没有星级的、大众化的酒店。这个方案拟定之后，由美国回来的徐祖荣去落实。徐祖荣借鉴了国外有限服务型酒店的模式，决定把地址选定在上海梅陇，中国首家经济型酒店就这样诞生了。随后，锦江之星的第二家、第三家分店也先后建造并营业，从此，锦江之星领跑中国便捷酒店行业。

5年之后，一家名不见经传的如家酒店也开始涉足经济型酒店行业，重点发展三星以下的宾馆为特许加盟店。再过4年之后，如家竟然超越了领头羊锦江之星，成为国内便捷酒店行业的新一轮霸主。因为如家在全国开业门店数量已达到123家，这一数字超越了经营约10年的锦江之星。

2006年里，在中国连锁经营协会举办的“2005—2006年度中国特许奖”的评选中，如家荣获“最具成长力奖”，并入选《中国商业评论》的“最佳商业模式”。而曾经的第一品牌锦江之星，似乎已经被人遗忘！

奇了怪了，跟随者竟能在这么短的时间内赶超了领跑者！到底是什么原因拉开了锦江之星跟如家之间的距离呢？为了说清个中原委，我们来看一看这两家公司当初的战略规划和后来的战略实施有什么不同。

2. 典型案例：如家与锦江之星的战略差异

（1）战略分析：SWOT分析法。

经济型酒店起源于20世纪70年代的美国。这种酒店尽管在设计建造、运营管理方面较为简洁，但是，它定位于普通大众的消费，价格相对低廉，并且硬件设施和服务水平并不打折，于是，经济型酒店在欧美得到了空前的发展。

中国改革开放后，国民生活水平迅速提高，度假游客和商旅人士日益增多，这种局面催生了中国经济型酒店这个市场。同时，经济型酒店还具有低投入、高回报、周期短等很多突出的优点，于是，锦江之星和如家分别在不同的时期进入了这个行业。

1996年初，锦江国际的高层就认为：随着经济的发展，中国很快就进入一个大众旅游的时代，游客肯定对旅游产品提出新的要求。而现实是，众多商旅人士出门时，面临的却是“高档酒店住不起，一般酒店不想住”的局面。所以，在这个时候，建造一个低档的、没有星级的、大众化的酒店，绝对有发展前景。

如家进入经济型酒店市场，却缘起于一篇帖子。2001年的下半年，有网友在携程旅行网上抱怨，说在携程旅行网上预订的宾馆价格偏贵。这篇帖子引起了季琦的注意，他对携程旅行网上的订房数据进行了具体的分析，结果是经济型酒店新亚之星和锦江之星的客房最好卖。于是，建立一个经济型连锁酒店的想法就在季琦的脑海中产生了。

（2）战略定位：延伸型战略与意图型战略。

虽然说，锦江之星一开始也是把自己定位在经济型酒店的第一品牌，但是，有点遗憾，锦江之星隶属于锦江国际（集团）有限公司，而锦江国际的定位是在于多档次且完整产业结构的酒店行业老大。这样一来，锦江之星的小战略只能在锦江国际集团的大战略下运行，锦江之星的诞生只是集团大战略的延伸与补充。

于是，从1997年到2003年这几年里，锦江国际先是高档酒店的全国开发和重点城市的布点，接着是中档酒店的全国营运，最后才是锦江之星的全国开店，导致留给锦江之星的资源非常有限。另外，锦江之星一直采取以自建酒店的直营模式为主的市场拓展策略。正是因为如此，虽然锦江之星的第一家经济型酒店已于1997年开张，但是，直到2004年，锦江之星还是没有完成全国的布点，在7年的时间里，开店的数量不到20家，并且大部分酒店的选址都在郊区地段。就这样，由于集团在战略上对锦江之星不重视，导致了市场开拓的彻底失误。

相比起锦江之星的延伸型战略，如家采用的却是意图型战略，也就是说，如家一开始就是按照自己的大战略来实现自己的目标的，如家酒店不再隶属于携程。拿沈南鹏的话来说，携程和如家都是一家有战略目标的公司。

所以，成立于2002年的如家，是一家全新品牌、全新消费者界定的公司，加上创始人季琦有着IT行业开放、敏捷的思维，一切都是全新的。另外，如家在连锁扩张的节奏上，也可圈可点。刚开始的时候，如家高层在渠道的决策上采取的是直营连锁方式，通过控制节奏进行内部流程的梳理和整合，待流程完善之后再进行扩张。比如，先在一级城市强势布点，在获得认同和建立基础后，再兼用自由加盟的方式，以便产生规模效应。

很显然，如家在战略的设计上，由于不受任何条条框框的限制，每一个步骤都非常清晰，易于执行；而锦江之星却受限于集团总战略的牵制，战略的定位既不清晰，也不易于执行。

（3）战略选择：防御型战略和进攻型战略。

"定位决定地位，格局决定结局"，这句话放之四海皆准。徐祖荣曾经说过："以前，我们绝对不可能在一年内开几十家店，如果谁那么做，他脑子肯定有问题。后来呢，这样的不可能还是被市场逼出来了。"从这句话并结合锦江之星的成长之路，可以看出，在企业发展的步伐上，锦江之星采用的是防御型战略，它的发展一共分为3个阶段。

初创基础阶段：1997—1999年。在2年的时间里，锦江之星仅仅发展了5家经济型酒店。因为它是中国经济型酒店的第一个吃螃蟹者，所以它的任务还是在于建立相应的管理模式，搭建相应的管理体系。

稳步发展阶段：2000—2003年。在此期间，锦江之星开始引入连锁经营理念，管理模式日趋成熟。在渠道的选择上，以上海为中心，逐步向江浙地区扩展。经营模式采取多种方式，从自建自营店到特许加盟店，连锁店的数量也从当初的5家增加到了15家。

迅速发展阶段：2003年到现在。2003年6月后，锦江之星开始从长三角地区向全国发展。开店数量增多，管理模式逐渐成熟，既有订房中心、800电话，还有会员卡等。但是，由于国企传统思维的限制，对消费者不够重视，发展了几年后，会员仅有4万左右。另外，由于快速开店忙着去抢占市场份额而导致了门店管理和服务水平参差不齐，从而影响了整体形象。

无独有偶，如家的发展历程也经历3个阶段。

筹划阶段：从2001年底到2002年6月。季琦先在锦江之星住上一段时间，吸取了人家的长处后，才开始设计自己的如家。也是因为在锦江之星"偷师"的缘故，在细节上，如家有些地方比锦江之星设计得更加温馨。另外，由于对网络的推广轻车熟路，季琦在运作如家的时候也如法炮制。于是，没用多久，如家嘉宾普通卡的发行量就达到了20多万张，而嘉宾金卡的发行量更是高达90多万张。

扩张阶段：从公司成立的那天开始，季琦就意识到，连锁经营的核心是规模效应。所以，他一开始就把连锁扩张作为如家发展的战略目标。2002年的下半年开店4家，2003年开店9家，而2004年达到35家，总之，每年开店的速度都是翻倍增长。而在具体的经营模式上，如家采取的是重点布局，先从直营店开始，当在该地区站住脚后，就开始进行加盟扩张，起步于北京、上海，然后进军其周边的大中城市，像天津、杭州、南京……形成了华北区、华东区、华南区等经营片区。另外，为了化解由于快速开店而造成现金流的紧张，从2003年下半年开始，如家引入了IDG、新加坡梧桐创投等境外风投的资金。于是，如家在连锁发展上一路顺风顺水。

筹备上市阶段：自从携程旅行网在2003年上市后，如家的创始人之一沈南鹏就准备着再次把如家带到纳斯达克去。所以，如家董事会重新物色了一个CEO。另外，孙坚来到如家后，管理体系的完善也日臻完美。

行文至此，我们很明显地看出来，在扩张的旅途上，如家采用的是租赁方式，而锦江之星采取的却是购买商业地产的方式。锦江之星的高层认为，如果经营好了，地皮也开始增值，两者相得益彰，一举两得。但如家高层的目标则是推动如家上市，他们知道如家上市后，市值就会马上扩大几十倍。所以，有了这个目标的驱使，如家在扩张之路上就一路狂跑了。这就是如家跟锦江之星之间最大的区别。

二、运营：连锁经营能让公司做大

1. 连锁经营的概念

如果连锁店开到11家以上，那就叫连锁经营。连锁经营的特征归纳起来就是4S原则。

差别化（specialization）。比如，如家酒店的外墙是黄色的，跟其他连锁酒店的颜色完全不一样。

标准化（standardization）。比如，顾客到哪家如家酒店入住，给他的整体感觉都是一样。

专业化（segmentation）。比如，如家酒店工作人员的服务水平给顾客的感觉是非常专业、非常正规。

简单化（simplification）。比如，入住如家酒店时，顾客发现手续非常简单。

2. 连锁经营的优势

连锁经营可以起到规模效应的作用。比如，节约广告费用、节约流通费用、店多欺厂、资源共享，等等。据相关统计，开单店失败的概率高达50%以上，而开连锁店失败的概率则不到5%。

3. 连锁经营的类型

连锁经营主要有如下三类：

（1）直营连锁（RC）。只有一个老板，独资开的连锁公司。比如美国的沃尔玛、法国的家乐福。

（2）特许连锁（FC）。想加盟的老板必须向总部交加盟费、保证金等费用，自己才能开店。比如肯德基、麦当劳的加盟店，不过，它们也有直营店。

（3）自愿连锁（VC）。这种加盟比起特许加盟，所需要的加盟条件不是很苛刻，甚至只要象征性地交一点品牌使用费就行了。当然，自愿连锁店的投资回报率肯定没有特许连锁店的高。

4. 连锁经营的选址分析

具体内容为：产品跟地点是否匹配，客流情况如何，竞争对手有多少，交通是否方便，城市规划影响到吗，周围环境怎样，物业本身有没限制，等等。

5. 连锁经营的扩张路径

主要有如下4种。

（1）自建：自己选址，自己开店。

（2）并购：收购当地企业。

（3）加盟：特许经营的方式比较多。

（4）合作：跟战略伙伴一起开拓市场。比如，万佳超市跟万泽药店合作，万佳开到哪里，万泽也跟开到到哪里。

刚才已经把连锁经营的相关知识复习了一遍，接下来，我们再看看如家的开店策略。

就在锦江之星等经济型连锁酒店以自建的方式，把地产升值作为经营首选指标的时候，如家却采取了轻资产的策略。

如家是这样考虑的：通过租用和改造一些陈旧的物业，比如学校、厂房等，就能缩短酒店的建造周期，通常情况下，6个月就可以搞定，而星级酒店的建造周期则长达2~3年，这么一来，完全解决了因为急速扩张而造成的资金紧张。另外，如家在扩张的过程中，先在重点城市布点，一旦在该城市获得开店成功并站住脚后，马上采用加盟方式，强化如家在该地区的品牌影响力。

如家的扩张策略，刚才已经介绍过了，那如家是如何选址的呢？下面，我们接着聊。

如家的选址流程是这样的：首先在城市中交通便利的地方找点，因为这样就能够方便顾客出门坐地铁或者打车。当找到理想的地点后，开发部拓展经理就把论证过的项目直接向如家的CEO回报，CEO到现场做个初步判断，接着把项目数据输入一个投资分析测算软件，大数据测算通过后，继续上报公司的投资决策委员会。如果投资决策委员会也认为可以，那么，一两天过后，就可以立项签约了。

不过，项目签约之后，常规的免租期只有三四个月的时间。假如在这几个月内，酒店改造的工程还没结束，那就意味着酒店还没营业先亏租金了。所以，在时间的把握上，如家不是按照设计、施工、市场推广的先后顺序了，而是采取“花开多朵，各表一枝”的方式。也就是说，施工部动土的同时，市场推广、组织培训等各方面的工作也同步进行了。整个团队成员的分工明确，并且每个项目都有严格的时间约束。于是，这种分工合作，同步进行的开店模式，给如家节约了不少时间和资金。

当然，光靠自建直营店来进行扩张还不行。就算是跨国公司的经济型酒店，它们的壮大也主要依赖于特许经营。所以，如家也需要加盟店，而加盟的相关费用如下。

特许初始费（一次性支付）：按3000元/间计算，100间就是30万元。

特许经营保证金（一次性）10万元（5年后有息退还）。

特许品牌使用费：每月特许酒店总收入的3%。

特许服务支持费：每月特许酒店总收入的3%。

如家酒店管理系统安装维护费：首次安装费5000元，维护费10000元/年。

工程筹备期管理支持费：10000元/月（一般4个月，具体视工程进度而定）。

另外，加盟店方自行负责酒店的初期改造及运营期间的维护成本，并且要符合如家制定的各项指标。这样，加盟店在品牌方面就可以获得如家统一的产品推广、展会促销；在销售方面获得全国免费的800、400电话预订系统的支持；在技术方面获得如家自主版权的酒店管理系统软件的免费安装；在培训方面获得如家酒店管理学院的系统培训等。还有，以位于一级城市一级地段的酒店为例，酒店建筑面积3450平方米，100间客房，年平均出租率85%，平均房价170元，那么，加盟如家后，年投资收益率为15%左右。

当然，刚才模拟的收益率，是常态下统计的数字，并不代表着加盟如家就一定会赚到这么多钱。不过，站在如家的角度进行分析，如家已经先一步借用加盟商的费用了。

其实，特许经营也有不利的一面，如家曾经有过由于加盟伙伴选择不当而导致品牌受损的事例，不过，后来如家还是找到了解决这个问题的方法：一个地方没有直营店，就不能允许加盟。

综上所述，对于如家来说，直营店也好，特许店也罢，各有优劣。如果是直营店，该店的所有工作人员都是如家的员工，易于管理，直营店的所有收入都是归如家所有，盈利空间远远大于特许店。但是，特许店不需要如家的现金支出，其毛利更高，通过这种方式，能快速在目标城市完成布点的任务以实现扩张。

三、人事：企业到底最需要哪类人

傻瓜都知道，办企业，最需要的是人才。但是，具备什么样特质的员工才算是人才呢？对于这个问题，可能一千个企业家就有一千种标准。

比尔·盖茨对人才的定义为：正确的商业判断、持之以恒的毅力、高超的智力、丰富的实践，再加上做人的根本——诚实、听话、努力工作等。

在中国一些企业对员工的要求是“三老实”“四一样”。“三老实”即当老实人、说老实话、做老实事；“四一样”即领导在与不在一个样、有人检查和没人检查一个样、假期和平时一个样、白天和黑夜一个样。

更有私企老板对员工的评价为：有才无德坏事，无才有德误事，有才有德成事。

尽管不同的企业、不同的老板对人才有不同的评判标准，但在笔者看来，不外乎从两个方面来鉴定。也就是说，企业负责人对员工最在乎的两点为：能力和脾气。能力是指某员工在业务技能操作方面的熟练程度，用强和弱来表示；脾气是指某员工在对人、对事方面的态度表现，用好和差来评价。于是，根据这两个维度，笔者构建了一个人才方格理论，具体内容如下（见图7-2）。

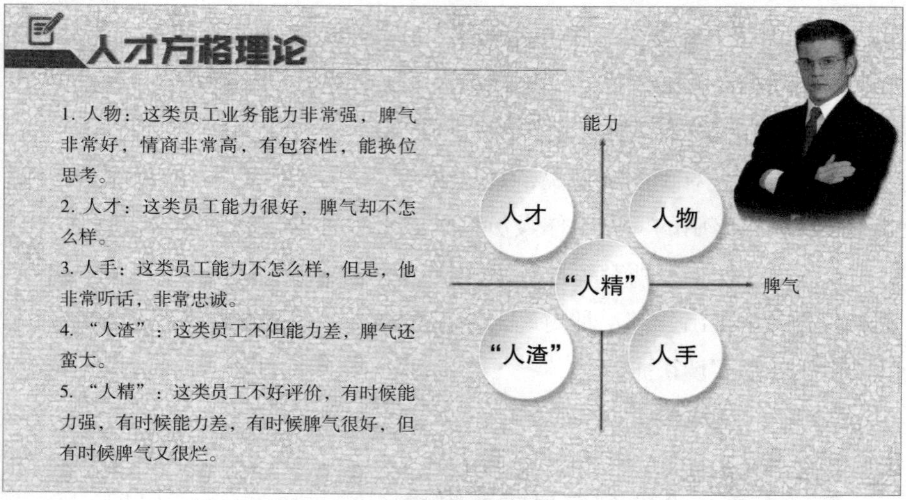

图7-2　人才方格理论

第一种是人物。这类员工业务能力非常强，脾气非常好，情商非常高，有包容性，能换位思考。在决策当中，就算自己的观点是正确的，他也只是想方设法去说服老板，绝不会跟老板顶嘴，当自己的观点事后被证明是对的时候，他也不会因此而自叹命苦、怀才不遇，更不会因此而挖苦和讽刺老板。这类员工每位老板都喜欢，但是这种人才是可遇不可求，因为这类人太少了，比例还不到1‰。

第二种是人才。这类员工能力很好，脾气却不怎么样。他非常清楚自己的价值，也懂得“不怕被利用，就怕是没用”的道理，所以，他常常居功自傲，有时候说话很不客气，以致他的助手或者部下经常对别人说：“我的领导真不好伺候。”这类人的比例为10%左右。

第三种是人手。这类员工能力不怎么样，但是，他非常听话，非常忠诚，老板训他，他从来不顶嘴，还一边应着：“是，是，是。”这类员工中，有一部分人的情商相当高，很懂得观言察色，很懂得讨好老板。所以，有时候这一部分员工，升职的概率比较高。另外，这类员工所占的比例也比较高，高达30%。

第四种是“人渣”。这类员工不但能力差，脾气还蛮大。他总觉得自己很有能耐，看谁都不顺眼，甚至有时候还总觉得自己怀才不遇。不过，这类员工中，有极小部分人经过一段时间的碰壁之后，突然变得聪明了起来，向人手或者人才方向发展了。在现实生活中，这类员工在企业里所占的比例也不少，有20%左右。

第五种是“人精”。这类员工不好评价，有时候能力强，有时候能力差，有时候脾气很好，但有时候脾气又很烂。为什么他总是这样反复无常呢？原因只有一个：给我钱多，啥都好说，给我钱少，啥都没门。所以，这类员工非常精明，美其名曰：“人精”。企业中，这类人很多，所占比例高达40%，其中有少部分还属于高管。

五种人才已经一一介绍过了，那企业老板更喜欢哪种呢？在笔者看来，企业老总最喜欢的是人物，其次是人才和人手，人才有时候让老板很头疼，人手却让老板恨铁不成钢，而“人精”有时会让老板非常气愤，至于“人渣”就不用说了，企业会直接把“人渣”优化掉。

如果扯远一点，单拿忠诚度高和能力强这两种人来讨论，老板会更看重哪种人呢？这就没有统一的观点了。比如史玉柱，他说：“在企业的非常时期，更需要的是忠诚的部下。”所以，与他不离不弃，甚至4年里都没有拿到一分钱工资的老部下，当史玉柱东山再起后，都得到了重用。而马云的做法又是另一种，刚创立团队的时候，马云的创业团队总共有18个人，其中有他的亲戚，也有他的同事和学生。开第一次股东大会的时候，马云却对这些创业伙伴说：“你们只能当排长、连长，而军长以上的军官，我另找高人。当然，你们也有机会当军长，如果水平能达到的话。”果然，随着阿里巴巴不断壮大后，有很多能人空降了进来。

行文至此，让人不自不觉地联想到了如家的CEO孙坚。这位在澳洲留学10年，又在易初莲花、百安居（中国）等公司担任过高管的职业经理人，不但熟悉连锁经营，更懂得如何将一门生意变得“可复制、简单化、标准化、差异化”。值得大书特书的是，易初莲花、百安居等连锁企业的成功管理经验让孙坚懂得：在公司里，管理者不仅仅关注顾客，还要关注员工。只有通过每天的言传身教，让员工体验到被尊重、被服务的感觉，服务理念才会从管理者的身上复制到员工的身上，才会让顾客体会到如家人那发自内心的真诚的服务。所以，自从进入如家以后，孙坚每天都向每一位同事问好，并且尽量记住每个同事的名字。孙坚认为，记住别人的名字，就是意味着尊重别人。他所做的这一些，就是让所有的如家人都明白，如家不仅给客人带来“如家”的温馨，还能给员工带来“如家”的亲切。

从刚才这些具体的事例可以看出，孙坚确实是一名优秀的管理者，非常懂得营造积极的组织气氛。孙子兵法上有这么一句话：“上下同欲者胜”，由此可见，如家领跑经济型酒店行业已经在意料之中了。想起当初如家董事会花钱去挖孙坚这件事，现在看来，可以说它是一笔很划得来的生意，三军易得，一将难求啊！

应 用

鸭颈王鸭脖因何成功，土家掉渣饼因何失败？

鸭颈王鸭脖的创始人叫何星远，他2001年从四川大学MBA毕业后，应聘到了香港东亚银行成都代表处，成了一名高级金领。有一天，他吃了一根同事的女友从武汉带回来的鸭脖子，觉得味道太好了，于是，萌发了创业的念头。

经过一番慎重的考察，何星远和朋友自筹了120万元，在上海成立了自己的公司，并且注册了“鸭颈王鸭脖”这个品牌。

2002年11月8日，上海第一家鸭颈王鸭脖店顺利开张，为了让人们都接受这种特色小吃，何星远和同事每天都要到上海市区写字楼去做推广，免费请人品尝，认真听取消费者的建议，连续数月，从不间断。为了保证鸭脖子的质量，从产品的选料、加工到销售，何星远全程监督。

果真皇天不负有心人。在不到1个月的时间里，何星远的鸭颈王鸭脖店已经增加了6个分店，生意非常火红。7个月后，鸭颈王鸭脖马上成了红遍上海滩的时尚食品。

在上海的巨大成功并没有让何星远满足。随后，他决定北上，开拓北京市场。让何星远想不到的是，北京销售势头比上海更猛。每天下班时间，连锁店门前顾客排长队购买，单店曾创下日销售21000元的纪录，成为打败小龙虾的北京新时尚食品。仅仅5个月，北京18家连锁店的销售额就达到170万多元。

就这样，几年之后，采取直营连锁和特许经营模式的鸭颈王鸭脖就成了当时全国的知名品牌。

我们再看另一个时尚食品——土家掉渣饼的兴衰故事。

土家掉渣饼的创始人叫晏琳，这个土家姑娘毕业于湖北工业大学。2004年2月，她从一家20平方米的铺子起家，将土家掉渣饼发展到了一个人人皆知的地方小吃品牌。

由于这种土家风味的烧饼在武汉卖得非常火爆，让一个叫作耿德武的商人看到了商机，他在第一时间将这种烧饼引进上海，并根据上海人的口味进行了改良，“土家烧饼大王”由此诞生了。土家烧饼大王一炮打响之后，便以自由加盟的形式在上海迅猛发展，几乎以每天4~5家的速度扩张，一次性收取加盟费28万元，包括技术转移费、人员培训费、商圈及店址评估费、门店装修设计费等，产品每天统一配送到各家门店。没多久，土家烧饼大王在上海的连锁加盟店已扩增至50多家。

耿德武虽然尝到了成功的甜头，但事情的发展还是在他的意料之中。土家烧饼没过多久就被众多商家仿冒跟风，相似的口味、相似的店名、相似的店面风格等，使得整个市场迅速饱和，许多商家以更加低廉的加盟费用也开出了不少连锁店，分割了市场。

更让人想不到的是：在网上，买家只需花费二三十元钱就能买到所谓的土家烧饼秘方。

对于纷纷跟风的饼摊，晏琳对记者表示了她的无奈。“申请专利需要18个月，在这段时间当中大家都可以卖土家烧饼。最后的结果就是，大家谁都没得做。”

让晏琳非常郁闷的是：自己申请的“土家烧饼”专利还没有批下，自己的加盟店销售量开始下滑，加盟商逐渐对土家烧饼失去信心。

根据上文这两个创业故事，请你分析一下，为什么鸭颈王鸭脖如此成功，而土家掉渣饼却失败了？

（需要此题的参考答案，请加笔者的QQ:1020824123）

第8章 解散与单干

——当大老板是创业者的梦想

|语　录|

商场感悟5则

成功=个人努力+神人保佑+贵人相助+高人指点+家人期待+小人监督。

——读如家成功上市有感

企业家基本素质：胆量、眼光、资源整合能力。

——读携程团队两次创业成功有感

我出生时贫穷，不可能到死也贫穷。当不了有钱人的后代，就要当有钱人的祖先。

——读携程团队两次创业成功有感

赚钱有三种方式：靠体力赚钱、靠智力赚钱、靠钱赚钱，其中最厉害的当属靠钱赚钱。

——读风投选项目有感

一切能够减轻别人烦恼的问题，我都不回避；一切能给大家带来快乐的情感，我愿意付出。人生就像一杯绿茶，苦涩留给自己，芳香送给别人。

——读孙坚人性管理有感

第一节　如家成功上市了

一、合作伙伴应该选谁

既然准备上市，就必须选对合作伙伴。根据上市的要求，合作伙伴包括投行、审计、律师和承销商等。

投行，如家选择了瑞信和美林。

选瑞信，是因为它整个团队非常好。为什么这么说呢？下面先简单介绍一下这家公司的概况：瑞信是全球第五大财团，业务涉及金融服务、银行产品、退休金、保险服务等。

瑞信在全球50多个国家都有分公司，公司总投资有245亿美元，管理财产有11953亿瑞士法郎。早在1955年，瑞信就与中国银行建立了账户关系；1985年，瑞信在北京设立代表处；1992年后，瑞信已经为中国各大机构筹集资金60多亿美元，其中的4次是中国政府发行的债券。

值得大书特书的是，瑞信曾经参与了6次可转换债券发行和6次股票发行，其中包括广东投资有限公司发行的第一份可转换债券，中国华晨汽车公司的第一次首次公开发行以及山东华能电力开发有限公司在纽约股票交易所的第一次直接挂牌上市。

选美林，是因为它在亚洲专门成立了一支服务房地产和酒店业的团队，并且沈南鹏跟美林合作已久，当年携程上市就选了美林。那美林是一个怎样的公司呢？

其实，美林是世界最著名的证券零售商和投资银行之一，在财务世界里没有人不知道这个名字。它的总部位于美国纽约，在曼哈顿4号世界金融中心大厦里，该公司占据了整个大厦的34层楼，其分公司及代表处遍及全球六大洲37个国家与地区，雇员达6万人。在全球有超过700个办公室及15700名财务顾问，为个人及企业提供以一流规划为基础的财务顾问与管理服务，旗下所管理的客户资产总值达1.7万亿美元，为全球规模最大的财富管理公司之一。

美林证券成立于1885年，资本额高达235亿美元，在《财富》杂志全球500家大公司排名中位列证券业第一。

美林公司的业务涵盖投资银行的所有方面，包括债券及股票的承销、二级市场经纪及自营业务、资产管理、投融资咨询及财务顾问，以及宏观经济、行业、公司的调研。自1988年起，美林连续10年成为全球最大的债券及股券承销商。美林集团在纽约交易所、伦敦交易所和其他股票交易市场的股票交易额均名列首位。

审计，如家选择的是普华永道，因为它的信誉非常好，而且风格比较保守。

当然，这家公司的名气也不小。普华永道是四大国际会计师事务所之一，它是普华和永道于1998年合并组建而成的。普华永道和毕马威、安永、德勤合称为四大国际会计师事务所。

普华永道主要服务的领域包括审计、税务、人力资源、危机管理等。普华永道通过制订解决方案及提供实用性意见，不断为客户及股东提升价值。普华永道分布在150个国家和地区，拥有超过146000名专业人士，对22个行业进行专业研究。

律师行，如家找了美国著名的瑞生国际律师事务所以及我国的通商律师事务所，它们都是经验丰富、屡屡受到其他公司CFO们好评的机构。

在这里，简单介绍一下通商律师事务所（简称“通商所”）。通商所经北京市司法局批准，于1992年5月16日在北京正式成立，并分别在深圳和上海设立了分所。通商所共有职员200多人，其中合伙人39人，律师及律师助理150多人。通商所律师在涉外法律服务方面的丰富经历，使得通商所在短时期内与欧美各国的许多国际性律师事务所建立了广泛密切的合作联系。通商所鼓励每位律师在金融与商务方面掌握广泛而深入的专业知识和实践经验，培养对各种法律规范的深刻理解，以及对社会环境的充分认识。

通商所主要的业务范围有：国际商业贷款、信托投资、公司改组及合并、国内金融机构境外发行债券、国内企业股票异地上市和境外上市、基础设施建设及项目融资、外商投资、各类商业及财务纠纷、知识产权纠纷等。

选好合作伙伴后，如家团队的成员又开始了不同的分工，他们每一个人都有各自的任务。

沈南鹏负责的是安排好如家董事的替换工作。

因为IPO完成之后，就有风险投资商为了套现而退出，这一点，沈南鹏心里非常清楚，到时候梧桐基金的代表施兆莘和IDGVC的章苏阳都会辞去董事职务。此时的他只好找到2位合适的独立董事来接替他们，并且这2位新董事的能力必须是一级棒的。因为美股市场上的独立董事绝不是A股市场的“花瓶”，他们是要进入董事会的薪酬和审计委员会的。

沈南鹏首先找到了有新加坡政府背景的淡马锡投资中国总经理胡勇敏。胡勇敏毕业于复旦大学，有超过12年的投资银行经验，历任贝尔斯登投资银行中国区负责人，以及瑞士信贷银行（香港）执行董事并任其中国区电信、媒体和科技部门负责人。胡勇敏曾为淡马锡控股董事总经理、淡马锡全球投资委员会成员、淡马锡房地产行业投资部负责人。过去2年在淡马锡的时候，他投资过在香港上市的内地房地产企业雅居乐、合生创展，对房地产行业非常精通。

沈南鹏要找的第二位独立董事是肯内斯·高。肯内斯·高的父亲曾经是泰国曼谷银行的第二大股东，他的母亲的家族是香港德生电机的大股东，他自己是香港第二代移民，在美国布朗大学获经济学应用数学学士学位。

肯内斯·高曾经在高盛做过投资银行，1999年起出任建生国际集团有限公司董事总经理，建生国际已在香港证券交易所上市，主要从事中国大陆和中国香港、澳门地区以及东南亚的房地产和酒店投资。后来，肯内斯·高和他的弟弟一起成立了房地产投资管理公司——基汇资本，主要从事大型酒店和物业投资。其家族还有一个上市公司在泰国，主营酒店管理。目前他是泰国著名酒店拥有人及营运商，泰国证券交易所上市公司Siam食品有限公司、日本房地产基金投资公司董事。

也许大家都是投资人，英雄所见略同！很快，沈南鹏就跟他们两位谈妥了。

孙坚负责的是让投行和律师充分地了解如家这个神奇的公司。孙坚心里非常清楚，只有让他们充分地了解如家的商业模式，他们才会充分地发挥自己的特长，写好如家的招标说明书，并为如家准确地定价。

怎么去做好这个工作呢？孙坚认为，亲自体验最具说服力。于是，孙坚决定请他们到如家来参观，让他们住在如家。这样，他们就可以跟各个部门的总监接触，也可同租赁物业改造成酒店的业主交流，还可以看到各种各样的业务报告，真正地了解如家IT系统的运行情况。如果他们提出了问题，随时都有人耐心地解答。

孙坚这么做，效果果然很显著。如家的亲身体验，让这些住惯了五星级宾馆的国际大牌风投人和律师连连赞叹。他们觉得，相比起印象中的国外经济型酒店，如家的管理和服务更加周到一些，更加有人情味一些。

于是，孙坚的任务也就漂亮地完成了。

吴亦泓负责的是公司整个财务体系的梳理，同时强化其他业务部门对上市公司规则的引导和理解。

其实，这个工作也真不好做，如家总部的财务部门只有20多个人，却调度着100多家连锁酒店。

后来，吴亦泓发现，找到整个体系中的位置感和角色感才是解决问题的关键。于是，她在如家财务和会计部门分别设有财务总监与会计总监两个岗位。财务总监的职责是：公司财务流程的建立、执行、审计和培训，另加公司资金税务计划和运作。会计总监则主要负责国内与国外的财务报表的制作及财务系统的设置和维持。

吴亦泓心里非常清楚：如家是一家本土公司，以往的报表都是根据国内财务准则去做的。如果在美国上市，就必须符合美国的会计准则，而且上市要求提供之前3年和当年到上市为止的财务报表，这是一件工作量非常大的事。

尽管吴亦泓不是会计师，但她是做投资出身的，对美国的会计准则非常熟悉，而国内的财务人员则对中国的财务准则非常熟悉。他们相互配合，再加上审计师也给他们提供了一些顾问方面的帮助，他们就开始做这件事情了。吴亦泓先从上到下设置好要做什么事情，再把这些贯彻到每个店里去，前后总共做了3个多月。

吴亦泓后来告诉记者："我们总部的二三十个财务人员加上每家店里面的一共接近200个财务人员，这几个月是非常痛苦和艰辛的一段时间，星期天都要加班，甚至凌晨三四点还会用短信联系。现在想想都不知道怎么做出来的。"

令记者惊叹的是，吴亦泓为如家财务部门设定的定位与《首席财务官》杂志一贯推崇的"竞争（competitiveness）、资本（finance）、运营（operation）"的CFO解构有异曲同工之妙：支持公司业务的健康快速发展和扩张；最大化投资者回报；不断提高财务运作的准确性、及时性、工作效率及有用性。

除财务之外，吴亦泓还负责法务、投资者关系和内部风险控制等几个关键部门。法务部门有大量的资料需要翻出来整理，包括每一家酒店都有租赁合同、特许加盟合同、采购合同等，各个条款都必须按美国法规的要求去检查，工作量也不小。

当然，把这些都搞定后，吴亦泓的工作也就顺利完成了。

二、该如何给如家作价

总之，在准备上市的前几个月里，如家的董事会成员每两个月就开一次会，从招股书上大的框架到每个需要复核的问题，都认真听取大家的汇报意见，以便及时决策。梅蕴新和沈南鹏态度十分明确，既然已经启动，就必须把这件事做好。

果然，功夫不负有心人。2006年7月13日，如家终于向纳斯达克证券交易所递交了招股说明书的第一稿。8月9日，美国证监会马上反馈了回来，一共提出60个问题。

投行和律师们一看，既兴奋又不敢相信自己的眼睛，怎么会呢？通常情况下，第一稿反馈回来的问题都会超过100个，如果真的仅有60个的话，就说明如家的准备工作做得非常出色。是不是美国证券会的人没有看完招股说明书，先提60个？

在如家的团队小心翼翼地回答完这60个问题后，2006年9月13日，第二稿的反馈又回来了，一看，如家启动上市的团队都兴奋得不得了，因为这次问题更少，只有12个，所有人都相信上市是稳操胜券的事。

在上市招股说明书被纳斯达克通过后，2006年10月初，沈南鹏、孙坚、吴亦泓和两大投行的几位代表坐在一起开会，商讨关于确定招股价格的问题。

其实，给如家股票定价真不容易。因为在国内，这个行业发展很快，经营经济型酒店的企业尽管也不少，但是想把企业做到上市的，目前只有如家，所以，如家没有参照物。如果参考国外的同行，似乎也不太妥当。因为欧美市场早已进入成熟期，它们已经有一个固定的参数，也就是说，酒店业的平均市盈率均在20倍左右。而如家身处潜力巨大的中国，发展速度远远大于国际同行，无论是从平均每间客房收益、企业价值，还是客房出租率等关键经营指标上来说，国际同行都是无法与其相提并论的。

怎么办？吴亦泓提出自己的看法：“我们必须找到一个合适的参照物。中国经济型酒店市场处于起步期，因此比较成熟的国际酒店管理公司在这个市场只能作为参照而非直接比较，而中国其他公司也一样。虽然国际酒店公司和国内其他酒店公司也有类似的增长特点，但是它们处于产业内不同的时期，而且商业模型也不同。因此，我建议如家的股票价格的定价应该建立在其独特的商业模型和高速增长的前景之上。”

最终大家决定用PEG（市盈增长比率）的方法为如家定价，价格区间定在每ADS（美国预托凭证）10～12美元。吴亦泓给出的解释：“这是一个平衡的结果，董事会认为如家是一个非常有成长性的公司，我们肯定不能‘贱卖’了，否则就会稀释现有股东的利益，这是我们的责任。同时，我们要考虑到定价合理，如家才会在市场上获得好的反响。我们定这个价，对现有的投资者是最公平的。”

接下来，他们兵分两路。梅蕴新、沈南鹏去纽约，孙坚和吴亦泓在投行代表的陪同下，拖着行李开始了艰苦的全球路演。

路演的时间仅有8天。第一天飞香港，当晚9点半，最后一次会议结束后，孙坚和吴亦泓直接坐飞机到伦敦。到了伦敦已是第二天早上5点钟，8点钟他们又开始路演。结束之后，他们又飞越大西洋去纽约，在纽约开了两天会，接着去波士顿、旧金山、芝加哥等地，之后又飞到了特拉华州，一路开车经过新泽西、宾州，最后回到纽约，与梅蕴新、沈南鹏等人会合。

在短短的8天内，孙坚和吴亦泓几乎每天都是在机场吃饭，在飞机上睡觉，虽然很辛苦，但也很兴奋。他们总共去了三大洲的9个城市，会见了50家机构投资者。

当然，吴亦泓、孙坚路演的目的是去给这些机构讲故事的。故事的主要内容有：中国的旅行市场即将井喷，中国经济的快速成长非常惊人；而消费者对干净、舒适、便捷和有限服务的需求日益增长；现在如家已经建立了领先者的地位和品牌优势，它的运营体系和管理系统能够确保如家持续、高速发展；它能给消费者符合自己需求的产品和服务。

就这个简单的故事，从10月16日到25日，孙坚和吴亦泓每天差不多要讲几十场。所幸的是，这个故事得到了投资人的高度认同。

能得到海外投资人的认同，说明如家相比起其他企业有它的独特之处。因为，海外的基金经理们对来自中国的互联网创业者并不陌生。他们接待过新浪，见过盛大，接触过携程，他们也了解过像中国移动、中石油、中国银行等国企。

但如家的故事就有点不同了。其一，它简单；其二，它有足够的吸引力。对比起互联网公司，它不是边写程序边打广告就成功了，它并没有简单地复制一个美国的商业模式。如家的成长是靠一家家实体店积累起来的，是互联网跟传统行业的完美结合。它的出现告诉投资者，在中国有一个潜在的巨大市场，在这个潜在的大市场里有一个服务业的新生品牌已经横空出世。

另外，如家跟欧美的同行在商业模式上也有所不同，严格点说，它是欧美模式的升级版本。它凭借出色的标准化管理和先进的IT系统，能够妥善地管理上百家直营店和几十家加盟店。在员工管理层面，如家即启动了KPI（关键业绩指标），让每个人的收入跟绩效挂钩。它更强调人性化管理，让每位员工在公司都有家一样的感觉。

还有，如家不仅营业收入增长很快，利润增长也很快。2006年前三个季度，如家的营业额已经翻了一倍，利润整整翻了两倍。这种业绩在酒店业出现，真是一件非常不容易的事。这也说明了，公司的高管在追求开店速度的同时，对利润指标的要求也非常高。

在50家基金公司认认真真地分析了如家所处在的巨大市场和领先的商业模式后，它们中有49家决定购买如家的股票，结果认购超过了30倍。面对这种做梦都想不到的意外结果，如家上市团队既兴奋又紧张。怎么办？他们想到了，根据纳斯达克的规定，路演中，是可以在招股价格上限再上浮20%的。于是，他们决定提价。提多少呢？梅蕴新建议：定在13.8美元这个价位，这个数字非常吉利。最后，大家一致通过。

三、年度最好股票之一

充分准备的如家终于迎来了期待的激动时刻。

北京时间2006年10月26日21时30分，也就是美国东部时间2006年10月26日9时30分，如家董事会联席主席梅蕴新和沈南鹏敲响了纳斯达克开市钟，如家快捷酒店正式在美国纳斯达克证券交易所挂牌上市。

“纳市”开盘半小时后，如家股票还没开始交易，当时针指向北京时间22时40分时，如家股票开始有买卖了，开盘价为22美元，高出发行价13.8美元59.4%。开盘接近半小时的时候，交易价为22.75美元，高出发行价8.95美元，交易量达到5857514股，涨幅达64.86%。在这一天当中，最高交易价为23.5美元，最低交易价为21.5美元。它是纳斯达克2006年度表现最出色的IPO股票之一。

据权威报道：如家酒店在纳斯达克的上市首日表现是1年来第二好的股票，仅次于Chipotle Mexican Grill 1月上市时创下的100%纪录。如家酒店的股价超过了每股年利润的100倍，而美国的同行精品国际饭店公司只有28倍。不过，行业观察者认为，这么高的市盈率还是非常合理的，因为它是中国的宏观经济和便捷酒店的前景造成的。

在这次IPO中，相关资料披露，如家酒店发行790万股美国存股凭证募集了1.09亿美元，13.8美元的发行价也超过了10～12美元计划价格区间的上限。每股美国存股凭证代表两股普通股。如家酒店2005年的净收益为2090万元，2003年为150万元。2006年上半年的净收益为2720万元。如家酒店总部位于上海，纳斯达克交易代码为“HMIN”。如家董事会成员包括董事会联席主席梅蕴新，联合创始人、董事会联席主席沈南鹏，董事鲍民，联合创始人梁建章，董事施兆荦、章苏阳等，管理层包括CEO孙坚、CFO吴亦泓以及COO梁日新。

这次IPO后，沈南鹏持有5380389股，占8.34%，梁建章持有4033342股，占6.26%，孙坚有691556股，占1.07%，作为投资方和限售股东之一的季琦持有4411294股，占6.84%。按照13.8美元每股的发行价，如家给这4位带来的财富分别为7425万美元、5566万美元、954万美元和6088万美元。

如家酒店既是国内第一家赴纳斯达克上市的经济型酒店连锁公司，其股票也是2006年表现非常出色的IPO股票之一，当然得到了很多财经记者的追捧，肯定有记者来问公司创始人、CEO的上市体会和对未来的打算。

接受采访时，沈南鹏对记者说了他的上市体会：“再次到‘纳市’敲钟，心情异常激动。这可是纳斯达克今年表现最好的一次IPO。还记得当年携程上市的时候，美国的投资者对中国的经济背景、企业文化都很不了解，我们需要花很大的精力向他们解释。当时我们要说服消费者接受我们，确实很不容易。但是这次如家上市就顺利很多，美国投资者已经对中国的经济情况相当了解了，而且对中国企业的股票很青睐。”

沈南鹏还对新浪科技频道的记者说：“一切都是水到渠成，我并不感到意外，因此也没有什么惊喜，从此以后我可能就不会再因为公司上市而激动了。”事实的确如此，如家上市当天，有媒体记者发现，沈南鹏姗姗来迟，并没有提前到达纳斯达克现场。

孙坚接受采访时，告诉了记者关于如家的未来规划。他说：“我们上市的融资将主要用于继续扩张。我们的目标是在国内100个超过400万人口的城市开设酒店，努力提升自己的市场地位。目前只有40个，并且其中85%的城市只有1～3家酒店，市场潜力还很大，我们要做的事情还很多，并不一定会直接收购竞争对手来扩张，但我们也会睁开眼睛辨别，有合适的收购机会也不会放过。”

另外，如家IPO的主承销商美林证券的罗伯特·约翰（Robert John）在接受媒体采访时，对如家也是赞不绝口。他说：“如家是一家非常不错的企业，如家上市是‘中国+消费者’组合概念在美国资本市场走俏的真正体现。如家为什么能得到美国资本市场的青睐？主要是它来自消费者众多的中国，它还是带有消费者概念的企业。所以，凡是具备中国概念的股票，都会令美国投资者兴奋。美国资本市场的共识是‘我们不是投资中国企业，而是投资中国’。”

如家上市4天后，2006年10月30日晚上，美国纳斯达克公司总裁兼CEO罗伯特·格雷费尔德（Robert Greifeld）访问并参观了如家酒店。之后，罗伯特·格雷费尔德对媒体说：“期待中国更多像如家这样的高成长性消费类公司到纳斯达克上市。”

总之，如家这次的成功上市，给经济型酒店这个本来就已经发展得如火如荼的行业又添了一把火，以至更多的资金、更多的企业蜂拥而入。中国最大酒店集团锦江国际酒店发展股份有限公司也计划着2006年底在香港上市，准备募集3亿美元。另外，值得大书特书的是：在这段时间里，已有一家便捷酒店连锁公司正在快速成长中，后来还成为如家的竞争对手，它的名字叫作格林豪泰。

第二节　竞争对手出现了

一、徐曙光是一个很厉害的人

格林豪泰的创始人叫作徐曙光，1964年出生于山东乳山的一个贫农家庭，1980年考上了北京理工大学，1984年被分配到北京航天部实验室工作。工作中，由于接触了很多国外的科学家和回国的教授，徐曙光发现他们的视野远远比自己开阔，发现“海龟”远远比国内的“土鳖”吃香，于是决定出国深造。

经过3年的充分准备，徐曙光通过了托福、GRE考试，顺利拿到了美国南加州大学的录取通知书。

进入南加州大学后，他申请的是很少人选修的应用数学专业。为什么要攻读一个冷门的专业呢？徐曙光认为：进去再说，只有先打开一扇门之后，才会发现新的机会。一个人只有在这个新的领域里展现自己，别人才会给他机会，如果一开始就追求尽善尽美，非此不要，就有可能连第一关都过不了，所有的美好设想都是空中楼阁。人生应该脚踏实地、循序渐进，而不是老让自己在两个极端之间进行选择。

徐曙光获得应用数学专业硕士学位后，刚好遇到遗传工程在美国的兴起，这个项目的投资高达20亿美元。据说人体共有5～10万个遗传基因，这些基因组成了人的“生命设计图”。如果人类能破译这张图，就能找到引起各种疾病的基因。那么，如癌症、艾滋病等绝症就能彻底治愈。

由于基因解析是需要数学知识去推导和演算的，所以成绩优秀的徐曙光决定涉足这个领域。他的导师Dr.Waterman更希望他往这个方向发展，还特意安排他去进修遗传工程学。

到了期末考试，选修遗传工程学的150多人中，只有7个学生的成绩是A，徐曙光就是其中之一。教遗传工程学的教授Dr.Finch非常高兴，打算继续培养这个高才生，Dr.Finch教授对徐曙光说："遗传学最需要数学家，如果你能坚持，5年之内就可成为世界著名的科学家。"

遗憾的是，徐曙光并不喜欢做生物实验。徐曙光觉得：一个小实验就要花好几天的时间，非常枯燥无聊，更何况千百次的实验得到的或许依然是失败的结果。

特别是有一次在做实验时，徐曙光不小心弄断了装满试剂的试管，玻璃碎片划破了他的手掌，顿时鲜血淋漓，而里面的试液也洒了他一手。

徐曙光当时吓了一跳，暗想：这次完蛋了。

不过，幸亏这只是非病毒类试剂，徐曙光虚惊一场。

但是，这次经历促使徐曙光最终下定决心：不再在这个"乏味""危险"的实验室里待下去。

结束短暂的遗传工程学生涯后，徐曙光开始寻找自己发展的方向。这时正好信息工程在美国蓬勃发展，1992年，美国参议员（后来担任了副总统）阿尔·戈尔提出来《美国信息高速公路法案》。1993年9月，美国政府宣布实施一项新的高科技计划——"国家信息基础设施（NII）"，旨在以互联网为雏形，兴建信息时代的高速公路，方便所有美国人共享海量的信息资源。

种种迹象表明，信息时代马上来临。有先见之明的徐曙光，又申请去了信息工程学院。1年后，他取得了第二张研究生文凭——电脑工程学硕士学位。

有一天，一位美国同学夸他："你的逻辑思维能力很强，以后能成为一位非常优秀的电脑工程师的。"

徐曙光问："你觉得这个行业的前景如何？"

同学说："像你这样的人才，肯定成为大公司的杰出员工。"

徐曙光说："我知道有不少中国人在美国的大公司做事，但据你所知，中国人做管理的多吗？"

“不多，我知道有华人在美国做工程师、做教授、做研究，但真正成为管理者、律师等的例子很少，也许华人觉得打工比较安稳一些吧。”

华人只能打工，不能成为管理者。这句话让徐曙光感到很不服气。于是，徐曙光第三次申请去了一家商学院，就读金融与运营研究专业，因为他要去寻找成为管理者的机会。

当徐曙光真正要去商界工作时，信息工程学院的导师Dr.Conway找他谈了很久。导师认为，徐曙光拿到了南加州大学最高的奖学金，还不用交税，如果他不利用这笔奖金去好好学习、完成学业、拿到博士学位，太可惜了。徐曙光会听取导师的劝导吗？请接着看下文。

徐曙光去意已定。1990年5月，正在读博的徐曙光经过导师的推荐，到美国百老汇连锁控股公司（简称“百老汇连锁公司”）做一名实习的财务分析师，负责处理公司财务方面的事务。

百老汇连锁公司有125家百货商店，每家商店有50万种商品，数据非常复杂。百老汇连锁公司的IT部门有700名员工，专门处理这些数据，但还是满足不了管理层的需求。徐曙光正好学过电脑工程和商学，他整理出来的数据恰好达到了公司的要求。3个月实习期一过，他就成了百老汇连锁公司一名正式的员工。

可是，真正加入百老汇连锁公司，徐曙光才认识到公司面临的困境是多么严重。由于以前百老汇连锁公司在两次兼并和反兼并中吞下“毒丸”，受到了重创，公司的资金和资源都消耗殆尽，管理层也筋疲力尽，公司的市场日益萎缩。1990年底，由于支撑不住了，百老汇连锁公司只好申请《美国破产法》第11章的重组保护。

在这次公司的重组中，徐曙光主管的是成本分析，特别是律师、会计师的收费都由他管理。当时，百老汇连锁公司一共请了4家律师事务所、3家会计师事务所来处理重组事宜。整个重组过程中，这一块业务的花费很大，尤其是律师费，在11个月时间之内竟然花了将近1亿美元。

怎么可能呢？徐曙光经过大量的数据分析，发现原来是有些律师在“搞鬼”。因为在他们提供的工作日志上，竟然写着一周工作7天，每天工作24小时，而律师的收费标准是每小时300~500美元。

徐曙光决定设计一个数学模型，利用扫描、自动辨别技术，将律师的大量文件录入、归档、分析，以课题、项目、时间、参与人数4个要素为变量，管理整个律师团队的工作。同时他参照以往的经验和案例，看一个项目的参加人数、所用时间是否合理。

终于，这个现在看来并不怎么出奇的办法，使律师费降低了20%。

事情进展很顺利，1991年底，百老汇连锁公司宣布重组完成。1992年，表现出色的徐曙光被委任为财务部和IT部两个部门的经理。2年之后，百老汇连锁公司与梅西百货宣布合并。

由于在公司重组中表现出色，使得公司在短时间内重新焕发生机，百老汇连锁公司的财务团队在业界获得了高度评价，一些大企业也纷纷把他们列入了挖角的名单，美国统一地产的吴建德第一时间就找到了徐曙光。

美国统一地产的母公司是台湾的统一集团，老板吴建德就是台湾人，他的弟弟吴威德在1987年就是徐曙光的同班同学，后来徐曙光也就跟吴建德熟悉了。

有一天，吴建德给徐曙光打来电话："Alex（徐曙光英文名），现在我公司这边急需要整顿，你过来帮我主持一下局面吧！"

本来，徐曙光是不想过去的，但是听到朋友说他公司有困难，盛情难却，只好答应了，不过，徐曙光只是答应了2年的期限。

美国统一地产是1990年成立的以房地产投资为主业的公司。不幸的是，1990—1997年间的美国地产刚好处于低潮期，所以美国统一地产的发展非常坎坷。

进入美国统一地产后，徐曙光先是"壮士断腕"，将建筑商的不良贷款项目快速收尾，集中精力做好盈利能力强的项目，同时把公司闲散人员裁掉一半，结果得罪了不少同事。

后来，美国地产逐渐复苏。徐曙光发现：大型公寓的产出和价值逆差很大，能够带来很好的效益，而且当时的价格又非常低，于是建议公司大力投资大型公寓。

果然，仅仅2年时间，他们就得到了大约400%的收益。

2年的合约马上到期，徐曙光要离开统一地产了。

由于徐曙光在美国统一地产2年间的卓越表现，在离职前后，他再次成为美国当地众多公司争相聘请的对象。这些公司包括美国协和地产公司（简称“协和地产”）、日本一家大型银行等。协和地产的老板Randy特别欣赏徐曙光的能力。

于是，在一个阳光明媚的午后，在南加州一个小咖啡馆里，Randy对徐曙光说：“我和美国统一地产是合作伙伴，你在那里的发展，带动美国统一地产转型、再造，给我留下了非常深刻的印象。希望你能够到协和地产来，为我们做同样的事情。”

什么？在统一地产工作期间，徐曙光曾经无情地砍掉了协和地产的融资，本来是“仇人”才对，现在竟然要请他去上班？

徐曙光心存疑虑地说：“对不起，我对协和地产不太了解，不知道能为你们做些什么。”

“改革！改革！再改革！带领公司走出困境！”Randy很坚定地回答。

其实，协和地产在南加利福尼亚州非常出名，这家公司拥有30多年历史，总部设在南加州。不幸的是，协和地产刚站稳脚跟准备开始快速扩张时，房地产业周期开始见顶反转。协和公司资金紧张，楼盘有价无市，大量土地积压在手里，吃掉了现金流，导致公司一时举步维艰。

为了能快速打动徐曙光，Randy向徐曙光开出了一个颇具诱惑力的条件，许诺给他协和地产10%的股份。

果然，徐曙光答应了Randy。1997年4月1日，徐曙光正式加盟协和地产，担任公司的执行副总裁兼财务长。

当徐曙光真正开始主持公司工作时，致命的问题马上浮出了水面。

原来协和地产的状况远远没有财务报表上表现出来的那么乐观，公司的经营状况极为糟糕，存在大量亏损现象，很多经营成本根本没有入账，只是在体外循环。比如，科罗拉多州分公司，以前，它一如既往地给总公司上缴管理费，而现在它突然不缴费了。

1997年6月18日，徐曙光第一次召开科罗拉多州分公司的股东会议，把这个出人意料的窘境一五一十地告知股东。想不到的结果出现了，这些谨慎的股东们都选择了“止损”，宣布停止投资。

更可怕的是，这件事引起了一系列的连锁反应，所有的分公司都不再向南加州总部上缴管理费了，总部十几号人的工资顿时没了着落。

怎么办？情急之下，徐曙光只有利用个人的信用，向一些关系企业和银行机构借款，借回来几十万美元，给所有的员工发了工资，解了燃眉之急。

在对公司进一步地了解中，徐曙光意识到公司在管理方面存在很大的问题，最主要的问题是管理层缺乏责任心。徐曙光决定改组公司，在人事方面进行一次全面的改革。

但徐曙光马上发现：人们很多日积月累的行为习惯，很难再改变。很多事情，大家说起来一套一套的，口号喊得狂响亮，就是没有执行力，老是落不到实处。会议一结束，精神传达之后，原来怎么做还是怎么做，马照跑，舞照跳，看不到一点起色，整个改革措施在文件传来传去的过程中夭折了。

这次怎么办？徐曙光决定“另立中央”，跳出原来盘根错节的是非圈。

1997年10月，徐曙光向Randy建议另开一家新公司，让协和地产总部的所有员工都跟着一起进入新公司，以新公司的赢利来偿还借的旧债，并负担所有员工的薪资和福利。

一直都束手无策的Randy一听，马上同意了这个建议。1998年年初，协和地产南加州分公司正式成立，注册资本仅为3000美元，经营房地产投资开发，Randy任董事长，徐曙光任CEO，两人各出资1500美元，在新公司中各占50%的股份。

由于房地产投资开发包括筛选项目、投资、建造、销售等环节，回款相对滞后一些，一个周期至少要2～3年，所以，在协和地产南加州分公司开张的第1年，公司的账面营收为零。

看到这种情况，身为老板的Randy开始灰心了，此时他还有很多官司缠身。于是，依然在一个阳光明媚的午后，Randy找来徐曙光商量各奔前程的事情。

也许是已经把全部心思都放在这个公司上吧，没有太多的犹豫，徐曙光便同意了Randy的建议，在以分期付款的方式向Randy支付了80万美元现金外加一个项目后，徐曙光以总金额约250万美元的价码全资收购了协和地产南加州分公司另外50%的股份。

尽管全资拥有协和地产南加州分公司，但由于新公司没有钱，徐曙光只能选择合建，各方有钱给钱，有力出力。南加州分公司开张以来的第一个项目，就是从房地产投资公司手中接过来的合作开发项目。

当时，南加州华人中最大的房地产经纪公司是侨福地产。一次，侨福地产在南加州的一位股东拿到了16万平方米的土地，打算开发。然而，在美国做房地产开发，需要经验和资质，也需要和市政等拥有良好的关系，而且需要投入的成本非常大，包括整地、市政交付等费用。当时，美国普通城市里一幢中等价格的别墅只要20万美元，如果各项费用控制不到位，开发商很可能血本无归。

此外，一块有待开发的生地，需要工程师作出规划，将市政、居民、环境等进行通盘考虑。这样一整套程序下来，少则1年，多则若干年，足以拖得开发商心力交瘁。通常情况下，拥有土地的开发商往往不具备在各个人群中周旋的能力，而是需要交给专门的公司来做。这样一来，投资商往往只有两种选择：要么把土地转卖出去（当时地产还没有复苏，卖不了好价钱），要么找有能力的公司合建。

正在侨福地产几个老板一筹莫展的时候，他们通过别人介绍认识了徐曙光，知道这家房地产投资公司的老板能够把各个方面的优势都结合起来，并起到协调、疏导的作用。这时的徐曙光也正在积极寻找投资项目，所以双方一拍即合，决定共同合作开发。

3年之后，一片漂亮的社区拔地而起。

此后，协和地产南加州分公司的发展进入正轨，徐曙光提供的一组数据证明了这一切：1998年，公司的营收为零；1999年，公司的营收达到了1000万美元；2004年，公司营收达到了1亿美元。

自1997年以来，徐曙光就一直深耕在房地产开发的领域里，不停地拿地、盖房、出售，周而复始。他也是在这里积累了自己人生的第一桶金，然而他似乎还不满足。他突然意识到，房地产公司运营很受限于地域，比较难成长为一家国际化的公司。他继续等待着更好的市场机会。

二、格林豪泰是个奇怪的名字

2003年7月的某个晚上，徐曙光举办了一场晚宴。因为美国少数民族商业发展机构主席Mr.Lanston要到加州来考察访问，而作为加州少数民族企业代表的徐曙光负责接待工作。这天晚上，除了主席一行外，被徐曙光邀请参加宴会的嘉宾还有几十位，其中一些是政商两界很有影响力的人士以及他们携带的合作者。

晚会上，一对华人夫妇引起了徐曙光的注意。在闲谈中，徐曙光了解到：这对夫妇来自中国，男人从事酒店管理工作多年，有多个国际酒店集团公司从业经验。

他们越聊越投机，晚宴后，这对夫妇留下来继续跟徐曙光长聊。最后，男的对徐曙光说："现在中国国民经济发展迅猛，商旅客人和自助旅游的人日益增多，经济型酒店前途无量，资本界也十分看好这个具有新兴理念的传统行业，如家酒店就是在我的怂恿下成立的，按照目前的情况，多成立几家像如家酒店这样的公司，市场都不会饱和，也希望你到中国来投资这个市场。"

听对方这么一说，徐曙光想了一想，觉得挺有道理。因为他曾经多次到国内出差，在北京住的是长城饭店，在上海住的兴国酒店。这些都是五星级酒店，价格都不低。对于一个想为公司省钱的商务人士来说，忙完自己的事情后，回到酒店，最需要的是有一个睡好觉的安静环境，至于五星级酒店的其他娱乐设施根本用不上。假如在这个时候，这位商务人士碰到的就是一家价格实惠、安静舒适的便捷型酒店，他肯定入住。

徐曙光是一个执行力很强的人，说干就干。那次晚宴结束之后，他就开始考察起中国的酒店市场来。

经过一段时间的具体调研后，徐曙光发现——

商旅客人在国内也真不少，这是一个相对比较稳定且具有一定消费能力的人群。这个人群可分为高端、中端、大众化三个级别。高端人群住的是希尔顿、喜来登、香格里拉等国际知名五星级酒店。高端人群基本来自大公司，而大公司均与这类酒店签有长期协议，所以价格也比较优惠。但是，高端人群所占的比例不是很大，占很大比例的还是中端和大众化商旅人士。

为什么这么说呢？因为随着中国经济的迅猛发展，民营小企业越来越多，商旅人士的数量逐年增加，但这些商旅人士需要控制住宿成本，所以不可能入住这么高端的酒店，于是形成了这样一个巨大的市场需求。

相比起普通游客，商旅人士，哪怕是大众化商旅客人，他们对酒店的基本要求都比较高，比如安全卫生、干净舒适、交通方便、良好的睡眠环境、优质的服务态度等。

看着眼前这些具体的调研结果后，徐曙光意识到：相比起三星级酒店来，便捷酒店不仅价格便宜，而且该有的配套一个也不能少，还要有很高的质量才行。

不过，徐曙光对这个市场还是非常有信心的。2004年上半年，当时预测到地产泡沫已经很严重的徐曙光，果断地处理了太平洋地产（原名为协和地产南加州分公司）的大部分资产，毅然回到祖国，开始了一次全新的创业。

但是，当真正回国创办公司时，徐曙光突然发现：中国市场很多法律以及相关规定与美国大相径庭，他在美国的建房经验很多根本用不上。所以，他碰到了一大堆很头疼的问题。比如：如何进行酒店选址，如何选择办公地点，如何选择项目，如何选择开办人员和施工单位，等等。

无奈之下，徐曙光和他的团队只好一切都从零开始。他们先进行了一个很详细的市场调研。不过，当他们在参观了若干酒店，了解了中国市场同类酒店的价格体系后，徐曙光竟然得到了一个让自己兴奋不已的结论：他们使用同样的成本，可以做一个针对商务人士的品位更高、更舒适的酒店。

徐曙光决定给酒店定位为：绿色环保，欧美古典式，让人感到温暖和舒适、但又不会轻易被时代淘汰的经济型酒店。接着，徐曙光给自己的连锁酒店起了个好听的名字。英文名叫作Green Tree Inn，中文名为“格林豪泰”，“豪泰”就是英文hotel的音译。酒店的中文名和英文名，它的发音既相关联，又有深远的意境，洋味十足。

平时非常注重细节的徐曙光还认为，作为服务行业之一的酒店业，必须追求人性化服务。比如：格林豪泰酒店的枕头就很有特色，酒店中竟有不同硬度的枕头。还有，针对过去中国很多大楼设计存在的缺陷，譬如为了采光而高低错层等，尽管在表面上节约了一些电灯的能耗，却在制冷和制热方面产生了加倍的浪费。再者，国内酒店的窗户普遍过大，而且大多是推拉式的，这样就容易产生噪音，客人有可能因此不能很好地休息。针对酒店窗户这些缺陷，徐曙光采用了小型标准平开式的窗户，彻底解决了酒店业中行内人士认为很头疼的问题。

总之，功夫不负有心人，第一家酒店终于于2004年11月在上海开业了。后来，格林豪泰也像当初的如家一样，在扩张的路上向前狂奔。

其实，徐曙光进入中国市场开始推广格林豪泰酒店的时候，正是经济型酒店开始在中国热起来，但还没有达到最高点的时刻，上升的空间很大。所以，在这个时候进入市场，比锦江之星当初辛辛苦苦建立新品牌节省了不少无形成本。

当然，在这个时候，壮大起来的品牌不只格林豪泰一家，携程团队的原班人马也开始另立门户，在便捷酒店行业开拓出一片天地。为什么这么说呢？欲知后事如何，请继续往下看。

第三节　不和传闻

一、传闻来自一个报道

2006年11月12日，上海浦东陆家嘴金融贸易区的香格里拉大酒店里，《东方企业家》杂志社举办的第四届华人领袖峰会，就在这里热烈地召开。

由于在短短的时间内创办了两家上市公司，季琦和沈南鹏不但在本峰会受邀请的嘉宾之列，还被《东方企业家》授予“全球华人企业领袖东方菁英奖”。

也正是这个原因，到场的媒体都格外关注他们。记者们从峰会议程上的安排，了解到他俩要参与的话题。季琦参与的话题是由上海交通大学品牌战略研究所所长余明阳教授主持的“创新与品牌”；而沈南鹏参与的话题是由中欧国际工商学院副院长张维炯教授主持的“关于创新的七个问题”。

“华山论剑”的茶歇之际，《第一财经日报》的记者来到了沈南鹏的面前。

沈南鹏很快认出了这位记者，并很有兴致地对这位记者说：“你写的那篇关于如家的报道很不错。”

“到底是哪一篇？”

“就是《给如家泼点冷水》那一篇。”

听沈南鹏这么一说，记者也蒙了，给他们“泼冷水”，他还夸我？记者依稀记得，报道中是这么写的：

从近期如家高调宣布开业店数超越锦江之星、上市融资及加速扩张等策略来看，如家在短期内希望以数量巩固江湖地位之心相当明显，但过快的扩张对管理和品控都会带来严峻的挑战，目前有不少住客反映如家在硬件和软件管理上都还有提升空间，比如之前提出的每间客房宽带上网、员工提供服务的及时性和酒店部分硬件设施等都有不同程度的欠缺。企业要发展，核心竞争力是关键，尤其是作为消费类企业，客人的感受很重要。上市融资固然是好事，但一味追求数量，并不能真正提高企业竞争力。如何紧抓核心竞争力，加强品牌打造至关重要。

不过，这应该是体现了沈南鹏那种“接受建议、闻过则喜”的企业家胸怀吧！记者转念一想，就顺着这篇文章的思路，跟沈南鹏谈起如家应该如何保持服务一致性的问题。

没想到的是，在接下来的谈话中，沈南鹏竟然说出一句让记者惊讶不已的话。沈南鹏说：“当初把季琦请走，是如家做得最对的事情。”

几天后，上海第一财经频道波士堂栏目准备为沈南鹏录制一期节目，当栏目的相关负责人找到这位记者想了解相关情况时，记者顺便提到了沈南鹏所说的那句话。果然，在录制节目的时候，有观众提问：“沈先生您曾说过如家做得最对的一件事，就是在发展势头最好的时候‘请’走了季琦。不知这句话如何解释？”

沈南鹏回答说：“当初大家都觉得季琦是一个非常不错的创业型人才，所以由他来创办如家这家企业非常合适。不过，我们每个人的特长都不一样，尽管季琦可以创办如家，但是当如家发展到一个新阶段，从20家、30家分店扩张到200家分店的时候，我们就需要一个懂得连锁经营的职业经理人来统帅这家企业。我们的用人理念是尽量把合适的人才放在合适的位子上，而孙坚很适合做如家的CEO，所以我们就请他过来了。当然，当时让季琦离开携程团队创办如家是整个团队讨论的决定，而且也得到季琦本人的同意，这也是他本人愿意做的事情。”

还有观众觉得一个好好的团队就这样解散了很可惜，就接着问：“沈先生，对于未来4人团队有没有再次携手的可能性，尤其是你和季琦是否还会合作？”

沈南鹏笑了笑说：“假如携程和如家是失败的案例，也许4人团队还会再创建一个新的企业，但现在携程和如家都成功了，4个人都有了自己的不同事业，这使得4人未来的合作机会反而少了。”

这期波士堂访谈节目结束之后，记者将波士堂节目录制现场的情况写成了一篇报道，就在文章发表之际，编辑从中摘取最吸引人的一句话来当文章的标题，这个标题就是《沈南鹏：“请走”季琦是如家最“对”的事》。

这篇文章刊发之后，在业界引起来很大的轰动，人们纷纷猜疑：难道曾经志同道合的幻梦团队果然有一天也各奔西东了？这个团队的解散是不是因为股权控制或者是其他经济利益分配的问题？

二、携程成员澄清传言

也许是关注携程团队的人比较多，传言像旷野疯长的蒿草一样四处蔓延，此时携程团队的成员不得不出来澄清一下了。

季琦不止一次就这个问题接受记者的采访了。下面这段文字就是《东方早报》记者跟季琦的对话。

《东方早报》：与同学一起开公司一直是大学生们很向往的创业模式，但你们4个人创业成功之后，现在竟然“分家”了，这是否意味着你们的友情已经结束？

季琦：这是不可能的，外界老是猜测一些不存在的事。事实上，我们几个人都非常珍惜彼此的友谊。从携程到如家，这么多困难都是我们4个人一起走过来的，大家都不会忘记。现在分开做事只是由于大家的价值取向有所不同。沈南鹏觉得投资好，做了红杉投资公司；我喜欢酒店，做了汉庭连锁；梁建章觉得这几年很辛苦，去美国休息、游学；范敏现在是携程旅行网的首席执行官。对于外界的猜想，我只能保持沉默，我不能去左右别人的思想，而有时解释反而会让外界认为我们心虚。再说，我们几个在创业之初就已经分配好利益，又怎么会“不和”？

《东方早报》： 此前沈南鹏说“如家”发展势头最好的时候“请”走了季琦是对的，对此你有什么看法？

季琦： 这其实是一场误会，这都是媒体炒出来的。南鹏还说要告那个记者，但是我认为没有必要。当时其实是我自愿离开的。现在我还有如家酒店的股份，又如何谈“走”呢？其实是我自己想专心做汉庭酒店，所以退出了“如家”的管理团队。

《东方早报》： 你曾在一期电视节目中，对于4人团队中的其他几人均直呼其名，只有对沈南鹏称呼为“沈先生”，这如何解释？

季琦： 说到这个，我真的要叫冤枉了。那次上节目，我想是在正式场合，由于南鹏是在做投资，为了表示尊重，我特意叫他“沈先生”，却被大家曲解了。我和南鹏私下是非常好的朋友，我女儿现在6个月大了，中国的风俗是小孩要穿干妈送的衣服，而她很多衣服都是南鹏的太太送的，而南鹏家的红木家具也一直放在我家，难道这叫不和？

《东方早报》： 那么以后你们4个人是否还有合作的可能呢？

季琦： 就像南鹏所说，现在携程和如家都成功了，4个人都有了自己的不同事业，这使得4个人未来的合作机会少了。现在梁建章大多数时间在海外游学，南鹏有他的投资事业，我们如何合作还得靠缘分。现在不是更好吗？如果我们都在做如家、携程，那么中国怎么还会有我的汉庭以及南鹏的红杉资本？

当再次接受《职业经理人周刊》记者的采访时，季琦敞开心扉，说出了自己离开如家的真正原因：

我离开如家，绝非外界传的是因为争夺公司控制权，也绝非是为了股份等经济利益。我认为自己还算是个知识分子，对权力、财富看得不是很重，如家的股权比例是创始之初就定好的，不用去争什么，而且创建如家时，我们几个人都已经完成原始积累，不再看重经济利益。

在这里，我首次披露一下离开的最本质原因——挑战自我，找到可以让自己终生从事的事业。在创建了携程、如家后，我就想做一个不再醉心于上市、不再过于依赖风险投资、可以慢慢发展的企业。如果说携程、如家是很精彩的、简单的财富故事，汉庭就是值得我花一辈子时间去做的伟大事业。

坦白说，在创立携程时，4个创始人都没有什么钱，创建企业就是为了赚钱，目标没有这么高远。如家和携程都是创业型公司，发展模式是创始人加风险投资，一开始设计发展路径就是融资、上市。但酒店业的发展不应该是这样的，我考察后发现，国际著名酒店都是创始人创建并逐步发展起来的，很多还属于家族企业，因为酒店品牌需要长时间沉淀。

关于投资开办公司这个问题：第一，我们很幸运，这10年来是中国服务业迅猛发展的阶段，所从事的行业都在这10年内经历了一个大的发展期，我觉得不在于我们多么能干，只是借势而已；第二，全球资本市场之前没有这么成熟和稳定，这些年来，企业创建若干年后就能够在资本市场交易；第三，专注，携程、如家、汉庭其实都是做与酒店有关的事情，携程是做酒店预订，而如家和汉庭则是直接做酒店，专注使我们对这个行业的理解越来越深刻。

我做投资可能没有沈南鹏好，我觉得自己更适合做实业。如家、携程都是我去开局的，但我只能在某个阶段专注某个项目，如果有五六个项目都让我很激动，我很可能就不知道如何做了。

……

从上面两段采访文字可以看出，携程团队解散已经是板上钉钉的事实了，下面我们继续看看他们各奔前程后的进展如何。

第四节　各自精彩

一、吴海创办桔子酒店

携程团队的解体首先要从吴海说起。前文已经介绍过，吴海曾经是携程旅行网的高级副总裁，当年携程旅行网的订房量能够从每月几百间上升到每月10万间，多半归功于吴海推行了免费携程卡，并且给那些派卡人员开高绩效工资。依稀记得，这些派卡人员拼命到各个机场去派卡，18个月后携程的业绩一下子就上去了。

既然如此，吴海为什么离开了这个他曾经花了很多心血的企业呢？

其实，吴海离开携程的原因很简单。多年后，当媒体记者问吴海："31岁的你，被委以重任而当上了携程的高级副总裁，你为什么还选择退出呢？"吴海淡淡地说："首先，那个时候我还年轻，你也知道年轻人是没有耐心的，自己总觉得在携程待的时间太长了。另外，在携程的经历和在商之行的经历差不多，我去的时候携程的每月订房量是200多间，做在线预订的。加入之后，我把所有的模式全部改过来，在线预订只是酒店预订的一种补充方式，其实这等于又重做了一遍商之行。经过一段时间以后，我发现每天的工作都差不多，创新很少。这时我突然看到了一个新的市场机会，看到一个新的市场空白点，却被携程等比较大的公司忽略了，比如低端酒店的预订可能少一点，所以我想再做一个市场，就选择了离开。"

吴海的回答很平静，好像是在讲别人的故事。不过，对于吴海的回答，人们似乎不是很满意，因为业界还流传着另一个关于吴海离开携程的传闻，据说吴海的女朋友在艺龙上班，携程的几位创始人很不高兴，要求吴海让其女友离开艺龙，而吴海觉得人家还没跟自己结婚，凭啥要左右人家？于是发生了一些分歧，吴海索性提出辞职。基于吴海对携程的卓越贡献，在吴海离开之前，梁建章提出要给他保留股份，没想到吴海拒绝了。2年后携程上市了，吴海发现，他当时的股份最少值1个亿。

当然，这个传闻不知是真是假，但是，吴海离开携程后，继续创业确是真的。

2003年初，吴海和几位朋友在上海创办了财富之旅，市场定位为在线旅游。就在吴海准备在自己新发现的市场机会中大显身手的时候，没想到"非典"来袭。"非典"很快让这家专注于在线旅游服务的公司感觉到了破产的威胁。无奈之下，吴海只好为了这家新公司的前途命运而寻找买家。

到底把公司卖给谁才比较好呢？在对比了几家买主之后，吴海决定把公司卖给新浪。因为新浪相关负责人告诉吴海，新浪一直想把财富之旅和艺龙合并在一起，他们一旦收购财富之旅后，也会收购艺龙，并且答应让吴海管理艺龙。

但再次让吴海想不到的是，国际旅游巨头Expedia先一步入股了艺龙。这样一来，新浪收购艺龙的机会就没有了，而对新浪来说，财富之旅跟它的主营业务也没有多大关联，所以新浪决定放弃这块业务，干脆把财富之旅转手卖给艺龙。艺龙的CEO唐越很看重吴海，他跟新浪的人说："就让吴海一起过来吧，吴海来了，我才会买。"吴海也觉得，自己已经从新浪挣钱了，应该报答一下新浪才对，就很痛快地去了艺龙。

2006年6月1日，艺龙公司对外宣布，已经收购新浪旗下旅游服务品牌——财富之旅，同时把财富之旅的高管团队一起招至麾下，作为财富之旅创始人的吴海将担任艺龙公司副总裁。

对于这次合作，艺龙公司CEO唐越非常满意，他告诉记者说："此前总部设在上海的携程一直雄霸华东市场，艺龙的渠道则相对比较弱，但此次通过收购总部同样设在上海而规模仅次于携程和艺龙的财富之旅，将直接弥补艺龙在华东地区的短板，提高艺龙的行业竞争力，特别是在华东地区的竞争力。另外，业界一直都说艺龙团队的资本味太浓，而没有一个真正具有传统旅游背景的高管，但此次在商务旅行预订业有丰富经验的吴海加盟艺龙后，填补了这一缺位，并增加了酒店预订量与管理团队的力量。"

唐越继续告诉记者说："不久前，艺龙已经和雅虎中国签约了战略合作的协议，我们希望能借助门户网站的流量提高艺龙的影响力，在一两年之内能够追赶业界霸主携程。"

新闻发布会结束之后，业界都知道艺龙近阶段在市场上的新动作。针对艺龙和雅虎中国的合作以及艺龙和财富之旅的合并，特别是吴海加入艺龙，携程旅行网执行副总裁也发表了自己的看法，他说："不管和谁（雅虎中国也好，百度也罢），用这种形式合作都是表象，最终还是要看实际效果，要用财报说话。携程旅行网有30%的业务预订量来自网上，说明我们在网民中有相当的市场。至于作为追赶者，艺龙和财富之旅联手可以理解，但要说就此动摇携程的优势，恐怕还没有那么夸张。"

果然，加入艺龙一段时间后，吴海发现，尽管他能够改变一下团队气氛，提高一下管理效率，但这个行业，携程已经做得非常大了。根据艺龙、携程的财报，2004年通过艺龙预订的酒店客房天数为196万天，而携程则为420万天，就算艺龙、财富之旅的业务量加在一起也只能达到携程的一半，因此两家要想通过合并方式去超越携程的优势，根本是不可能的事情，除非自己有更大的创新。吴海突然觉得自己又在重复携程的工作了，而一步一步地往上的高管位置对他已经没有什么吸引力，他不得不再次为自己的未来陷入了深深的思索中。

不安分的吴海在艺龙任职不到1年就离开了，这一次，他盯上了与在线旅游相关的连锁酒店行业，因为他发现相比起在线旅游，这个市场才真正流淌着牛奶和蜂蜜。但是，此时吴海对实体连锁酒店的市场运作还不是很了解。于是，吴海决定去拜访以前在携程的同事，也就是现在7天连锁酒店的创始人郑南雁。

或许是私交不浅，或许是英雄相惜，没想到郑南雁竟然毫无保留地给吴海分析了7天连锁酒店的运作模式和市场定位。郑南雁告诉吴海，连锁酒店业中经济型酒店基本上趋于饱和了，如果要想在这个市场中分一杯羹，就必须对整个市场进行新的细分和寻找新的市场定位。比如，目前连锁酒店行业中中端市场相对比较空白，如果能够加以个性化因素，将具有强大的竞争力。

有道是“听君一席话，胜读十年书”，郑南雁的话对吴海的启发非常大。回家后，吴海一直在思考一个问题：到底设计怎样的中端酒店才能吸引到大批顾客来入住呢？冥思苦想了几天后，他突然想起在美国加州的一次旅游经历。当时吴海住在桔子郡的一家私人酒店里，他发现这家酒店虽小，但简约、时尚，处处充满艺术气息，连走廊上都挂着壁画。

想到这里，吴海决定把这样的酒店风格引进中国。吴海的第三个创业项目，强调艺术感的中端个性化连锁酒店——桔子酒店就这样应运而生了。

二、季琦创办汉庭酒店

下面这几段话，是季琦创办汉庭酒店之后的心灵独白，也是季琦第三次成功创业的原因。

离开如家以后，并没有想去做一个和如家竞争的东西。之所以在2007年杀回经济型酒店市场，这要归功于我的一个朋友，他问我，中国未来可以容得下几家大型经济型酒店连锁？我说4~5家是至少的。他又问，中国有人比我更熟悉经济型酒店行业吗？我不敢说是唯我一个，但也是其中之一吧。因此下决心回到这个行业也是情理之中的事。

重新做回经济型酒店，轻车熟路，省去了很多弯路，直奔主旨。新起点，新高度——我们的产品更好，选址更加方便主要客户，团队更加强大和互补，尤其是股权结构的设计更加稳定，公司发展的速度也是同行中最快的，我们的愿景和目标更加高远。

汉庭的初创非常幸运，除了一开始和我一起创业的王海军、成军等人，2007年加入汉庭的张拓、张敏也是非常优秀的。我曾经说，汉庭这个团队完全可以和携程当初的4个人相媲美，有些地方甚至还超过我们当初。

在股权结构上，我们确保了创始团队的股份较大，上市后还有超过50%的比例。股权过于分散，不利于公司长远的规划，会倾向于近期和短期利益考虑。经过这几年的创业打拼，感觉酒店行业的企业有一个大股东，会发展得更好，更稳定一点。柳传志也曾经说过，公司要有主人。

汉庭创立初期，再也不将上市作为目标，而是将上市看成实现目标的手段。汉庭的愿景是成为世界领先酒店集团。我也曾用一句话来表达此次创业的理想——一群志同道合的朋友，快乐地成就伟大的事业。

也许老天偏偏要考验我们，创业不久就碰到金融危机，虽然对实际业务影响不大，但资本市场是一片萧条之声。碰到这种事情已经不是第一次，我始终认为危机的时候是“买东西（投资）”的好机会，因为价格便宜。

不管是“非典”时期的物业，还是金融危机时候的企业，价格都是最低的。在这次金融危机期间，我也做了这辈子最大的一笔投资——投资汉庭，我追加了许多投资，跟投资人一起投入汉庭。这既是我对汉庭的承诺和信心，也是一次很明智的投资。

利用危机，汉庭抓紧练内功，抓成本控制，抓员工培训，抓紧IT系统建设……危机过后，汉庭也是最早走出危机的企业之一，并且顺利地于2010年3月在纳斯达克成功上市，当时市值超过10亿美元。

（注：2012年11月，“汉庭酒店集团”正式更名为“华住酒店集团”。）

三、郑南雁创办7天酒店

第三位离开携程团队的人是郑南雁。

郑南雁，广东汕头人，23岁时毕业于中山大学计算机系，随后进入广东省经贸委计算机中心上班，成了一名程序员。

20世纪90年代的广东省经贸委是一个非常不错的单位，在这样的单位里上班，曾经被很多人视为拥有“金饭碗”。但工作一段时间后，性格外向的郑南雁就开始产生厌倦感。他突然意识到，经贸委里墨守成规的工作方式，很容易消磨人的斗志，每天一杯清茶，写完程序就可以下班的日子并非自己想要的生活，按部就班的公务员工作也并非自己奋斗的目标。何况此时广东正处于改革开放的前沿，改革浪潮让那些不安分守己的人看到了未来，“下海”已经成为当时热门的潮流。

1993年，按捺不住的郑南雁终于下定决心从广东省经贸委辞职，并与两位同学合伙创办劳业电脑软件公司。在广州这座大城市里，他们3人租了一个很小的地方便开始创业，一位负责市场，一位负责融资，郑南雁则没日没夜地写程序。

半年后，他们的第一笔生意，也就是给佛山某酒店定制的IT管理系统研发出来了，他们也挖到了人生的第一桶金（大约8万元）。

初战告捷，郑南雁几个乘胜追击，又成功开发出千里马酒店管理系统，使其晋升为华南第一品牌，而劳业电脑软件公司也跻身全国酒店管理软件类企业的前3名。

但随着时间的推移、劳业公司慢慢壮大、郑南雁成为公司的副总之后，郑南雁也慢慢看到了公司成长的瓶颈：市场因素限制了酒店管理软件类企业的规模，类似的公司都存在着管理松散、效率不高的现象，而且在短时间内很难突破和提高。

还好，由于研发工作和市场销售是紧密配合的，作为劳业公司合伙人的郑南雁，免不了要出去跑市场，这不但让他积累了一些商业经验，还让他认识了携程的创始人季琦。

说到郑南雁加盟携程这件事，现在想起来还是颇具戏剧化的。

2000年，刚刚成立1年的携程准备开拓华南市场并计划成立华南分公司，当时携程的CEO季琦也正为华南分公司总经理这一职位而寻找合适的人选。后经朋友介绍，季琦认识了郑南雁，因为郑南雁有一些酒店、旅游业的人脉资源，希望郑南雁能给他推荐一些合适的人选，特别是广州当地人。

郑南雁也先后帮季琦介绍了几位朋友，但季琦都不太满意。没想到有一天，季琦请郑南雁吃饭，席间，当郑南雁再次试图把自己的同学推荐给季琦的时候，季琦竟然单刀直入地说："要不，干脆你过来吧！怎么样？"

这下可好，本来是给人家做媒人的，郑南雁却阴差阳错地上了花轿，成了携程华南区的总经理，负责华南区的营销业务。

当上这个总经理后，郑南雁发现，摆在他面前的困难可不小，除了携程在南方毫无市场基础之外，就连工作人员都非常匮乏。在最开始的半年里，他只好从招兵买马开始，可谓步履维艰。尽管郑南雁也曾经在劳业电脑软件公司担任过副总，但是除了技术，他根本还不懂得管理。对市场营销、管理理念还是外行的他，每次到上海开会时，都要虚心请教那些比自己级别还低的部门经理。特别是在2001年后，携程总部开始给华南区下达任务指标，郑南雁竟然连续2年都没有完成任务量。

遭遇了一连串的打击后，在2002年年底，当某软件公司邀请郑南雁出任技术方面的合伙人时，郑南雁鼓起勇气向新任CEO梁建章提交了辞职信。当郑南雁到了梁建章的办公室，梁建章问他："南雁，难道你真的想当一辈子的程序员吗？"一句话又让郑南雁开始犹豫了，是啊！去开发软件就等于走回头路了！经再三斟酌之后，郑南雁决定还是为了携程的事业坚持到底。

2003年，当"非典"来临后，很多公司开始裁员，郑南雁却组织员工培训苦练内功，并安排员工去交通要道观察人流变化，了解市场动态。"非典"过后，携程华南区开始大出击，率先在机场发放会员卡，在一系列行动执行后，华南区竟然超额完成了销售任务，并成为携程的一级市场。其业务量竟占携程总业务量的30%，仅次于占总业务量40%的华东区。郑南雁也由此被调往上海总部，出任主管营销的携程副总裁，成为携程非创业元老里职位最高的两个人之一，另一个是吴海。

携程的业务如此蒸蒸日上，所以它也按照创始人当初规划的路线发展下去了。2003年12月9日，携程在美国纳斯达克股票市场成功上市，当日股价涨幅达到88%，并成为3年来整个纳斯达克股票市场上开盘当日涨幅最高的一只股票。之后股价还持续稳步上升，携程4位创始人马上成为亿万富翁，而郑南雁的身家也有几千万元。

对郑南雁来说，携程可以算是他人生旅途中的一所大学，让他有机会去学习技术以外的东西，比如商业模式、市场理念、管控体系、人才培养，还包括坚持不懈的耐力和勇往直前的冲劲。他也完成了从一名技术专家到企业高管的转变。

郑南雁依然记得，在曾经跟梁建章共事的日子里，当大家一起讨论市场、运营，甚至闲聊的时候，梁建章所有的分析都是基于"消费者的感受如何""消费者会发生什么样的变化"等问题，而经营者的相应政策则是"我能为客户做什么"，却不是"我想做什么"。

这样的分析思路让郑南雁大受启发，也让他的思维模式发生了很大的改变，曾经身为IT青年的郑南雁，通常会从纯技术的角度出发，专注于如何设计出"高技术含量"的产品，但携程的经历让他彻底明白：在设计产品的时候，更重要的是如何满足消费者的需求，至于那些自我感觉很不错的产品，也有可能无人问津。

随着华南区业绩的不断突出，郑南雁的学习能力也不断提高，行业经验逐渐成熟和丰富。某天他脑海里突然冒出一个想法：如果我自己去创办一家企业，情况会怎么样呢？何况眼前携程原班人马所创办的新公司——如家酒店正蒸蒸日上。

当然，郑南雁也知道他这个想法的风险：新公司即便可以上市，最快也是5年以后的事情，也就是说，至少奋斗5年才能达到他目前在携程所取得的一切。新公司还需要自己拿钱入股，至少需要1000万元，如果这次创业失败的话，那么自己将一下子从拥有上千万元的身家变得一无所有，可谓是"辛辛苦苦好几年，一下回到解放前"。所以，郑南雁对于自己再次创业的想法还是有点犹豫不决。

不过，这种犹豫不决的心理马上被打消了，因为郑南雁碰到了他生命中的一个贵人。

2004年6月的某一个早晨，郑南雁从上海飞回广州，还来不及吃完早餐，就匆匆地赶到广州天河北路大都会广场的32楼，到广东今日投资有限公司的办公室里会见被朋友们称为老何的那个人。

其实，这个被朋友撮合要认识的老何就是乐百氏的创始人、广东今日投资有限公司的董事长何伯权。作为中国第一代的创业者，何伯权在2002年将乐百氏出售给达能集团之后，便远赴美国哈佛大学学习游历。此时何伯权也刚刚回国不久，正在多方面寻找投资机会。

也许是英雄相见恨晚吧，郑南雁跟何伯权见面后，他们越聊话越多，从上午10点一直到中午1点多，吃完午饭后，又长谈了3个多小时。

在上午的几个小时里，两人讲的都是自己过去的工作经历和市场体会。何伯权说他在乐百氏时是如何考察市场，比如每到一个地方都叫上出租车，带上分公司的营销人员到终端市场去走走，看看能否找到乐百氏的产品。郑南雁则讲他习惯装扮成普通客人到机场去检查员工派卡的情况，有时候因为询问过细而被派卡人员疑为商业间谍。

下午时刻，他们的话题终于聊到了创业。郑南雁给何伯权描绘了自己构想的商业模式，就是创建一家经济型连锁酒店。郑南雁说："不用过多地阐释经济型连锁酒店的前景，看看如家的情况，看看携程那些中低端客人的需求，再看看市场的消费选择，我相信这个市场很好，我相信自己能够做好它。"

何伯权的回答非常简单："我也是这么想的。"为什么何伯权回答得如此干脆？因为何伯权游学西方之时，曾经在加拿大、美国考察过当地的经济型连锁酒店，很清楚经济型连锁酒店的优势和发展前景。因为在2004年时中国的经济型连锁酒店还很少，当时的经济型连锁酒店中规模大的不多，分店超过20家的很少，超过100家的更少。虽然郑南雁并没有在经济型连锁酒店从业的经历，但何伯权还是很快认可了这个项目。

2个月后，再度回国的何伯权果然跟郑南雁达成初步协议：何伯权出资6000万元，担任新公司董事长；郑南雁出资800万元，担任新公司CEO。

得到何伯权的好消息后，郑南雁再次向梁建章提出辞职。这一次梁建章并没有再挽留郑南雁，梁建章说："我知道想留你也留不住了，但有一个要求，就是不许带走你的团队。"

郑南雁同意了梁建章的要求。他单枪匹马离开携程后，就开始找写字楼、注册新公司，并把新公司名字叫作"7天连锁酒店"。接着，郑南雁又开始招兵买马，招聘各类管理人才。

经过一段时间的筹备之后，7天连锁酒店的第一家分店终于在广州的北京南路开业了。这也让本来竞争就很激烈的经济型酒店业多了一个竞争对手。

四、沈南鹏创办红杉资本中国基金

在吴海、季琦、郑南雁相继离开携程后，第4位就是沈南鹏了。

其实就在携程旅行网上市，沈南鹏挖到了人生的第一桶金后，尝试到了资本市场甜头的他就已经萌生回归资本市场专事风险投资的念头。因为他的特长就在这一块，在这个行业里干，他的才华才会发挥得淋漓尽致。沈南鹏曾经跟采访他的记者说："投资是最适合我的职业，我想不出来现在还有什么职业会更适合我。如何去发现别人没有发现的价值是我一直琢磨的问题。当然，我决定做投资也是经过认真思考的。我自认是适合做投资的，而且我喜欢做金融，不喜欢做具体运作，我做投资也是回归自己的兴趣与特长，如果我不做投资就太浪费了。"

但是，想自己成立一家风投公司也不是很容易的事情。刚开始的时候，沈南鹏只能以个人的名义去投资某家公司，比如分众传媒、金丰易居、中华学习网、一茶一坐、岩浆数码等。也就是由于勇敢地跨出了这一步，才有机会让沈南鹏认识了德丰杰全球创业投资基金的张帆。

张帆，拥有美国斯坦福大学MBA学位和经济学DA学位（特优毕业生），曾在高盛集团投资银行部担任财务分析员，2000年加入德丰杰全球创业投资基金，2002年回国，担任德丰杰全球创业投资基金中国首席代表，曾成功投资了空中网、百度和分众传媒。

2000年，张帆正式进入VC行业，成为德丰杰全球创业投资基金中的一员，那一年，他才28岁。在多数同龄人还在摸索事业的发展方向时，张帆已开始投资征程。2002年，在美国VC市场工作2年之后，张帆以德丰杰全球创业投资基金副总裁兼中国首席代表的身份回到中国。在随后3年多的时间里，从百度、空中网到分众传媒，他每次出手都吸引了众多人的眼球。

张帆在风险投资界是以精力充沛著称，他一天能开十几个会议，会议结束得再晚，他也会留下来将一天的工作作个总结，安排好下面的工作之后，才会离开。

沈南鹏得以和张帆结识，缘于分众传媒。当时张帆代表德丰杰全球创业投资基金投资分众传媒，沈南鹏则是分众传媒的个人投资者。两人均看好分众传媒，不期然就走到了一起，是巧合，更是必然。自从因投资分众传媒相识以后，沈南鹏跟张帆就不时在一起交流有关中国创业投资产业发展等方面的看法。

共同的理念，让两人的人生轨迹有了交集。

2005年8月，携程正式宣布任总裁兼CFO的沈南鹏辞职，并将转入创投领域："沈南鹏将和红杉资本合作专注于中国市场的投资机会。"

之后，沈南鹏和从德丰杰全球创业投资基金辞职的张帆开始谋划，着重搭建一个专业性的创业投资平台。在红杉资本的鼎力支持下，张帆和沈南鹏不到2个月就为红杉资本中国基金募集了2亿多美元。

（注：梁建章和范敏都继续留在携程，一位是董事长，一位是CEO。）

小 结

关于境外上市与商业模式

本章重点讨论如下2个问题。

一、财务：中国企业如何在境外上市

在全球经济一体化的今天，有梦想、有远见的中国企业家，都尝试着走进国际资本市场，通过境外融资的方式，做强、做大自己企业，并希望随着公司的股票交易，实现自己的人生价值及其个人财富的翻倍增加。

那么，在境外上市的方式有哪些呢？笔者做了一个简单的概括，现一一介绍如下，希望能对大家有所帮助。

中国企业在境外发行股票并上市的基本方式有借壳上市和DR（存托凭证）上市2类，而借壳上市又分为造壳上市和买壳上市2种，现就它们的异同点，简单介绍如下。

1.境外造壳上市

中国企业在境外造壳上市的基本做法是国内企业独自或与他人合作在百慕大群岛、英属维尔京群岛、开曼群岛、荷属安德烈群岛等地注册一家控股公司，然后让该控股公司购买国内企业的控股权，并选择某一地证券交易所上市。

那为什么要选择在百慕大群岛、英属维尔京群岛、开曼群岛等地注册公司呢？原因是：2003年4月1日，中国证券会发布了《关于取消第二批

行政审批项目及改变部分行政审批项目管理方式的通告》之附件《中国证监会第二批取消行政审批项目目录（27项）》，而该附件第26项的内容就是废止《关于涉及境内权益的境外公司在境外发行股票和上市有关问题的通知》。

这下可好，以前《关于涉及境内权益的境外公司在境外发行股票和上市有关问题的通知》中规定，净资产不少于4亿元人民币，过去1年税后利润不少于6000万元人民币，并有增长潜力等条件，不知道让多少有志于境外融资的企业望洋兴叹。而现在的新通告，无疑给中国企业境外上市开了绿灯。于是，大量外商投资企业、民营企业走出国门，通过设立离岸公司并由离岸公司控股国内企业的方式在境外发行股票并上市。

那什么叫作离岸公司呢？所谓的“离岸公司”，就是泛指在离岸法区内成立的有限责任公司或股份有限公司。离岸法区有：英属维尔京群岛、纽埃岛、巴哈马群岛、塞舌尔群岛、巴拿马共和国、毛里求斯共和国等国家或者地区。离岸法区的经济政策非常宽松，当地政府允许国际人士在其领土上成立一种国际业务公司，而所有的国际大银行都承认这类公司，并为其设立银行账号及财务运作提供方便。

相比起一般有限公司，离岸公司有很多不同之处。离岸法区的政府只向离岸公司收取少量的年度管理费，不再征收任何税收。并且几乎所有的离岸法区均明文规定：公司的股东资料、股权比例、收益状况等，享有保密权利。更重要的是，投资人不用亲临当地，其业务运作可在世界各地的任何地方直接开展。

中国企业境外造壳上市的方式，一共有如下4种。

第一种是控股上市。控股上市一般指国内企业在境外注册一家公司，然后由该公司建立对国内企业的控股关系，再以该境外控股公司的名义在境外申请上市，最后达到国内企业在境外间接挂牌上市的目的。

第二种是附属上市。附属上市是指国内欲上市企业在境外注册一家附属机构，使国内企业与之形成母子关系，然后将境内资产、业务或分支机构注入境外附属机构，再由该附属公司申请境外挂牌上市。

第三种是合资上市。合资上市一般是适用于国内的中外合资企业，这类企业在境外上市，一般是由合资的外方在境外的控股公司申请上市。

第四种是分拆上市。分拆上市模式适用于国内企业或企业集团已经是跨国公司或在境外已设有分支机构的情况。它是指从现有的境外公司中分拆出一子公司，然后注入国内资产分拆上市，由于可利用原母公司的声誉和实力，因此有利于成功上市发行。

2.境外买壳上市

买壳上市是指中国企业通过购买已经具备上市资格的境外壳公司，并将境内权益公司的业务及资产注入壳公司而实现间接在境外上市的一种方式。

境外买壳上市的优势：①审批手续简单化。与造壳上市相比，由于壳公司本身即已具备上市资格，因此，买壳上市显然没有那么多复杂的上市审批程序。②上市时间快速。如果操作得好，买壳上市一步到位，会节省在法律以及财务等各方面所耗费的时间。③财务审计相对简单。对于买壳上市的方式，世界各地证券交易所或证券监管机构对新注入的业务、财务审计的要求相对简单。④如果拟上市业务采用新股上市难于被市场看好，而公司又有充实的资金，那么，选择买壳上市就更有优势了。

境外买壳上市也存在缺陷：①壳公司本身既有的法律风险。壳公司是指公众持有的现已基本停止运营的上市公司。壳公司的股票可能仍在交易，也可能没有；大多数壳公司背负承担着债务，甚至已经发生诉讼或潜在诉讼案件。所以，买壳上市的方式还可能存在付出巨额代价，如果购买了垃圾股票，控股后非但不能从市场筹资，反而背上了沉重债务包袱。②买壳成本高。比如，在我国香港市场，由于内地中资公司买壳行动的展开，使许多股票暴涨，壳公司的价格由几千万港元甚至跃升到几亿港元，使收购成本大大增加。③购买方必须要有优质资产注入。由于壳公司战略不明、管理不善、生产经营活动停滞、亏损严重，因此，买壳不但不能使公司的业务、资产发生变化，反而需要购买方公司必须要有优质的业务、资产注入壳公司。④许多国家证券监管机构业已加强买壳上市的审核力度。鉴于买壳上市的手段越来越多地被广泛采用，为保障上市质量，许多国家证券机构已加强买壳上市的审核力度，如美国OTCBB买壳上市所耗费的时间与造壳上市所耗费的时间相差无几。

理想的壳公司是这样：①壳公司的规模及股价方面，壳公司规模不宜太大，股价也不宜过高，这样可以降低购壳成本。②壳公司已有的股东人数方面，拟上市所在国证券监管机构或证券交易所一般都将公司上市的股东人数做出强制规定，故此，在买壳时，应注意壳公司现有的股东人数是否符合相关规定。③壳公司的财务情况方面，包括壳公司的业务、销售额、盈利或负盈利状况、净资产或负债等所有财务情况足够清晰。④壳公司的违规情形方面，壳公司不存在违规情形，若存在违规情形，将会使新股发行面临法律障碍。⑤壳公司存在的法律诉讼方面，壳公司不存在会使新股发行无法获得批准或使壳公司面临重大经济损失的法律诉讼。

（3）境外DR上市。

DR即depositary receipts，中文为存托凭证，又称存券收据或存股证，是指发行公司为使其所发行的证券在另一国证券市场流通，而委托其所在国中间机构（一般为银行，称为保管银行或受托银行），并授权该中间机构转委托外国的存托机构在当地发行代表该证券的可转让凭证。

以股票为例，某国的公司为使其股票在外国流通，将一定数额的股票，委托某一银行（即保管银行或受托银行）保管，由该银行转委托外国的存托银行在当地发行代表该股份的存托凭证，之后存托凭证便开始在外国证券交易所或柜台市场交易。

DR有几种类型：ADR（美国存托凭证）、SDR（新加坡存托凭证）、GDR（全球存托凭证）等。

就拿ADR来说，因为这种方式上市，减少或消除诸如交割拖延、高额交易成本以及跨国交易带来的诸多交易不便，便利于美国投资者购买非美国证券，并使非美国国内公司的股票可以在美国交易，解决了美国与境外证券交易制度、惯例、语言、外汇管理等不尽相同所造成的交易上的困难，因此，DR成为各国企业境外上市的重要形式，是外国公司在美国市场上筹资的重要金融工具，同时，也是美国投资者广泛接受的外国证券形式。

ADR的种类有：①第一级ADR。第一级ADR是在美国柜台市场

（OTC）和美国之外一些国家的交易所交易的存股证。它是一家公司进入美国或非美国资本市场最简单的方法之一；②第二级ADR。第二级ADR是挂牌上市的ADR，它在美国全国性证券交易所（NYSE、NASDAQ、AMEX）注册登记并挂牌交易。与第一级ADR相比，美国证券法对其要求更加严格。它扩大了现有股东基础，进入了更为广阔的投资者市场，这一方式为许多大的跨国公司所乐于接受；③第三级ADR。公司参与型第三级ADR是指可以在美国公开发行股票筹资并在美国全国性证券交易所上市的存托凭证。因为涉及增资发行新股，美国证券对这一方式要求更加严格。但它能从世界最大、流通性最好的资本市场吸收资金，更大限度提高公司知名度，因为成为许多大公司的战略选择；④144A规则下私募——RADR。RADR是在美国不公开发行的美国存托凭证，它与其他形式的ADR相比，是对注册等级和呈交报告要求最低的集资手段，它虽然不能进入美国公开市场，流动性差，但由于可获注册豁免，因此被视为进入美国资本市场的“敲门砖”，为今后公开发行铺平道路。

中国企业选择ADR具体形式的依据：①对于国际知名度低，对国际资本市场筹资缺乏经验，但业绩优良的国内企业，可选择一级ADR形式进入美国市场；②对于多数B股企业选择一级ADR或二级ADR均是可行方式；③对于美国投资者接纳的大型交通、能源基础设施及业绩良好的骨干企业可直接选择三级ADR在美上市，筹资或首次发行；④对于无意在美交易其证券，只求在美国筹资的企业，RADR宜作为首选。

讲完中国企业在海外上市的方式后，我们再来总结一下关于携程团队两次成功上市的经验。

可以这么说，无论是携程或者是如家，携程团队每开始创办一家企业的时候，就已经想好到纳斯达克去上市的每一个步骤了。

当然，去纳斯达克上市的条件，比中国大陆或者中国香港等地还苛刻很多。不过，作为携程团队的沈南鹏，因为曾经在风投公司工作过，对去纳斯达克上市的整个流程非常熟悉，所以，他们的成功才会轻而易举。并且，他们每次上市的运作基本上都是一个模式。

首先是上市前的融资。融资不是一次性到位，其原理跟吹气球一样，一口气是吹不大气球的，要分阶段来融资，这其中有第一次、第二次、甚至第三次。比如，携程旅行网当初的融资，第一次是IDG投入50万美元，占股20%；第二次是软银等5家公司投入450万美元，占股29%；第三次是凯雷集团投入800万美元，占股30%。

有了风投公司的这些钱后，公司的扩张速度就加快了，同时，公司的净资产和税后利润也达到了纳斯达克上市的条件。

其次是上市的方式。相比起注册离岸公司造壳上市方式和买壳上市方式，ADR更有优势。前文已经介绍过，如减少或消除诸如交割拖延、高额交易成本以及跨国交易带来的诸多交易不便，便利于美国投资者购买非美国证券，并使非美国国内公司的股票可以在美国交易等。

最后是符合美国会计准则的财务报表。携程旅行网上市前，沈南鹏向投资人展示的年报表，采用的是差额记账方法，让投资人一目了然；而吴亦泓在梳理如家的财务体系时，也是按照美国的会计准则（GAAP）去做的，整整花了3个多月的时间。

就这样，精心设计的公司目标，无比娴熟的操作手法，非常专业的财务知识，让携程团队一次又一次迈向成功，成为纳斯达克市场的老主顾。

二、创业：能否成功主要看商业模式

田溯宁创办亚信科技后，没多久就面临着资金短缺的瓶颈，他只好去找风投人。

1997年10月，硅谷著名的风投家罗伯森·斯蒂跟田溯宁见面后，就问：“亚信科技的商业模式是什么？”

田溯宁一愣，反问：“什么是商业模式？”

罗伯森当场惊讶地张大了嘴巴。他心里想：什么？田溯宁身为CEO，竟然不知道什么是商业模式！

稍后，罗伯森向田溯宁解释：“一块钱通过你的公司绕了一圈，变成一块一毛钱，商业模式就是指这一毛钱在什么地方增加的。”

田溯宁回答："这些我不关心。告诉你，我们公司每天都挣钱，每月都挣钱，每年都挣钱。"

这个例子很生动地解释了什么是商业模式，同时也说明了"商业模式"原本就是一个舶来品。

其实，在中国的任何一家企业，几乎每天都在出售产品，回笼资金，这一过程就是商业模式的体现，只不过在以前，我们不提"商业模式"这一说法而已。

所以，通俗地说，商业模式就是公司通过什么途径或方式来赚钱。比如，书店通过卖书来赚钱；鞋店通过卖鞋来赚钱；网络公司通过点击率来赚钱；通信公司通过收话费来赚钱；等等。

总之，只要有赚钱的地方，就有商业模式的存在。商业模式本质是关于企业做什么、怎么做、怎么赢利的问题，其实本质就是商业规律在经营中的具体应用。

但从学术上讲，商业模式还有很系统的理论，现将其内容介绍如下。

1. 商业模式的含义

（1）商业模式的概念。

商业模式是为了实现客户价值最大化，把能够使企业运行的各个要素整合起来，形成高效率的具有核心竞争力的运行系统，并通过提供产品和服务，达成持续赢利目标的组织设计的整体解决方案。

在这个概念中，"整合""高效率""系统"是先决条件，"核心竞争力"是手段，"客户价值最大化"是主要目的，"持续赢利"是客观结果，也是检验一个商业模式是否成功的唯一的外在标准。

（2）商业模式的特征。

①全面性：商业模式必须是对整个企业经营模式的归纳总结。

②独特性：商业模式必须有它的独特性，才能保证企业的市场占有率。

③难以模仿性：商业模式必须是难以模仿的，才使企业在激烈的市场竞争中立于不败之地。

（3）商业模式的框架。

商业模式的金字塔框架理论非常出名，它是美国著名商学教授加里·哈默尔提出的。哈默尔教授认为：成功的商业模式（见图8-1）必须包括4个关键因素（核心战略、企业资源、目标顾客、价值网络）、3个界面（顾客利益、资源配置、竞争优势）、2个目的（最大价值、持续赢利），创业家只有充分掌握这些要素的重点以及它们彼此之间的整合关系，才能设计出独特的商业模式，现把这个理论详解如下。

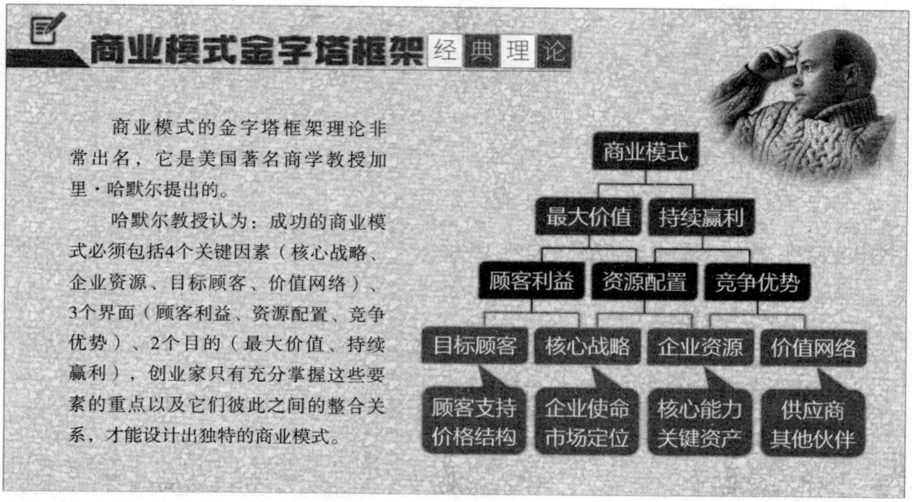

图8-1　商业模式的金字塔框架

①核心战略。商业模式要考虑的第一个要素就是核心战略，因为它描述的是企业如何与竞争对手进行较量。核心战略主要包括两个方面：企业使命和市场定位。

企业使命强调的是企业为什么存在及其商业模式预期实现的目标，而产品的市场定位则直接影响到企业的赚钱方式。比如，产品定位在高端还是中低端等。

②企业资源。对于创业者来说，企业资源对创业机会、创业能力以及服务顾客的方式都存在着约束。所以，商业模式必须体现出企业核心能力和关键资产的特征。

核心能力指的是企业创造产品或市场的独特技术或能力，是企业战胜竞争对手的第一法宝。

关键资产指的是企业拥有的稀缺、有价值的事物，包括工厂和设备、位置、品牌、专利、顾客数据信息、高素质员工和独特的合作关系等。

③目标顾客。目标顾客指的是企业或商家提供产品、服务的对象。在这里重点强调的是，企业要适当地与自己的顾客互动，以便提供良好的顾客服务和支持，互动过程涉及两个方面：顾客支持与价格结构。

顾客支持指的是企业产品或服务进入市场的方式，或者说如何送达顾客的方法。

价格结构指的是企业对自己产品的定价方法。价格往往是顾客接受产品的首要因素之一，创业者必须使用合理的定价方法来制定产品的价格。

④价值网络。一般情况下，企业不具备执行所有任务所需要的资源，要与其他合作伙伴一起才能完成整个供应链中的各项活动，对于新创办的企业尤其如此。

企业的合作伙伴网络包括供应商和其他伙伴。供应商是指向其他企业提供零部件或服务的企业，而其他伙伴，指的是除了供应商以外的其他组织，比如新闻媒介、政府等。

⑤顾客利益。顾客利益是连接核心战略与目标顾客的界面，是企业核心战略与企业目标顾客的相互匹配，代表着企业的战略能够为顾客创造的实际利益。它体现在两个方面：首先，企业的核心战略要充分体现出为顾客服务的意图。其次，在构建顾客服务与支持系统以及进行产品定价的时候，也一定要考察这些是否与企业核心战略相一致。

⑥资源配置。资源配置是连接核心战略与企业资源的界面，是企业核心战略与企业资源之间的有效匹配。企业资源是核心战略的基础，如果企业缺乏资源，就难以制定和实施战略目标，所以，核心战略要充分挖掘企业资源的优势，一方面是创造更多企业价值的需要，另一方面是有效地构建竞争障碍途径，把竞争对手甩在后面。

⑦竞争优势。竞争优势是连接企业资源与价值网络的界面，是企业资源与价值网络的有效整合，它强调的是企业要根据所掌握的核心能力和关键资源来确定自身在整个价值链中的角色。因为企业的核心能力与关键资源决定了企业应该做什么，企业只有围绕其核心能力与关键资源开展业务

才可能建立起竞争优势。

⑧持续赢利。持续赢利指的是资源配置与企业竞争优势的整合，它是商业模式的第一个目的。

⑨最大价值。最大价值指的是资源配置与顾客利益的整合，它是商业模式的第二个目的。

2. 商业模式的开发

（1）商业模式的构建。

（2）商业模式的演进。

（3）商业模式的误区。

3.商业模式的联系

（1）赢利模式。

（2）战略规划。

由于篇幅的限制，商业模式的开发和商业模式的联系，在此不展开详述了。

以上我们把商业模式的理论知识系统地学习了一遍，可能会有读者很纳闷：为什么要浪费这么大的篇幅来探讨它呢？原因是笔者发现：很多企业的创业成功，并不是因为技术创新能力有多强，而是因为开发出了一套切实可行的商业模式，就像如家。

其实，如家并不是中国经济型酒店的拓荒者，但它却成了经济型酒店的领跑者。它跟传统商业地产概念的酒店经营模式有点不同，它采取的是租赁经营的轻资产策略，先后引入风险投资和上市融资，实现了年收入和经营利润连年翻倍的增长奇迹。从2002年6月创建到开出第100家连锁酒店、拥有11000间以上的客房，如家仅仅用了4年加2个月的时间。

当然，如家能取得如此骄人的业绩，跟它当初创立的商业模式是离不开的，下面我们就对它的商业模式进行一个简单的剖析。

首先，我们先来看看如家的核心战略。前面已经介绍过，核心战略主要包括企业使命和市场定位两个要素，而如家的企业使命是做“中国最著名的住宿业品牌”。后来，这个使命果然成就了如家的未来，2006年1月，如家荣获了“中国自主创新经济型连锁酒店最具影响力第一品牌”称号。另外，如家一开始的市场定位就选择在中低档市场，而当时这块市场刚好处在供给数量有余而质量不足的状态。从这两点可以看出，如家当初的核心战略是非常正确的。

其次，我们再看看如家的目标顾客。如家把目标客户锁定在中小企业商务人群和休闲游客，而这部分人由于企业预算的约束和经济条件的限制，偏好经济的价位，但同时也要求方便卫生的住宿环境以及周到的服务。当如家通过具体的市场调查，发现入住的客户最关心的是酒店的卫生，其次是床的舒适度等问题后，如家加强客房的卫生标准，提供“二星级的价钱，三星级的棉织品，四星级的床”，终于满足了目标顾客的核心利益。从这一点可以看出，如家对目标顾客的选定，并以自己的产品去满足顾客利益这方面，做得也非常出色。

接着，我们再来看看如家的企业资源。可以这么说，如家的核心能力就是系统搭建和标准化的推行。如家先开发了自己的中央平台，该中央平台包括4项内容：中央管理平台、中央采购平台、中央财务平台以及中央信息平台。在这个平台的基础上，如家继续推行标准化。标准化包括以下两点。

一是质量标准化。比如，为了承诺的“不同的城市，一样的如家”，如家编写了16本标准的酒店运作手册，对所有住宿服务项目做出详细规定，能够保证如家酒店尽可能用比较一致的标准去服务顾客。

二是管理标准化。从2004年起，如家在店长层面推行了KPI（关键业绩指标）管理，通过销售、客源、成本、客源结构4个方面考核每个分店店长的工作。

从以上的两点可以看出，如家的系统搭建和标准化推行具有不可模仿性。这点刚好吻合了商业模式对企业资源的要求。

还有，我们再来看看如家的价值网络方面。如家在建立之初之所以能打开市场，与携程的网络营销优势密不可分。此外，他们还和艺龙旅行网、金双禧商旅网、上航假期网等网站建立了长期的合作关系。就这样，由于借助了第三方成熟的客源平台，如家的市场开拓达到了事半功倍的效果。

最后，我们再来看看如家的赢利模式。赢利模式的相关指标有如下3个。

一是收入构成。如家90%的收入来自客房收入，它相比起星级酒店的面面俱到，显得更为专注。这是由于如家将主要的资源投入到了客房业务，简化了产品线的结果。而星级酒店的营收结构则与之有很大不同：虽然客房收入仍具最大比重，但餐饮和商品收入也几乎占据了半壁江山。

二是费用分析。经营费用主要由三大项目构成：直营店成本、营销费用和管理费用。直营店成本是其中最大的开支项目，而重中之重是酒店物业的租金，其次是人力成本（酒店员工工资）。这也是如家同星级酒店的区别之所在：星级酒店一般采取购买而非租赁的方式，即建造经营，这样一来会积累大量的固定资产，从而使折旧和摊销费用所占比重较高。物业对于星级酒店而言，是一个未来的价值增长点，但对经济型酒店来说则是潜在的风险。

三是经营利润率。对于酒店业这种固定成本大的行业来说，保证物尽其用是盈利的关键。如家在迅速地扩张中仍保持了远高于市场平均水平（2003年约为60%）的入住率，并且逐年上升。业界的人都知道，60%的入住率就能使经济型酒店达到盈亏平衡点，那如家高入住率带来的高RevPAR（每间可供出租客房收入）自然转化为高利润。

综上所述，如家的成功就是商业模式的成功。

应 用

携程的商业模式能否复制到越南市场?

下面是一位网名叫做阳光旅途的读者给笔者发来的一封邮件。

尊敬的高慕先生:

此时此刻也许您已经进入梦乡，也许您做梦也想不到您本人及您所写的这本书能够改变我以及我身边上千位父老乡亲几辈子的命运。

我出生在广西东兰县一个贫困的家庭里，父母历尽艰辛坎坷，终于让我在1997年顺利从越南河内国家大学毕业，经历了无数的磨难与艰辛，我终于远离了农门，可这些年我始终压着一块心病，让我时常寝食难安，家乡通往县城有一条大约有8公里长的泥路，到现在为止还没有变成水泥路，一到雨天，路面的泥泞让乡亲们苦不堪言……多少次看着痛苦的乡亲们，我心里暗暗发誓：等我赚到几百万元，我一定要给乡亲们修条水泥路。

毕业后的十几年里我在中国与越南间奔走，不管干什么工作都非常拼命，希望我的愿望早日得以实现，可现实是残酷的，我所有的努力仅使我个人的生活得到些许改善，离给乡亲们修路的愿望还是太遥远了……我在越南从事机票代理销售已有5年，是中国南方航空驻越南的一级代理。5年来我在越南首都河内开发了不少客源，积攒了不少人脉，但市场的竞争日益激烈，我必须提前寻找一个可以突破原有模式的经营方式才能够长期生存。正当我回国潜心取经之时，在北京工作的家弟跟我说："姐，我看到一本叫《这才叫创业合伙人：从携程、如家到汉庭的启示》（本书前一个版本的书名）的书，里面所写的内容跟你这一块的业务很相似，你不妨看看，或许对你有帮助。”我就在机场买了这本书。看着看着我入迷了，通宵达旦，一口气看完，这本书里所讲到的机票和宾馆预订网络平台及管理系统就是我此次回国要寻找的“药方”啊！

越南是一个有将近8000万人口的国家，目前为止还没有一个专业的订房公司，这里不是有很大的市场空间吗？而我现在拥有充足客源及宾馆资源，不正是万事俱备只欠东风吗？

尊敬的高慕老师啊，正是我想找您的时候，您就及时地出现在我的面前，这不正是上天注定、冥冥之中的缘分吗？您就是那个能够改变我及上千位父老乡亲几辈子命运的贵人啊！恳请您伸出慈悲的手拉我一把吧，在此寄予特别的感激之情与厚望，期待着您的回复！

一个特别需要您指点迷津的姑娘：阳光旅途

2010年12月25日凌晨4点

朋友，当读完这封信后，你认为携程的商业模式能否在越南市场进行复制？如果阳光旅途向你求教，你会给阳光旅途什么样的建议呢？

（需要此题的参考答案，请加笔者的QQ：1020824123）